나의 삼촌
브루스 리
2

나의 삼촌 브루스 리 2

초판 1쇄 발행 2012년 2월 6일   초판 18쇄 발행 2021년 12월 10일

지은이 천명관
펴낸이 이승현

편집1본부장 배민수
에세이1팀장 한수미
디자인 하은혜

펴낸곳 ㈜위즈덤하우스   출판등록 2000년 5월 23일 제13-1071호
주소 서울특별시 마포구 양화로 19 합정오피스빌딩 17층
전화 02) 2179-5600   홈페이지 www.wisdomhouse.co.kr

ⓒ 천명관 2012   ISBN 978-89-5913-669-8 04810
                          978-89-5913-670-4 (세트)

* 이 책의 전부 또는 일부 내용을 재사용하려면 반드시 사전에 저작권자와
  ㈜위즈덤하우스의 동의를 받아야 합니다.
* 인쇄·제작 및 유통상의 파본 도서는 구입하신 서점에서 바꿔드립니다.
* 책값은 뒤표지에 있습니다.

나의 삼촌 브루스리 2

천명관 장편소설

위즈덤하우스

[차례]

당산대형 1 ...007

당산대형 2 ...085

용쟁호투 1 ...197

용쟁호투 2 ...301

작가의 말 ...369

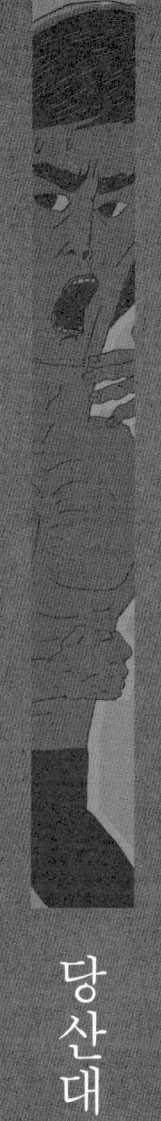

당산대형 {1}

이듬해 봄, 함께 자취를 하던 동구 형이 방위를 받기 위해 집으로 내려가 서울엔 나 혼자 남게 되었다. 형의 입장에선 군대보다 복무기간도 짧고 고시공부를 계속하기에도 유리해 나쁠 게 없었다. 나는 2학년에 올라가면서 종태에게 면회를 가는 횟수가 점점 줄어들었다. 나에게 여자친구가 생겼기 때문이었다.

경희를 처음 만난 것은 같은 과 동기생을 따라갔다 얼떨결에 가입한 연극 서클에서였다. 작은 키에 전체적으로 동글동글한 느낌을 가진 그녀는 불운에 휘말리고 세파에 찌들어 눈물을 펑펑 쏟기에 적당한 커다란 눈을 가지고 있었다. 그런 희생자적 이미지는 대개 남자들의 보호 본능을 자극하는 효과가 있게 마련이어서 유리하게 작용할 수도 있었지만 당시 운동권에선 그런 여성성을 포용해 줄 아량이 없었다. 그래서였는지 나는 그녀에게 언제나 자신의 나약한 이미지와 싸우고 있다는 느낌을 받았다. 그녀는 일부러 거칠게 말을 했고 선머슴처럼 아무 데나 퍼질러 앉아 담배를 피우는 등 생긴 것과는 영 딴판으로 행동했지만 거기엔 다분히 연극적인 요소가 있었다. 그것을 지켜보는 안쓰러움 때문이었을까? 언제부턴가 나는 사람들 틈에서 불안한 듯 커다란 눈을 깜박이고 있는 그녀에게 시선이 자주 머물렀다.

　우리는 서클 회원들과 어울려 학교 앞 주점에서 종종 술을 마셨고 술자리는 자연스럽게 학교 앞에 있는 내 자취방으로 이어지는 경우가 많았다. 당시 학내 서클은 공식적으로든 비공식적으로든 모두 운동 서클이라고 해도 좋을 만큼 서클의 본래 성격과는 무관하게 시국에 관심이 많았고 당연히 외부의 운동조직과 은밀히 연계되어 있었다. 당시엔 사복경찰이 학교 안에 상주하며 학생들의 동태를 감시하기도 했지만 선배들 또한 보이지 않은 가운데 후배들을 주시하고 있어 우리는 언제나 높은 관제탑에서 누군가 우리를 내려다보고 있는 기분으로 학교에 다녀야 했다.

　술자리에서 우리는 연극보다 정치에 대한 이야기를 더 많이 나눴다. 광주에서 일어났던 비극과 신군부의 만행에 대해, 대학가에 만연해 있는 공공연한 사찰과 폭압적인 언론통제에 대해, 그 분노와 절망에 대해…… 이야기는 끝도 없이 이어졌고 우리는 그렇게 밤새 술을 마시다 좁은 자취방 안에서 이리저리 뒤엉켜 잠들곤 했다.

　하루는 친구들과 내 방에서 술을 마시다 잠이 들었는데 아침에 눈을 떠보니 친구들은 다들 집으로 돌아갔는지 보이지 않고 경희 혼자 윗목에서 새우처럼 웅크린 채 잠들어 있었다. 그녀는 술을 많이 마신 듯 작은 소리로 코까지 골았고 옷이 말려 올라가 청바지와 티셔츠 사이에 동글동글하고 하얀 옆구리 살이 살짝 엿보였다. 한 방에 여자와 단둘이 있다는 사실 때문이었을까, 나는 왠지 가슴이 설레는 기분이었다. 잠시 잠든 경희를 바라보던 나는 그녀가 깰까봐 조심스레 문을 열고 부엌으로 나가 콩나물국을 끓이고 아침밥을 지었다.

— 배신자들 같으니라고. 남자놈들이 어떻게 의리도 없이 여자만 혼자 버려두고 가냐?

경희는 먼저 간 친구들을 성토하면서도 연신 밍밍한 콩나물국을 입에 떠 넣었다. 계란프라이에 콩나물국뿐이었지만 경희는 순식간에 밥을 한 공기 뚝딱 해치우고 뒤로 물러나 앉았다.

— 야, 담배 없냐?

— 나, 담배 안 피우잖아.

— 넌 어떻게 남자애가 담배도 안 피우냐?

경희는 뭐라고 구시렁대며 꽁초가 수북이 쌓여 있는 재떨이에서 긴 장초를 하나 골라내 재를 털어내고 불을 붙여 입에 물었다.

— 휴, 완전 미친년 같네.

담배를 피우던 경희가 벽에 걸린 작은 거울에 자신의 얼굴을 비춰 보며 말했다.

— 집에 고무줄 없냐? 머리라도 묶어야지, 안 되겠다.

밥을 먹다 말고 내가 고무줄을 찾아 건네주자 경희는 거울을 보며 머리를 묶었다. 이때 창가에서 들어온 햇볕에 그녀의 풍성한 머리카락이 저녁 무렵 강변의 갈대숲처럼 반짝였다. 순간, 궁벽한 내 자취방은 스물한 살 여자애의 싱그러운 에너지로 가득 차 보석으로 만든 궁전처럼 신비한 광선이 사방으로 뻗어나가는 느낌이었다. 그때 나는 다시 사랑에 빠진 걸까, 밥 먹는 것도 잊은 채 나는 그녀의 옆얼굴을 물끄러미 바라보고 있었다.

— 뭘 봐?

문득 거울을 통해 경희와 눈이 마주치자 그녀가 눈을 흘겼다. 순간, 나는 그녀의 목덜미가 빨개지는 것을 목격했다. 연극이 모두 끝나고 난 뒤 화장을 지우다 분장실로 들이닥친 극성스런 관객과 마주친 배우처럼 그녀의 얼굴엔 당황한 기색이 역력했다. 얼굴이 빨개진 건 그녀만이 아니었다. 나 또한 얼굴이 화끈거려 황급히 상을 들고 밖으로 나갔다. 그 옛날 올리비아 앞에서 샌드위치를 먹을 때처럼 가슴이 두근거렸고 얼굴이 뜨거워져 찬물로 급히 세수를 하는데 머리를 상큼하게 묶은 경희가 방에서 나왔다. 그리고 혹시 남는 칫솔이 있냐고 물었다. 내가 새 칫솔을 꺼내 건네주자 그녀는 칫솔을 입에 물고 치카치카, 유난스럽게 소리를 내며 이를 닦았다.

— 근데, 너 안 들어가면 집에서 뭐라고 안 그러니?

내가 수건으로 얼굴을 닦으며 묻자, 그녀는 칫솔질을 하느라 잘 알아들을 수 없는 소리로 대답했다.

— 아 이에서 에오으지 오애야.

— 뭐라고?

— 아 이에허 에오으지 오애아고.

— 뭐? 안 들려.

내가 다시 묻자 경희는 입에 든 거품을 퉤, 뱉어내고 또박또박 말했다.

— 나, 집에서 내놓은 지 오래라고.

나중에 알고 보니 경희의 어머니는 계모였다. 어릴 때 엄마가 자궁암으로 죽어 아버지가 재혼을 했는데 경희와 특별히 사이가 나쁜 건 아니었지만 그렇다고 여느 모녀처럼 살가운 정도 없어 그저 서로 닭 보듯 하며 지내는 모양이었다. 여하튼 그날 이후, 우리 사이엔 뭔가 경계가 허물어진 듯 특별한 친밀감이 생겨났는데 그것이 나만의 감정인지 아니면 그녀도 그렇게 느꼈는지는 알 수 없었다. 그래서 나는 더욱 애를 태우며 관제사의 눈을 피해 몰래 이륙을 기도하는 비행사처럼 남몰래 그녀의 주위를 맴돌았다.

―너, 좋아하는 여자 생겼구나?

오랜만에 면회를 간 자리에서 종태가 물었다.

―아, 그게 아니라 요즘 학기 초라 좀 바빠서…….

나는 한동안 면회가 뜸해 서운한가보다 했는데 종태는 뭔가 비밀을 알고 있다는 듯 빙그레 웃으며 나를 쳐다보았다.

―거짓말 치고 있네. 네 얼굴에 그렇게 쓰여 있는데…….

그런가? 나는 인정을 한다는 듯 그냥 겸연쩍게 웃었다.

―뭐하는 여자야? 대학생이야?

―응, 같은 서클의 동기야.

종태는 그럴 줄 알았다는 듯 고개를 끄덕였다. 하지만 그가 대학 서클의 여자 동기라는 게 어떤 느낌인지 알 수 있을까? 사람을 찌르거나 사기를 치고 들어온 교도소 동기라면 모를까, 여자 동기에 대한 그 느낌을 그는 평생 알 수 없을 것이다. 나는 우리가 같은 지점에서 출발했지만 시간이 지날수록 점점 더 거리가 멀어지는 우주 공간의 별들과 같은 존재라는 기분이 들었다. 그 별들은 이제 영원히 만날 길이 없게 되었고 허블상수 대신에 두꺼운 철창이 우리 사이를 가로막고 있었다.

―미안하지만 내 부탁 하나만 들어줄래?

잠시 침묵을 지키던 종태가 철창 앞으로 몸을 바짝 붙이며 물었다. 이전과 달리 어딘가 초조한 기색이었다.

―뭔데?

— 너, 토끼라고 알지?

— 토끼?

— 그래, 옛날 역전파 절름발이 있잖아.

토끼라면 우리 또래 중에 모르는 사람이 없을 만큼 유명한 깡패로 나도 익히 알고 있는 인물이었다. 그는 삼촌과 함께 삼청교육대에 끌려갔다가 다리에 총을 맞아 지팡이를 짚고 다녔는데 아이들 사이에선 지팡이 손잡이를 빼면 총이 나온다는 소문이 있었다.

— 언제 집에 내려가면 그 사람한테 내 얘기 좀 전해줘.

— 뭐라고 전해?

종태는 잠시 망설이다 단호한 표정으로 말했다.

— 내가 안부 전해달란다고 해.

— 그게…… 다야?

— 응. 그냥 그렇게만 전해줘.

나는 뭔 그런 싱거운 말이 있나 싶었지만 그 말이 몇 년 후, 어떤 비극을 가져올지 당시의 나는 전혀 짐작조차 하지 못했다.

종태에게 면회를 다녀온 뒤에 나는 한동안 그의 부탁을 까맣게 잊고 지냈다. 그냥 안부만 전해달라는 말이 그리 중요한 부탁처럼 느껴지지 않아서이기도 했지만 경희 뒤꽁무니 쫓아다니랴, 신입생들 데리고 데모하러 다니랴, 정신이 없었기 때문이기도 했다. 입학 초기에 달리 마음 붙일 데가 없어 겉돌기만 하던 나는 연극 서클에 가입하면서 비로소 대학생다운 대학생활을 하는 기분이었다. 당시 대학은 학원자율화가 시행되면서 사복경찰들이 모두 철수해 우리는 날마다 전경들과 교문싸움을 하느라 수업을 거의 받지 못했다. 그런

난리통에도 여름이 가까워오자 한 과목 두 과목 종강을 해 캠퍼스가 텅 비고 지방에서 올라온 학생들은 모두 고향으로 내려가 대학가는 마치 촬영 팀이 모두 철수한 영화세트장처럼 적막해졌다. 때마침 한창 바쁜 농번기여서 나만 바라보고 있는 아버지는 이틀이 멀다 하고 전화를 해댔지만 당시 나는 엉뚱하게도 우리 집이 아닌 남의 집 농사일을 거들고 있었다. 그것은 경희와 함께 학생회에서 주관한 농촌봉사활동에 참가했기 때문이었다. 하루 종일 땀을 흘리고 저녁이면 밤늦게까지 학습과 토론이 이어졌다. 농사일은 고되고 지루한 일이었지만 나는 경희와 함께 있다는 생각에 힘든 줄도 몰랐다. 그러다 마침내 나의 연정이 통했는지 밤늦게 회의가 끝나고 숙소로 돌아가는 길에 경희와 나는 우물 둥치 옆에서 처음으로 키스를 나누었다. 달뜬 입술은 뜨거웠고 서걱거리는 모래와 함께 찝찔한 땀이 입 안으로 흘러들어왔다. 모든 게 뜨겁기만 했던 그해 여름, 우리가 흘린 땀들은 다 무엇이 되었을까?

*

 당구장 문을 열고 들어섰을 때, 한쪽 구석에선 분위기가 심상치 않은 사내들 몇 명이 테이블에 둘러앉아 카드를 치고 있었다. 이즈음 동천은 하루가 다르게 변모해 여기저기 건물이 세워지고 땅값이 올라 소위 떴다방이라고 불리는 부동산중개업소가 난립하고 술집과 음식점, 학원과 교회 등 온갖 업종의 가게가 앞다투어 개업을 해 거리마다 화환이 늘어서 있어 이전의 소박하던 모습은 찾아볼 수 없었다. 그럼에도 불구하고 당구장 안의 풍경만큼은 이전 그대로였다. 내가 카운터에 다가가 조심스럽게 사장을 만나러 왔다고 하자 카운터를 보고 있던 사내는 1층 다방으로 가보라고 했다. 이에 다방으로 내려와 토끼를 찾자 마담으로 보이는 여자가 구석자리를 가리켰다. 나는 그녀가 한때 삼촌의 애인이었던, 그래서 길을 가던 나를 붙잡고 호떡을 싸주던 그 호떡장수 여동생이라는 걸 알아채지 못했다. 또한 구석자리에 앉아서 장기를 두던 그 볼품없는 절름발이가 동천파의 우두머리라는 사실도 까맣게 모르고 있었다. 나는 덩치가 큰 한 사내와 장기를 두고 있는 토끼에게 다가가 꾸벅 인사를 했다.

― 저, 종태 친굽니다.

― 종태? 종태가 누구지?

토끼는 의아한 표정으로 맞은편에 앉아 있던 사내에게 물었다.

― 절곤이 이름이 종태잖아요.

사내가 대답하자 그제야 토끼는 겨우 생각났다는 듯 아! 하며 고개를 끄덕였다.

― 그런데 무슨 일이야?

― 저, 종태가 안부 전해달라고 해서요.

― 그래. 종태는 잘 있나?

― 네.

― 근데 무슨 일이야?

― 네?

― 무슨 일로 나를 찾아 왔냐고? 용건이 있으니까 나를 만나러 왔을 거 아냐.

― 무슨 일이 아니라 그냥 안부를 전해달라고 해서요.

― 절곤이가 나한테 안부를 전해? 그게 다야?

― 네, 그렇게만 얘기하면 된다고 했는데…….

토끼는 세상에 뭐 그런 싱거운 소리가 다 있나 싶은 표정으로 피식 웃었다. 하지만 웃음이 얼굴에서 채 사라지기도 전에 뭔가 깨달은 바가 있었는지 갑자기 눈자위가 가운데로 몰리며 표정이 굳어졌다.

― 뭐야, 너 지금 나한테 협박하는 거냐?

― 네?

나는 그의 살벌한 표정에 오금이 저려 말을 더듬었다.

― 그, 그, 그게 아니라 그, 그, 그냥 그, 그, 그렇게만 저, 전해 달라고 해서…….

― 허, 참. 교도소에 들어가더니 간이 배 밖으로 나왔나? 아니, 그 새끼가 사고 쳐서 내가 깨진 돈이 얼만지 알아? 호두까기 병원비 물어줬지, 거기다 변호사 대주고 영치금 넣어주고, 우리 식구도 아닌데 그 정도면 나도 할 만큼 한 거 아냐? 근데 뭐가 불만이야? 내가 우리 애들한테도 그렇게는 안 해줘.

토끼는 신경질적으로 지팡이를 바닥에 탁탁 치며 짜증을 냈는데 사정을 모르는 나로선 도무지 알 수 없는 말들이었지만 나는 갑자기 그가 지팡이 손잡이를 쑥 빼서 총이라도 겨누지 않을까 두려웠다.

토끼는 갑자기 침울한 표정으로 담배를 재떨이에 눌러 끄며 말했다.

― 하여간 무슨 말인지 알았으니까 가서 절곤이한테 전해. 나는 몸성히 잘 있다고.

나는 그가 다시 화를 낼까 두려워 꾸벅 인사를 하고 서둘러 다방을 걸어 나오는데 토끼가 나를 불러 세웠다.

― 잠깐만!

뒤를 돌아보자 토끼가 물었다.

― 네가 권도운이 조카라며?

아마도 함께 장기를 두던 사내가 나를 알아보고 귀띔을 한 모양이었다.

― 네, 마, 마, 맞습니다.

토끼는 새삼 나를 아래위로 훑어보며 물었다.

― 삼촌은 뭐하고 지내?

― 추, 충무로에서 액션배우를 하고 있습니다.

― 액션배우? 권도운이가?

― 네.

― 허, 참 그놈이 배우를 하다니 참 오래 살고 볼 일이네. 하긴 발차기 하나는 끝내줬지.

토끼는 새삼스럽다는 듯 나를 쳐다보더니 지갑에서 만 원짜리를 몇 장 꺼내 건네주었다.

― 이걸로 절곤이 영치금 넣어줘.

나는 엉겁결에 돈을 받아들며 꾸벅 인사를 했다.

― 가, 가, 감사합니다.

― 괜히 비싼 담배 같은 거 시 피우지 말고 몸에 좋은 거 사먹으라고 해. 소시지나 뭐 그런 거 있잖아.

― 네, 아, 아, 안녕히 계십시오.

내가 돈을 주머니에 넣으며 돌아서는데 등 뒤에서 토끼가 사내에게 묻는 소리가 들렸다.

― 근데, 말 더듬는 것도 유전인가?

그날 밤, 호두까기는 종태의 칼을 네 방이나 맞고도 죽지 않았다. 대신 내부의 여러 장기가 손상되어 고향으로 내려가 오랫동안 병원 신세를 져야 했다. 그리고 다시는 동천으로 돌아오지 못했다. 그가 병원에 입원해 조직원들이 우왕좌왕하는 틈을 타 토끼가 반격을 시작했기 때문이었다. 토끼는 우선 호두까기가 입원한 병실로 꽃다발을 보내 쾌유를 비는 한편, 호두까기가 칼에 맞은 것은 경찰 조사에서 밝혀진 바와 같이 조직 내부의 갈등으로 인해 발생한 우발적인 사건으로 자신과는 아무런 상관도 없는 일이라고 해명했다. 또한 상대방 두목이 불의의 사고로 병원에 누워 있는 마당에 전쟁을 계속하는 건 강호의 도리가 아니라며 호두까기가 퇴원할 때까지 휴전할 것을 제안했다. 나아가 토끼는 이번 기회에 전쟁을 끝내고 지역 발전을 위해 서로 단합하자는 의미로 새로 들어선 공설운동장에서 양측의 조직원들이 모두 참가하는 체육대회를 열자고 제의했다.

이때 만일 호두까기가 있었더라면 대번에 그의 검은 속을 꿰뚫어 보고 거절을 했을 테지만 불행하게도 라이거파 안에는 그럴 만한 인물이 없었다. 게다가 몇 년간 계속된 전쟁으로 그들 또한 심신이 지쳐 있던 터여서 한편으론 토끼의 제안이 반갑기까지 했다. 그렇게 분위기는 무르익어 마침내 양측의 지도부들은 체육대회를 개최하는 문제를 협의하기 위해 중립 지역에 있는 요정에서 자주 회합을 가졌고 한동안 전쟁이 중단되어 모처럼 화해 무드가 조성되었다. 이른 바, '동천의 봄'이라고 불리는 시기였다.

첫 회합이 열리던 날, 라이거파 지도부들은 혹시나 있을지 모르는 기습에 대비해 요정 주변에 조직원들을 대거 배치하는 한편, 만약의 사태에 대비해 몸에 회칼을 하나씩 숨기고 음식점으로 들어갔지만 한번 회합을 갖고 나자 그들은 토끼가 더없이 신사답고 의리 있는 사람이라는 신뢰가 생겼고 두 번째 회합에선 팔자가 기구해 어쩌다보니 깡패 두목이 되었을 뿐 알고 보면 법 없이도 살 만큼 착한 사람이라는 믿음이 생겼고 나아가 세 번째 회합에선 그저 토끼가 참으로 박복하고 불쌍한 인생이라는 생각에 마음이 짠해져 라이거파 이름으로 구호금이라도 거둬서 전달해 줘야 하는 게 아닌가 하는 기분이 들기도 했다. 그래서 어느 날, 토끼가 회합이 끝난 뒤에 커피나 한잔 하자며 오순이 운영하는 다방으로 안내를 했을 때에는 완전히 경계심이 풀어져 아무 의심 없이 따라 들어가 느긋하게 오순이 타주는 커피를 한 잔씩 마셨는데 토끼가 아는 동생이 삼청교육대에서 개밥을 훔쳐 먹다 맞아죽은 얘기를 하며 눈물을 글썽이다 난데없이 지팡이를 높이 쳐들자 그것을 신호로 일단의 사내들이 각목을 들고 다방으로 난입해 아차, 뒤늦게 함정에 빠졌다는 사실을 깨닫고 황급히 자리에서 일어서며 일제히 회칼을 빼들었지만 이상하게도 하늘이 뱅글뱅글 돌아가고 다리가 휘청거려 뭐가 어떻게 된 건지 알지도 못한 채 회칼 한 번 들이대보지도 못하고 일단의 사내들이 휘두르는 각목에 쓰러져갔는데 훗날 알게 된 사실인즉, 그들이 마신 커피 안엔 테트로도톡신이란 신경 독이 들어 있어 각목을 든 사내들이 들이닥쳤을 땐 이미 온몸에 독이 퍼져 천하장사라도 전혀 힘을 쓸 수 없는 상황이었던 바, 그것은 오순이 며칠 전부터 근처 복국 집을 돌며 야심차게 준비한 독극물로 라이거파와 동천파의 기나긴 전쟁에 종지부를 찍는 결정타로 작용해 짧았던 동천의 봄이 끝나고 마침내 권토중래, 토끼는 동천의 패자로 우뚝 서게 되었다.

*

　방학이 끝나고 새 학기가 시작되면서 시위는 점점 더 격렬해졌다. 학생들은 교문을 뚫고 가투에 나서 매일 목이 터져라 구호를 외치고 숨이 가쁘도록 거리를 뛰어다녔다. 몇 번은 닭장차에 끌려가 경찰들에게 곤봉으로 두들겨 맞기도 했고 사복경찰에게 체포되어 경찰서까지 끌려갔다 훈방으로 풀려나기도 했다. 시위가 끝나고 나면 우리는 학교 근처의 술집으로 모여들어 각자 경험한 이야기를 무용담처럼 자랑스럽게 늘어놓기도 했다.

　한번은 거리에서 서울 시내의 모든 대학들이 참여하는 시위가 벌어진 적이 있었다. 이즈음엔 시위에 참여하는 학생 수가 늘어나는 만큼 경찰 병력도 증원이 되어 시위의 규모가 점점 더 커지고 있었다. 그날 나는 어쩌다가 앞줄에 서서 다른 학생들과 함께 스크럼을 짜고 경찰과 대치했는데 바로 코앞에서 최루탄이 터지는 바람에 일시에 대오가 무너지고 학생들은 사방으로 뿔뿔이 흩어졌다. 나 역시 독한 최루가스에 눈을 못 뜨고 괴로워하다 겨우 정신을 차리고 주위를 둘러보니 아수라장이 된 도로 한복판에서 경희가 사복경찰에게 끌려가고 있었다. 경찰은 경희의 머리채를 잡고 개 끌고 가듯 아스팔트 위로 질질 끌고 가 경희는 배를 허옇게 드러낸 채 비명을 지르며 발버둥을 쳤다. 순간 나는 앞뒤 생각할 것 없이 최루가스를 뚫고 달려가 경희의 팔을 잡고 있는 경찰의 옆구리를 발로 걷어찼다. 그리고 갑자기 액션 히어로로 변신한 듯 영화의 한 장면처럼 경찰이 넘어진 틈을 타 재빨리 경희의 손을 잡아 일으켜 뛰기 시작했다. 최루가스가 눈앞을 가려 어디가 어딘지 분간도 할 수 없었지만 나는 경찰의 저지선을 뚫고 무작정 상가 골목을 따라 내달렸다. 숨이 가빠 심장이 터질 듯했고 돌부리에 발이 채어 넘어질 뻔했지만 나는 경희의 손을 놓지 않았다.

겨우 경찰을 따돌렸다 싶어 걸음을 멈추고 문득 주위를 돌아보니 거리엔 아무 일도 없다는 듯 행인들이 바쁜 발길을 재촉하고 있었다. 어느새 은행잎은 노랗게 물들어 가을 햇살에 반짝이고 있었다. 우리는 빌딩 계단에 주저앉아 가쁜 숨을 몰아쉬며 지나가는 행인을 바라보았다. 여전히 목이 따끔거리고 코끝엔 희미하게 최루가스의 냄새가 남아 있었지만 방금 전 꿈에서 깨어난 듯 악몽 같던 시위 현장은 감쪽같이 사라지고 눈앞엔 평화로운 도시의 가을 풍경이 펼쳐져 있었다. 이때 나는 문득 경희의 손이 떨고 있다는 걸 깨달았다. 그때까지도 나는 경희의 손을 꽉 붙잡고 놓지 않고 있었는데 맞잡은 손이 땀으로 푹 젖어 있었다. 옆을 돌아보니 경희는 어깨를 떨며 울고 있었다.

— 너…… 괜찮아?

경희는 고개를 끄덕이면서도 새빨갛게 충혈된 눈에선 눈물이 줄줄 흘러내렸다.

— 어디 다쳤어?

— 아니.

— 그런데 왜……?

— 그냥, 벅차서…… 너무 벅차서……

— 뭐가?

— 몰라. 그냥 가슴이 벅차서 자꾸 눈물이 나와.

나는 경희가 우는 게 지독한 최루가스 때문인지 아니면 경찰에게 질질 끌려가던 순간의 두려움과 수치심 때문인지 알 수 없었다. 그리고 그 순간 그녀가 느낀 게 무엇인지도 알지 못했다. 그녀가 운 것은 우리가 역사의 한복판에 서 있다는 감당할 수 없는 무게감 때문이었을까, 아니면 그 거대한 물줄기 앞에 서 있는 개인의 왜소함 때문이었을까? 그것도 알 수 없었다. 하지만 그때 나는 깨달았다. 우리의 생은 그것이 무엇이 됐든 우리가 감당하기에 늘 너무 벅차리라는 것을. 그래서 또 눈물이 나고 그 눈물이 마를 즈음에야 겨우 우리가 애초에 그것을 감당할 수 없는 존재였음을 깨닫게 되리라는 것을. 나는 경희의 어깨에 팔을 둘러 세게 끌어안았고 경희는 내 가슴에 머리를 기대고 오래도록 울었다. 그러는 동안 해는 점점 더 기울어 거리는 거대한 빌딩숲의 그림자에 덮여갔고 빌딩 앞을 지나가는 행인들이 마치 여자나 울리는 나쁜 남자를 바라보듯 나를 쳐다보았다.

    가을이 지나면서 날씨가 점점 더 쌀쌀해졌다. 그에 따라 내 안에 있던 열기도 함께 식어버린 듯 왠지 맥이 빠진 기분이었다. 무리에 섞이는 것보다 도둑고양이처럼 홀로 구석진 곳을 찾아다니는 게 내 천성이었을까. 나는 시위에서 빠지는 일이 점점 더 잦아졌다. 하지만 이와는 정반대로 경희는 점점 더 뜨거워지고 있었다. 그날 경희의 내면에 어떤 변화가 생긴 걸까? 언제부턴가 나와 만나는 횟수가 점점 더 뜸해지고 서클 실에도 나타나지 않아 얼굴을 보기가 힘들어졌다. 대신 학생회의 간부급 선배들과 어울려 다니는 모습이 자주 눈에 띄었다. 그날 경찰에게 머리채를 잡혀 끌려갔던 충격 때문이었는지 머리도 남자애처럼 짧게 잘라 이전과는 사뭇 다른 인상이었다. 그날 내 자취방에서 보았던, 햇살에 반짝이던 긴 머리카락과 함께 이전의 서글서글하고 다정했던 모습도 사라져 나는 그녀가 딴 사람이 된 듯 낯설었다. 그녀는 이제 자신이 맡은 배역에 완전히 몰입한 듯 본래의 나약하고 여성적인 모습은 더 이상 찾아볼 수 없었다. 경희는 투사로 변모해 가고 있었지만 그럴수록 나는 그녀가 나와 점점 더 멀어지는 것 같아 마음이 괴롭고 안타까웠다. 그래서 자주 다퉜다. 그럴 때마다 그녀는 나에게 한심한 인간이라며 경멸의 말을 내뱉었다. 언젠가 시위현장에서 경희를 목격했을 때 그녀는 맨 앞에 서서 극렬하게 구호를 외치며 대오를 이끌고 있었는데 그녀의 눈엔 이전에 볼 수 없었던 알 수 없는 광기가 내비쳤다. 나는 갑자기 신 내림을 받아 무당이라도 된 듯 낯선 그녀의 모습에 마음이 무거웠다.

경희가 민주화투쟁 전국학생연합의 일원으로 여당 당사를 점거해 농성을 벌인 것은 그해 늦가을이었다. 그들은 당사를 점거, 정치규제 전면해금과 선거법 개정을 요구하며 농성을 벌이다 새벽에 들이닥친 경찰에 의해 모두 연행이 되었다. 그때 붙잡혀간 학생들은 대부분 구류 처분을 받아 얼마 뒤 다시 학교로 돌아왔지만 그것으로 경희는 나로부터 한걸음 훌쩍 더 먼 곳으로 달아났다. 그것이 단지 이념 때문이었을까? 나는 뭔가 보이지 않는 힘이 우리를 마구 어디론가 끌고 가는 기분이었다. 그리고 우리가 끌려가는 곳이 어디인지 짐작조차 할 수 없었다.

삼촌이 내 자취방으로 찾아온 것은 2학기가 거의 끝날 무렵이었다. 하릴없이 시내를 쏘다니다 저녁 늦게 집으로 돌아오는데 컴컴한 골목에서 누군가 서성이다 불쑥 앞을 막아섰다. 놀라 쳐다보니 삼촌이었다.

─ 삼촌……!

가로등 아래서 삼촌은 나를 보고 씩 웃어 보였는데 낡은 가죽잠바 대신에 무릎까지 오는 긴 트렌치코트를 입고 있었다.

─ 저녁 먹었니?

삼촌은 어딘가 이전보다 더 세련되고 여유 있는 표정이었고 더 이상 말도 더듬지 않았다. 아직 저녁을 안 먹었다고 하자 삼촌은 밥을 사주겠다며 나를 시장 근처의 순댓국집으로 데려가 머리고기에 소주를 시켰다.

─ 술 마실 줄 알지?

─ 그럼.

나는 웃으며 잔을 내밀었다. 삼촌은 나에게 소주를 한 잔 따라주고 자신의 잔에도 술을 따라 안주도 나오기 전에 건배를 제의하고 한 입에 털어 넣었다. 그는 자취방으로 몇 번 전화를 했지만 내가 전화를 받지 않아 직접 찾아왔다고 했다.

─ 얼마 전에 집에 다녀왔어. 형님도 뵙고……. 네가 집에 통 안 내려온다고 걱정하시더라. 대학생이 뭐 하는데 그렇게 바빠? 너 혹시 연애하는 거 아냐?

삼촌의 물음에 나는 말없이 웃으며 고개를 가로저었다.

─ 동구는 방위 받는데 많이 힘든 모양이더라. 애가 원체 몸이 약해서…….

삼촌은 이전의 불안하고 어정쩡한 태를 말끔하게 벗어 어딘가 안정되고 성숙한 느낌이었다. 그러고 보니 어느새 삼촌도 서른이 다 되어가는 나이였다.

— 근데 그동안 무슨 영화 찍었어?

삼촌이 충무로에서 액션배우를 한다는 얘기는 들었지만 그가 출연한 영화를 본 적은 한 번도 없었다.

— 뭐, 얘기해도 잘 모를 거야. 대개 삼류영화에 나와서…….

— 그래도 뭔지 얘기해 봐.

내가 재촉하자 삼촌은 비밀을 털어놓듯 조심스럽게 자신이 출연한 영화의 제목을 몇 개 댔지만 내가 본 영화는 한 편도 없었다.

— 〈사대소림사〉라고 들어봤어?

— 〈사대소림사〉? 못 들어봤는데…….

나는 고개를 가로저었다.

— 그럼 〈소림대사〉는?

— 〈소림대사〉?

— 그래. 장일도 나오는 건데…….

— 장일도?

〈소림대사〉는커녕 장일도도 나로선 처음 들어본 이름이었다. 삼촌은 답답하다는 듯 예전처럼 말을 더듬기 시작했다.

— 자, 자, 장일도 몰라? 당수도 하는 사람. 그 양반 진짜 무술 잘하는데…….

— 자, 잘 모르겠는데…….

나는 왠지 죄책감이 들어 삼촌처럼 말을 더듬었다.

— 그럼 〈남소림 북태권〉은? 왕호 나오는 건데…….

— 와, 왕호는 아는데 영화는 못 봤어.

그쯤 했으면 의당 아는 제목이 하나쯤은 나왔어야 마땅했다. 하지만 연달아 소림사가 들어가는 제목이 몇 개 더 나왔지만 나는 영화를 보기는커녕 제목도 들어본 적이 없는 영화들뿐이었다. 내가 부정하면 부정할수록 술자리의 분위기는 점점 더 무거워졌고 삼촌의 표정은 굳어만 갔다. 삼촌은 소림사 시리즈 이외에도 〈기문사육방〉이나 〈마검야도〉와 같이 의미도 잘 알 수 없는 제목까지 들먹였지만 끝내 내가 아는 제목은 나오지 않았다. 나는 속으로 제발 내가 본 영화가 나와주기를 바라며 간절한 눈으로 삼촌을 쳐다보았다. 하지만 짧은 충무로 생활의 밑천이 다 떨어졌는지 삼촌은 묵묵히 술잔만 기울였다. 그러다 내가 뒤늦게나마 화제를 돌리기 위해 막 입을 떼려고 했을 때였다. 삼촌은 문득 뭔가 생각이 났는지 빙그레 웃으며 다시 입을 열었다.

— 너도 이 영화는 봤을 거야.
— 무슨 영환데……?

나는 기대와 두려움이 반반씩 섞인 눈으로 삼촌을 쳐다보았다. 그는 마치 영화의 말미에 주인공이 감춰두었던 비기를 선보이듯 비장하고 의기양양한 표정으로 입을 열었다.

— 〈소림사 용팔이〉.
— 소, 〈소림사 용팔이〉?

맙소사! 이번에도 소림사였다.

— 그래, 황정리하고 거룡 나오는 영화 있잖아.

삼촌은 내가 당연히 보았다는 듯 확신에 찬 말투였지만 삼촌의 말이 떨어지는 순간 나는 절망에 빠졌다. 소림사와 용팔이라니! 이 무슨 가당치도 않은 조합이란 말인가? 하지만 난 도저히 그 영화까지는 부정할 자신이 없어 무릎을 치며 호들갑을 떨었다.

— 아! 〈소림사 용팔이〉! 그건 나도 봤지. 화, 황정리 나오는 거.

근데 삼촌은 거기서 뭐로 나왔어?

그제야 삼촌은 그럴 줄 알았다는 듯 뿌듯한 표정으로 편하게 자세를 고쳐 앉으며 자랑스럽게 말했다.

— 난 거기서 호준이 부하로 나왔어. 뭐, 큰 역할은 아니지만······.

이쯤에서 화제를 돌렸으면 좋았으련만 나는 그만 삼촌을 띄워주고 싶은 마음에 안 해도 될 질문을 하고 말았다.

— 그럼 삼촌이 황정리 부하로 나온 거야?

— 황정리는 무슨? 표자두로 나온 게 황정리고······.

— 아, 그, 그럼 거룡 부하였구나.

나는 당황해서 급히 말을 돌렸는데 상황은 더욱 꼬이고 말았다.

— 거, 거룡은 보, 보천으로 나온 게 거룡이잖아. 너, 넌 도대체 뭘 본 거야?

삼촌은 울컥, 짜증을 냈다. 그리고 잔뜩 의심스런 눈으로 나를 뚫어지게 쳐다보았다. 나는 그의 진지한 눈빛 앞에서 더 이상 어설픈 연기를 계속할 수 없었다. 그래서 나도 모르게 고개를 숙이며 조심스럽게 자백을 했다.

— 미, 미안해, 삼촌. 아, 아무래도 내가 다, 다른 영화하고 헷갈렸나 봐.

이때 삼촌의 눈썹이 꿈틀, 움직였다. 그리고 잔뜩 실망한 듯 뒤로 물러나 앉아 담배를 피워 물었다. 한동안 무거운 침묵이 흘렀다. 나는 뭐라고 변명을 하고 싶었지만 아무런 말도 떠오르지 않았다. 삼촌은 착잡한 얼굴로 천천히 담배 한 대를 다 피웠는데 그 시간이 마치 3년처럼 길게 느껴졌다. 이윽고 삼촌은 담배를 재떨이에 눌러 끄며 착 가라앉은 목소리로 말했다.

— 너도, 많이 변했구나.

그날 삼촌은 내 자취방에서 자고 다음 날 촬영이 있다며 새벽에 집을 나섰다. 나는 삼촌이 출연한 영화를 단 한 편이라도 보았더라면 하는 아쉬움에 마음이 무거웠다. 만일 그랬더라면 그 옛날 이소룡의 영화를 보았을 때처럼 둘이 밤새 즐겁게 수다를 떨었을 텐데!

삼촌은 내가 변했다고 했지만 변한 건 나뿐만이 아니었다. 당시 충무로는 70년대 권격영화의 시대가 저물고 에로영화의 시대로 접어들고 있었다. 권격영화는 이소룡이 죽은 뒤에도 꽤나 오랫동안 지속되었다. 그가 보여준 신선한 이미지와 강렬한 육체성에의 매혹은 좀처럼 떨치기 어려운 것이어서 수많은 아류작이 쏟아지는 것과 동시에 양소룡, 여소룡, 이여룡, 거룡, 당룡 등 룡(龍)자 돌림을 가진 배우들이 유난히 많이 출현했다. 하지만 짝퉁의 시대는 길지 않았고 이소룡의 그늘은 짙고도 넓어 그들 가운데 오리지널의 벽을 넘어 자신만의 스타일을 창조해 낸 이는 성룡과 홍금보, 단 두 명뿐이었다.

삼촌이 충무로에 처음 발을 내디뎠을 때는 바야흐로 성룡의 시대였다. 그가 출연했던 〈취권〉이 역대 흥행기록을 모두 갈아치우면서 그는 스스로 이소룡의 그늘을 거둬내고 동양의 스타로 우뚝 서게 되었다. 대신 이소룡을 흉내 냈던 짝퉁 영화들은 급격히 내리막을 걸어 해가 갈수록 눈에 띄게 제작 편수가 줄어들었다. 만일 삼촌이 한 시대 더 일찍 충무로에 입성을 했더라면 조금 더 빛을 보았을지도 모른다. 하지만 삼촌은 권격영화의 끝물에야 겨우 충무로에 입성해 자신의 꿈에 너무 늦게 당도한 셈이 되었다.

삼촌이 충무로에서 칼국수 집을 하고 있는 용식을 찾아가 처음으로 액션배우가 되고 싶다는 꿈을 밝혔을 때 그는 침을 튀겨가며 삼촌을 적극 만류했다. 액션배우를 하기엔 너무 늦었다는 거였다. 삼촌은 자신은 아직 서른도 안 됐으며 액션이라면 언제든 자신이 있다고 했지만 그는 나이가 문제가 아니라 때가 너무 늦었다고 했다. 이제 액션영화에 돈을 대는 제작자가 거의 없어 으악새 배우들이 하나둘 충무로를 떠나는 마당에 뒤늦게 무슨 액션배우냐는 거였다. 기실 용식도 그렇게 충무로를 떠난 배우 중의 하나였다.

그날 두 사람은 충무로에 있는 한 곱창 집에서 술을 마셨는데 제비처럼 날렵했던 용식은 그간 운동을 그만두고 칼국수 집을 하느라 잔뜩 살이 쪄 후덕한 음식점 사장으로 변모해 있었다. 그는 한동안 침을 튀기며 으악새 배우로 사는 것에 대한 서러움과 전망의 부재, 문화예술인의 한 사람으로서 느끼는 개발도상국의 척박한 문화 환경에 대한 개탄과 정부의 무관심에 대한 성토, 그러다 뜬금없이 마누라의 구박과 절대 일찍 장가갈 생각하지 말라는 애잔한 충고, 그러다 또 갑자기 눈물을 글썽이며 그때 마누라가 임신만 하지 않았어도 이렇게 살지는 않았을 거라는 회한과 만일 자신이 오디션에 참가했으면 하루아침에 세계적인 스타가 됐을 거라는 참으로 이해할 수 없는 자신감, 그래서 또 할리우드 가서 말론 브란도 만나고 비비안 리 만난다는 바로 그 얘기! 어쨌든 얘기가 잠깐 옆으로 샜지만 디찌마리 배우는 절대 할 게 못 된다는 충고……. 그럼에도 삼촌이 고집을 꺾지 않자 용식은 술을 먹다 말고 바지를 걷어보였다.

─야, 임마. 너 이거 안 보여?

용식이 다리를 보여주는데 수술을 받은 듯 길게 찢어진 상처가 여럿 눈에 띄었다.

— 이게 옛날에 달리는 말에서 뛰어내리다 부러져서 수술 받은 자리거든. 그리고 여기는 상대 배우하고 합이 안 맞아서 쇠파이프에 맞아 부러진 데고, 또 허리는 성한지 알아? 나무에서 뛰어내리다 가지에 걸려서 척추가 다 나갔어. 겉으로 보기엔 멀쩡해 보이지만 내가 몸에 철심을 아홉 개나 박고 산다. 알기나 알아? 그래서 지금도 술을 안 마시면 몸이 쑤셔서 잠을 못 자.

이어 그는 그래도 자신은 비교적 좋은 시절에 활동을 했지만 겨우 전셋집 한 칸 장만했을 뿐이라며 그것조차 운이 좋았기에 망정이지 아는 선배들 중에 몸과 마음이 망가져 폐인이 된 사람이 한둘이 아니라고 했다.

— 그리고 네가 아직 젊어서 모르겠지만 사람 몸이란 게 별 거 아냐. 맞으면 아프고 칼로 찌르면 피 나고 각목에 맞으면 부러지는 거거든. 그건 천하의 이소룡이 와도 마찬가지야. 괜히 젊은 거 하나 믿고 설치다가 인생 골로 가는 수가 있어.

용식은 충무로에서 산전수전 다 겪은 으악새 배우로서 삼촌을 적극 만류했지만 끝내 그의 고집을 꺾을 수는 없었다. 결국 며칠 뒤, 용식은 잘 아는 무술감독을 곱창 집으로 불러 삼촌을 소개시켜 주었고 다음날부터 삼촌은 그를 따라 촬영장을 드나들기 시작했다.

언젠가 한 번 우연히 삼촌이 출연한 영화를 본 적이 있었다. 군대를 가기 전 마지막으로 종태에게 면회를 가는 길이었다. 버스를 갈아타기 위해 정류장에 서 있었는데 바로 옆에 작은 극장이 하나 있었다. 낡은 상가건물 2층에 손바닥만 한 간판이 붙어 있는 동시상영관이었다. 극장에선 이미 오래전에 유행이 지난 권격영화를 상영하고 있었는데 조악한 그림체로 그려진 포스터를 훑어보며 실소를 짓던 나는 퍼뜩 〈소림사 용팔이〉란 제목을 어디선가 들어본 적이 있다는 느낌이 들었다. 그리고 그것이 언젠가 삼촌이 얘기했던, 황정리와 거룡이 나온다는 바로 그 영화라는 것을 깨달았다.

당시 나 같은 대학생들은 한국영화를 잘 보지 않았다. 그 이유는 왠지 정서상 한국영화를 보는 건 촌스럽다고 생각했기 때문이었을 것이다. 그런 불합리한 열등감은 언제부터 시작되었을까? 트렌치코트를 입은 시카고 갱들이 기관단총을 난사하기 시작했을 때부터였을까? 아니면 멋진 수트를 입은 영국 첩보원의 그 매혹적인 미소를 보았을 때부터였을까? 그것은 또 어쩌면 저 먼 옛날, 바다 건너 일본 물을 먹고 온 경성의 댄디들로부터 비롯된 허위의식이 아니었을까? 불행하게도 그 자괴감은 영화에만 국한된 문제가 아니었다. 당시 우리는 결혼에 반대하는 시어머니가 빠지지 않고 등장하는 한심한 주말드라마와 꿈속에서조차 고향을 그리워하며 흐느끼는 트로트와 여인수난사란 미명하에 여배우들을 벗기기에만 바빴던 방화들을 몽땅 부정했다. 말하자면 우리는 자발적으로 서구문화의 상대적 우월성을 인정했던, 그래서 스스로 우리 자신을 부끄러워한 세대였다. 삼촌 말대로 나도 그동안 많이 변한 걸까? 삼촌이 아니었다면 나는 아마도 절대 이미 한물간 삼류 권격영화를 보러 동시상영관에 들어가진 않았을 것이다.

삼촌이 처음 화면에 등장했을 때 나는 그를 잘 알아보지 못했다. 머리에 가발을 뒤집어쓰고 정체불명의 도복을 입고 있었기 때문이었다. 하지만 그가 상대의 주먹에 맞고 나가떨어지는 동작을 보고 비로소 그가 삼촌임을 알아보았다. 텀블링을 하듯 뒤로 몸을 뒤집어 떨어지는 모습이 눈에 익었기 때문이었다. 그것은 일찍이 뒷동산에서 삼촌이 무술연습을 하며 자주 선보였던 동작이었다. 거룡이 분(扮)한 용팔이는 성룡의 캐릭터를 참고한 듯 전라도 사투리를 쓰는 코믹한 인물로 이소룡의 시대가 지나고 성룡의 시대가 도래했음을 분명히 보여주고 있었다. 영화는 시종일관 황당무계한 설정과 억지스런 전개로 일관했다. 아마도 소림사와 용팔이라는 가당치않은 조합이 제작자가 노린 유일한 흥행코드였을 것이다. 하지만 기대치가 너무 낮아서였을까. 유치하면 유치한 대로 유치한 맛이 있었고 황당하면 황당한 대로 황당한 맛이 있었다. 그리고 그 어처구니없는 민망함이 웃음의 코드로 작용해 나도 모르게 몇 번 웃음을 터뜨리기도 했다. 게다가 황정리나 거룡 같은 무술의 대가들이 보여주는 액션 장면에선 손에 땀을 쥐기도 했다.

　삼촌은 이후에도 도적으로 나왔다가 죽고 노름판의 구경꾼으로 나왔다가 나중엔 다시 표자두의 부하로 나오는 등 역할을 바꿔가며 몇 번 더 화면에 모습을 드러냈다. 매번 배역이 다른 데다 거의 엑스트라나 다름없는 역할이어서 눈을 크게 뜨고 보지 않으면 삼촌인지 아닌지 알아보기조차 힘들었다. 한번은 갈대밭에서 거룡과 일대 일로 맞대결을 펼치기도 했다. 물론 삼촌은 으악새 배우답게 거룡에게 처참하게 패배해 으악! 하며 쓰러졌지만 단둘이 어울려 합을 주고받을 땐 제법 간지가 나 거룡에 비해 조금도 모자람이 없어 보였다. 화려한 발차기와 빠른 손놀림이 물 흐르듯 부드럽게 움직이며 상대 배우와 합이 잘 어울려 돌아갔다. 그리고 무엇보다도 삼촌은 시종일관 진지하게 연기를 하고 있었다.

　영화를 보던 나는 문득 주위를 둘러보았다. 낡은 극장 안엔 겨우 예닐곱 명의 관객만이 드문드문 떨어져 앉아 영화를 관람하고 있었다. 그들은 대부분 그저 시간이나 때우기 위해 들어온 듯 영화를 보는 표정엔 아무런 흥분도 없었다. 의자에 머리를 기대고 코를 골며 잠을 자는 사람도 있었다. 나는 다시 화면으로 눈을 돌렸다. 삼촌은 갈대밭 위로 높이 날아올랐다. 그리고 거룡의 일격에 비장한 최후를 맞았다. 그것이 그토록 간절하게 원했던 삼촌의 꿈이었을까? 하지만 그곳에 도달하기 위해 삼촌은 얼마나 먼 길을 돌아왔던가! 그것을 관객들은 손톱만큼이나마 이해할 수 있을까? 아니, 극장을 나선 뒤에 삼촌의 존재를 기억이나 할 수 있을까? 나는 갈대밭에서 쓰러져 간 삼촌의 모습에 마음이 짠해져 영화가 끝나고 지역광고가 나올 때까지도 극장을 떠나지 못했다.

― 당분간 면회 못 올 것 같다.
내가 잠시 망설이다 입을 열자 종태는 무슨 뜻이냐는 듯 쳐다보았다.
― 나, 다음 달에 군대 가.
그제야 종태는 말없이 고개를 끄덕이다 빙긋 웃으며 말했다.
― 가기 전에 도장은 확실하게 찍어놓고 가라.
― 무슨 도장?
― 너 여자 친구 있잖아. 도장 안 찍어놓고 가면 나중에 고무신 거꾸로 신는다더라.
종태의 말에 나는 피식 웃었다. 그것은 당시 남자들 사이에서 흔히 하는 농담이었지만 나는 경희를 떠올리며 기분이 씁쓸했다. 그래서 나도 모르게 불쑥 내뱉었다.

― 그 여자, 벌써 헤어졌어.
― 아니, 왜?
― 가기 전에 깨끗이 정리해야지. 안 그러면 괜히 머리만 복잡할까봐.
― 그래도 임마, 팍팍한 군대생활 하는데 가끔 여자 친구가 면회도 오고 그런 맛이 있어야지…….
― 그런 너는? 여기 면회 오는 여자 친구나 있냐?
― 있지.
― 난 한 번도 못 본 것 같은데…….
― 넌 한 번도 못 봤겠지만 정윤희처럼 예쁜 여자가 매주 면회를 온단다.
― 뻥치고 있네.
우리는 허탈하게 웃었다.
― 하여간 몸조심해라. 시국도 어수선한데…….
종태는 무겁게 말끝을 흐렸다. 내가 군대에서 제대할 즈음이면 종태도 출소를 할 것이다. 하지만 우리가 다시 만날 수 있을까? 나는 돌아서서 면회실을 나가는 종태의 뒷모습을 착잡한 눈으로 바라보았다.

입대를 얼마 안 남겨두고 나는 인천으로 경희를 만나러 간 적이 있었다. 그 무렵, 경희는 이미 제적을 당해 학교를 떠나 있었다. 들리는 소문에 의하면 낮에는 전자부품을 만드는 공장에서 일하고 밤에는 야학을 운영하는 선배를 도와 학생들을 가르치고 있다고 했다. 그것은 계파에 상관없이 당시 운동권 학생들이 밟게 되는 자연스런 수순이었다.

내가 연극 서클의 동기를 통해 알아낸 주소로 경희를 찾아갔을 땐 이미 밤 열 시도 넘은 시간이었다. 야학이 있는 곳은 가내수공업 수준의 영세한 공장들이 밀집해 있는 지역이었는데 골목에선 뭔가 역겨운 화공약품 냄새가 떠돌고 있었다. 나는 주소를 들고 어두운 골목을 한동안 헤매고 다녔다. 가로등 하나 없이 캄캄한 데다 집들이 들쭉날쭉 판자촌처럼 되는 대로 지어져 주소를 알아볼 만한 문패도 없었기 때문이었다. 그러다 우연히 골목 끝에서 불이 하나 켜져 있는 창문을 발견했다. 나는 혹시 길이라도 물어볼 수 있지 않을까 싶어 불이 켜진 창문 쪽으로 다가갔는데 그녀가 거기에 있었다. 경희는 학생이 여남은 명 앉아 있는 교실에서 수업을 하고 있었다. 교실이라고는 하지만 그저 낡은 벽에 작은 칠판 하나만 걸려 있을 뿐 하꼬방이나 다름없는 옹색한 방이었다. 학생들은 열대여섯 먹은 어린 소녀들부터 서른이 넘은 어른들까지 연령층이 다양했는데 하나같이 눈빛이 진지했다. 나는 수업이 끝날 때까지 창문 너머로 몰래 경희의 모습을 훔쳐보았다. 그녀는 공장일이 힘든 듯 얼굴에 살이 빠져 볼이 움푹 패었지만 눈빛만은 여전히 진지하게 빛나고 있었다.

그날 나는 왜 뒤늦게 그녀를 찾아갔을까? 우리의 관계는 이미 오래전에 끝났는데 혹시 마음속에 무슨 미련이라도 남았던 걸까? 그녀를 찾아간 건 그저 얼굴이나 한 번 보고 잘 지내라는 작별인사라도 하고 싶은 마음에서였다고 스스로 평계했지만 더 정직하게 말하자면 군대에 가는 극적인 상황을 이용해 그녀의 마음을 한 오라기라도 얻어보고 싶은 미련 때문이었을 것이다. 나는 수업을 하는 경희와 학생들을 창문 너머로 훔쳐보며 스스로 부끄러웠다. 그들은 자신을 바꾸기 위해, 그리고 나아가 이 세상을 바꾸기 위해 좁은 하꼬방에서 발버둥을 치고 있는데 나는 유치한 사랑의 감정으로 음흉한 샛꾼처럼 어두운 골목을 서성거리고 있을 뿐이었다. 그대로 돌아설까 몇 번 망설이긴 했지만 그런 부끄러운 감정은 끝내 그녀를 만나고 싶은 마음을 이기지 못했다. 나는 추위도 잊은 채 창문 아래 쪼그리고 앉아 수업이 끝나기만을 기다렸다. 얼마나 지났을까, 마침내 수업이 끝났는지 학생들이 우르르 몰려나오는 기척에 나는 재빨리 골목 끝으로 몸을 숨겼다. 그들의 발자국 소리가 멀어지고 잠시 후, 경희가 밖으로 나왔다. 나는 반가운 마음에 담 뒤에서 나와 경희에게 다가가려고 했다.

이때였다. 키가 큰 한 남자가 안에서 나와 열쇠로 교실 문을 잠갔다. 아마도 야학을 운영한다는 그 선배인 모양이었다. 나는 앞으로 나설까 말까 잠시 망설였는데 경희는 냉큼 남자의 팔짱을 꼈다. 그러자 그는 다정하게 웃으며 경희의 이마에 가볍게 입을 맞췄다. 그리고 두 사람은 서로 어깨를 끌어안고 내가 서 있는 반대편으로 걸어가기 시작했다. 그렇다면 소문이 사실이었구나……. 다리에 힘이 쭉 빠지는 기분이었다. 그리고 언젠가 동기들로부터 들은, 경희가 운동권 선배와 동거를 한다는 소문이 떠올랐다. 그 순간 배 한가운데가 휑하게 뚫린 듯 강렬한 상실감과 함께 왈칵 눈물이 솟구쳤다. 이제 모든 게 끝났구나, 하는 기분에 이를 악물었지만 주체할 수 없이 자꾸만 눈물이 나와 나는 두 사람이 골목 끝을 돌아 눈앞에서 사라진 뒤에도 오랫동안 어둠 속에서 바람에 흔들리는 허수아비처럼 어깨를 떨며 서 있었다.

*

　권격영화의 시대가 끝나자 으악새 배우들은 할 일이 없어졌다. 한때 강호를 호령하며 의기(義氣)를 겨뤘던 수많은 롱(龍)들은 하나 둘 충무로를 떠나 각자 형편이 되는 대로 변두리에 태권도 도장이나 합기도 도장을 차려 아이들을 봉고차에 실어 나르고 애가 둘이면 교습비를 깎아주는 게 상도덕 아니겠냐는 학부모와 실랑이를 벌이며 강호보다 더 무서운 일상 생활에 적응하느라 안간힘을 써야 했다. 당시 충무로는 〈훔친 사과가 맛있다〉나 〈피조개, 뭍에 오르다〉, 또는 〈늑대의 호기심이 비둘기를 훔쳤다〉와 같은 야릇한 제목의 영화들이 성행해 남자배우는 윤일봉, 신성일과 같이 여자 팔자 기구하게 만드는 나이 많고 돈 많은 아저씨의 역할이거나, 아니면 하재영, 안성기처럼 팔자가 기구해진 여자를 옆에서 안타깝게 지켜보지만 끝내 그녀를 구원해 줄 수는 없었던, 착하고 무기력한 남자의 역할에 국한되어 있었다. 그나마 영화 속에서 제대로 남자 구실을 하는 이는 이대근 하나뿐이었다. 그것은 그가 변강쇠처럼 세상에 드문 대물(大物)을 소유한 정력남의 아이콘이었기에 가능한 일이었다. 따라서 이젠 하늘을 날아다닐 일도, 바람을 가르고 달빛을 벨 일도 모두 사라졌다. 그나마 인상이 좀 험악한 배우들은 납치와 강간, 폭행과 학대를 일삼으며 여주인공의 꼬인 인생을 더 꼬이게 만드는 깡패나 인신매매범 같은 역할이 주어져 입에 풀칠이나마 할 수 있었지만 삼촌처럼 평범한 인상에 말까지 더듬는 배우가 충무로에서 할 일은 거의 없었다. 그래서 기껏 그가 맡을 수 있는 역할이라곤 여자들을 태워 납치하는 봉고차의 운전수거나 안성기를 패주는 깡패들 무리 중의 하나이거나 홍신

소 소장을 따라다니는 조수 정도가 고작이었다. 삼촌이 꿈속에서조차 그리워했던 여배우 원정을 다시 만난 것은 바로 그 무렵이었다.

 그날 삼촌이 맡은 역할은 길 가던 주부를 납치해 봉고차 안에서 강간을 하다 뒤쫓아온 남자 주인공에게 붙잡혀 작살이 나는 지질한 인신매매범이었다. 그나마도 원래 역할을 맡은 배우가 전날 술을 마시다 옆 테이블의 손님과 시비가 붙어 상대방의 옥수수를 왕창 마실 보내버리고 경찰에 구속이 되는 바람에 운 좋게 삼촌에게까지 돌아온 배역이었다. 새벽에 급히 연락을 받고 허겁지겁 현장으로 달려간 삼촌을 본 감독은 잔뜩 못마땅한 표정으로 얼굴이 너무 평범해서 간지가 안 난다며 조감독에게 선글라스라도 하나 씌우라고 지시해 삼촌은 검은색 라이방을 하나 얻어 쓰고 한쪽에서 대본을 읽고 있었다. 이때 원정이 뒤늦게 현장에 도착했는데 그녀의 얼굴엔 이전처럼 평생 타인의 시선을 받으며 살아온 사람 특유의 자의식과 도도함, 약간의 짜증과 나른함이 뒤섞인 여배우의 표정이라곤 찾아볼 수 없었지만 삼촌은 한눈에 그녀가 그 옛날 벽돌공장에서 처음 만나 삼촌의 영혼을 돌처럼 굳게 만들었던 바로 그 메두사라는 것을 알아보았다.

 잠시 후, 촬영 준비를 하느라 봉고차 안에 들어가 단둘이 남게 되자 삼촌은 선글라스로 얼굴을 반쯤 가리고 있었음에도 불구하고 행여 그녀가 배달부 시절, 추행을 했던 자신을 알아볼까봐 상대의 눈을 제대로 쳐다볼 수 없었다. 하지만 좁은 봉고차 안은 곧 그녀의 분 냄새로 가득 차고 삼촌의 심장은 마구 방망이질 치기 시작했다.

 ─왜 그래요? 더우세요?

 카메라 세팅을 기다리는 동안 원정이 삼촌을 보고 물었다.

 ─네?

― 땀을 너무 흘리셔서…….

그리고 원정은 손수건을 꺼내 건넸다. 삼촌은 황송하다는 듯 두 손으로 손수건을 받으며 그제야 비로소 원정의 얼굴을 처음으로 정면에서 마주보았다. 당시 그녀는 서른이 훌쩍 넘은 나이로 본격적인 응고와 기화의 단계에 접어들어 이전의 갸름하고 처연하던 모습은 온데간데없고 어느새 메마르고 지친 중년의 분위기를 풍기고 있었다. 삼촌은 바로 코앞에서 원정의 얼굴을 보며 무심하게 흘러간 세월에 가슴이 무너져 내렸다.

― 그러지 말고 선글라스 벗고 닦으세요. 땀이 아주 범벅이 됐네.

삼촌이 선글라스 밑으로 손수건을 넣어 조심스럽게 땀을 닦는 것을 보고 원정이 말했지만 삼촌은 행여 얼굴이 드러날까봐 두려워 손으로 선글라스를 꽉 붙잡았다.

― 괘, 괘, 괜찮습니다.

이때, 밖에서 숯을 외치는 소리가 들려왔다.

원정은 그날도 가슴골이 훤하게 드러난 원피스를 입고 있었는데 이미 충무로에서 정평이 나 있는 가슴은 그때까지도 여전히 입이 딱 벌어질 만한 사이즈를 유지하고 있었다. 기실, 그녀에게 변호사나 의사, 또는 그 실체가 뭔지는 모르지만 여배우들이 결혼하고 싶어 환장하는 재미교포 사업가, 아니면 한물간 여자연예인들이 급히 막차를 집어타듯 마지막으로 선택하는 치과의사와 결혼할 수 있는 기회가 전혀 없었던 건 아니었다. 그렇게만 되었다면 적당한 때에 과거를 깨끗이 지우고 배우생활을 청산하는 동시에 강남의 유한마담으로서 새로운 인생을 시작할 수도 있었을 것이다. 고급빌라와 골프회원권, 백화점 명품 코너와 사우나, 지루하고 권태롭지만 그것을 잠깐씩이나마 잊게 해줄 모피코트와 명품핸드백……. 하지만 그런 결정적인 순간이 되면 아이러니하게도 모든 사내들이 갈망해 마지않던 바로 그 풍만한 가슴이 문제가 되었다. 말하자면 뭐랄까, 기품 있는 귀부인이 달고 다니기엔 너무 부담스러운 사이즈였다고나 할까? 그 특별한 가슴이야말로 그녀가 처음 충무로에 발을 내디뎠을 때 감독이나 제작자로 하여금 한 번 더 그녀를 돌아보게 만든 무기이긴 했지만 대신 그녀의 이미지를 특정한 쪽으로 고착시켜 강남으로 가는 앞길을 가로막는 장애가 되기도 했다.

예컨대 한 변호사가 그녀와 결혼을 해서 동료 법조인들의 부부동반 모임에 나갔다고 치자. 그런데 파티 내내 모든 선후배 법조인들의 눈길이 자기 부인의 가슴에만 쏠려 있다면 그것이 단지 자랑스럽기만 했을까? 그리고 자신이 하루 종일 골치 아픈 사건을 맡아 정신없이 법정을 드나들고 있을 때 과연 그 뜨거운 가슴을 가진 그녀가 조신하게 집에만 틀어박혀서 모차르트를 들으며 피천득의 주옥 같은 수필집을 읽고 있을 거라는 믿음을 가질 수 있었을까? 변호사가 생각하기에 그녀는 집에서 클래식을 들으며 화초를 키우는 아내의 역할이 아니라, 바로 집에서 클래식을 들으며 화초를 키우는 아내에게 싫증을 느꼈을 때 잠시 한눈을 팔기에 적당한 여자였다. 말하자면 그녀의 특별한 가슴은 정실에게 어울리는 가슴이 아니라 세컨드, 즉 첩실에게나 어울리는 가슴이었던 것이다.

삼촌은 자꾸만 엔지(NG)를 냈다. 바로 그 문제의 가슴 때문이었다. 희고 풍만한 원정의 가슴을 마주한 삼촌은 얼굴이 화끈거리고 호흡이 가빠졌다. 그리고 그 와중에도 성기가 돌처럼 딱딱해져 행여 들킬세라 가능한 한 엉덩이를 뒤로 잔뜩 빼고 있었다. 이미 한물갔다고는 하지만 삼촌에게 있어서 그녀는 여전히 심장을 돌처럼 얼어붙게 만드는 메두사였던 것이다. 그가 충무로에 들어가 처음 카메라 앞에 섰을 때 제일 먼저 머릿속에 떠오른 것도 바로 원정의 얼굴이었다. 그녀는 어디에서 무얼 하고 있을까? 아직도 충무로에서 영화를 찍고 있을까? 삼촌은 촬영현장에 나갈 때마다 혹시나 원정과 마주치지 않을까 싶어 먼발치에서 여배우들을 힐끔거리며 훔쳐보기도 했다. 그러다 마침내 꿈속에서 그리던 여인을 만났는데 하필이면 자신이 맡은 역할이 강간범이라니! 삼촌은 차마 원정의 가슴을 만질 수 없었다. 그래서 손을 못 대고 가슴 언저리께만 더듬거렸다.

— 야, 이 새끼야! 너 왜 그렇게 손을 떨어? 그리고 어딜 자꾸 엄한 데만 더듬는 거야. 너 가슴이 어딘지 몰라?

감독이 봉고차 문을 벌컥 열며 소리쳤다.

— 그리고 원정 씨, 가슴 더 보이게 옷 좀 젖혀봐.

감독의 지시에 원정이 드레스의 앞섶을 젖히자 출렁, 풍만한 맨가슴이 삼촌의 눈앞에 가득 찼다. 숨이 턱 막히는 듯했다. 그리고 성기는 더욱 딱딱해졌다.

— 마음 편하게 하세요. 자꾸 엔지 나면 우리만 고생이잖아요.

감독이 자리로 돌아가고 나자 원정이 삼촌에게 말했다. 이전 같았으면 아마도 삼촌 같은 단역배우에게 손수건은커녕 눈길조차 건네지 않았을 것이다. 하지만 이즈음 유효 기간이 모두 끝난 그녀는 유사장으로부터 폐기처분되어 전에 삼촌이 찾아갔던 남산 밑의 그 으리으리한 저택은 원정보다 가슴이 더 팽팽하고 물기가 더 많이 남아 있는 젊은 여배우의 차지가 되었고 원정은 마포 근처의 낡은 원룸오피스텔로 밀려난 처지가 되었다. 유 사장은 이따금씩 느끼한 속을 달래기 위해 토장국을 찾듯 잊을 만하면 한 번씩 오피스텔을 찾아 농익은 원정의 육체를 탐하다 돌아가곤 했지만 갈수록 찾는 횟수가 줄어들어 원정은 끈 떨어진 연(鳶)처럼 급격하게 추락하고 있는 중이었다. 그래서였을까, 이전의 도도했던 모습은 온데간데없고 그날은 행여 스태프의 눈밖에 날까 누구보다도 적극적으로 연기에 임했는데 그 사실에 오히려 삼촌은 마음이 아팠다.

 잠시 후 다시 촬영에 들어가자, 삼촌은 눈을 질끈 감고 원정의 가슴을 와락 움켜쥐었다. 그러자 밑에 깔린 원정은 비명을 질러댔는데 어찌나 리얼했는지 삼촌은 그 소리에 놀라 원정의 몸에서 황급히 떨어졌다.

 ─ 괘, 괜찮아요?

 이때 밖에서 컷! 소리가 들리고 감독이 화난 얼굴로 다시 봉고차 문을 열어젖혔다.

 ─ 야, 임마. 왜 컷도 안 했는데 그만둬? 그만하랄 때까지 계속하란 말이야. 그리고 똥싼 놈처럼 엉덩이는 왜 자꾸 뒤로 빼는 거야?

 ─ 죄, 죄, 죄송합니다.

 삼촌은 몸을 격렬하게 움직이느라 선글라스가 벗어진 줄도 모르고 연신 머리를 조아렸다.

 ─ 야, 이 시로도*는 누가 데려온 거야? 응? 아무리 나까**라도 그

---

* 경험이 없는 미숙한 사람을 가리키는 일본식 속어
** 싸구려, 삼류를 뜻하는 일본식 속어

렇지, 기본도 모르는 애를 데려오면 어쩌자는 거야?

감독이 화가 나 길길이 날뛰자 원정이 나섰다.

— 감독님, 이번엔 내가 잘못해서 그런 거니까 다시 한 번 가요. 이번엔 잘할 거예요.

감독은 뜻밖이라는 듯 원정의 얼굴을 쳐다보다 삼촌에게 말했다.

— 너 한 번만 더 헤매면 배우 바꿀 테니까 알아서 해.

감독이 돌아가고 잠시 카메라 세팅을 기다리는 동안 원정이 삼촌에게 말했다.

— 나는 괜찮으니까 진짜 강간하는 것처럼 하세요.

— 고, 고, 고맙습니다. 하지만 오, 오해가 있을까봐서 미리 말씀드리는 건데 호, 호, 혹시 진짜처럼 하더라도 제, 제, 제가 평소에 가, 강간이나 하고 다니는 그, 그런 나쁜 놈이라고 생각하시면 안 됩니다.

삼촌의 진지한 얼굴을 쳐다보던 원정이 까르르 웃음을 터뜨렸다.

— 알아요. 그냥 연기를 하는 것뿐인데 누가 그걸 구분하지 못할까봐서요?

삼촌의 엉뚱한 말에 원정은 재밌다는 표정으로 삼촌의 맨얼굴을 쳐다보다 고개를 갸우뚱하며 물었다.

— 그런데…… 혹시 우리 전에 만난 적 있지 않나요?

원정의 말에 삼촌은 화들짝 놀라 급히 바닥에 떨어진 선글라스를 주워 쓰며 고개를 가로저였다.

— 아, 아, 아니요. 그, 그럴 리가 있나요.

— 그래요? 난 어디서 많이 본 것 같은데……. 그동안 무슨 영화 했어요?

― 뭐, 그냥 이거저거…….
― 그럼 촬영장에서 한 번 만났을 수도 있겠네요. 이 바닥이 워낙 좁으니까. 혹시 최근에 〈먹다 버린 능금〉에 출연한 적 있어요?
― 아, 아니요.
― 그럼 〈차라리 불덩이가 되리라〉는요?
― 어, 없습니다.
― 그럼 혹시 〈몸 전체로 사랑을〉엔 출연한 적 없나요?
― 네, 어, 없습니다.

원정은 이후에도 비슷한 류의 제목을 몇 개 더 댔지만 삼촌은 연신 고개를 가로저었다.

― 이상하다. 난 분명히 낯이 익은데…….

원정은 고개를 갸우뚱하다 결국 포기를 하고 후배에게 연기 지도를 하듯 다정하게 말했다.

― 어쨌든 이번엔 너무 긴장하지 말고 평소에 하던 대로만 하세요.
― 글쎄, 전 펴, 평소에 가, 강간 같은 건 안 한다니까요.

마지막 시도에서 삼촌은 원정의 말대로 진짜 강간을 하는 것처럼 리얼하게 연기를 했다. 그래서 원정의 가슴을 거칠게 주무르고 치마 밑으로 손을 넣어 허벅지를 더듬고 입술도 마구 빨았다. 그리고 성기가 터져버릴 듯 딱딱해졌지만 에라 모르겠다, 엉덩이를 밀어붙였다. 기실 그것은 삼촌이 원정을 처음 만난 이후 그가 언제나 원하던 것이었다. 그동안 원정과 사랑을 나누는 꿈을 얼마나 많이 꾸었던가! 그리고 잠에서 깨어나 그것이 단지 꿈이라는 것을 깨달았을 때 얼마나 허탈해했던가! 그런데 눈앞에 있는 원정은 꿈속이 아니라 현실에 존재하는 인물이었으며 그 풍만한 가슴은 깨고 나면 사라지는 것이 아니라 손으로 만지고 느낄 수 있는 실재였던 것이다. 그래서였는지 처음에 이 시로도를 어디서 데려왔냐며 타박을 하던 감독조차 삼촌의 연기에 만족한 듯 어깨를 두들겨주며 혹시 다음에 또 부를 일이 있을지 모르니 조감독에게 연락처를 남겨놓으라고 했다. 하지만 그것이 강간범의 역할이었기 때문이었을까, 삼촌은 조금도 즐겁지 않았다. 오히려 몹쓸 짓을 한 것 같은 죄책감과 수치심에 기분이 더러웠다. 그래서 스태프들에게 인사를 하는 둥 마는 둥 서둘러 가방을 챙겨 촬영장을 빠져나왔다.

*

빵빵!

삼촌이 버스를 타기 위해 밤길을 걸어가고 있을 때였다. 옆으로 지나가던 승용차가 경적을 울려 돌아보니 원정이었다.

— 왜 인사도 안 하고 그냥 갔어요?

— 그, 그냥…… 죄송해요.

타세요. 시내까지 데려다 줄게요.

원정이 고갯짓을 했지만 삼촌은 선뜻 옆에 탈 용기가 없어 고개를 가로저었다.

— 아니. 괘, 괜찮습니다.

— 그러지 말고 타세요. 지금 차 끊겼을 텐데…….

원정이 한 번 더 권하자 삼촌은 잠시 망설이다 그녀의 차에 올라

탔다. 원정의 차는 고급세단이었지만 오래된 듯 엔진소리가 시끄러웠다.

― 이름이 권도운이라고 했죠?
― 네? 그런데 어떻게……

삼촌은 원정이 이름을 알고 있다는 사실에 놀라 옆을 돌아보았다.

― 아까 조감독한테 물어봤어요.
― 아, 네…….

삼촌은 달리 할 말이 없어 얌전하게 무릎에 손을 올려놓은 채 앞만 바라보았다. 서로 숨소리가 들릴 만큼 가까이 있다는 사실에 삼촌은 가슴이 콩닥거렸다. 그리고 방금 전, 자신이 더듬었던 그 하얀 가슴이 눈앞에 떠올랐다. 삼촌은 자꾸만 원정을 돌아보고 싶은 욕구를 억제하느라 고개가 뻣뻣해졌다. 그리고 그녀와 차를 타고 밤새 어디론가 달려갔으면 좋겠다고 생각했다. 하지만 거리도 멀지 않은 데다 길도 막히지 않아 차는 곧 충무로 근처에 도착했다.

― 어디서 내려드리면 돼요?

원정의 물음에 삼촌은 가슴이 무너지는 듯 안타까웠다. 그리고 너무나 빨리 다가온 작별의 시간이 원망스러웠다.

― 그냥 아무 데서나 내려주세요. 여기서 가깝거든요.

원정이 길가에 차를 세웠다.

― 다음에 만나면 알은척 좀 하고 지내요.
― 네, 고맙습니다.

삼촌이 가방을 들고 차에서 내리는데 다리가 허방을 짚는 듯 휘청거렸다.

― 어머, 괜찮아요?

― 아, 네. 괘, 괜찮습니다.
― 네, 그럼 조심하세요.

원정이 막 차를 출발시키려고 할 때였다. 그간 원정이 보여준 호의 때문이었을까, 삼촌은 다급하게 원정을 불렀다.

― 자, 잠깐만요.
― 왜요?
― 호, 호, 호, 혹시, 배, 배 안 고프세요?

충무로에 들어온 이래 삼촌이 그렇게 큰 용기를 낸 적은 한 번도 없었다. 그래서 그 짧은 질문을 하는데 머릿속에서 폭탄이 터지는 듯 했다.

― 뭐, 약간 출출하긴 한데…….

삼촌의 말에 원정이 시계를 들여다보았다.

― 이, 이 근처에 가, 감자탕 잘하는 집이 있는데 같이 드실래요? 제가 살게요.

삼촌은 겨우 끌어올린 용기가 사라지기 전에 다급하게 말을 이었다. 이때 원정이 삼촌의 간절한 표정을 읽어냈을까, 그녀는 잠시 삼촌의 얼굴을 바라보다 웃으며 고개를 끄덕였다.

― 그래도 아주 바보는 아니네요.
― 네?

감자탕이 끓기를 기다리는 동안 원정이 담배를 피우며 말했다.

― 처음엔 말도 더듬고 연기도 못해서 진짜 바보인 줄 알았거든요. 그런데 나를 꾀어서 여기까지 데려온 걸 보면 아주 바보는 아닌 모양이네요.

원정의 말에 삼촌은 얼굴이 빨개졌다. 그는 꿈속에서나 그리던 여인과 단둘이 마주앉아 있다는 사실이 믿기지 않아 그녀가 무슨 말을 해도 아무런 상관이 없었다.
　― 그런데 내가 오늘 왜 도운 씨를 따라온 줄 알아요?
　― 그, 글쎄요.
　― 도운 씨를 처음 봤을 때 분명히 우리가 어디선가 만난 적이 있다는 생각이 들었거든요. 그러다 나중에 숲이 들어가서 도운 씨가 나를 껴안았을 때 뭔가 딱딱한 게 나를 찌르더라고요.
　― 죄, 죄, 죄송합니다. 그, 그게 그, 그러려고 그런 게 아닌데…….
　원정의 말에 삼촌이 당황해서 말을 더듬었다.
　― 그런데 그때 갑자기 생각이 났어요.
　― 뭐, 뭐가요?
　― 옛날에 충무로에 있는 중국집에서 배달하지 않았어요?
　알고 있었구나! 삼촌은 자신도 모르게 고개를 떨구었다.
　― 그리고 우리 집에 배달 온 적 있죠?
　삼촌은 당시의 상황이 떠올라 얼굴이 빨개진 채 고개를 들지 못했다.
　― 근데 그때 왜 그랬어요? 아무리 봐도 전혀 그럴 사람 같아 보이지 않는데…….
　이때 삼촌은 사랑해서 그랬다고, 당신을 너무 사랑해서 심장이 벌렁거리고 머릿속이 하얗게 비워진 듯 아무런 생각도 나지 않는데 방금 목욕을 하고 나온 당신의 몸에선 향긋한 몸 냄새가 풍겨 머리가 어지러웠고 가운 하나만 걸친 당신의 모습이 너무나 아름다워 차마 눈을 뗄 수가 없었다고, 그때 나는 겨우 스무 살이었다고, 그래서 도저히 참을 수 없었다고, 그래서 나도 모르게 당신을 껴안았다고 변명을 하고 싶었지만 이때도 역시 누군가 목구멍 안에서 혀를 잡아당기는 것처럼 말이 나오지 않았다. 그래서 그저 고개를 푹 숙인 채 말을 꺼내지 못하다 답답하다는 듯 앞에 놓인 소주잔을 들어 한입에 털어 넣었다. 그러자 원정도 빙그레 웃으며 소주잔을 들었다. 그렇게 두 사람은 잔을 주고받았고 시간이 지날수록 빈 소주병이 늘어나면서 원정은 점점 더 혀가 꼬이기 시작했다.

— 남자들은 참 이상해.

— 왜요?

— 내가 참 쉬워 보이나봐. 그리고 나랑 자면 되게 좋을 거라고 생각하는 것 같아. 미스터 권도 그렇게 생각해?

원정의 갑작스런 질문에 삼촌은 얼굴이 빨개져서 무심코 고개를 끄덕였다.

— 네.

— 뭐? 미스터 권 눈에도 내가 그렇게 쉬워 보여?

— 네? 아, 아, 아뇨. 그, 그게 아니라…… 좋을 거 같다고요.

— 뭐가 좋아?

ㅈ, 가, 같이 자면…….

— 그래, 맞아. 다들 그렇게 생각하지. 근데 사실은 나랑 자봤자 그렇게 좋을 것도 없어. 그냥 겉보기만 그래. 막말로 나라고 금테 두른 건 아니잖아. 근데 남자들은 그걸 몰라요. 그래서 자꾸만 덤벼들어. 피곤하게.

원정은 혀 꼬부라진 소리로 계속 횡설수설했다.

― 솔직히 내 가슴이 크긴 좀 커. 그건 나도 인정해. 그래서 남자들이 나를 보면 일단 가슴부터 쳐다봐. 그게 얼마나 부담스러운 건지 모르지? 그러면서도 또 가슴이 크면 머리가 나쁘다고 생각하는 건 무슨 이율배반적인 경우야? 솔직히 말해서 나 머리 그렇게 나쁜 편 아니거든. 학교 다닐 때 공부를 안 해서 그렇지, 내 아이큐 얘기 하면 아마 다들 깜짝 놀랄걸.

― 어, 얼만데요?

― 뭐가?

― 아이큐요.

― 그러는 미스터 권 아이큐는 얼만데?

― 뭐, 그렇게 높은 편은 아닙니다.

― 그럼, 두 자리야?

― 네, 뭐 그냥······.

― 그래. 내가 봐도 그렇게 좋아 보이진 않는다. 근데 미안하지만 난 두 자리는 아냐. 그러면 솔직히 그렇게 나쁜 편은 아니잖아.

― 그, 그렇죠.

이때, 원정은 갑자기 삼촌의 어깨를 딱 때리며 말했다.

― 맞아! 전화번호 있지. 내 자랑 같지만 내가 외우는 번호가 30개도 넘어. 한 번 들으면 절대 안 잊어버리거든. 진짜야. 못 믿겠으면 아무거나 한번 대봐.

― 뭐를요?

― 전화번호. 진짜 내가 다 외운다니까. 빨리 아무거나 대봐.

원정의 황당한 주문에 삼촌이 전화번호를 못 대고 머뭇거리자 원정이 손을 내저으며 말했다.

— 아니다, 내가 그냥 아무거나 대볼게. 음…… 세명영화사 전화번호는 칠사삼에…… 오사…… 아니다, 오사가 아니라 사오…… 사오…… 잠깐만, 내가 국번이 뭐라고 그랬지?

— 칠사삼요.

— 칠사삼? 이상하네. 칠사삼 아닌데…… 아이 씨. 오늘 너무 많이 마셨나보다.

원정은 갈수록 혀가 꼬부라져서 횡설수설했지만 삼촌은 원정의 앞이라서 그런지 아무리 마셔도 정신이 말짱했다.

— 근데 미스터 권한테 한 가지 물어볼 게 있어.

— 뭐, 뭔데요?

— 그때 왜 나를 강간하려고 그랬어?

— 네? 제, 제가 언제요.

— 옛날에 그랬잖아. 그때 가정부 아줌마 없었으면 나 강간했을 거잖아. 자기 입으론 강간이나 하고 다니는 그런 나쁜 놈이 아니라면서…….

— 그, 그, 그건 오, 오해입니다.

— 홍, 오해 좋아하네. 내가 보기에 괜히 겉으로 어수룩한 척하면서 나쁜 짓 많이 하고 다니는 스타일이야. 우린 딱 보면 알지.

원정의 술주정은 계속되었다.

— 작으면 작다고 불평, 크면 크다고 불평. 홍, 개새끼들, 나보고 어쩌라는 거야? 하여간 다들 그냥 한번 나를 어떻게 해보겠다는 놈들뿐이지, 나를 진짜로 사랑하는 남자는 아무도 없어. 그건 너도 마찬가지잖아.

원정이 몸도 못 가누며 주정을 하자 삼촌은 옆에서 그녀를 부축

했다.

— 저, 그만 마시고 일어나시죠. 너무 취한 것 같은데…….

삼촌은 더 마시겠다는 원정을 가까스로 달래 자리에서 일어섰다. 그리고 원정을 부축해 겨우 밖으로 나오는데 그녀는 음식점 입구에 있는 공중전화를 보더니 갑자기 큰 소리로 외쳤다.

— 아! 생각났다!

— 뭐가요?

— 전화번호! 칠사삼이 아니라 칠삼사에 사오이칠이야. 번호 맞는지 한번 걸어봐.

— 너무 늦어서 다 퇴근했을 텐데…….

하지만 원정은 주머니에서 동전을 꺼내주며 고집을 피웠다.

— 아냐. 한번 걸어봐. 내가 얼마나 머리가 좋은데, 진짜 세명영화사 맞는지 확인해 보라니까.

삼촌은 원정의 고집에 할 수 없이 공중전화에 동전을 넣고 버튼을 눌렀다.

— 번호 똑바로 눌러. 칠, 삼, 사에 사오이칠.

번호를 누르자 신호음이 들렸지만 삼촌은 누가 전화를 받을 거라는 기대는 하지 않았다. 그저 거는 시늉만 내고 금방 끊을 생각이었다.

— 아무도 안 받는데요.

삼촌이 막 전화를 끊으려고 할 때였다. 철컥, 하는 소리와 함께 동전이 밑으로 떨어졌다. 그리고 한 남자의 목소리가 들렸다.

— 여보세요.

상대가 전화를 받을 거라고 미처 생각지 못했던 삼촌은 뜻밖의 상황에 당황해 아무 말도 하지 못했다.

― 여보세요.

상대가 한 번 더 물었을 때 삼촌은 겨우 입을 뗄 수 있었다.

― 여, 여, 여, 여보세요.

― 누구요?

― 호, 혹시 거기 세, 세명영화사 아닌가요?

그러자 상대 남자는 짧게 한숨을 내쉬며 물었다.

― 누구야, 넌?

― 네? 저, 저, 저, 전 그냥…….

― 같이 있는 여자 바꿔봐.

― 네?

― 옆에 여자 있잖아. 바꿔보라고.

상대의 말에 삼촌은 어리둥절해서 옆에 쭈그리고 앉아 있는 원정을 불렀다.

― 저, 전화 바꾸라는데요.

원정은 취해서 노래를 흥얼거리다 삼촌의 말에 환하게 웃으며 물었다.

― 맞지? 내가 말한 번호가 맞지? 세명영화사.

― 그건 잘 모르겠는데 전화 바꾸래요.

― 바꾸긴 뭘 바꿔. 그냥 확인만 했으면 됐지. 그냥 끊어.

삼촌은 다시 수화기에 대고 말했다.

― 그냥 끊으라는데요.

그러자 상대는 짜증스러운 듯 길게 한숨을 내쉬며 말했다.

─ 알았어. 지금 거기 어디야?

─ 여, 여기요? 감자탕집 앞인데…….

─ 어디? 충무로에 있는 감자탕집?

─ 네.

─ 너, 그 여자 데리고 그 자리에 꼼짝 말고 있어.

─ 왜, 왜요?

순간, 전화가 끊겼다. 삼촌은 마치 귀신에 홀린 듯 어리둥절해 고개를 갸우뚱하는데 원정이 일어서며 말했다.

─ 미스타 권, 그 번호 맞지? 내가 진짜 머리 좋다니까. 왜 안 믿는 거야?

순간, 원정이 몸을 가누지 못하고 비틀거려 삼촌이 허리를 껴안아 부축을 했다.

─ 아이 씨, 오늘 너무 많이 마셨다. 미스터 권, 운전할 줄 알아?

─ 네, 할 줄 압니다.

원정은 가방에서 차키를 꺼내 건넸다.

─ 그럼, 가서 내 차 좀 가지고 와.

─ 근데, 기다리라고 그랬는데…….

─ 누가 왜 기다려?

─ 잘 모르겠어요. 아까 전화 받은 사람이…….

─ 웃기지 말라고 그래. 난 내가 가고 싶으면 아무 때나 갈 수 있는 자유가 있는 사람이야. 지들이 뭔데 기다리라 마라야.

원정은 과장되게 손을 내젓다 휘청하며 벽에 기댔다. 그리고 갑자기 우웩! 하며 감자탕집 앞 골목에 질펀한 토사물을 쏟아내기 시작했다. 신발과 바짓단에 토사물이 튀고 역한 냄새가 코를 찔렀지만 삼촌은 개의치 않고 원정의 등을 조심스럽게 두드려주었다.
─ 괜찮아요?
잠시 후, 원정은 겨우 고개를 들었는데 빨갛게 충혈된 눈에 토사물이 머리카락과 입가에 잔뜩 묻어 있어 몰골이 말이 아니었다.
─ 잠깐만 기다리세요. 식당에서 물수건 좀 얻어올게요.

삼촌이 물수건을 얻으러 식당에 들어간 동안 원정은 바닥에 쭈그리고 앉아 있었다. 이때 승용차 한 대가 급히 달려와 감자탕집 앞에 멈춰 서더니 사내 두 명이 차에서 내렸다. 그리고 원정에게 성큼성큼 다가와 다짜고짜 따귀를 호되게 올려붙였다. 원정은 비명을 지르며 그대로 바닥에 넘어졌다.
─ 너 이 쌍년, 아직도 정신 못 차렸어?
두 사람 중에 불곰처럼 체격이 큰 사내가 인상을 쓰며 원정을 발로 걷어찼다.
─ 너 회장님한테 밤에 전화하지 말라고 그랬지? 응? 근데 왜 자꾸 속 썩이는 거야? 이년, 진짜 악질이네.
사내는 한 번 더 호되게 원정의 등짝을 걷어찼다. 그리고 넘어진 원정을 잡아 일으켜 따귀를 때리기 위해 손을 들어올렸다. 이때, 누군가 사내의 팔을 잡았다.
─ 뭐야?
돌아보니 키가 작은 한 사내가 이글이글 타는 눈으로 노려보며 말했다.
─ 그 손 놔.
물수건을 가지고 막 식당에서 나오던 삼촌은 사내에게 맞고 있는 원정을 보자 피가 거꾸로 솟았다. 그래서 앞뒤 잴 것도 없이 무작정 달려와 사내의 팔을 낚아챈 것이다.

— 넌 뭐야, 이 새끼야!

사내는 원정을 놓는 대신 삼촌의 멱살을 움켜쥐고 번쩍, 주먹을 추켜올렸다. 하지만 삼촌이 손목을 가볍게 꺾으며 앞으로 휙 잡아채자 커다란 덩치의 사내는 비명을 지르며 짚단 넘어지듯 앞으로 고꾸라졌다. 이때, 사내는 바닥을 나뒹굴며 그것이 언젠가 한 번 당해본 익숙한 아픔이라는 것을 깨달았지만 그때가 언제였는지 상대가 누구였는지 미처 생각해 볼 틈도 없었다. 삼촌의 무릎이 막 일어서는 사내의 턱에 작렬한 것이다. 사내는 비명을 지르며 벽에 부딪친 후 바닥에 떨어졌는데 그곳이 하필이면 원정이 토사물을 잔뜩 게워놓은 곳이었다.

— 씨발! 이게 뭐야?

사내는 삼촌에게 맞은 충격보다 뭔가 시큼하고 역한 냄새에 더욱 기겁을 해 용수철처럼 벌떡 일어섰다. 그리고 자신이 누군가 게워놓은 토사물 위에 나뒹굴어 온몸이 오물로 범벅이 되었다는 것을 깨닫고는 울 듯한 표정으로 이를 부드득 갈았다.

— 이 씨발 새끼! 너 오늘 뒈졌어!

사내는 불곰처럼 달려들었지만 삼촌은 몸을 숙이며 달려오는 사내의 복부를 주먹으로 힘껏 내질렀다. 이때 옆에 있던 다른 사내가 어디서 구했는지 각목으로 삼촌의 등을 내리쳤다. 삼촌은 극심한 통증과 함께 앞으로 나뒹굴었다. 그 틈에 넘어졌던 불곰도 함께 달려들어 삼촌은 좁은 골목길에서 거구의 두 사내를 상대로 이리저리 피하며 뒤로 물러섰다. 그러다 가로등 불빛 아래 삼촌의 얼굴이 드러나자 두 사람의 입에서 동시에 같은 말이 터져 나왔다.

— 잠깐! 너, 이 새끼, 그때 그 새끼 아냐!

이때 삼촌도 두 사람의 얼굴이 낯설지 않다고 생각했다. 그리고 곧 두 사람을 어디에서 만났는지 차례로 기억이 떠올랐다. 원정의 따귀를 때렸던 사내는 삼촌이 처음 카메라 앞에서 공중삼회전을 선보였던 촬영현장에서 한판 푸닥거리를 했던 제작부장이었다. 그리고 각목을 든 사내는 삼촌이 중국집 배달부 시절에 접촉사고로 길거리 한복판에서 시비가 붙어 코를 깨놓았던 유 사장의 운전수였다. 제작부장이 유 사장의 처남이었으니 두 사람 모두 유 사장과 관계가 있는 셈이었지만 사정을 알 리 없는 삼촌은 그저 뜻밖에 등장한 인물들로 머리가 혼란스러웠다. 삼촌이 잠시 머뭇거리는 동안, 원수는 외나무다리에서 만난다더니 어쩌고 하는 말을 내뱉은 사람이 누군지는 알 수 없다. 다만 제작부장과 운전수는 서로 눈짓을 주고받더니 고함을 지르며 동시에 삼촌을 향해 달려들었다. 삼촌은 앞서 달려오는 제작부장을 오른 발로 걷어차는 동시에 몸을 180도 회전하며 운전수의 얼굴을 힘껏 돌려찼다. 그것으로 두 사람은 자신들의 눈앞에서 무슨 일이 벌어졌는지 알지도 못한 채 그대로 바닥에 퍼져버리고 말았다.

삼촌이 원정에게 달려갔을 때 그녀는 바닥에 쭈그리고 앉아 울고 있었다.

— 괜찮아요?

원정은 고개를 들어 눈물로 범벅이 된 얼굴로 삼촌을 쳐다보았는데 제작부장에게 얻어맞은 뺨이 통통 부어있었다. 삼촌은 그때까지도 손에 들고 있던 물수건으로 원정의 얼굴을 조심스럽게 닦아주었다. 야차 같은 놈들! 저들은 어떻게 된 놈들이기에 이렇게 연약하고 아름다운 여자에게 손찌검을 할 수 있단 말인가! 삼촌은 삼청교육대에서 만났던 악질 교관 염마의 얼굴이 떠올랐다. 그리고 울컥, 분노가 치솟았다. 그는 울고 있는 원정에게 잠깐 기다리라고 말하고 다시 골목으로 돌아가 바닥에 쓰러져 있는 제작부장과 운전수에게 다가갔다. 그리고 겨우 정신을 차리고 막 일어서려던 두 사내를 몇 차례 더 발로 힘껏 내질러주었다. 삼촌의 발길질에 급소를 맞은 사내들은 끽, 소리도 못하고 다시 그 자리에 뻗어버렸다. 그제야 삼촌은 다시 원정에게 돌아와 그녀를 데리고 감자탕집 앞을 떠났다.

*

유 사장은 박정희 시대의 인물이었다. 62년, 쿠데타에 성공한 군부는 사회경제의 모든 분야에 군대식의 통제를 가했다. 말하자면 곳곳에 철조망을 치고 초소를 설치하고 탱크를 받쳐놓고 검문검색을 강화한 것이다. 그것은 영화계도 예외가 아니어서 군부는 영화사 설립을 등록제로 바꾸고 영화에 대한 사전검열을 시행했다. 그리고 71개에 달했던 영화사를 16개의 영화사로 통폐합시켰다. 그것은 물론 효율적인 규제와 통제를 위한 것이었는데 이때 군부에서 충무로를 장악하기 위해 초병으로 내세운 인물이 바로 유 사장이었다. 그는 처음에 주먹이나 쓸 줄 아는 평범한 제작부장에 불과했지만 누구보다도 권력의 속성을 잘 이해하고 있었다. 말하자면 그들이 가려 워하는 데가 어디인지, 구린 데가 어디인지를 정확하게 짚어냈던 것이다. 쿠데타는 그에게 기회가 되었다. 그는 당시 권력을 장악한 군부에 줄을 대 그들이 생전 맛보지 못한 쾌락을 제공했다. 고급양주와 기름진 안주, 그리고 기적처럼 아름다운 여자들……. 평생 강원도 산속에서 총에 기름칠이나 하던 그들은 영화 속에서나 보던 아름다운 여자가 따라주는 양주를 받아 마시며 아랫도리가 후들거렸다.

유 사장은 예쁜 여배우들을 뽑아 권력자의 침실에 바치는 채홍사의 역할을 자처했다. 그리고 그가 얻은 것은 외화 수입권이었다. 외화수입 쿼터제는 우수영화 추천을 받은 영화사에 한해 수입권을 주는 제도로 쿼터를 받는 것은 복권에 맞는 것과 다름없는 일이었다. 그것은 명목상 한국영화를 보호하겠다는 취지로 만들어진 제도였지만 기실은 보다 이익이 큰 외화의 수입을 통제함으로써 영화계를 장악하는 수단으로 이용되었다. 이 때문에 새마을영화로 불리는 계몽영화와 반공영화 등 권력의 입맛에 맞는 영화만이 범람, 한국영화는 외화수입을 위한 도구로 전락하고 말았다.

그 가망 없던 암흑기가 유 사장에겐 오히려 더없는 태평성대였다. 그도 그럴 것이 한창 잘나가던 시절엔 한 해 스무 편 남짓한 쿼터 중에서 10여 편을 유 사장 혼자 독식하기도 했는데 그것은 한 마디로 복권을 열 번 연속으로 맞는 것과 다름없는 일이었다. 오죽하면 그가 '이대로만 천년만년'을 공공연히 외치고 다녔겠는가!

유 사장은 그렇게 쿼터제로 많은 이득을 보고 이를 다시 권력의 핵심에 상납하고 그 대가로 다시 쿼터를 배정받았다. 돈은 권력에서 나오고 권력은 돈에서 나왔다. 그리고 그 아름다운 순환구조 사이에는 아름다운 여배우들이 있었다. 그들은 돈과 권력의 거대한 물결에 실려 이리 휩쓸리고 저리 떠다니는 가냘픈 나뭇잎 같은 존재였으나 좀처럼 외부에 드러나는 일이 없어 권력의 정점에 있던 독재자가 부하의 총에 맞아 죽어갈 때 그 주위에 누군가 있었다는 소문을 통해, 또는 한 묘령의 여자가 코로나승용차 안에서 카빈에 맞아 의문의 죽음을 당했을 때 그녀의 수첩 속에 수많은 사회 저명인사의 이름과 전화번호가 나왔다는 소문을 통해 겨우 그 실체를 눈치 챌 수 있을 따름이었다.

　원정의 집은 강변에 위치한 작은 오피스텔이었다. 한때 블랙커피나 까페, 또는 부띠끄나 베이커리가 그랬던 것처럼 원룸오피스텔이란 말이 꽤나 고급스럽고 세련된 인상을 주던 시절이 있었다. 이 때문에 원정을 부축해 오피스텔로 들어갔을 때 삼촌은 자신도 모르게 잔뜩 주눅이 들 수밖에 없었다. 하지만 그녀가 침대 위에 엎어져 서럽게 흐느껴 우는 모습을 지켜보며 그 고급스럽고 세련된 세계 안에 자신이 알지 못하는 비극성이 도사리고 있다는 사실을 처음 깨달았다. 그는 원정같이 아름다운 여자에게 슬픔이 있을 거라곤 미처 생각지도 못했다. 설혹 슬픔이 있더라도 그것은 자신이 짐작할 수 없는 운명적, 형이상학적 비극이어야 마땅했다. 예컨대, 시한부 인생이나 금지된 사랑, 또는 실존의 무상함 따위가 그런 것들이었다. 그런데 감자탕을 먹고 토하고 야차 같은 놈들에게 두들겨 맞기나 하다니! 그렇다면 그것은 자신이 겪은 추한 세계, 즉 개밥을 훔쳐 먹다 맞아죽거나 돈 몇 푼에 칼부림이나 하는 깡패들의 세계와 다를 게 뭐가 있단 말인가!
　— 미스터 권. 나, 휴지 좀 줄래?
　한동안 울기만 하던 원정은 겨우 울음을 멈춘 듯 코가 맹맹한 소리로 말했다. 삼촌이 화장대 위에 있는 크리넥스 통을 건네자 원정은 팽, 소리가 나게 코를 풀었다.

— 미안해. 나 때문에 집에도 못 가고…….
— 아뇨, 괘, 괜찮습니다.

원정은 우느라 눈이 퉁퉁 부었고 오른쪽 광대엔 멍이 들어 있었다. 이때 삼촌은 주머니에서 으악새 배우들의 필수품인 안티푸라민을 꺼냈다.

— 저, 얼굴 좀 들어보세요. 이거 발라드릴게요.
— 그게 뭔데?
— 안티푸라민요.
— 나 그 냄새 싫은데…….
— 그래도 멍든 덴 최고예요. 멍든 거 그냥 놔두면 오래 가거든요.

그제야 원정이 고개를 들어 삼촌은 그녀의 얼굴에 조심스럽게 안티푸라민을 발라주었는데 자신도 모르게 손이 떨렸다.

— 아!

원정이 아픈 듯 가볍게 인상을 찡그렸다.

— 죄송해요.

바로 코앞에 원정의 얼굴이 있었다. 그리고 그녀의 숨이 삼촌의 목에 와 닿았다. 비록 눈이 퉁퉁 붓고 멍이 든 얼굴이었지만 삼촌의 눈에 그녀는 여전히 아름다웠고 비록 시큼한 토사물 냄새가 섞여 있었지만 그녀의 숨은 향긋했다. 그래서 두들겨 맞은 여자에게 연고를 발라주는 상황에서도 삼촌은 가슴이 설레었다.

— 그러고 보니까 많이 닮았네요.
— 뭐가?

― 여기 그림에 있는 여자하고요.

삼촌은 연고 뚜껑을 들어 원정에게 보여주었다. 안티푸라민 뚜껑 위엔 버드나무 상표 아래 간호사 캡을 쓴 여자의 얼굴이 그려져 있었는데 삼촌의 말대로 원정과 닮은 듯한 인상이었다.

― 내가 이 여자하고 닮았어?

― 네.

원정은 잠시 뚜껑을 들여다보았다. 그리고 마치 잃어버린 자신의 옛날 사진을 발견한 듯 오랫동안 간호사의 얼굴을 들여다보았는데 어딘가 회한이 서린 처연한 표정이었다.

― 이 여잔 참 착하고 곱게 생겼네. 진짜 천사 같아.

원정은 한숨을 내쉬며 뚜껑을 내려놓았다.

― 원정 씨도 착하고 곱게 생겼습니다. 천사처럼.

삼촌의 말에 원정은 피식 웃었다.

― 아주 숙맥인 줄 알았는데 재주가 많네. 아부도 할 줄 알고.

이때, 삼촌이 뭔가를 발견하고 놀라 물었다.

― 근데 이쪽 팔뚝은 왜 그래요?

― 뭐가?

원정이 팔뚝을 들어보니 팔꿈치 위로 기다란 칼자국이 나 있었다.

― 아, 이거? 옛날에 검술 씬 찍다가 상대 배우하고 합이 안 맞아서 칼에 찔린 거야. 나도 왕년에 다찌마리 영화 많이 찍었거든.

― 신기하네요. 나도 거기 칼자국이 있는데……

그리고 삼촌은 팔을 걷어 상처를 보여주었다.

― 나도 다찌마리 찍다 다친 거예요. 원래 겨드랑이 사이를 찌르게 되어 있었는데 상대가 잘못해서 칼이 여길 뚫고 지나갔어요.

— 많이 아팠겠다.
— 그랬죠. 서른 바늘이나 꿰맸어요. 그리고 여기는⋯⋯.
삼촌은 반대편 팔을 걷어 보여주며 말했다.
— 나무에서 뛰어내리다 찢어져서 꿰맨 데예요.
— 그래? 나도 여기 꿰맨 데 있는데⋯⋯.
원정이 치마를 훌렁 걷어 허연 허벅지를 드러내자 삼촌은 눈앞이 아찔해졌다.
— 이거 보이지? 이거 말 타다가 떨어져서 찢어진 데야. 사십 바늘 넘게 꿰맸을 거야.
원정의 상처를 들여다보던 삼촌은 엉뚱하게도 경쟁 심리가 발동해 자신도 바짓단을 거둬 상처를 보여주었다.
— 나도 말 타다 부러진 적이 있거든요. 그래서 철심 박고 세 달이나 병원에 누워 있었잖아요.
이때부터 분위기가 이상하게 흘러 두 사람은 경쟁적으로 서로에게 상처를 보여주기 시작했다. 원정은 상의를 뒤집어 삼촌에게 등을 보여주었다.
— 거기 보여? 가운데 가로로 길게 찢어진 거. 그거 강간 씬 찍을 때 철근에 찍혀서 다친 데야.
그러자 이에 질세라 삼촌도 디쳐츠를 들어 배를 보여주었다.
— 여기 칼자국 보이죠? 이건 라이거파 애들한테 칼침 맞은 자리거든요.
— 라이거파가 뭐야?
— 그런 게 있어요.
이때, 원정은 머리카락을 헤쳐 머릿속을 보여주었다.

― 거기 상처 보이지? 그거 유 사장이 휘두른 골프채에 맞아서 찢어진 데야.

― 유 사장이요?

― 아, 그런 사람이 있어.

원정의 말에 삼촌은 갑자기 마음이 무거워져 입을 다물었다. 그리고 엉뚱한 경쟁심도 사그라져 두 사람 사이에 잠시 어색한 침묵이 흘렀다. 그러다 문득 원정이 침대에 머리를 기대며 말했다.

― 그러고 보니 우린 둘 다 상처뿐인 인생들이네.

― 그러게요.

원정은 다시 안티푸라민의 뚜껑을 보며 자조적으로 말했다.

― 이 여자가 천사라면 나는 아마 창녀일 거야.

원정의 말에 삼촌은 가슴이 찢어질 것처럼 아팠다.

― 그런 말씀 하지 마세요. 원정 씨는 창녀가 아닙니다.

― 부르면 아무 때나 나가서 술 따르고, 벌리라면 아무 앞에서나 가랑이 벌리고, 그게 창녀가 아니면 도대체 뭐야?

― 원정 씨는…… 배우잖아요.

― 배우? 흥, 말이 배우지. 똥배우.

― 왜 자꾸 그런 말을 하세요.

― 무슨 영화에 나왔는지, 어떤 역할로 나왔는지 아무도 모르는 배우가 무슨 배우야.

삼촌은 점점 가슴이 답답해 울고 싶은 심정이었다. 그래서 버럭 소리를 질렀다.

― 왜 아무도 몰라요? 난 다 안다고요!

삼촌의 반응에 원정이 놀란 눈으로 쳐다보았다.

― 〈초야의 장미〉에선 주인공 언니로 나왔잖아요. 그런데 주인공 남편하고 불륜에 빠졌다가 나중에 자살하잖아요.

― 그, 그걸 미스터 권이 언제 봤어? 진짜 옛날에 찍은 건데…….

― 그리고 〈먹다 버린 사탕〉에선 주인공 단짝친구로 나오셨잖아요. 임신해서 낙태수술 받다가 죽는. 그때 너무 슬퍼서 울었거든요. 그리고 또 〈꽃뱀의 유혹〉에선 꽃뱀 중의 한 명으로 나와서 남자들을 유혹하다 동료에게 배신당해서 죽는 역할이었잖아요. 또 〈화끈하게 뜨겁게〉라는 영화에선 남자 주인공의 애인으로 나왔잖아요. 나중에 연적이 된 친구의 차에 치어 죽는…….

삼촌의 입에선 원정이 출연했던 영화들의 목록들이 줄줄이 쏟아져 나왔는데 공교롭게도 모두 죽는 역할이었다. 말을 하는 동안 삼촌은 자신도 모르게 자꾸만 목이 메어 자리에서 일어나 창가로 다가갔다. 멀리 강을 가로지르는 다리를 따라 가로등이 반짝거렸다. 삼촌은 어두운 강물을 내려다보며 떨리는 목소리로 말을 이었다.

― 다른 사람은 몰라도 저한테 원정 씨는 배우예요. 그것도 비비안 리보다 더 아름다운. 그러니까 제발 창녀라는 말은 하지 마세요. 전 그런 말을 들을 때마다……!

이때였다. 삼촌의 등 뒤에서 조용히 코 고는 소리가 들렸다. 돌아보니 원정이 침대에 머리를 기댄 채 잠들어 있었다. 삼촌은 창가에 서서 물끄러미 잠든 원정을 바라보았다. 지친 듯 입을 벌린 채 가볍게 코를 골며 잠든 원정은 통통 부은 눈가에 마스카라가 잔뜩 번져 있었다. 삼촌은 그녀의 신산스런 인생을 다 이해할 순 없었지만 형클어진 머리에 부어오른 뺨이 측은해 보여 자꾸만 눈물이 날 것 같았다. 한참 동안 원정의 잠든 모습을 내려다보던 삼촌은 그녀를 조심스럽게 안아 침대 위에 눕혔다. 그리고 불을 끈 후, 조용히 원정의 집을 빠져나왔다. 스산한 거리는 쓸쓸하고 어두웠다. 집까지 걸어가려면 족히 두 시간을 걸릴 터였다. 강 쪽에서 불어온 차가운 밤바람에 삼촌은 어깨를 잔뜩 움츠렸다. 그리고 충무로 쪽으로 천천히 걸어가기 시작했다.

*

다음 날, 삼촌은 점심나절에야 겨우 일어나 밥을 챙겨 먹고 뒤늦게 운동을 하러 나갔다. 그곳은 삼촌의 오야지인 무술감독이 운영하는 합기도 도장으로 그가 데리고 있는 액션배우들이 모여서 운동을 하는 곳이었다. 당시 액션배우들은 영화사와 개별적으로 계약을 하고 출연을 하는 게 아니라 각자 특정 무술감독에게 소속이 되어 있어 오야지인 무술감독이 대표로 영화사와 계약을 맺으면 장면에 따라 필요한 배우들을 출연시키고 '알아서 적당히' 출연료를 나눠주는 식이었다. 그것은 연출부나 촬영부, 조명부 모두 마찬가지여서 각 파트의 오야지들이 밑의 부원들에게 갖는 권위는 절대적이었다.

체육관 문을 열고 들어섰을 때, 운동을 하던 액션배우들이 일제히 삼촌을 쳐다보았는데 왠지 분위기가 심상치 않았다. 아니나 다를까, 삼촌이 운동복으로 갈아입고 나오자 장 관장이 삼촌을 불렀다. 그는 용식의 친구로 삼촌을 처음 충무로에 데뷔시켜 준 무술감독이었다. 삼촌이 관장실에 들어가 문을 닫고 자리에 앉자 장 관장은 심각한 얼굴로 삼촌에게 물었다.

─ 너, 어제 누구랑 싸웠어?

─ 네? 그, 그걸 관장님이 어떻게……?

─ 너 상대가 누군지나 알고 두들겨 팬 거냐고?

─ 모르겠는데요.

그러자 장 관장은 한심하다는 듯 한숨을 길게 내쉬며 말했다.

─ 하여간 우린 다 좆 됐다.

─ 왜요?

─ 네가 어제 두들겨 팬 사람이 곽 부장이야. 너 곽 부장이 누군지 알아?

장 관장의 질문에 삼촌은 멀뚱한 표정으로 고개를 가로저었다.

─ 모르겠는데요.

─ 하, 나 이 답답한 새끼를 봤나. 곽 부장이 누군지도 모르고 충무로에서 밥을 벌어먹고 살아? 사람을 때려도 상대가 누군지 봐가면서 때려야지, 이 멍청한 새끼야.

─ 그래도 여자를 때리는데 그냥 보고 있을 수가 없어서…….

─ 그냥 보고 있을 수가 없으면? 네가 그 여자 애인이라도 되는 거야?

─ 그건 아니지만 여자를 때리는 건 나쁜 짓이잖아요.

─ 누가 나쁜 짓인지 몰라서 그래, 응? 니만 잘났어? 하여간 빨리 옷 갈아입고 나와.

─ 왜, 왜요?

─ 왜긴, 씨발, 가서 빌기라도 해봐야지. 하, 나 이 꼴통새끼 때문에 골치 아파 죽겠네.

잠시 후, 삼촌은 장 관장과 함께 영화사가 있는 충무로로 갔다. 장 관장은 영화사 사무실 앞에서 삼촌의 어깨에 손을 얹고 당부를 했다.
　― 하여간 무조건 잘못했다고 빌어. 알았지? 욕하면 욕먹고 때리면 맞아줘.
　― 난 자, 잘못한 게 없는데…….
　그러자 장 관장은 삼촌의 뒤통수를 딱 때렸다.
　― 누가 이 새끼야, 그걸 몰라서 그래? 응?
　장 관장도 화가 나는지 담배를 한 대 꺼내 피워 물었다.
　― 너, 아직도 세상을 그렇게 모르겠냐? 응? 우리가 어디 가서 싸움을 못해서 이러겠냐고? 네 선배들 만날 칼 맞고 총 맞고 물에 빠지고 높은 데서 떨어져서 다리 부러지고, 그러고 몇 푼 받아서 겨우 입에 풀칠하고 사는데 그나마 곽 부장 눈밖에 나서 일 떨어지면 다 굶어죽어. 어디 가서 비빌 데도 없고 재주넘는 것 말고는 아무 재주도 없는 놈들이야, 알아?
　장 관장의 간곡한 표정에 삼촌은 말없이 고개를 끄덕였다.
　― 너 군대 갔다 왔지?
　― 네.
　― 그럼 그냥 고참한테 몇 대 맞아준다고 생각해. 알았어?
　영화사 사무실 문을 열고 들어서자 이미 연락을 했는지 곽 부장과 몇 명의 건장한 사내들이 삼촌을 기다리고 있었다. 곽 부장은 간밤에 삼촌에게 맞아서 생긴 상처에 반창고를 붙이고 있었는데 삼촌은 본체만체 일단 장 관장의 따귀를 몇 대 올려붙였다.
　― 이 새끼, 너 똑바로 안 해? 도대체 애새끼들 교육을 어떻게 시키는 거야? 앙?

장 관장은 사십이 가까운 나이였지만 그저 잘못했습니다를 연발하며 곽 부장이 때리는 대로 맞고만 있었다. 기실 장 관장은 태권도와 합기도, 쿵푸와 공수도 등 '다 합쳐서 23단'이 넘는 무술의 고수였지만, 그래서 마음만 먹으면 살만 뒤룩뒤룩 찐 곽 부장 따위는 단 몇 초 만에 때려눕힐 수도 있었겠지만 그저 머리를 조아리며 싹싹 빌기만 했다. 자신의 오야지가 그렇게 당하는 꼴을 지켜보는 삼촌은 울컥, 화가 치밀어 당장 이단옆차기를 날리고 싶었으나 장 관장의 당부를 생각하며 꾹 참고만 있었다. 한동안 장 관장의 조인트를 까고 따귀를 때리던 곽 부장은 씩씩 숨을 몰아쉬며 삼촌을 돌아보았다. 그리고 같잖다는 듯 거만하게 꼬나보며 물었다.

— 넌 이름이 뭐냐?
— 권도운입니다.
— 보니까 쌈 좀 하던데, 너 깡패야?
— 죄, 죄송합니다.

삼촌은 고개를 숙이고 사과를 했다.

— 내가 충무로 생활 30년에 너 같은 악질은 처음 본다. 응?

곽 부장은 잠시 삼촌을 노려보다 옆에 있던 야구방망이를 집어 들었다.

— 거기 엎드려뻗쳐.
— 네?
— 일단 30대만 맞아. 그리고 나서 어떻게 할 건지 생각해 보자.

삼촌이 머뭇대자 장 관장이 옆구리를 쿡 찔렀다. 돌아보니 그의 표정이 너무 애절했다. 그 표정이 안쓰러워 삼촌은 할 수 없이 바닥에 엎드려뻗쳤다. 그러자 곽 부장은 있는 힘껏 야구방망이를 휘둘렀다. 엉덩이에 묵직한 통증이 느꼈다.

맞는 건 문제가 아니었다. 이미 삼청교육대에서 맞는 데에 이골이 난 삼촌으로서 그 정도는 아무것도 아니었다. 다만 곽 부장에게 맞는 동안 알 수 없는 억울함에 자꾸만 목이 메었다. 삼촌이 현실에서 경험한 세계는 무협의 세계가 아니었다. 주먹이 빠르다고 강한 것이 아니었으며 옳다고 해서 항상 승리하는 것이 아니었다. 삼촌은 삼청교육대를 다녀와서도 여전히 그 질서를 이해할 수 없었다. 정의는 도대체 어디로 사라진 걸까? 왜 원정같이 연약한 여자가 눈물을 흘리고 아무 죄도 없는 장 관장이 곽 부장 같은 개새끼한테 맞아야 하는지 삼촌은 도무지 납득할 수 없었다. 그래서 가슴이 터질 듯 답답하고 울화가 치밀었다.

그날, 영화사에서 나온 두 사람은 초저녁부터 술을 마셨다. 장 관장이 도저히 맨정신으로는 못 들어가겠다며 소주나 빨자고 해 근처 곱창 집으로 용식까지 불러낸 것이다. 곽 부장에게 맞아 얼굴이 벌겋게 부어오른 장 관장은 마음이 괴로운지 연신 소주를 입에 털어 넣었다.

— 야, 비호야.

비호는 용식이 충무로에서 활동할 때 쓰던 예명이었다.

— 왜?

— 칼국수 집 내려면 얼마 있으면 되냐?

— 왜? 너도 칼국수 집 하게?

— 칼국수 집이든 수제비 집이든 뭔가 해야지, 이제 이 짓도 못해 먹겠다.

장 관장이 한숨을 내쉬며 다시 소주를 따라 단숨에 털어 넣었다.

― 왜 그래, 무슨 일 있어?

― 무슨 일이 있는 게 아니라 이젠 겁이 나서 못하겠어.

― 천하의 비룡이 뭐가 겁난다는 거야?

비룡은 장 관장의 예명이었는데 기실, 용식도 처음엔 비룡이란 예명을 갖고 싶어 했다. 하지만 같은 하늘 아래 두 마리의 용이 있을 수는 없는 법, 결국 결투를 벌여 이기는 쪽이 비룡이란 예명을 쓰기로 해 두 사람은 무인도에 들어가 3일 밤, 3일 낮을 싸운 끝에 장 관장이 승리를 거둬 비룡이란 예명을 얻게 되었다고 한다. 이에 용식이 할 수 없이 차선책으로 비호란 예명을 갖게 되었고 그것을 계기로 두 사람은 친구가 되었다.

― 옛날엔 안 그랬는데 요샌 다 겁나. 검술을 하면 칼에 찔릴까봐 겁나고, 말을 타면 떨어질까봐 겁나고, 위에서 뛰어내리면 다리가 부러질까봐 겁나.

― 그거야 그렇지. 이제 나이가 있는데…….

― 비호, 넌 알지? 내가 옛날에 10층 건물 옥상에서 뛰어내린 거. 그땐 매트리스도 없이 종이박스 몇 개만 깔아놓고도 잘만 뛰어내렸잖아. 그땐 진짜 겁나는 게 없었거든. 근데 이젠 2층 옥상에서도 못 뛰어내리겠어. 그리고 옛날엔 다리가 부러져도 한 보름 깁스하고 누워 있으면 금방 붙었는데 이젠 나이가 들어서 그런지 뼈도 잘 안 붙어.

― 겁나면 으악새 그만해야지.

용식이 씁쓸한 얼굴로 술잔을 들었다.

― 맞아. 네 말대로 이제 그만해야지. 근데 배운 게 도둑질이라고 내가 할 줄 아는 게 이 짓밖에 더 있냐? 그래서 할 수 없이 애들 닭

달해서 말에도 태우고 나무꼭대기에서도 떨어뜨리는데 요새는 씨발, 그게 좆나 미안한 거야.

장 관장은 말을 하다 목이 메는지 말없이 술잔만 기울였다. 잠시 분위기가 무거워지자 용식이 분위기를 바꾸려고 했는지 짐짓 밝은 목소리로 말했다.

— 야, 근데 요새 성룡이 아주 잘나가더라.

— 성룡이가?

— 그래. 이젠 세계적인 스타야. 할리우드 가서 영화도 찍고. 그 누구지? 007로 나온 배우 있지?

— 숀 코넬리?

— 아니, 그 다음에 나온 배우.

— 로저 무어?

— 그래, 로저 무어랑 같이 찍었잖아.

— 그 자식, 진짜 잘나가네.

이때, 옆에서 듣고 있던 삼촌이 물었다.

— 성룡을 잘 아세요?

— 그럼, 알기만 해? 옛날에 충무로에서 우리랑 같이 영화 많이 찍었거든.

— 그러니까…… 〈취권〉에 나온 그 성룡 말씀하시는 거예요?

— 그럼, 성룡이 그놈 말고 또 누가 있어?

— 정말 같이 영화 찍었어요?

— 이 자식이 진짜! 왜 사람 말을 못 믿어? 옛날에 그놈이 충무로 있을 때 잘 데 없으면 우리 체육관에서 재워주고 밥도 해먹이고 그랬다니까.

― 맞아, 그 자식 우리만 보면 배고프다고 밥 사달라고 쫓아다니고 그랬지.

― 성룡이 그놈이 중국 애라 그런지 짜장면이라면 아주 환장을 했어. 곱빼기 열 그릇을 앉은 자리에서 다 먹어 치우더라고.

그렇게 비룡과 비호는 번갈아가며 성룡에 대한 추억을 더듬었는데 삼촌은 그들의 말을 믿어야 할지 말아야 할지 그저 어안이 벙벙했다.

― 도운아.

한동안 옛날 얘기를 하던 장 관장이 문득 삼촌을 불렀다.

― 그 여자, 예쁘냐?

― 누구요?

― 곽 부장 두들겨 팬 게 여자 때문이라며? 그 여자 얼굴 예쁘냐고.

삼촌은 얼굴이 빨개져 고개를 숙이며 대답했다.

― 네. 예, 예쁩니다.

― 진짜로 예뻐?

이번엔 용식이 물었다.

― 네, 저, 정말 예쁩니다.

그러자 용식이 술잔을 내려놓으며 간단하게 결론을 내리듯 말했다.

― 그럼 네 여지기 아냐.

― 왜, 왜요?

― 그냥 그렇게 생각해. 자고로 분 바른 것들하고는 가까이 하면 못쓴다.

― 왜요?

이번엔 장 관장이 대답했다.

― 뭘 자꾸 왜요야, 임마. 인생 복잡해지니까 그렇지. 봐라. 너 그 여자 때문에 벌써 인생이 복잡해졌잖아.

그때 삼촌이 선배들의 말을 귀담아들었더라면 인생이 조금이라도 덜 복잡해졌을까? 하지만 삼촌은 시위를 떠난 화살처럼 이미 되돌릴 수 없는 길로 접어들었고 목표를 향해 전속력으로 날아가고 있었다.

*

초소 옆 면회실은 주말을 맞아 면회를 온 가족이나 친구들로 북적거렸다. 삼삼오오, 자리마다 면회객들은 군인 하나를 둘러싸고 앉아 바리바리 싸온 음식을 나눠먹으며 오랜만에 가족을 만난 반가움에 다들 즐거운 표정이었다.

― 상구야!

누군가 부르는 소리에 고개를 돌려보니 창가 쪽 자리에서 경희가 웃으며 손을 흔들었다. 목을 칭칭 감싼 하얀 목도리 위로 조그만 얼굴이 발갛게 상기되어 있었다.

― 오랜만이다.

경희는 전피수갑을 낀 내 손을 두 손으로 잡고 반갑게 흔들었다.

― 뭐라도 좀 사올 걸 그랬나봐.

경희가 면회객들이 풀어헤쳐놓은 푸짐한 음식을 쳐다보며 말했다.

― 아냐, 나가서 먹지, 뭐.

나는 초병에게 외출증을 보여주고 경희와 함께 부대 밖으로 나왔다.

― 근데 석 삼(三)자는 뭐야? 높은 거야?

부대 앞 정류장에서 버스를 기다리는 동안 경희가 내 모자에 달린 계급장을 보며 물었다.

― 높은 건 아니고 중간이야. 상병.

― 그럼 아직 졸병이네.

경희가 하얀 이를 드러내며 환하게 웃었다. 세상은 경희의 이처럼 온통 하얀 눈으로 덮여 있었는데 부대 안에서 보는 눈과 부대 밖에서 보는 눈은 그 느낌이 사뭇 달랐다. 뭐랄까, 비로소 눈이 눈처럼 보였다고나 할까? 그저 부대 밖으로 몇 발짝 걸어나왔을 뿐인데도 딱딱하게 얼었던 관절이 스르르, 녹는 느낌이었다. 경희는 방금 눈 속에서 튀어나온 토끼처럼 신기한 눈으로 적막한 설경을 두리번거리며 말없이 웃기만 했다. 잠시 후, 눈을 잔뜩 뒤집어쓴 버스가 도착해 나는 경희와 함께 차에 올랐다. 오랜만에 차를 타서였는지 낯선 기름 냄새에 속이 메슥거렸지만 버스 안은 좌석 아래에서 나오는 히터 열로 훈훈했다.

도처철조망(到處鐵條網)
개유검문소(皆有檢問所)

강원도는 병사들의 땅이었다. 어느 시인의 오언절구처럼 꼬불꼬불, 눈 덮인 길을 따라 읍내로 가는 길은 온통 군부대뿐이어서 주말을 맞아 외출이나 외박을 나가는 군인들로 버스 안은 금세 만원이 되었다. 경희는 아이처럼 들뜬 군인들의 표정이 재밌다는 듯 곁눈질로 살피며 행여 떨어질세라 내 팔을 단단히 붙잡고 있었다.

버스는 한 시간쯤 눈길을 달려 읍내에 도착했다. 전방의 읍내 풍경은 세월을 거꾸로 거슬러 올라간 듯 번듯한 건물 하나 없이 조악한 간판 아래 다방과 여관, 당구장과 술집 몇 개가 거리를 따라 일렬로 늘어서 있었다. 다들 인근 군부대에서 외출 나온 군인들의 호주머니에 기대 겨우 운영을 해나가는 형편이어서 풍경은 그들의 호주머니 사정만큼이나 가난하고 을씨년스러워 보였다. 위수지역에서 30분만 더 나가면 좀더 번화한 도시가 있었지만 운 좋게 하룻밤 외박을 나온 상병에게 허용된 것은 거기까지였다. 경희와 나는 터미널 근처에 있는 한 식당에 들어가서 저녁 삼아 삼겹살을 구워 먹었다. 딱딱하게 언 삼겹살은 대팻밥처럼 얇게 썬 데다 녹으면서 물이 고여 굽는다기보다는 삶는 것에 가까웠지만 짬밥만 먹던 군바리에겐 과분하기만 한 저녁식사였다.

— 천천히 많이 먹어.

경희는 구워진 삼겹살을 내 앞에 가지런히 놓아주었다. 허겁지겁 먹는 데 정신이 팔려 있던 나는 그제야 겸연쩍게 웃으며 경희를 바라보았다. 경희는 짧았던 머리를 다시 기르고 얼굴에 살도 붙어 이전의 선머슴 같던 모습은 찾아볼 수 없었다. 그리고 어딘가 더 여성스럽고 성숙해진 느낌이었다.

그간 무슨 변화가 생긴 걸까? 그날 면회를 온 사람이 경희라는 사실을 알고 나는 머리가 매우 혼란스러웠다. 관계가 끝난 지 이미 오래전인데 왜 새삼 뒤늦게 먼 전방까지 나를 찾아온 걸까? 나는 문득 인천의 어느 골목에서 그녀를 보고 몰래 뒤돌아서던 그날 밤의 서늘

하고 절망적인 기분이 되살아나 앞에 놓인 잔을 들어 소주를 한 입에 꿀꺽 삼켰다.

― 네가 면회를 올 거라곤 한 번도 생각을 못했는데…….

나는 그녀가 갑자기 면회 온 이유를 에둘러 물었다.

― 그냥 떠나기 전에 얼굴이라도 한 번 보고 싶었어.

― 떠나다니? 어디…… 가?

― 응. 다음 달에 유학 가게 됐어. 프랑스로.

그랬구나! 나는 뜻밖의 대답에 놀랐지만 한편으론 담담하기도 했다. 어차피 우리는 이미 길이 어긋나 각자 다른 인생을 살아가고 있었다.

― 그럼 이제 혁명의 꿈은 다 접은 거야?

내가 웃으며 물었다.

― 혁명?

그녀는 처음 듣는 단어를 접했을 때처럼 생경한 표정이었다.

― 얘기 들으니까 너, 입당까지 했었다던데…….

― 그래, 그랬었지.

경희는 씁쓸하게 웃으며 말했다.

― 그런데 너무 멀리 갔다 싶더라. 끝도 안 보이고, 겁도 나고, 어디까지 가야 하는 건지도 모르겠고, 그래서 아버지하고 거래를 했어.

― 무슨 거래?

― 운동을 그만두는 조건으로 유학을 보내달라고.

언젠가 친구들에게 경희의 아버지가 한 일간지의 기자라는 얘기를 들은 적이 있었는데 아마도 경제적인 형편이 나쁘진 않은 모양이었다.

― 명색이 보수꼴통신문의 데스크인데 딸내미가 허구한 날 경찰서에 드나드는 것보단 그 편이 낫다고 생각했나 봐. 흔쾌히 보내주겠다고 하더라.

― 너에겐 그런 선택의 기회라도 있다는 게 참 다행이다.

나는 그녀가 운동을 포기하고 유학을 선택한 이유를 알 수 없었지만 진심으로 다행이라고 생각했다. 하지만 경희는 내가 비꼬는 걸로 생각했는지 자조적으로 웃으며 말했다.

― 그래, 그렇게 도망갈 구멍이라도 있으니 다행이지. 남들은 아무런 선택도 없을 텐데……. 하지만 더 이상 변절 같은 단어는 생각하지 않기로 했어. 난 로자가 아니니까.

경희도 앞에 놓여 있던 잔을 들어 소주를 꿀꺽 삼켰다.

전방의 밤은 급하게 찾아와 술집을 나왔을 때 거리는 어느새 무거운 어둠에 잠겨 있었다. 우리는 산책을 하듯 천천히 눈길을 걸었다. 삼겹살을 먹으며 급하게 마신 소주로 얼굴이 화끈거렸고 나도 모르게 발걸음이 허정거렸다. 술집마다 칙칙한 군복을 입은 군인들이 백열등 아래 옹기종기 둘러앉아 절박한 표정으로 술을 마시며 짧은 외출의 아쉬움을 달래고 있었다. 술이 한잔 들어가서였을까, 아니면 경희가 옆에 있어서였을까, 눈 덮인 전방의 거리 풍경은 더 이상 을씨년스럽지 않았다. 다만 나는 속으로 자꾸만 황동규의 시 구절을 반복해서 중얼거리고 있었다. 그것은 난해한 사랑이다. 난해한 사랑이다. 난해한 사랑…….

― 옛날에……

한동안 말없이 걷기만 하던 내가 입을 열었다.

— 너 만나러 인천에 갔었어. 너 야학하던 데.

— 그랬어? 근데 왜…… 못 찾았어?

— 아니, 찾았는데 그냥 돌아왔어. 그런데……

나는 아까부터 묻고 싶은 질문을 꺼냈다.

— 그 선배는 잘 지내니?

— 누구……? 아!

경희는 누군지 알겠다는 듯 고개를 끄덕였다.

— 지금 구속돼서 재판중이야. 그리고 안 만난 지 한참 됐어.

구속이 되었다는 말에 나는 왠지 부끄러운 기분이 되살아나 땅만 바라보며 걸었다.

— 그 선배는 영웅이 되고 싶은 사람이었어. 그게 뭐가 됐든 상관없이. 하지만 나는 그 영웅에게 어울리는 여자가 아니었나봐. 그 영웅을 끊임없이 흠모하며 옥바라지나 하기에는 회의가 너무 많았지. 그리고 문득 주변을 돌아보니까 모두가 나를 억압하는 것뿐이었어. 가족도 그렇고 학교도 그렇고 그 선배도 그렇고 이 세상 전체가 나를 억압한다는 기분이 들었어. 그래서 떠나기로 한 거야.

구체적인 내용은 알 수 없지만 경희는 그곳에서 상처를 많이 입은 듯 목소리에 희미하게 분노와 회한이 서려 있었다.

— 그래도……

경희는 문득 걸음을 멈추고 나를 돌아보았다.

— 나를 억압하지 않았던 건 너뿐인 것 같아.

그녀의 말에 나는 말없이 빙그레 웃어 보였다. 어느 술집에선가 술 취한 병사들이 악을 쓰듯 젓가락을 두드리며 부르는 철지난 유행가가 들려왔다. 그리고 거리가 끝나는 곳에 이정표처럼 여관 간판이 반짝이고 있었다.

 방은 옹색하고 더러웠다. 게다가 어디선가 끊임없이 고구마가 썩는 듯한 냄새가 흘러들어왔다. 하지만 기분이 나쁘진 않았다. 바닥은 뜨끈뜨끈했고 비록 냄새 나는 이불이지만 고향집에 와서 누운 듯 포근하게 느껴졌다.
 ― 자니?
어둠 속에서 경희가 속삭이듯 조용히 물었다.
 ― 아니. 아직 안 자.
잠이 올 리 없었다. 오전까지만 해도 연병장 눈을 치우느라 좆뺑이를 쳤는데 불과 몇 시간 뒤엔 여관방에서 경희와 함께 누워 있는 현실이 도무지 실감 나지 않았던 것이다.
 ― 미안해.
경희가 문득 고해를 하듯 말했다.
 ― 뭐가?
 ― 괜히 찾아와서 널 더 힘들게 한 게 아닌가 싶다.
 ― 아냐, 괜찮아. 다 지나간 일인데 뭘…….
고개를 돌려보니 어둠 속에서 경희의 눈이 안타까운 듯 빛나고 있었다. 나는 이불 밖으로 손을 내밀어 경희의 얼굴을 쓰다듬었다. 그녀가 그런 내 손을 마주잡았다. 그때 우리는 불과 스물네 살이었지만 긴 세월을 한 바퀴 돌아 마주한 것처럼 지난 시절이 아득하게 느껴졌다. 나는 경희의 허리를 내 쪽으로 당겨 가만히 끌어안았다. 그녀의 몸은 작고 연약했다. 그리고 노루처럼 바들바들 떨었다. 아니, 실은 내 몸이 떨리는 것인지도 몰랐다. 그런 그녀의 모습에서 그악스럽게 구호를 외치던 투사의 모습은 더 이상 떠올릴 수 없었다. 그녀가 언젠가 말했듯 그저 모든 게 벅차고 버거운 존재일 뿐이었다. 그날 밤, 우리는 그렇게 전방의 한 초라한 여관방에서 서로 몸을 붙인 채 밤을 지샜다. 복잡한 상념에 전전반측, 좀처럼 잠이 오지 않았고 자꾸만 목이 탔다. 간간이 멀리서 이름 모를 산짐승이 울부짖는 소리가 적막을 깼고 창밖에선 다시 눈발이 날리기 시작했다.

터미널 승강장에 버스가 멈춰 서자 서울로 떠나는 면회객들과 휴가병들이 우르르 차를 향해 몰려갔다. 밤새 내린 눈이 다시 세상을 하얗게 뒤덮었지만 읍내 풍경이 을씨년스럽긴 마찬가지였다.
— 잘 지내. 건강하고.
경희는 코가 빨개졌다. 그리고 어느새 눈엔 물기가 어렸다.
— 너도 가서 잘 지내. 자유롭게. 거긴 프랑스잖아.
나는 애써 웃어 보였지만 곧 얼굴이 딱딱하게 굳어졌다. 경희는 전피장갑을 낀 내 손을 마주잡았다. 그리고 말없이 고개를 떨구었다. 그녀는 울고 있는 것인가? 나는 그녀의 어깨를 가만히 안아주었다. 하지만 경희는 곧 미련을 떨쳐내듯 몸을 떼어내고 급히 버스를 향해 달려갔다. 버스 안에서 그녀는 손을 흔들어 보였는데 창에 김이 잔뜩 서려 있어 웃고 있는 것인지 울고 있는 것인지 표정을 알 수 없었다. 버스는 곧 터미널을 빠져나가 눈보라를 날리며 멀어졌다.
이제 이야기는 완전히 끝난 것인가? 나는 사라져가는 버스를 바라보며 울컥 목이 메었다. 경희의 위태로운 삶의 행로는 버스보다도 더 빠르게 내게서 멀어져가고 있었지만 내가 따라갈 수 있는 곳은 버스터미널까지였다. 그 사실에 나는 무력감을 느꼈다. 언젠가 우리는 다시 만날 수 있을까? 만난다면 그곳은 어디일까? 인천의 어느 공단 뒷골목, 그리고 강원도 전방의 쓸쓸한 버스터미널, 그리고 그 다음은? 언젠가 우리는 이날에 대해 이야기할지도 모른다. 우리가 술을 마셨던 장소가 삼겹살집이었는지 순댓국집이었는지 기억조차 희미해진 먼 훗날, 이미 오래전에 소실되어 버린 사랑의 감정을 기억해 내려고 애쓰며, 우리는 다시 술을 마시고 아무렇지도 않게 웃으며 싱거운 농담을 주고받을 수 있을까? 나는 한없는 허전함과 상실감에 귀대시간도 잊은 채 눈 덮인 거리를 오랫동안 이리저리 헤매 다녔다.

당산대형 [2]

권격영화의 몰락으로 일거리가 떨어져 한동안 손가락을 빨고 있던 액션배우들은 이즈음 새로운 돌파구를 찾았다. 그것은 뜻밖에도 〈바이오맨〉이나 〈외계우뢰용〉 같은 아동영화에서였다. 80년대 중반부터 성행하기 시작한 그 장르를 뭐라고 분류할 수 있을까? 그것은 만화적 상상력을 바탕으로 한 액션과 공상과학, 코미디 등이 뒤섞인 혼종 장르로 아이들 사이에서 큰 인기를 끌었다. 억지웃음을 유발하는 바보스런 캐릭터와 민망한 슬랩스틱, 차마 눈뜨고 보기 어려운 조악한 특수효과와 로봇과 외계인, 마녀와 강시가 한 장면에 등장하는 황당무계한 설정 등은 한국영화사상 그 유래를 찾아볼 수 없을 정도로 쌈마이의 극을 보여주는 작품들이 대부분이었지만 코미디언 심형래가 주연한 〈우뢰매〉 시리즈는 〈무적의 파이터 우뢰매〉, 〈뉴머신 우뢰매〉 등 10여 편이 제작될 만큼 대성공을 거두어 하나의 장르로 자리매김하게 되었다.

당시 어린이영화들은 〈외계인과 콩콩강시〉, 〈공초도사와 슈퍼홍길동〉과 같은 제목에서 짐작할 수 있듯이 아이들이 좋아할 만한 캐릭터를 모두 등장시켜 결국은 주인공이 악당을 물리치고 지구를 구한다는 식의 내용이 주를 이루어 아무래도 액션장면이 많이 들어갈 수밖에 없었다. 이에 충무로는 다시 으악새 배우들을 카메라 앞으로 불러내 스턴트와 액션배우를 겸하고 있던 삼촌에게도 일거리가 늘어나게 되었다.

그날 찍을 분량은 아이들을 납치해서 로봇으로 개조시키는 마녀가 주인공과 대결을 벌이는 장면으로 삼촌이 맡은 역할은 마녀의 대역이었다. 위험한 액션 장면을 여배우가 소화할 수 없어 할 수 없이 대역을 쓴 거였다. 촬영장소는 서울 근교에 있는 한 폐쇄된 공장으로 삼촌은 일찌감치 현장에 도착해 마녀분장을 하고 촬영을 기다리고 있었다. 다른 배우들보다 체격이 작아 여배우의 대역을 여러 번 맡아보았지만 여장을 할 때마다 어색하고 쑥스러운 기분은 가시질 않았다.

— 잠깐! 미스터 권 아냐?

삼촌이 분장을 마치고 버스에서 나왔을 때였다. 누군가 삼촌을 불러 돌아보니 자신과 똑같은 마녀복장을 한 여배우가 서 있었는데 다름 아닌 원정이었다. 삼촌은 여장을 한 자신의 모습이 부끄러워 고개를 돌렸다. 지난번엔 강간범이었는데 이번엔 마녀라니!

— 지난번에 나 때문에 곽 부장한테 맞았다며?

원정이 다가와서 물었다.

— 뭐, 괘, 괜찮습니다.

충무로에서 삼촌에게 주어지는 역할은 언제나 대사도 거의 없는 단역이거나 얼굴도 안 나오는 대역이 고작이었다. 늘 이름도 없고 빛도 안 나는 역할이었지만 삼촌은 자신의 배역에 대해서 한 번도 불만을 제기한 적이 없었다. 비록 싸구려 삼류영화일망정 삼촌은 영화현장에서 분명한 역할을 가진 존재였으며 그렇게 자신이 한 무리에 속하게 되었다는 사실에 만족해 했다. 그래서 언제나 몸을 사리지 않고 혼신을 다해 연기를 했고 장 관장도 그 점을 높이 평가해 일이 있을 때마다 삼촌을 챙겨주었다.

하지만 사랑하는 사람 앞에서 조금이라도 멋진 모습을 보여주고 싶은 게 사랑에 빠진 모든 이들의 공통된 바람일 터, 삼촌은 원정에게 더 나은 모습을 보여주고 싶었지만 현실은 그것을 허용하지 않았다. 그날 두 사람은 마치 쌍둥이 마녀처럼 똑같은 옷을 입고 현장에 등장했다. 그 아이러니한 만남에 삼촌은 그저 빨리 촬영이 끝나기만을 기다렸는데 원정은 남의 속도 모르고 자신과 똑같은 옷을 입고 있는 삼촌을 재밌다는 듯 쳐다보며 물었다.

— 가이다마* 많이 해봤어?

— 많이 해봤는데 여자 역은 몇 번 안 해봤어요.

— 지금까지 몇 번이나 죽었어?

— 뭐가요?

— 다찌마리 배우면 그동안 영화에서 죽는 연기 많이 했을 거 아냐.

— 뭐, 수도 없이 죽었죠. 아마 백 번도 넘게 죽었을 거예요.

그날, 삼촌은 한 번 더 죽었다. 마지막으로 마녀가 주인공이 쏜 광선총에 맞아 공장 굴뚝에서 떨어져 죽는 장면이었다. 감독이 좀처럼 오케이 사인을 주지 않아 삼촌은 매트리스도 없이 박스 몇 개에 의지해 몇 번이나 거듭해서 굴뚝에서 뛰어내려야 했다. 족히 칠팔 미터는 되는 높이였는데 바닥엔 매트리스도 하나 없이 종이박스 몇 개만 깔아놓아 조금만 옆으로 비껴 떨어져도 콘크리트 바닥에 머리

---

* 충무로에서 쓰는 현장용어로 대역을 뜻하는 일본어

를 깨뜨릴 판이었다. 당시 어린이영화들은 최소비용으로 최대효과를 얻는 경제원칙을 철저히 따르고 있어 액션배우들은 아무런 안전장치도 없이 위험한 장면을 거의 몸으로만 때워야 하는 실정이었다. 이에 옆에서 무술감독을 맡은 장 관장이 감독에게 넌지시 그만하면 오케이 아니냐며 그만 찍을 것을 제안했지만 감독은 마음에 들지 않는다며 한 번만 더 뛰어내릴 것을 주문했다. 할 수 없이 마녀복장을 한 삼촌이 다시 굴뚝으로 올라갔다. 감독 옆에선 카메라가 돌기 시작했고 모든 스태프들이 숨을 죽였다. 삼촌은 호흡을 가다듬으며 밑을 쳐다보았다. 박스를 깔아놓은 안전구역이 겨우 손바닥만 하게 보였다. 그러다 문득 삼촌은 자신을 걱정스럽게 올려다보고 있는 원정과 눈이 마주쳤다. 이때 감독이 액션을 외치는 소리가 들렸다. 삼촌은 굴뚝 아래를 향해 거침없이 몸을 날렸다.

몇 번 뛰어내리는 동안 조금씩 치밀어오른 오기 때문이었을까, 아니면 원정 앞에서 조금이라도 더 멋진 모습을 보여주고 싶은 마음에서였을까. 감독이 주문한 건 앞으로 한 바퀴를 돌며 떨어지는 거였고, 실은 그것조차 쉽지 않은 상황이었는데도 불구하고 삼촌은 그만 위험한 무리수를 두고 말았다. 허공으로 솟구쳐 몸을 뒤틀며 공중삼회전을 시도한 것이다. 그것은 삼촌이 처음 원정을 만났던 촬영현장에서 선보인 장기이기도 했다. 하지만 그때와 달리 이번엔 칠팔 미터 상공이었고 몸엔 치렁치렁 늘어진 치마에 망토까지 두른 상태였다. 거기에 의욕까지 지나쳤는지 굴뚝을 박차고 도약한 삼촌의 몸은 예상보다 더 멀리 날아가 박스를 깔아놓은 안전구역 바깥으로 튕겨 나가고 말았다. 삼촌의 몸이 바닥에 부딪치는 순간, 쿵! 하며 뭔가 부서지는 소리가 들렸다. 동시에 감독이 컷을 외치고 사람들이 일제히 몰려갔다. 삼촌은 바닥에 엎어져 죽은 듯 꿈쩍하지 않았다.

— 야, 괜찮아?

장 관장이 삼촌의 몸을 거세게 흔들자 삼촌은 꿈틀 몸을 움직이며 눈을 떴다. 이때 삼촌의 눈앞에 홀연 검은 망토를 두른 마녀가 나타났다. 위로 길게 찢어진 눈에 날카롭게 구부러진 매부리코, 뾰족한 고깔모자를 쓴 그녀는 긴 손톱을 내밀며 삼촌에게 다가왔다. 그녀의 뾰족한 손톱이 목을 막 파고들려는 순간, 삼촌은 깜짝 놀라 비명을 지르며 뒤로 물러섰다.

— 미스터 권, 괜찮아?

귀에 익은 목소리에 겨우 정신을 차려보니 원정이 눈앞에서 걱정스런 표정으로 삼촌을 쳐다보고 있었다. 삼촌은 어리둥절한 표정으로 주위를 두리번거리다 감독을 발견하고 물었다.

— 오, 오케인가요?

— 그럼, 오케이지. 최고야!

그 와중에도 액션배우로서의 본분을 잊지 않았는지 삼촌은 감독이 엄지손가락을 치켜 올리는 걸 보고 만족스러운 듯 고개를 끄덕였다.

— 저, 그럼 옷 갈아입어도 되죠?

— 그래, 수고했어. 자, 다음 컷 준비해!

감독이 지시를 하자 사람들은 그제야 다들 안심한 표정으로 각자의 자리로 돌아가고 삼촌은 옷을 갈아입기 위해 버스를 향해 걸어갔다. 그리고 풀썩, 그 자리에서 쓰러지고 말았다.

삼촌이 깨어난 곳은 병원 응급실이었다. 그날 왼쪽 무릎과 고관

절을 크게 다친 삼촌은 한동안 깁스를 하고 병원에서 누워 지내야만 했다. 가벼운 뇌진탕 증세까지 있었지만 다행히 머리에 심각한 부상을 입진 않았다. 영화사 측에선 파스 값 정도 쥐어주는 게 고작이었을 뿐 아무런 보상도 없었다. 보험에도 가입이 되어 있지 않았다. 위험도가 높은 스턴트맨은 거절체로 분류되어 보험가입을 할 수 없었기 때문이었다. 이에 비싼 병원비를 내느라 삼촌은 고생하며 기껏 모아놓은 돈을 다 까먹어야 했다.

— 야, 이 병신새끼야. 왜 시키지도 않은 짓을 하고 그래? 한 바퀴만 돌라고 했지, 누가 세 바퀴씩 돌래?

용식과 함께 병문안을 온 장 관장은 깁스를 하고 누워 있는 삼촌을 보고 잔뜩 속이 상한 듯 무리하게 공중삼회전을 시도한 삼촌을 탓했다.

— 내가 뭐라고 그러디? 첫째도 몸조심, 둘째도 몸조심, 응? 자기 몸 자기가 안 챙기면 우리 같은 놈들 챙겨줄 사람 아무도 없어. 막말로 우리가 영화 찍다 뒈지면 개 값도 안 나오는 거 몰라?

장 관장은 한참 삼촌을 타박하다 액션배우들이 십시일반으로 모은 거라며 슬그머니 돈 봉투를 내밀었다. 크게 보탬이 되는 돈은 아니었지만 그들의 형편을 잘 아는 삼촌은 자신을 위해 돈을 모아준 선후배들의 따뜻한 정성에 감동해 눈시울을 붉혔다. 그리고 작품에 따라 이리 흩어지고 저리 찢어지는 사람들이었지만 그래도 자신이 어딘가 무리에 속해 있다는 기분에 마음이 뿌듯했다.

이때, 누군가 병실 문을 살짝 열고 안을 쳐다보았다. 돌아보니 원정이 귤을 한 봉지 싸들고 인사를 하며 들어섰다.

— 안녕하세요.

원정을 본 용식과 장 관장이 어색하게 인사를 나누곤 서로 눈짓을 주고받은 후 먼저 가보겠다며 자리를 피해주었다. 삼촌은 깁스를 하고 있는 자신의 모습이 부끄러워 고개를 돌렸다.

― 도대체 얼마나 다친 거야?

원정은 마치 철없는 막냇동생을 대하듯 안쓰러운 표정으로 깁스한 다리를 쳐다보며 물었다.

― 한 두어 달 누워 있어야 된대요. 뼈 붙을 때까지.

― 그러게 조심하지, 왜 무리를 하고 그랬어?

― 죄, 죄송해요.

삼촌은 창피해서 차마 원정의 얼굴을 마주보지 못했다.

― 죄송하긴 나한테 죄송할 게 뭐 있어? 다치면 본인만 손해지.

이때, 삼촌은 몸을 일으키기 위해 베개를 하나 더 등에 받치려고 했다. 하지만 성한 데가 한 군데도 없어 한 손으로 베개를 잡고 낑낑대기만 했다.

― 그냥 있어, 내가 해줄게.

원정이 삼촌의 어깨를 껴안아 몸을 일으켜주고 밑에 베개를 받쳐주었다. 그 통에 원정의 풍만한 가슴이 삼촌의 얼굴에 와 닿았다. 순간, 다리가 부러진 와중에도 성기가 용수철처럼 벌떡 일어나 시트 위가 볼록 솟아올랐다.

사정이 난처해진 삼촌은 발기한 사실을 감추려고 몸을 옆으로 돌렸지만 다리가 천장에 매달려 있어 꼼짝도 할 수 없었고 엉덩이를 최대한 뒤로 뺐지만 누운 상태에선 그마저도 별 효과가 없어 그저 얼굴만 빨개진 채 천장만 바라보고 있었다. 게다가 삼촌이 입원한 병실은 여덟 명의 환자들이 함께 사용하는 8인실로 다른 환자들이 모두 자신을 쳐다보고 있는 것 같아 삼촌은 홍길동처럼 마법이라도 써서 병실에서 당장 사라지고 싶은 심정이었다.

— 근데 미스터 권, 왜 이렇게 땀을 흘려?

원정은 얼굴이 빨개져서 땀을 흘리고 있는 삼촌을 보고 물수건으로 얼굴을 닦아주었다. 그 때문에 상황은 더욱 악화되었다. 원정의 분 냄새가 훅 끼쳐와 삼촌의 성기가 더욱 딱딱하게 부풀어 오른 것이다. 얼굴을 정성껏 닦아준 원정이 막 몸을 돌리려고 할 때였다. 삼촌이 다급하게 외쳤다.

— 미, 미, 밑에는 보지 마세요!

— 응? 왜?

삼촌의 말에 원정은 고개를 돌려 삼촌의 아래쪽을 내려다보았다. 그리고 볼록하게 솟아오른 시트를 목격했다. 열여섯, 사춘기 소년도 아닌데 어쩌자고! 원정은 곧 어떤 상황인지 깨달았지만 조금도 당황하지 않고 피식 웃으며 물수건을 빨아오겠다며 밖으로 나갔다. 그제야 삼촌이 고개를 돌려 병실을 둘러보니 나머지 일곱 명의 환자들이 다들 침대에서 고개를 내민 채 원정을 쳐다보고 있었다. 그들은 밖으로 나가는 원정의 엉덩이를 쳐다보느라 일제히 시선을 돌리고 있었는데 모두 시트의 아래쪽이 볼록하게 솟아 있었다. 그 가운데에는 디스크 수술을 받은 칠순의 노인도 끼어 있었다. 그는 원정의 엉덩이를 따라가던 시선이 삼촌과 마주치자 쑥스러운 듯 헛기침을 하며 재빨리 옆으로 돌아누웠다.

원정이 물수건을 빨아오는 동안 삼촌은 아랫도리를 어떻게 처리해 보려고 했지만 달리 방법이 없었다. 그래서 할 수 없이 다리를 천장에 매달아놓은 지지대를 떼어내고 몸을 돌리려는데 손발이 성치 않은 데다 깁스까지 하고 있어 몸을 뒤집는 것만으로도 진이 다 빠질 지경이었다. 삼촌은 한참 동안 낑낑대며 애를 쓴 끝에 겨우 몸을 뒤집어 침대에 엎드릴 수 있었다. 이때 밖에 나갔던 원정이 들어왔다. 그러자 일곱 명의 환자들은 연못 속의 개구리들처럼 일제히 이불 속으로 머리를 숨겼다. 하지만 여배우의 능력은 과연 남다른 법, 마치 일렬종대로 서 있는 것처럼 시트의 한가운데가 볼록 튀어나온 것은 아무도 어쩔 수 없었다. 원정은 엉거주춤 이상한 자세로 엎드려 있는 삼촌을 보고 어이없다는 듯 피식 웃었다. 그리고 그만 가보겠다며 가방을 들고 일어섰다. 원정이 가보겠다는 말에 일곱 명의 환자들은 이불 속에서 일제히 한숨을 내쉬었다.

병원에 입원해 있는 동안 삼촌은 점점 더 초조해졌다. 다리병신이 되어 평생 토끼처럼 목발을 짚고 다녀야 할지도 모른다는 두려움과 함께 더 이상 액션배우를 할 수 없을 거라는 비관에 잠도 제대로 이루지 못했다. 다리병신이 되는 것보다 더 두려운 건 부상을 당해 영화계에서 영원히 은퇴를 하는 거였다. 배우가 더 이상 영화를 찍을 수 없다면 그것은 더 이상 배우가 아니었다. 삼촌은 현장에서 일하는 선후배 동료들이 찾아와 촬영장에서 있었던 일을 들려줄 때마다 마음이 괴로웠다. 그것은 부상으로 벤치에 앉아 있는 선수의 심정과 비슷한 입장이었을 것이다. 온갖 위험이 도사리고 있는 액션장면에서 연기를 하는 것은 늘 두려움을 불러일으키는 일이었지만 극한의 긴장 속에서 멋지게 커트를 마무리 지었을 때의 쾌감은 그 어떤 마약보다 강한 중독성을 가지고 있었다. 액션배우들이 온몸에 철심을 박고도 끝내 충무로를 떠나지 못하는 이유는 바로 그런 위험한 쾌감 때문이기도 했다.

원정이 다녀간 지 일주일쯤 지난 어느 날, 점심식사가 막 끝난 뒤였다. 교통사고로 다리에 골절상을 입어 입원한 오십 대의 택시운전사가 삼촌에게 다가와 은근한 어조로 물었다.

— 저, 전에 왔던 그 아가씨는 언제 면회 한번 안 오나?

— 누구 말씀이십니까?

— 거 왜 젖통이……! 아, 아니. 그걸 요샛말로 뭐라고 하더라, 그, 글, 뭐라고 하던데…….

이때, 옆 침대에서 얘기를 듣고 있던 삼십 대의 환자가 끼어들었다.

— 글래머 말씀하시는 겁니까, 어르신?

— 그래! 글래머!

— 일이 좀 있어서 당분간 못 올 거예요.

삼촌이 대답하자 택시운전사는 아쉽다는 듯 입맛을 쩝쩝 다시며 말했다.

— 무슨 일인지 모르지만 젊은 처자가 뭐가 그렇게 바쁘다고…… 쩝.

— 그런데 왜요?

삼촌의 물음에 택시운전사는 짐짓 헛기침을 하며 말했다.

— 뭐, 나, 난 괜찮은데 자네가 좀 적적하지 않을까 걱정이 돼서…….

이때, 맞은편 침대를 쓰는 칠순 노인이 버럭, 짜증을 냈다.

— 아, 구루만지 글래먼지 그래서 도대체 언제 온다는 거여?

— 네?

삼촌이 의아한 듯 쳐다보자 노인은 단단히 토라진 듯 끙, 하고 침대에 몸을 누이며 혼잣말처럼 중얼거렸다.
— 그래, 아무리 바빠도 그렇지, 사람이 이렇게 죽게 생겼는데 면회도 한번 안 오고, 참으로 무정한 처자구먼.

*

삼촌은 깁스를 풀고 퇴원을 한 뒤에도 한동안 일을 못하고 집에서만 빈둥대며 지냈다. 부상의 회복이 더뎌 아직 액션연기를 하기에 무리가 있었기 때문이었다. 그는 운동을 하러 가끔 장 관장의 체육관에 들렀지만 어깨와 허리의 통증으로 텀블링은커녕 역기 하나 들어 올리는 것조차 쉽지 않았다. 그래서 다시는 연기를 할 수 없을지도 모른다는 조바심에 마음이 괴로웠다. 장 관장은 조급하게 생각하지 말고 재활치료에만 신경 쓰라며 다독였지만 몸이 상해 은퇴를 한 선배들을 여러 명 보아온 삼촌에겐 조금의 위로도 되지 않았다. 그는 마치 중독자처럼 긴장감 넘치는 현장이 그리운 한편, 촬영현장에 나가지 못하면 원정을 볼 수 없다는 사실에 마음이 더욱 괴로웠다. 원정은 병원에 한 번 다녀간 이후 더 이상 모습을 보이지 않았다. 삼촌은 그녀의 집으로 찾아갈까, 생각도 해보았지만 성치도 않은 몸으로 그녀 앞에 나설 용기가 없어 혼자 애만 태웠다.

하루는 삼촌이 충무로 근처에서 액션배우들을 만나 함께 술을 마신 적이 있었다. 그들은 최근에 찍은 어린이영화에 대해 신나게 떠들어댔는데 삼촌은 현장에 나갈 수 없는 괴로움에 말없이 술만 마시며 그들의 얘기를 듣고 있었다. 액션배우들은 언제나 그렇듯이 몸에 매단 피아노 줄이 풀려 죽을 뻔했다는 얘기부터 시작해서 요새 젊은 다찌마리 배우들은 기본기가 안 돼 있어 합도 모른다는 얘기를 전환점으로 자연스럽게 여주인공의 얘기로 넘어갔는데 여주인공 역을 맡은 신인 여배우의 연기가 개판이라는 둥, 게다가 식탐까지 있어 식사 때마다 얼마나 밥을 많이 처먹는지 놀랐다는 둥, 그리고 밥 먹은 게 다 가슴으로 갔는지 빨통 하나는 끝내주게 크다는 둥, 그래서 감독은 그녀만 나오면 입이 헤 벌어져서 연출이고 뭐고 정신을 못 차리고 그녀의 가슴만 쳐다본다는 둥, 그런데 안타깝게도 그녀가 유 회장 아들의 새끼손가락이라는 둥, 그런데 또 알고 보면 유 회장이 먼저 닦았다는 둥, 하지만 그 새끼는 워낙 여배우 따먹는 걸 인생의 소명으로 알고 있는지라 지 애비하고 붙어먹었든 말든 전혀 상관 안 할 거라는 둥, 그나저나 그 신인 여배우의 가슴도 나름 크다고 할 수 있지만 그래도 가슴하면 역시 최원정 아니겠냐는 둥, 그런데 최원정의 가슴은 자연산이 아니라 수술을 했다는 둥, 아니면 그렇게 클 리가 없다는 둥 얘기를 주고받는데 무심코 얘기를 듣던 삼촌은 뒤늦게 그들이 얘기하는 여배우가 원정임을 깨닫고 모르는 척 귀를 기울였다.

    가슴 얘기가 나오자 그들은 더욱 흥이 나서 원정이 원래 오랫동안 유 회장의 새끼손가락이었지만 유 회장이 바비인형처럼 얼굴이 작고 몸매가 늘씬한 젊은 여배우를 새로 새끼손가락으로 들이는 바람에 원정이 그 여배우의 집을 찾아가 머리카락을 죄다 뽑아놓자, 바비인형을 주머니에 넣어 다니고 싶어 할 만큼 예뻐하는 유 회장이 잔뜩 화가 나서 처남인 곽 부장을 시켜 원정을 죽지 않을 만큼 두들겨 팼다는 둥, 원정이 유 회장에게 버림을 받은 이유는 유 회장이 원정의 그 큰 가슴에 홀려 원정을 좋아했지만 떡을 치던 도중 그 노인네가 지나치게 흥분한 나머지 가슴을 너무 세게 움켜쥐는 바람에 가슴에 넣은 실리콘이 터져 그 백만 불짜리 가슴이 자연산이 아니라 수술한 가슴이라는 사실이 들통 나 결국 유 회장에게 버림을 받았다는 둥 뒷다마를 까는 데 열을 올렸다.

— 근데 참, 도운이 너, 최원정하고 같이 영화 찍지 않았어?

얘기를 하던 도중, 액션배우 중 한 명이 삼촌에게 묻자 다들 일제히 삼촌을 쳐다보았다.

— 맞아, 저 새끼 최원정 강간하는 거 찍었잖아.

— 정말?

— 와, 형님! 복도 많네요. 어떻게 그런 걸 맡았어요?

— 근데 그 가슴 진짜 자연산이야?

— 맞아! 강간 씬 찍으면서 그년 빨통도 주무르고 그랬을 거 아냐.

— 실리콘을 넣으면 아무래도 표시가 날 텐데…….

— 근데 너 진짠지 가짠지 구별이나 할 줄 아냐? 하하하!

하면서 한 액션배우가 웃으며 삼촌의 어깨를 툭툭 쳤다. 그리고 그는 그 옛날 중국집에서 배달을 하던 촉새가 그랬듯이 아무런 이유도 알지 못한 채 삼촌에게 소주병으로 머리를 맞아 열 바늘이나 꿰매야 했다. 액션배우들은 눈이 뒤집힌 채 악을 쓰며 소주병을 휘두르는 삼촌을 말리느라 진땀을 빼야 했는데 겨우 진정을 시켜 도대체 왜 그랬냐고 묻자 삼촌은 다음과 같이 대답했다.

— 나, 여, 여자한테 그, 그런 식으로 말하는 거 지, 지, 진짜 싫거든.

*

   그날 밤, 술집에서 나온 삼촌은 아무런 목적지도 없이 휘적휘적 아무 데고 발길 닿는 대로 걸음을 옮겨 다녔다. 계절은 아직 이른 봄이어서 밤공기가 차가왔지만 술에 취해 추운 줄도 몰랐다. 그저 몸뚱이 하나 믿고 충무로에 뛰어들어 정신없이 영화를 찍다보니 나이는 어느새 훌쩍 서른이 넘어 있었다. 모아놓은 돈도 없었고 인생의 반려자도 만나지 못했다. 게다가 이젠 몸도 이전 같지 않아 선배들처럼 날만 궂으면 안 아픈 데가 없이 쑤셨고 술을 점점 더 자주 마시게 되었다. 삼촌은 거리를 밝힌 네온을 바라보며 처음 자신이 서울에 올라왔을 때의 기분이 되살아났다. 아는 사람 하나 없어 갈 데도 없었던 그때에 비해 나이만 좀더 먹었을 뿐 달라진 건 아무것도 없었다. 세상은 언제나 한겨울의 눈 덮인 들판처럼 스산해 먹을 것을 찾아 민가로 내려온 산짐승처럼 늘 사방을 두리번거리고 다녔지만 그때나 지금이나 막막하기는 매한가지였다. 삼류 극장 구석자리 말고는 그 어디에도 마음 편한 자리가 없다는 뿌리 깊은 소외감도 여전했다.

   그런 기분 때문이었을까? 삼촌으로선 그저 아무 데고 발길 닿는 대로 걷는다고 걸었지만 그의 발길은 자신도 모르게 어느새 낯익은 골목으로 접어들었다. 그리고 자신의 발걸음이 멈춘 곳이 오래전, 서울에 처음 올라와서 마지막 남은 돈으로 짜장면을 사먹으러 들어갔던 바로 그 중국집 앞이라는 것을 깨달았다. 삼촌은 중국집 건물을 발견한 순간 고향집을 본 듯 그리움과 반가움이 와락 밀려와 눈물이 쏟아질 것 같았다.

동천을 떠나 다시 서울에 올라온 이후, 삼촌은 마음속에서 북경반점을 한시도 잊은 적이 없었다. 다만 마 사장의 배려로 홍콩 가는 배를 얻어 탔는데도 불구하고 오디션도 못 보고 돌아온 사실이 부끄러워 차마 그녀 앞에 나설 용기가 없었던 거였다. 삼촌은 충무로에서 성공해 모두가 아는 유명한 배우가 되어 마 사장 앞에 자랑스럽게 나타나는 상상을 수도 없이 했지만 그것은 어디까지나 꿈이었을 뿐, 자신은 보잘것없는 무명 배우에 불과했고 성공의 길은 까마득하기만 했다. 그래서 그는 중국집과 멀지 않은 거리에 살고 있으면서도 일부러 중국집이 있는 골목을 피해 다녔다. 그리고 언제부턴가 자신이 중국집에서 배달부로 일한 과거는 그에게 부끄러운 기억이 되어 의식적으로 중국집에 대한 생각을 지워버리려고 애썼다. 그런데 그날 밤, 술에 너무 취해서였는지 삼촌의 발걸음은 그를 부끄러운 과거 속으로 이끌어 중국집 앞으로 데려가고 말았다.

중국집이 있던 이층 건물은 한때 제법 세련된 외양을 갖추고 있어 한눈에 봐도 고급음식점이라는 느낌을 주었지만 세월이 너무 많이 흐른 탓일까, 그간 전혀 손을 안 댄 듯 희미한 가로등에 비친 건물은 낡고 부서져 유령이라도 튀어나올 것처럼 음산한 느낌을 주었다. 건물 한가운데에는 여전히 북경반점(北京飯店)이란 간판이 매달려 있지만 이미 문을 닫은 듯 칠이 벗겨져 글씨조차 알아보기 힘들었다. 또한 건물 전체가 캄캄한 어둠에 잠겨 있어 어떤 용도로 사용하는지도 알 수 없었다. 한때 충무로의 감독들과 정치계 인사들로 들끓던 중국집의 달라진 외양에 삼촌은 마음이 무거워 한동안 자리를 못 뜨고 주위를 서성거렸다. 중국집이 문을 닫았다면 마 사장은 어디로 간 걸까? 그녀를 사랑했던 남자가 살고 있는 미국으로 갔을까? 아니면 그녀의 고향인 중국으로 돌아갔을까? 삼촌은 마 사장이 살고 있던 이층을 올려다보았지만 불빛 하나 새어나오지 않는 퇴락한 건물에는 도무지 사람이 살 것 같지 않았다.

삼촌은 대문 앞으로 한 발 더 가까이 다가갔다. 대문의 경첩은 녹이 슬어 붉은 녹물이 흘러내렸고 문틈으로 들여다본 홀은 짙은 어둠에 잠겨 있었다. 하지만 술에 취한 삼촌의 눈앞엔 손님으로 가득한 넓은 홀의 풍경이 홀연히 떠올랐다. 환한 조명 아래 허벅지가 드러난 붉은 치파오를 입은 마 사장은 눈웃음을 치며 손님들을 안내하고 역시 치파오를 입은 여종업원들이 테이블 사이를 오가며 분주하게 음식을 나르는 장면이 파노라마처럼 펼쳐졌다. 마치 음악을 틀어놓은 듯 홀 안에선 시끄러운 중국말이 오고갔고 멀리 주방 안쪽에선 불꽃놀이를 하듯 커다란 북경 팬 위로 불길이 치솟아 분위기를 한껏 고조시켰다. 그리고 온갖 산해진미에서 풍겨나는 좋은 냄새에 삼촌은 자신도 모르고 코를 킁킁거렸다. 하지만 곧 현실로 돌아온 삼촌의 코끝에선 차가운 곰팡내만 맴돌 뿐 그 옛날의 흥성했던 풍경은 삽시간에 사라지고 없었다. 삼촌은 쓸쓸한 추억에 잠겨 오랫동안 문 앞을 서성였다. 그러다 마침내 막 발길을 돌리려고 할 때였다.

— 누구요?

위에서 들리는 여자의 목소리에 깜짝 놀라 뒤로 물러서서 올려다보니 컴컴한 2층의 창문에서 누군가 고개를 내밀고 아래를 내려다보고 있었다.

— 아, 아, 아무것도 아닙니다.

삼촌은 당황해서 급히 몸을 돌려 골목을 걸어 나갔다. 그러자 이층에서 여자가 다시 삼촌을 불렀다.

― 잠깐만!

그 소리에 삼촌은 걸음을 멈춰 섰다.

― 거기, 잠깐만 있어보우.

이어 창문이 닫히고 곧 아래층에 불이 켜졌다. 삼촌은 괜히 도둑으로 몰릴까 걱정이 되는 한편, 여자의 목소리가 어딘가 귀에 익은 듯해 가슴이 마구 방망이질 쳤다. 잠시 후, 삐걱 문 열리는 소리가 들리고 두꺼운 스웨터를 입은 한 여자가 안에서 나왔다. 그리고 가로등 불빛 아래 얼굴이 드러났다. 놀랍게도 눈앞엔 마 사장이 서 있었다. 비록 노파처럼 얼굴엔 주름이 가득하고 허리가 구부정했지만 상대를 굽어보듯 거만하게 쏘아보는 눈길과 비틀린 듯한 입매가 틀림없이 마 사장이었다. 십 년을 훌쩍 넘어 전 주인을 만난 삼촌은 인사도 제대로 못한 채 돌처럼 굳어져 말없이 서 있기만 했다. 그녀도 삼촌을 알아본 듯 한동안 말없이 삼촌을 바라보다 이윽고 입을 열었다.

― 그래, 어디서 봤나 했더니 네놈이었구나.

― 사, 사장님. 잘 지내셨어요?

그제야 삼촌이 꾸벅 인사를 했지만 마 사장은 반가운 기색도 없이 퉁명스럽게 받았다.

― 그때도 도둑고양이처럼 이렇게 밤늦게 쏘다니더니 그 버릇은 여전하구나.

그리고 따라 들어오라는 말도 없이 몸을 돌려 다시 안으로 들어갔다.

침침한 백열등 아래, 넓은 홀은 과거의 모습을 그대로 간직하고 있었다. 테이블도 그대로 있었고 카운터와 주방도 그대로였다. 하지만 영업을 그만둔 지 오래인 듯 홀 안엔 냉기가 감돌고 먼지만 뽀얗게 쌓여 있었다. 삼촌이 홀을 두리번거리며 엉거주춤 서 있자 마 사장은 주방 쪽에 있는 테이블을 가리키며 앉으라고 했다. 그리고 주방 안에서 진로소주를 한 병 꺼내와 잔도 없이 물 컵에 따라 꿀꺽꿀꺽 물마시듯 단숨에 컵을 비웠다. 삼촌이 놀라 쳐다보자 그녀는 담배를 피워 물며 말했다.

— 네놈 때문에 잠이 깼으니 이거라도 마셔야 다시 잠을 자지.

그리고 소주를 가리키며 말했다.

— 이게 맛은 없는데 취하기는 좋아. 싸기도 싸고.

삼촌은 자신이 일하던 시절, 난자완스 안주에 배갈을 마시던 마 사장의 모습을 떠올렸다. 그런데 이젠 난자완스는커녕 짜사이무침도 한 접시 없이 오로지 강소주뿐이었다.

— 이 집을 거쳐 간 한국 놈만 해도 수십 명인데 이렇게 찾아온 건 네가 처음이야. 하긴, 다른 놈은 몰라도 넌 마땅히 그래야겠지. 나한테 빚진 게 있으니까.

그녀는 여전히 한국에 대한 앙금이 남아 있는 듯 굳이 한국 놈이라고 지칭했다. 하지만 삼촌은 영락한 마 사장의 모습에 마음이 무거워 아무런 대꾸도 할 수 없었다. 다만 주방에서 컵을 하나 들고 와 자신의 컵에도 술을 따랐다. 그리고 마 사장처럼 단숨에 잔을 비웠다. 그러자 마 사장이 피식 웃으며 말했다.

— 어쭈? 꼴에 이젠 술도 마실 줄 아나보네. 옛날엔 배갈도 한 잔 못 마시고 뱉어내더니…….

삼촌은 잔을 내려놓으며 마 사장에게 물었다.

— 아, 아직 혼자 사세요?

─ 흥, 그럼 다 늙은 술주정뱅이 옆에 누가 남아 있을까봐?

마 사장은 다시 소주를 물 컵에 따라 반쯤 마시고 내려놓았다.

─ 그래서 이젠 여기서 술을 잘 안 마셔. 취하면 침대에 업어다줄 인간도 없거든.

마 사장의 말에 삼촌은 술에 잔뜩 취한 그녀를 업고 2층으로 올라가던 때의 일이 떠올랐다. 그럴 때마다 삼촌은 자신의 몸을 휘감는 야릇한 감촉에 아랫도리가 불끈 솟아오르곤 했지만 이제 치파오로 감싼 육감적인 육신은 온데간데없고 뼈만 남은 앙상한 노파가 앞에 앉아 있었다. 그녀는 아직 환갑이 한참 남은 나이였지만 어딘가 몸이 아픈 듯 얼굴이 수척해 칠순 노파처럼 아무런 활기도 느껴지지 않았다.

─ 그런데 몰골을 보니 너도 인생이 그다지 잘 풀린 것 같지는 않구나.

마 사장은 삼촌의 얼굴을 뚫어지게 들여다보다 물었다.

─ 그래, 옛날에 홍콩에 갔던 일은 어떻게 됐니? 그것부터 얘기해 봐.

─ 자, 잘 안 됐어요.

삼촌이 고개를 푹 숙였다.

─ 그럼 오디션에서 떨어진 거야?

─ 아뇨, 홍콩에 못 갔어요.

─ 왜?

─ 태, 태풍을 만나서…….

─ 태풍? 핑계가 참 좋구나.

마 사장은 피식 웃으며 남은 소주를 마저 마셨다.

― 내가 전에 말한 적이 있지. 언젠가 너는 누군가를 배신할 거라고.

마 사장의 말에 삼촌이 울컥, 억울한 듯 말했다.

― 전…… 배, 배신을 한 게 아니에요.

― 난 네 꿈을 이루게 해주고 싶어서 홍콩까지 보내줬는데 넌 십년 넘게 코빼기도 보이지 않았어. 그게 배신이 아니면 도대체 뭐가 배신이지?

― 그, 그냥 차, 창피해서 그랬어요.

― 오디션도 못 보고 돌아온 게 창피했다고?

삼촌은 무겁게 고개를 끄덕였다.

― 쯧쯧쯧, 못난 놈.

마 사장은 혀를 차다 담담하게 말했다.

― 난 그때 네가 오디션에 붙을 거라고는 손톱만큼도 생각하지 않았어.

― 네?

삼촌이 놀라 쳐다보았다.

― 흥, 그럼 뒷마당에 작대기 하나 세워놓고 발차기나 하는 중국집 배달부가 오디션에 붙을 거라고 믿을 만큼 내가 순진한 사람인 줄 알았어? 난 처음부터 그런 기대는 하지도 않았어.

― 그, 그런데 왜……?

삼촌이 뭔가에 뒤통수를 맞은 듯 의아해서 쳐다보았지만 마 사장은 대답도 없이 자리에서 일어나 주방에서 소주를 한 병 더 가지고 왔다. 그리고 자신의 잔과 삼촌의 잔에 반반씩 따른 후 말을 이었다.

― 그때 내가 너를 홍콩에 보내준 건 나에게 아무런 꿈이 없었기

때문이었어. 그저 먹고 사는 게 바빠서 꿈 같은 건 꿀 여유도 없었지. 아니, 여기서 부대끼며 사는 동안 꿈조차 다 잃어버렸지. 그런데 네가 나에게 홍콩에 보내달라고 애원했을 때 나는 그 꿈을 보았어. 어처구니없을 정도로 무모했지만 너무나 간절하고 순수한 꿈. 그래서 모든 걸 다 버려도 좋을 것 같은 그런 꿈 말이야.

— 하, 하지만 제가 오디션에 떨어질 걸 알고 있었다면서요?

— 그랬지. 하지만 세상에 자신이 마음먹은 대로 꿈을 이루고 사는 사람은 아무도 없어. 그래서 꿈은 그것을 간직하고 있는 동안에만 행복한 거야.

— 아, 아무리 그래도…….

— 오래전 얘기지만 서로 사랑했는데 아버지가 반대해서 결혼을 못한 남자가 있었어. 그런데 나중에 아버지가 돌아가시고 나서 그 남자가 집으로 찾아왔지. 같이 미국에 가서 자유롭게 살자고. 더 이상 사랑을 방해할 사람도 없었고 나는 여전히 그 남자를 사랑하고 있었어. 그러니까 꿈이 목전에 있었던 거지. 하지만 나는 끝내 그 남자를 따라가지 않았어. 과연 낯선 이국땅에 가서 그 남자랑 살면 행복할까, 생각하니 별로 자신이 안 생기더라고. 그렇게 나는 내 꿈을 차버렸지. 그리고 평생 그것을 후회하면서 살았어.

마 사장은 회한이 가득한 눈으로 삼촌을 바라보며 말을 이었다.

— 꿈이 현실이 되고 나면 그것은 더 이상 꿈이 아니야. 꿈을 꾸는 동안에는 그 꿈이 너무 간절하지만 막상 그것을 이루고 나면 별 게 아니란 걸 깨닫게 되거든. 그러니까 꿈을 이루지 못하는 건 창피한 일이 아니야. 정말 창피한 건 더 이상 꿈을 꿀 수 없게 되는 거야. 그때 내가 원한 건 네가 계속 꿈을 꿀 수 있게 해주는 거였어. 그래서

너를 홍콩에 보내줬던 거야.
　그리고 마 사장은 잔을 들어 남은 술을 마저 입에 털어 넣었다.

　마 사장을 등에 업고 계단을 올라가는 동안 삼촌은 모든 게 변했다는 것을 깨달았다. 은성했던 날들은 지나가고 꿈은 사라졌다. 뼈만 남아 앙상해진 마 사장의 몸은 나뭇잎처럼 가벼워 삼촌은 성치 않은 몸이었는데도 불구하고 조금도 버겁지 않았다. 그녀를 침실에 데려다 뉘었을 때 삼촌은 방구석에 가득 쌓여 있는 술병을 보았다. 모두 진로 소주병이었다. 아마도 밤마다 방에서 혼자 술을 마시다 잠이 든 모양이었다. 삼촌은 방 안에 나뒹구는 술병을 보며 마음이 한없이 착잡했다. 그녀가 향하고 있는 방향은 뚜렷했다. 그것은 죽음이었다. 마 사장은 언제부터 꿈 대신에 절망을 선택한 걸까?
　─ 도운아.
　삼촌이 몸을 돌려 막 밖으로 나가려고 할 때였다. 잠든 줄 알았던 마 사장이 등 뒤에서 삼촌을 불렀다.
　─ 네.
　─ 전에 너를 홍콩에 보내줄 때 나랑 했던 약속 기억하니?
　─ 네. 새, 생각납니다.
　─ 그게 뭔지 한번 말해 봐라.
　마 사장은 어느새 몸을 일으켜 침대에 등을 기대고 있었다.
　─ 어, 언젠가 도움이 필요할 때 한번은 사장님을 도와주겠다고…….
　─ 그래, 용케 기억하고 있구나. 언젠가 처지가 바뀌면 네가 나를 한 번 도와주겠다고 했지. 그게 진심이었는지는 모르겠지만…….

― 그, 그건 진심이었습니다.

이때 마 사장은 물끄러미 삼촌을 바라보다 마치 책을 읽듯 담담하게 말했다.

― 나, 오래 못 살아. 의사가 그러는데 난소암이래.

순간, 삼촌은 머리가 멍해졌다.

― 원래 수술도 받고 항암치료도 받아야 하지만 그렇게 고통스럽게 사느니 그냥 이렇게 술을 마시다가 조용히 죽는 게 낫다고 생각했어.

삼촌은 할 말을 찾지 못해 문 앞에 선 채 소주병이 널린 방바닥을 바라보았다.

― 의사가 그러는데 너무 외로워서 생긴 병이래. 그러고 보니까 그동안 돈 버는 데에만 정신이 팔려서 외로운 줄도 모르고 살았어. 그래서 암 판정을 받고 난 후에 음식점 문을 닫았어. 사실 한국에서 돈을 벌고 성공하는 건 내 꿈이 아니라 아버지의 꿈이었어. 그런데 나는 평생 그게 내 꿈인 줄 착각하고 살았지.

마 사장은 침대에 기댄 채 담배를 한 대 피워 물었다.

― 그렇다고 해서 특별히 억울할 건 없는데 막상 죽는다고 하니까 내가 행복했던 순간이 언제였지, 아니, 내가 행복했던 순간이 있었나, 하는 생각이 들더라고.

잠시 담배를 몇 모금 빨던 마 사장은 툭 내던지듯 물었다.

― 그런데 우리가 그때 했던 그 약속은 아직도 유효한 거니? 내가 도움이 필요할 때 한 번은 도와주겠다던?

― 그, 그럼요. 뭐, 뭐든지 말씀만 하시면…….

삼촌은 진심으로 마 사장을 도와주고 싶었다. 하지만 아무런 경제적인 능력도 없고 몸도 성치 않은 자신이 뭘 도와줄 수 있을까? 이때 마 사장은 담배를 비벼 끄며 말했다.

― 그럼, 칼판장을 찾아서 나한테 데려와줘.

― 카, 칼판장요?

삼촌이 놀라 되물었다.

― 그래, 돈을 주고 다른 사람을 시킬 수도 있지만 누구보다도 네가 그 인간을 잘 알잖아.

― 근데 칼판장은 왜요?

― 요즘 안주도 없이 강소주만 먹다보니 갑자기 그 인간이 해주는 난자완스가 먹고 싶어서…….

마 사장은 대답을 하며 쓸쓸하게 웃었다.

― 사장님은 그 배신자한테 아직도 마음이 남아 있으세요?

뼈만 남은 늙은 주정뱅이에게도 사랑은 아직 남아 있었던 걸까? 삼촌의 질문에 마 사장은 옛날을 회상하듯 허공을 응시하며 말했다.

― 젊었을 땐 내가 인물이 제법 괜찮았는지 쫓아다니는 남자들 중에 잘난 인간이 많았어. 의사도 있고 영화제작자도 있고……. 남자배우 중에서도 나를 좋아한 사람이 있었지. 지금 얘기해 봐야 안 믿겠지만 남궁 원 씨라고 있잖아, 그레고리 펙 닮은 사람. 그 사람도 나를 따라다녔거든. 그런데 나를 달아오르게 한 건 칼판장밖에 없었어. 대머리에 인물도 시원찮고 배운 것도 없고, 잘난 데라곤 한 군데도 없는데 참 이상하지, 돌이켜보면 그래도 그 인간이랑 함께 있던 그 순간이 내 인생에서 제일 행복했던 것 같아.

칼판장이 도둑고양이처럼 밤마다 2층 침실로 숨어들던 때만 해도 두 사람 모두 이미 적지 않은 나이였다. 그런데 그것이 마 사장에겐 단지 외로운 중년의 하룻밤 욕정이 아니라 평생 잊지 못할 순정이었던 걸까? 그녀는 꿈을 꾸듯 희미한 미소를 띤 채 말을 이었다.

— 비록 나중에 그 인간이 나를 배신하고 떠나긴 했지만 그래도 뒤늦게나마 내 인생에 그런 순간이 있었다는 게 다행이라는 생각이 들었어. 아무것도 추억할 게 없는 인생만큼 불행한 인생은 없거든.

마 사장은 앞으로 다가앉으며 애원을 하듯 간절한 눈으로 삼촌을 보며 말했다.

— 그래서 말인데 죽기 전에 한 번이라도 그 사람 얼굴을 봤으면 좋겠어. 그러니까 네가 그 사람을 좀 찾아다 줄 수 있겠니? 돈이 필요하면 얼마든지 대줄 테니까.

— 그, 그럴게요.

삼촌이 얼떨결에 고개를 끄덕이자 마 사장은 마음이 놓인 듯 다시 침대에 몸을 뉘였다. 그제야 삼촌은 인사를 꾸벅 하고 돌아서려고 했다.

— 저, 그만 가볼게요. 편히 쉬세요.

— 그래, 그런데……

마 사장은 마지막으로 돌아서서 나오는 삼촌에게 물었다.

— 너는 아직도 꿈을 꾸고 있니?

중국집을 나온 삼촌은 머릿속에 온갖 상념이 가득 차 발길이 어디로 향하는지도 모른 채 휘적휘적 골목길을 걸어 나왔다. 때마침 거리에는 그 옛날 몸과 마음에 깊은 상처를 입은 채 동천을 떠나던 날의 새벽처럼 안개가 자욱하게 끼어 있었다. 삼촌은 유령이 나올 것 같은 폐가에 혼자 살며 시한부의 인생을 살고 있는 마 사장의 섬뜩하리만치 깊은 고독에 마음이 서늘해진 한편, 어떻게 해서든 칼판장을 찾아 마 사장 앞에 데려다주리라 마음먹었다. 하지만 무엇보다도 마음을 복잡하게 한 건 마지막으로 마 사장이 자신에게 던진 질문 때문이었다.

너는 아직도 꿈을 꾸고 있니?

그때까지 삼촌은 정말 꿈을 꾸고 있었을까? 그랬다면 그 꿈은 과연 무엇이었을까? 삼촌은 그때까지도 이소룡이 되겠다는 꿈을 버리지 않고 있었을까? 아마도 그렇진 않았을 것이다. 괴물 같은 현실에 부딪쳐 꿈은 산산조각 나고 깊은 회한에 발목이 잡혀 늘 바닥을 알 수 없는 늪 속에서 허우적대는 기분이었을 것이다. 내가 아는 한 삼촌은 자신의 역할에 대해 불평한 적이 한 번도 없었다. 그것이 서자의 역할이든 중국집 배달부의 역할이든, 아니면 깡패 역할이든 단독 쇼트 하나 못 받는 단역 배우의 역할이든 삼촌은 자신에게 주어진 배역에 최선을 다했다. 하지만 세상은 무협의 세계와는 달랐다. 세상은 너무나 교묘하고 복잡해 무엇이 정의이고 누가 악당인지 알 수 없었고 삼촌은 빠르게 변하는 세상의 속도를 따라잡지 못해 언제나 서너 발자국 뒤에서 허겁지겁 뒤따라가는 처지였다. 정처 없이 떠돌던 자신을 받아준 장 관장과 다른 액션배우들에게 진한 유대감을 느끼기도 했지만 그것은 그저 한때의 기분이었을 뿐, 현실은 서른이 넘은 나이임에도 불구하고 아무것도 이룬 게 없는 무명 배우일 뿐이었다. 그리고 그마저도 몸을 다쳐 언제까지 계속할 수 있을지 암울하기만 했다. 그날 밤, 삼촌은 마 사장의 말이 내내 귓가에 맴돌아 눈썹에 안개가 허옇게 내려앉을 때까지 밤거리를 헤매고 다녔다.

*

　동천에 다시 피바람이 불기 시작한 것은 종태가 출소를 하면서부터였다. 교도소에서 지내는 동안 종태는 살인자와 사기꾼, 절도범과 강간범 등 온갖 부류의 범죄자들을 만나 그들을 스승 삼아 조금씩 세상의 이치를 깨우쳐갔다. 그저 주먹질밖에 할 줄 모르던 그는 교도소에 들어온 지 한참이 지난 뒤에야 자신이 토끼에게 이용만 당하고 버려졌다는 사실을 깨달았다. 종태네 가족에게 음식점을 내주겠다는 약속은 지켜지지 않았고 아무런 뒷바라지도 없었다. 교도소에서 흘려보낸 청춘은 보상받을 길이 없었고 전과자의 멍에는 고스란히 종태의 몫으로 남아 형기를 다 마치고 고향으로 돌아왔을 때 그를 반겨준 것은 가난한 가족들밖에 없었다. 그나마 가난과 절망에 지친 형수마저 집을 나가 손가락이 잘린 형 혼자서 조카들을 데리고 힘겹게 살림을 꾸려가고 있는 중이었다. 또한 그가 교도소에 가 있는 동안 노모가 세상을 떠났다는 사실을 뒤늦게 알고 종태는 눈물을 흘리며 복수를 다짐했다. 하지만 혼자 회칼을 품고 조직원들이 우글우글한 토끼의 사무실을 찾아갈 수는 없는 노릇, 교도소에서 갓 출소한 햇병아리에겐 토끼에게 맞설 만한 힘도 없고 조직도 없어 종태는 그저 이를 갈며 한탄만 할 뿐이었다.

　동천은 명실공히 토끼의 영토였다. 당시의 조직폭력배가 대개 그렇듯 그도 정치권과의 돈독한 유대를 통해 더러운 일을 도맡아 하는 대신 그 대가로 이권을 챙기고 그 돈으로 다시 조직을 확장해 나가는 식으로 점점 더 세력을 넓혀가 그를 위협할 수 있는 것은 더 이상 아무것도 없었다. 한때 불량배로 삼청교육대에 끌려가 개처럼 두들겨 맞던 그는 어느새 지역의 존경받는 유지로 거듭났다. 더 이상 단순한 깡패두목이 아니라 온갖 감투를 뒤집어쓴 버젓한 향토사업가로 변신한 것이다. 물론 그 자리에 우뚝 서기까지 그 이면에는 온갖 복잡한 악연과 원한, 배신과 복수의 드라마가 있었지만 역사는 언제나 승리자의 것, 모든 추악한 이야기는 동천 벌을 스쳐가는 바람결에 흩어지고 비장하고 아슬아슬하며 드라마틱하고 감동적인 인간 승리극만이 토끼의 뒤에서 후광처럼 빛나고 있었다.

하지만 열흘 가는 붉은 꽃은 없다고 했던가, 토끼의 왕국에 균열이 생긴 것은 동천의 터줏대감인 민정당 소속의 삼선 국회의원 박 모가 중앙당 공천에서 탈락하면서부터였다. 신군부의 실력자 중 하나인 사단장 출신의 정치인 윤 모가 박 의원을 밀어내고 중앙당 공천을 따내자 여권 내에 내분이 생겨 박 의원 측에서 깡패들을 동원해 윤 모의 사무실을 박살내고 선거운동원들을 폭행하는 사건이 발생한 것이다. 그 깡패들은 물론 동천파의 조직원들이었다. 그간 박 의원의 똥구멍을 빨아주며 태평성대를 구가했던 토끼로선 반드시 박 의원을 당선시켜야만 하는 절박한 상황이었다.

그날 윤 모는 가까스로 몸을 피해 화를 면하긴 했지만 그날의 사건을 통해 뼈저리게 느낀 게 하나 있었다. 그것은 정치를 하려면 사람이 필요하다는 거였다. 하지만 뒤늦게 알아본 결과, 쓸 만한 애들은 모두 토끼의 휘하에 있었고 동천파에 맞설 만한 조직은 이미 아무 데도 남아 있지 않았다. 도대체 이 넓은 동천바닥에 쓸 만한 인간이 하나도 없단 말인가! 윤 모가 책상을 치며 답답함을 토로하자 선거운동원 중 한 명이 있기는 하지만 그게 아직 쓸 만한 건지 아닌지는 알 수 없다며 조심스럽게 입을 열었다.

건달들 사이에서 전설처럼 떠도는 얘기에 의하면 오래전 동천엔 수많은 조직들이 뒤엉켜 춘추전국시대를 방불케 할 만큼 치열한 전쟁을 벌이던 시절이 있었다. 그중에 라이거파라는 이름을 가진 무서운 조직이 있었는데 대부분 외지에서 떠들어온 자들로 조직원 하나하나가 호랑이처럼 대담하고 사자처럼 용맹스러워 터줏대감격인 토끼파와 동천의 패권을 놓고 자웅을 겨뤘다고 했다. 이때 라이거파와 토끼파에는 각각 조직을 대표하는 싸움꾼이 한 명씩 있었다. 라이거파의 최고 실력자는 '절곤이'란 별명을 가진 앳된 청년으로 마치 스라소니가 환생한 듯 실력이 대단해 상대 조직원 수십 명을 혼자서 때려눕힐 정도였고 토끼파의 실력자는 마치 이소룡이 환생한 듯 무술 솜씨가 뛰어나 그 역시 상대 조직원들이 무서워 벌벌 떠는 존재였다는 거였다. 그렇게 뛰어난 싸움꾼을 보유한 라이거파와 토끼파는 두 사람의 활약에 힘입어 나머지 군소 조직을 모두 와해시키고 동천의 양대 산맥으로 군림을 하게 되었는데 하늘 아래 두 개의 태양이 있을 수는 없는 법, 드디어 두 사람은 어느 비 오는 달밤, 동천의 뒷골목에서 일인자의 자리를 놓고 목숨을 건 싸움을 벌여 건달사에 길이 남을 명승부를 펼쳤다고 했다. 이름하여 '동천나이트의 결'이라는 거였다.

두 사람은 용호상박, 한 치의 물러섬도 없는 대결을 펼쳐 보여 주먹이 엇갈리고 발이 맞물리는 치열한 싸움은 3일 밤, 3일 낮 동안 계속되었다. 그러다 마침내 안개가 자욱한 새벽 무렵, 라이거파의 젊은 실력자 절곤이의 주먹이 이소룡의 옆구리에 날아가 꽂히며 대단원의 막을 내렸다. 절곤이의 쇳덩어리 같은 주먹에 이소룡의 늑골이 여러 대 부러져 더 이상 싸움을 계속할 수 없게 된 거였다. 그렇게 승부는 가려졌고 싸움에서 패한 이소룡은 새벽안개를 등지고 동천을 떠나 절곤이는 명실상부, 동천 최고의 싸움꾼으로 인정받았지만 어찌된 일인지 대결이 있은 지 얼마 지나지 않아 어떤 알 수 없는 이유로 라이거파에 등을 돌려 자신의 두목인 호두까기의 등에 칼을 꽂아넣었다는 것이다. 그 후 그는 경찰에 검거돼 교도소로 들어가고 반병신이 된 호두까기는 그길로 은퇴를 해 어이없게도 한창 잘 나가던 조직이 스스로 와해되는 결과를 맞아 어부지리, 토끼가 동천의 패권을 쥐며 기나긴 전쟁의 막을 내렸다는 얘기였다. 그런데 중요한 건 바로 얼마 전 바로 그 전설적인 싸움꾼인 절곤이가 교도소에서 출소해 고향으로 돌아왔다는 소문이 있다는 거였다. 이때 선거운동원으로부터 장황한 얘기를 전해들은 윤 모 위원장은 책상을 쾅 내리치며 큰 소리로 외쳤다.

― 그래! 바로 그놈이야! 그 절군지 뭔지 하는 놈을 찾아서 당장 내 앞에 데려와.

동천 외곽의 어느 쓰러져가는 판잣집 앞에 검은색 그라나다가 멈춰선 것은 그로부터 사흘이 지난 뒤였다. 형네 집에 얹혀 살고 있던 종태는 검은색 승용차를 본 순간, 그 옛날 토끼가 자신을 만나기 위해 타고 왔던 마크 파이브가 떠올라 뭔가 불길한 예감이 들었다. 이때 승용차 문이 열리며 검은 양복을 쫙 빼입고 참기름쟁이처럼 반질반질한 인상의 한 사내가 차에서 내렸다. 그는 종태에게 공손히 인사를 하며 명함을 한 장 내밀었는데 명함에는 지구당 위원장 윤 모의 보좌관이란 직함이 적혀 있었다. 이에 종태가 당황해서 명함과 보좌관을 번갈아 쳐다보자 그는 종태의 손을 덥석 잡으며 말했다.

― 그간 말씀 많이 들었습니다. 이제 그만 초가에서 나와 나라를 위해 큰일 한번 하셔야죠.

종태는 자신의 집을 힐끗 돌아보며 저건 초가집이 아니라 그냥 판잣집인데, 하는 생각이 들었는데 그날 보좌관은 마당에 선 채 한 시간도 넘게 뭔가 장황한 얘기를 늘어놓았다. 그리고 종태는 마침내 보좌관과 함께 그라나다 뒷좌석에 올라타고 초가집이 아닌 판잣집을 떠났다. 그 옛날 토끼와 함께 승용차 뒷좌석에 올라탔을 때처럼 마음이 편치 않고 끊임없이 뭔가 불길한 기분이 들었지만 젖은 자는 비를 두려워하지 않는 법, 이미 교도소에서 한 세월 썩고 온 그로선 아무것도 겁날 게 없었다.

그날 종태를 만난 윤 모는 보좌관이 그랬듯이 나라를 위해 함께 큰일을 해보자며 두 손을 덥석 잡았다. 그리고 무엇보다 우선 지역의 발전을 위해 과거에 토끼파와 맞섰던 라이거파의 재건이 시급하다고 했다. 종태는 도대체 나라를 위한 일과 라이거파의 재건이 무슨 상관이 있을까, 의아했지만 긴 교도소 생활을 통해 세상이 단지 주먹만 갖고 돌아가는 게 아니라는 걸 깨달은 그로선 윤 모의 제안이 더없이 좋은 기회라고 생각했다. 그는 나라를 위한 큰일에도 관심이 없었고 지역의 발전에도 관심이 없었다. 물론 라이거파의 재건에도 아무런 관심이 없었다. 그에게 관심이 있는 건 오로지 토끼에 대한 복수였다. 따라서 돈도 없고 조직도 없는 그로선 상대가 설사 악마라 하더라도 손을 잡을 수밖에 없는 상황이었다.

조직을 움직이는 건 돈이었고 돈을 움직이는 건 권력이었으니 신군부의 주도 세력 가운데 한 사람이었던 윤 모에게 돈은 아무런 문제도 안 되었다. 그는 군부의 핵심에 있는 동안 국방사업과 관련한 온갖 비리를 통해 축적한 돈을 아낌없이 풀어 뒤에서 조용히 조직의 재건을 도왔고 종태는 라이거파의 재건을 위해 은밀히 사람을 만나고 다녔다. 우선 라이거파의 일원 가운데 토끼파에 흡수된 조직원이나 조직이 와해되면서 본의 아니게 재야로 숨어버린 조직원들을 찾아다니는 한편, 토끼에게 앙심을 품은 불만 세력들을 끌어모았다. 살인자와 사기꾼, 절도범과 강간범 등 온갖 범죄자와 불량배들이 돈을 쫓아 종태 밑으로 모여들었다. 종태는 더 이상 수줍음 많고 순진하기만 한 시골아이가 아니었다. 일찍이 교도소에 들어가 칼 쓰는 법을 배우고 세상을 배운 그는 원한과 복수의 화신, 타오르는 분노와 회칼로 무장한 두려움 없는 인생이었다.

그렇게 종태는 다시 밤의 세계로 돌아왔고 평화롭던 동천은 다시 두 조직의 명운을 건 치열한 전쟁으로 피바람이 불기 시작해 밤마다 거리엔 욕설과 고함소리가 넘쳐나고 골목마다 각목 부딪치는 소리와 비명소리로 가득 차 오랫동안 싸우는 소리를 듣지 못했던 인근 주민들은 '개새끼들, 어째 한동안 조용하다 싶더니 또 시작이군' 하며 실로 오랜만에 그리웠던 비명소리와 함께 평화로운 잠 속으로 빠져들었다.

한편, 토끼는 자신의 목에 칼끝을 겨눈 상대가 정곤이라는 것을 알고 처음엔 콧방귀를 뀌었지만 선거철이 가까워오면서 그의 뒤에 신군부의 실세가 버티고 있다는 것을 알게 되자 바짝 긴장하지 않을 수 없었다. 흔히 관록이냐, 패기냐란 말로 압축된 두 여권 후보의 치열한 경합은 당시 중앙언론에서조차 초미의 관심사여서 두 여권 후보의 대리전 양상을 띤 조직 간의 전쟁 또한 그만큼 치열할 수밖에 없었다. 이에 조직원들은 하나같이 씨팔, 국회의원 선거 두 번만 치렀다가는 공동묘지를 하나 만들어야 할지도 모르겠다는 푸념을 늘어놓았지만 선거 결과에 따라 두 조직의 명운이 엇갈릴 수도 있어 토끼파와 라이거파는 서로 마주보고 달리는 기관차처럼 한 치도 물러설 수 없는 입장이었다. 일촉즉발! 위기의 순간이 점점 더 가까워오고 있었다.

  종태가 삼촌을 만나러 서울에 올라온 것은 내가 군대에서 막 제대를 하고 복학을 기다리고 있을 무렵이었다. 검은 승용차를 타고 검은 양복을 입은 부하들을 대동하고 온 종태는 그간 나이도 들고 몸집도 불어나 몇 년 전 교도소에 면회를 갔을 때와는 또 다른 분위기를 풍겨 누가 봐도 범상치 않은 건달이라는 것을 한눈에 알아볼 수 있었다. 그날 종태와 나는 삼촌과 강남의 한 호텔에서 만나 저녁을 함께 먹었다. 종태가 삼촌을 만나고 싶다고 연락을 해와 내가 중간에 다리를 놓아 마련한 자리였다. 당시 삼촌은 촬영을 하던 도중 부상을 당해 일을 못하고 집에서 쉬고 있었는데 다리가 성치 않은 듯 걸음걸이가 부자연스러웠다.
  삼촌과 종태가 만난 건 그 유명했던 동천에서의 결투 이후 처음이었다. 삼촌과 종태는 서로 서먹한지 한동안 말없이 술잔만 기울이다 마침내 종태가 먼저 찾아온 용건을 꺼냈다. 얘기인즉, 그가 새로 동천에서 출마한 윤 모 위원장을 돕고 있는데 아무리 중앙당의 지원을 등에 업고 패기가 넘친다 해도 동천의 터줏대감인 삼선 의원의 관록을 이길 수는 없어 저울추가 조금씩 박 의원 쪽으로 기울어지고 있다는 거였다. 그 이유는 무엇보다 동천파의 토끼가 박 의원을 밀고 있기 때문이라는 대목까지 얘기를 진행했을 때였다. 묵묵히 얘기를 듣던 삼촌이 갑자기 탁, 소리가 나게 젓가락을 내려놓았다. 그리고 무거운 목소리로 입을 열었다.

― 종태야.

― 예. 말씀하십시오.

― 우리가 오랜만에 만나서 꼭 그렇게 재미없는 얘기를 해야겠니?

그러자 종태는 삼촌 앞에 털썩 무릎을 꿇었다.

― 죄송합니다. 하지만 이번엔 저를 꼭 한 번만 도와주셔야겠습니다. 부탁드립니다.

그리고 종태는 그 옛날 삼촌에게 무술을 가르쳐달라고 졸랐을 때처럼 꾸벅 절을 했다. 토끼에게 점점 밀리고 있는 상황에서 단 한 명의 지원군이라도 절실했던 그로선 한때 동천 최고의 싸움꾼이었던 삼촌의 힘을 빌리고 싶었던 모양이었다. 하지만 삼촌은 버럭 소리를 질렀다.

― 그러니까 나보고 윤 뭐시기인지 하는 인간 밑에서 깡패 노릇을 하라는 거냐?

삼촌의 고함에 종태는 달리 할 말이 없어 고개를 숙였다.

― 나는 네가 만나자는 말에 반가워서 한달음에 달려왔는데……. 그런 일로 나를 찾아온 거라면 그만 돌아가라.

삼촌의 얼굴엔 진심으로 서운한 기색이 역력했다.

― 사, 사부님. 그게 아니라…….

급기야 종태의 입에서 어릴 때 장난처럼 부르던 호칭까지 나왔지만 삼촌은 단숨에 말을 잘랐다.

― 토끼는 한때 나와 한솥밥을 먹던 친구다. 비록 지금은 서로 길이 달라 헤어졌지만 나는 토끼를 배신할 수 없다.

삼촌은 그때까지도 토끼를 진정 친구로 여기고 있었던 걸까? 그의 표정은 단호했다. 종태는 잠시 삼촌을 쳐다보다 마음을 정리한 듯 자리에서 일어서며 구십 도로 인사를 했다.

― 전 먼저 일어나보겠습니다. 건강하십시오.

삼촌은 씁쓸한 표정으로 술잔을 들며 무겁게 입을 열었다.

― 너도, 많이 변했구나.

그것은 삼촌이 이전에 대학생이 된 나를 보고 한 말이었다. 삼촌의 말대로 종태는 많이 변해 있었다. 과거의 사부에게 깍듯이 예의를 차린다고 차렸지만 무작정 삼촌을 따라다니던 예전의 순박한 존경심은 온데간데없었고 범죄와 폭력의 세계에 깊숙이 몸을 담고 있는 건달 특유의 서늘한 공기가 감돌았다.

― 그런데 한 가지 궁금한 게 있었어요.

종태는 문을 열고 나가기 전 문득 삼촌을 돌아보며 물었다.

― 그때 왜 나한테 져준 거예요?

― 무슨 말이야, 그게?

― 다른 사람은 몰라도 우린 서로 알잖아요. 사부님이 일부러 져주려고 마음먹은 게 아니라면 그렇게 허술하게 옆구리를 내줄 리가 없었을 텐데…….

그러자 삼촌은 피식 웃으며 술잔을 들었다.

― 그때 네 꼴을 보니까 꼭 구석에 몰린 쥐 같더구나. 아무 데도 물러설 데가 없는.

― 그래서 져준 거예요? 일부러?

― 꼭 그런 건 아냐.

꼭 그런 게 아니라면 또 다른 이유가 있었던 걸까? 삼촌은 입을 다물고 술잔을 입으로 가져갔다. 종태는 잠시 복잡한 표정으로 삼촌을 쳐다보다 더 이상 묻지 않고 자리를 떠났다.

삼촌과 나는 호텔을 나와 근처 포장마차로 자리를 옮겨 밤늦도록 술을 마셨다. 삼촌은 마음이 괴로운 듯 과음을 했고 종국엔 잔뜩 술에 취해 횡설수설, 종태와 뒷동산에서 무술 연습을 하던 시절의 이야기를 늘어놓았다.

― 너, 그때 생각나지? 이소룡 죽었을 때 우리가 제사 지내준 거?

― 맞아, 그랬지.

― 그때 제물로 쓴다고 뱀을 잡다가 종태가 뱀에 물렸잖아. 그때 어찌나 미안하던지……. 아까 보니까 손가락이 아직도 안 펴지는 모양이더라.

변한 건 종태뿐만이 아니었다. 세상도 변하고 나도 변해 기실은 모든 게 변해 있었다. 변하지 않은 게 있다면 오로지 삼촌뿐인 것 같았다. 그는 그때까지도 70년대 변두리 극장에서 이소룡 영화를 보고 열광하던 청년 시절에 머물고 있었다. 그래서 종태를 만나 이전처럼 즐겁게 이소룡 얘기를 나누며 과거를 추억하고 싶었을 것이다. 그래서였는지 삼촌은 술을 마시며 내내 '종태, 그놈이 옛날에 참 착했는데……'라는 말을 여러 번 반복했다. 그러다 문득 후회가 되는 듯 당시 종태와 대결을 벌였던 얘기를 꺼냈다.

― 종태가 이렇게 될 줄 알았으면 그때 옆구리를 내주는 게 아니었는데…….

― 그럼, 삼촌이 진짜 일부러 져준 거야?

내가 궁금해서 물었지만 삼촌은 가타부타 대답도 없이 괴로운 표정으로 말했다.

― 종태에게 싸움을 가르쳐준 것도 나고, 쌍절곤을 준 것도 나니까 걔가 깡패가 된 것도 결국 나 때문이야.

삼촌은 종태와 얽힌 복잡한 인연이 진정 후회가 되는 듯 한숨을 내쉬며 자책을 했지만 나 또한 오래전 종태 아버지가 농약을 마시고 자살한 사건을 떠올리며 새삼 마음이 무거워졌다. 그때 내가 종태네 소를 풀어놓지 않았다면 종태 아버지가 자살을 하지도 않았을 테고 그랬다면 종태가 학교를 그만두지도 않았을 테고 깡패가 되지도 않았을 것이다. 인생이 언제나 그런 식으로 진행되지는 않겠지만 삼촌과 나는 어딘가 위태로워 보이는 종태의 모습에 마음이 무거워 밤늦도록 서로 경쟁을 하듯 술잔을 연신 입으로 가져갔다.

― 근데, 상구야. 동구가 사법고시에 붙었다면서?

삼촌은 술을 마시다 문득 동구 형 얘기를 꺼냈다. 동구 형은 내가 제대하기 얼마 전 사법고시에 합격해 동네 입구엔 '축 권세창 씨 장남 권동구 사법고시 합격'이란 플래카드가 나붙었다. 아버지는 자신의 이름이 적힌 플래카드를 올려다보며 눈물을 글썽였고 돼지를 잡아 동네잔치를 벌였다. 형도 그때는 얼굴이 잔뜩 상기되어 집안 어른들에게 일일이 큰절을 올리며 학비를 대준 문중에 감사를 표했다.

― 얼마 전 형님한테 전화했더니 말씀하시더라. 내 조카가 이제 법관이라니 앞으로 동구한테 잘 보여야겠다. 혹시 나중에 죄짓고 재판 받을 일이 생길지도 모르잖아.

삼촌은 웃으며 농담을 했지만 어딘가 서운한 빛을 숨기지 못했다.

그것은 동구 형이 지척에 있으면서 한 번도 삼촌을 찾아보지 않아 그가 사법고시에 합격한 사실조차 모르고 있었기 때문이었다. 만일 그가 서자 출신이 아니었다면 과연 그랬을까? 삼촌은 그 점이 몹시 서운했을 테지만 삼촌 자신도 점점 더 집안과 멀어져 동천을 떠난 뒤엔 가뭄에 콩 나듯 아버지에게 안부전화나 할 뿐 제사 때고 명절 때고 집에 내려오는 법이 없어 집안에선 언젠가부터 아예 없는 사람 취급을 하고 있었다.

― 근데 너는 사법고시 볼 생각 없어?

― 삼촌도 참, 사법고시는 아무나 보나.

― 왜? 너도 머리 좋잖아.

― 그 정도 갖고는 어림도 없어.

― 하긴. 그게 아무나 되는 건 아니겠지. 근데 동구 자식은 틀렸어.

삼촌이 갑자기 뭔가 생각난 듯 못마땅한 얼굴이었다.

― 뭐가 틀려?

― 옛날에 내가 그놈한테 〈용쟁호투〉를 보여줬더니 기껏 재밌게 보고 나서 뭐라고 그랬는지 아니?

― 뭐라고 그랬어?

― 이소룡이 무술을 하는 게 다 속임수래. 카메라 갖고 장난친 거라고. 야, 그게 말이 되냐? 그놈이 영화를 몰라서 그렇지 아무리 카메라를 갖고 장난을 쳐도 아무나 그렇게 할 수는 없는 거거든.

삼촌은 십 수 년 전에 동구 형이 한 말이 상처가 된 듯 그때까지도 잊지 않고 있던 모양이었다. 나는 그런 삼촌의 말이 우스워 웃음을 터뜨리고 말았다.

― 삼촌도 참, 진짜 웃긴다. 그것 때문에 아직까지도 동구 형한테

그렇게 삐진 거야?

— 삐진 게 아니라 그렇잖아. 어릴 때부터 사람을 그렇게 색안경을 끼고 보는데 그런 놈이 나중에 커서 판사가 되면 어떻겠니?

그날 포장마차를 나온 삼촌은 헤어지는 게 아쉬웠는지 자신의 집에서 자고 가라며 억지로 나를 잡아끌었다. 결국 고집에 못 이긴 나는 삼촌을 따라 그의 집으로 갔다. 삼촌의 집은 충무로에서 가까운 옥수동 산동네에 있었는데 작은 부엌이 딸린 단칸방은 손바닥만 한 흑백 텔레비전 한 대와 옆구리가 찢어진 비키니 옷장뿐, 아무런 세간붙이도 없어 내 자취방보다도 더 궁색했다. 그나마 한쪽 벽에 걸린 이소룡의 브로마이드가 썰렁함을 조금이나마 덜어주었는데 얼마나 오래됐는지 브로마이드는 잔뜩 색이 바래 있었다. 〈용쟁호투〉의 한 장면인 듯 브로마이드 속의 이소룡은 손을 뻗어 상대를 겨누고 있었다. 위통을 벗은 가슴과 배에는 칼에 찢긴 상처가 선명해 그 동물적 비장미와 궁색한 방 안의 풍경이 대조되어 나는 길을 걸어가다 문득 비바람에 찢긴 철지난 영화포스터를 목격했을 때처럼 쓸쓸한 기분이 들었다.

삼촌은 이미 몸을 가누지도 못할 만큼 대취했는데도 한잔 더 하자고 고집을 부려 집 앞 구멍가게에서 소주와 참치 캔을 사와 술자리를 이어갔다. 그리고 처음으로 나에게 자신이 과거에 중국집 배달부로 일을 했었다는 사실을 고백하는 한편, 돈을 훔쳐 달아났던 칼판장과 암이 걸려 죽어가고 있는 마 사장에 대한 이야기를 들려주었다. 나로선 모두 처음 듣는 얘기였다. 뒤이어 삼촌은 벽에 몸을 반쯤 기댄 채 혀가 잔뜩 꼬부라진 소리로 삼청교육대에서 겪은 일들에 대해 횡설수설하다 동천에서 토끼와 함께 조직생활을 하던 시절의 이야기로 이어졌는데 그때 삼촌은 토끼가 농약을 사러 나온 한 사내를 삼청교육대의 악명 높은 교관으로 오인해서 살해하게 된 이야기도 들려주었다. 그것은 납치와 고문, 살인과 사체유기에 대한 끔찍한 이야기였지만 그때 나는 너무 술에 취해 꾸벅꾸벅 졸면서 이야기를 듣느라 삼촌이 횡설수설하는 이야기가 무슨 뜻인지 제대로 알아듣지 못했다. 그러다 다음 날 집으로 돌아오는 버스 안에서 나는 뒤늦게 삼촌이 간밤에 들려주었던 이야기들이 단편적으로 떠올랐다. 그리고 비록 시간이 오래 흐르긴 했지만 그것이 무서운 범죄라는 사실을 깨닫곤 모골이 송연해졌다.

그때 삼촌은 왜 그 얘기를 나에게 들려주었을까? 그것이 무덤까지 혼자 지고 가기엔 너무 무거운 짐이었을까? 삼촌은 술에 취해 자신의 의식을 통제하지 못하는 지경에 이르러 오랫동안 자신을 괴롭혀왔던 죄업을 신부 앞에서 고해성사를 하듯 내 앞에서 털어놓았는지도 모른다. 그렇게 얼떨결에 비밀을 공유하게 된 나는 심장이 마구 방망이질 치는 한편, 그 비밀로 인해 야기될 온갖 상황에 대해 상상하기 시작했다. 그리고 마침내 평소의 나답지 않은 대담한 구상을 한 가지 떠올리게 되었다.

*

본격적인 선거유세가 시작되면서 두 조직 간의 전쟁은 더욱 치열해졌다. 습격과 린치, 방해와 난동 등 선거판은 폭력으로 얼룩져 유

세장 주변엔 언제나 건달들이 각목을 들고 설쳐댔으며 때와 장소를 가리지 않고 패싸움이 벌어져 병원엔 하루에도 몇 명씩 머리가 깨진 부상자들이 실려 왔다. 흑색선전과 비방이 난무했고 선거비용으로 천문학적인 액수의 돈이 뿌려져 동천엔 개들도 만 원짜리를 물고 다닌다는 말이 나돌 정도였다. 선거 초기엔 삼선의 관록을 가진 박 의원이 단연 앞서 나갔으나 중앙당의 전폭적인 지원을 등에 업은 윤 모가 유권자들에게 차츰 얼굴을 알리기 시작하면서 승부는 점점 더 박빙으로 치달았다. 기호 1번을 찍는 게 바로 애국을 하는 길이라고 생각하며 평생 1번만을 찍어왔던 유권자들의 심리도 윤 모에게 유리하게 작용했다. 산전수전 다 겪은 토끼는 종태를 포함해 자신들이 모두 정치인들의 칼받이 노릇을 하고 있다는 것을 깨닫는 한편, 어쩌다 보니 자신이 뜨는 별이 아니라 지는 별 쪽에 서 있다는 불길한 예감으로 초조했지만 한창 달리는 말을 바꿔 탈 수는 없는 노릇, 박 의원을 당선시키기 위해 자신이 가진 역량을 총동원할 수밖에 없었다.

한편, 종태가 이끄는 라이거파는 토착 조직인 동천파와 달리 온갖 부류의 양아치들이 돈을 쫓아 모여든 뜨내기 조직으로 별다른 결속력도 위계질서도 없어 이들을 통제하느라 종태는 안팎으로 어려움이 많았는데 뜻밖에 누군가 외부에서 그에게 결정적인 도움을 주는 일이 생겼다. 어느 날, 선거사무실로 종태에게 누군가 전화를 걸어온 것이다. 종태가 전화를 받자 상대는 앞뒤 설명도 없이 대뜸 물었다.

─ 토끼를 잡고 싶나?

처음 듣는 목소리였는데 연극배우처럼 목소리가 굵고 힘이 있었다.

─ 네?

─ 토기를 잡고 싶냐고?

— 누구요?

— 자네가 원한다면 내가 토끼 잡는 방법을 일러주지.

처음에 종태는 동천파 쪽에서 장난질을 하는 게 아닌가 의심스러웠다. 하지만 토끼를 잡을 수만 있다면 단번에 선거의 판세를 뒤집을 수도 있어 자신도 모르게 귀가 솔깃했다.

— 장난하지 말고 바쁘니까 용건만 말하쇼.

— 토끼를 잡으려면 어떻게 해야겠나? 우선 토끼굴이 어딘지를 알아야겠지?

토끼굴이 어딘지는 종태도 이미 알고 있었다. 그곳은 오순이 운영하는 다방이었다. 토끼는 2층의 당구장과 함께 다방을 아지트 삼아 조직원들을 관리하며 선거를 지휘했다. 그는 다방에 숨어서 거의 나오지 않았고 혹시 움직인다 하더라도 최측근들조차 동선을 아는 이가 없어 좀처럼 꼬리를 보이지 않았다. 박 의원도 일이 있을 땐 선거 사무실이 아닌 다방으로 토끼를 만나러 가야 했다. 종태는 토끼를 잡기 위해 몇 번 기습을 시도했지만 그의 아지트인 다방은 철옹성과도 같아 모두 실패로 돌아가고 말았다. 그러니 조심스럽기가 여우보다 더한 토끼를 어떻게 잡을 수 있단 말인가? 종태는 말도 안 되는 소리에 화를 내며 전화를 막 끊으려고 했다. 이때 상대가 말했다.

— 마천리 쪽으로 넘어가는 길에 연초건조장이 하나 있어. 오늘 밤, 그 근처에서 잠복을 하면 아마 자정이 되기 전에 토끼가 나타날 거야. 그때 잡으면 돼. 어때, 쉽지?

— 토, 토끼가 그 시간에 왜 거기에 나타난다는 거요?

— 글쎄, 그건 나도 모르지. 그건 나중에 토끼를 잡으면 직접 물어봐.

― 근데 도대체 그쪽은 누구요?

― 그건 중요하지 않고 내 말을 믿든 안 믿든 자네 자유니까 알아서 해.

그리고 상대는 전화를 뚝 끊었다. 종태는 머리가 복잡했다. 도대체 토끼가 왜 한밤중에 연초건조장에 나타난다는 것인가? 그 상황에선 누구나 그랬겠지만 종태도 일단 함정이 아닐까 의심하는 한편, 어차피 밑져야 본전이라는 생각에 그날 밤 연초건조장 근처에 부하들을 배치하고 토끼가 나타나기를 기다렸다. 혹시 상대가 기습을 하더라도 충분히 상대해 볼 만한 인원이었다. 때마침 달이 휘영청 밝아 사방이 한눈에 들어왔다. 한적한 도로는 이따금씩 공단으로 들어가는 트럭의 헤드라이트가 나타났다 사라질 뿐 인적조차 없었다. 종태는 그래도 혹시 눈에 띌까 싶어 조직원들에게 담배도 피우지 말 것을 주문하고 둑 아래 몸을 숨기고 매복을 했다. 그런데 여덟 시가 지나고 아홉 시가 지나도 토끼는커녕 쥐새끼 한 마리조차 얼씬대지 않았다. 위계가 없는 조직원들은 씨팔, 달밤에 체조를 하는 것도 아니고 한밤중에 도대체 뭔 짓이냐고 투덜댔지만 종태는 참을성을 가지고 기다렸다. 열 시가 지나고 열한 시가 넘어 달은 점점 더 서쪽으로 기울어갔다. 지친 조직원들이 아무 데나 널브러져서 담배를 피워 물었다. 이때쯤엔 종태도 참을성이 거의 바닥이 나 분명 어떤 개새끼가 장난질을 한 거라며 이를 부드득 갈았다. 그리고 부하들에게 막 철수를 지시하려고 할 때였다. 길모퉁이에서 헤드라이트를 비추며 자동차가 한 대가 나타났다. 다들 그냥 지나가는 차라고 생각했는데 뜻밖에도 자동차는 연초건조장 앞에 멈춰 섰다. 종태는 재빨리 부하들에게 몸을 숨기라고 손짓을 하며 차 안을 살폈다. 차 안에선

밖을 살피는 듯 잠시 기척이 없더니 곧 문이 열리고 누군가 차에서 내렸다. 그런데 다리가 불편한 듯 지팡이를 짚고 있었다. 종태는 심장이 마구 뛰었다. 상대는 조심스럽게 주변을 둘러보느라 종태 쪽으로 고개를 돌렸다. 이때 달빛 아래 상대의 얼굴이 환하게 드러났다. 토끼였다!

박빙의 승부로 치닫던 선거는 막바지에 큰 변수가 생기면서 또 다른 국면을 맞이했다. 박 의원 진영의 실제 지휘자인 토끼가 사라지자 톱니바퀴처럼 정확하게 맞물려 돌아가던 선거 조직이 나사 빠진 자동차처럼 제멋대로 우왕좌왕, 덜커덕거리기 시작한 것이다. 박 의원은 여기저기 전화를 돌려 고래고래 고함을 질러댔고 운동원들은 정작 선거운동보다 토끼를 찾느라 혈안이 되어 있었다. 아마도 세상이 이때만큼 간절하게 토끼를 원한 적은 없었을 것이다. 하지만 그의 행방은 오리무중, 아무도 아는 이가 없었다.

선거의 열기로 전국이 뜨겁게 달아오른 그때, 토끼는 동천 외곽에 있는 한적한 연초건조장 안에 감금되어 있었다. 그는 나무 기둥에 묶인 채 어둡고 축축한 건조장 안에서 사흘을 보냈는데 선거에 대한 걱정에 앞서 자신을 함정에 몰아넣은 상대가 누구인지 궁금한 한편, 비밀이 어떻게 흘러나가게 되었는지 궁금했다. 그의 아지트인 다방으로 전화가 걸려온 것은 사흘 전 조직원들과 선거에 대한 대책회의를 하고 있을 때였다. 오순이 전화를 건네주어 무심코 받아들자 수화기 저편에서 낯선 남자의 목소리가 흘러나왔다.

— 잘 있었나, 토끼?

그의 별명이 토끼라는 것은 삼척동자도 다 아는 사실이었지만 이제 동천에서 그를 면전에 대고 토끼라고 부르는 이는 아무도 없었다.

― 누구냐?

― 며칠 전에 비가 왔던데, 혹시 산에는 가봤나?

처음에 토끼는 상대가 하는 말이 무슨 뜻인지 잘 알아듣지 못했다. 그러다 곧 그것이 자신의 오래된 비밀과 관련이 있다는 것을 깨닫고는 머리카락이 쭈뼛 섰다.

― 그, 그게 무슨 소리야?

자신도 모르게 목소리가 떨려나왔다.

― 혹시 비가 너무 많이 와서 흙이 무너져 내리면 시체가 떠밀려 내려올지도 모르니까 걱정이 돼서 물어보는 거야.

― 너, 넌 누구냐?

토끼는 침을 꿀꺽 삼켰다.

― 내가 누군지는 중요하지 않고 그냥 안부가 궁금해서 전화했으니까 몸 성히 잘 지내라고. 길 건너다가 넘어지지 말고.

그리고 전화가 뚝 끊겼다. 그날, 토끼는 아무 일도 할 수 없었다. 약속도 모두 취소한 채 그는 다방 안에 꼼짝 않고 틀어박혀 하루 종일 담배만 빨아댔다. 박 의원이 찾는 전화도 받지 않았다. 그의 머릿속은 오래전 연초건조장에서 있었던 사건에서 비롯된 걱정과 두려움으로 가득 들어차 선거고 나발이고 다른 생각을 할 여력이 없었다. 상대는 그날의 일을 직접 언급하진 않았지만 분명히 토끼의 비밀을 알고 있었다. 도대체 누굴까? 그의 머릿속에 가장 먼저 떠오른 인물은 말더듬이 권도운이었다. 하지만 전화를 걸어온 상대는 말도 더듬지 않았고 목소리도 전혀 달랐다. 도운은 성대가 약해 높고 떨리는 목소리인 데 반해 상대는 배우처럼 낮고 힘 있는 목소리였다.

그 말더듬이는 주먹질만 잘할 뿐 이런 복잡한 일을 꾸밀 위인이 못 된다. 게다가 잘못하면 자신까지 공범으로 몰릴 수 있는 마당에 구태여 이런 위험한 짓을 벌일 이유가 없었다. 토끼는 그날의 사건과 관련된 인물을 모두 떠올려보았지만 의심이 갈 만한 사람은 아무도 없었다. 아니, 생각해 보면 모두가 의심스럽기도 했다. 상대가 원하는 게 뭘까? 돈? 아니면 선거에서의 승리? 그렇다면 이미 경찰에 신고를 한 건 아닐까? 그래서 지금쯤 나는 어디론가 도망을 가고 있어야 하는 게 아닌가? 도망을 간다면 어디로 가지? 온갖 두려운 생각에 토끼는 소리라도 지르고 싶을 만큼 가슴이 답답했지만 무엇보다 두려운 건 상대가 누구인지 전혀 알 수 없다는 거였다. 그가 다방에만 틀어박혀 있었던 건 혹시 상대가 다시 전화를 걸어오지 않을까 하는 기대 때문이었지만 그날 다방의 영업이 모두 끝날 때까지 전화는 더 이상 걸려오지 않았다. 그것이 그를 더욱 초조하게 만들었다.

저녁도 거른 채 다방에만 틀어박혀 있던 토끼가 집을 나선 것은 자정이 가까워올 무렵이었다. 평소에 그를 호위하던 조직원들도 모두 물리고 운전대도 직접 잡았다. 산전수전, 온갖 위험하고 더러운 일들을 겪는 동안 남달리 발달한 예감은 자신이 상대가 파놓은 함정을 향해 걸어 들어가고 있다는 것을 뚜렷하게 감지했지만 저녁 내내 그를 괴롭힌 불안이 마침내 그를 다방 밖으로 밀어낸 것이다. 헤드라이트 불빛이 어둠 속에 서 있는 연초건조장을 비추었을 때 토끼는 오래전 건조장 뒷산에 묻은 청년의 얼굴이 떠올랐다. 시체는 이제 모두 썩어 흙이 되고 뼈만 남았을 테지만 뼈라도 수습을 해서 오늘 밤 안에 다른 장소로 옮겨야 한다. 어디가 좋을까? 토끼는 차에서 내리며 범죄자는 반드시 범죄 장소에 다시 나타난다는 시쳇말을 떠올렸다. 그가 차에서 내려 지팡이를 짚고 절룩거리며 산을 막 오르려고 할 때였다. 어둠 속에서 각목을 든 사내들이 유령처럼 나타나 자신을 에워쌌다. 순간, 토끼는 자신의 불길한 예감이 또 한 번 적중했다는 것을 깨닫고는 아랫입술을 질끈 깨물었다. 유령들 가운데 유난히 덩치가 큰 사내가 앞으로 나섰다. 절곤이었다.

— 오랜만입니다, 형님.

과연 동천에서 토끼의 영향력이 얼마나 대단했던지 그가 사라지고 나자 선거운동원 중에서 이탈자가 속출해 판세는 순식간에 윤 위원장 쪽으로 넘어갔다. 박정희 시대부터 동천의 터줏대감으로 행세했던 박 의원은 이제 꼼짝없이 새로운 인물에게 자리를 내줘야 할 판이었다. 그것은 자연스런 역사의 흐름이자 권력의 흐름이었다. 그렇게 박 의원과 함께 역사의 뒤안길로 떠밀려갈 운명에 처한 토끼의 머리는 그의 전 생애를 통틀어 가장 왕성하게 돌아갔다. 몇 마디 얘기를 나눠보니 절곤이는 뒷산에 묻은 시체에 대해 전혀 모르는 눈치였다. 그는 선거가 끝날 때까지만 조용히 쉬고 있으라며 부하 두 명만 남겨놓은 채 건조장을 떠났다. 가뜩이나 점점 더 밀리고 있는 형국인데 자신이 없는 상태에서 당선은 물 건너 간 일이다. 박 의원이 선거에서 패배하면 자신은 끈 떨어진 뒤웅박신세, 누구 발에 채어 언제 깨질지 알 수 없었다. 토끼는 머리가 복잡했지만 일단 절곤이가 시체에 대해 아무것도 모른다는 사실에 안심했다. 그리고 만일 무사히 풀려나기만 한다면 언젠가 다시 기회가 찾아올 거라고 자위했다. 박 의원을 버리고 윤 위원장에게 붙는 것도 괜찮은 방법이 될 것이다. 절곤이는 아무 때고 기회를 봐서 제거해 버리면 된다. 그게 여의치 않으면 자신의 편으로 끌어들일 수도 있다. 토끼는 미래에 대해 애써 긍정적으로 생각하려고 애쓰며 기둥에 묶인 채 사흘을 견뎠다.

어리둥절한 건 토끼만이 아니었다. 너무 손쉽게 토끼를 포획하게 된 종태도 놀라기는 마찬가지였다. 마치 미리 짜놓은 각본처럼 토끼가 바로 그 시간에 부하도 없이 혼자 연초건조장에 나타난 이유는 무엇일까? 그리고 전화를 걸어온 자는 그 사실을 어떻게 미리 알고 있었을까? 종태는 토끼를 족쳐 한밤중에 연초건조장에 나타난 이유를 물었지만 이빨이 부러지고 입 안이 다 터져 침과 함께 피를 질질 흘리면서도 끝내 입을 열지 않았다. 종태는 누군가 자신을 도와주고 있다는 생각이 들었지만 혹시라도 있을지 모르는 함정에 대비해 긴장을 늦추지 않았다.

다음 날, 얼굴에 부기가 가라앉아 겨우 정신을 차린 토끼는 속을 떠보기 위해 연초건조장을 지키는 조직원들에게 이런저런 말을 건넸지만 그들은 철저하게 지시를 받은 듯 꿀 먹은 벙어리처럼 묵묵부답, 아무런 응대가 없었다. 다만 그들이 나누는 얘기를 통해 짐작컨대 그들은 뒷산에 묻은 시체에 대해 아무것도 모르는 눈치였다. 그것은 아마 절곤이도 마찬가지일 것이다. 그렇다면 이 모든 일을 배후에서 조종하고 있는 상대는 따로 있다는 얘기였다. 그는 절곤이에게 전화를 걸어 몇 날 몇 시에 어디로 가보라고 시켰을 것이다. 그래서 절곤이는 꼭두각시처럼 그의 계획대로 연초건조장에서 매복을 하고 있었을 것이다. 결국 전화 두 통으로 모든 걸 해결한 셈이었다. 무서운 놈! 상대는 절곤이도 아니고 윤 위원장도 아니다. 그렇다면 그는 과연 누구일까? 휴, 이 나이쯤 되면 사는 게 그저 적당히 무료하고 적당히 편안할 줄 알았는데, 그래서 밑의 애들하고 장기나 두고 새로 들어온 레지들 엉덩이나 주물럭거리면서 보낼 줄 알았는데 이게 무슨 꼴이람. 이래서 사람들이 나보고 풍운아라고 하는지도 모르겠군. 하지만 난 정말이지 더 이상 풍운아 같은 건 하고 싶지 않아. 어디가 됐든 한 달에 백만 원씩만 준다면 당장 취직을 할 텐데. 그 일이 하루 종일 소가죽에 붙은 더러운 피와 기름을 제거하는 일이라고 하더라도 말이야. 하지만 다리도 한 짝밖에 없는 병신을 누가 취직을 시켜준단 말인가! 그러니까 절대 마음을 약하게 먹어선 안 돼. 그래! 여기서 빠져나가기만 한다면 절곤이와 함께 도운이놈을 정리해야겠어. 진즉에 그놈까지 묻어버렸어야 하는 건데. 그동안 어떻게 내 비밀을 알고 있는 놈을 멀쩡하게 걸어 다니게 만들었지? 비록 더듬기는 하지만 그 입이 술에 취해서 세상에 대고 무슨 말을 지껄일지도 모르는데 말이야. 언제나 그렇지만 난 마음이 너무 약한 게 문제인 것 같아. 그나저나 휴, 박 의원이 선거에서 떨어지면 나는 어떻게 되는 거지?

*

그날 삼촌의 집에서 돌아오는 버스 안에서 내가 엉뚱한 상상을 하게 된 건 아마도 종태에 대한 죄책감 때문이었을 것이다. 전날 삼촌과 함께 종태를 만난 나는 올무에 걸린 한 마리의 짐승을 본 기분이었다. 그는 절박하게 몸부림치고 있었지만 빠져나오려고 애를 쓰면 쓸수록 올무는 더욱 날카롭게 그의 목을 죄어 종태는 숨이 넘어가기 일보 직전이었다. 나는 그를 올무에서 풀어주고 싶었다. 그래서 우연히 알게 된 해묵은 비밀을 이용해 한 가지 대담한 계획을 세웠다. 평소의 나라면 상상도 할 수 없는 일이었고 자칫하면 목숨까지도 위협받을 수 있는 위험한 일이었다. 하지만 오랜 죄책감을 조금이나마 덜어보고 싶은 마음에 다음 날 대학로에서 배우로 활동하고 있는 한 선배를 찾아갔다. 그리고 그에게 전화를 두 통만 걸어줄 것을 부탁했다. 한 통은 종태에게, 그리고 또 한 통은 토끼에게!

그때 나는 그 전화가 어떤 결과를 불러일으킬지 전혀 예상하지 못했다. 다만 그것이 선거를 치르는 종태에게 조금이나마 도움이 될 거라는 생각만 했을 뿐이었다. 하지만 운명은 아무도 예상치 못한 방향으로 흘러갔다. 그날, 토끼와 종태는 트랜지스터라디오에서 흘러나오는 국회의원선거 개표방송을 듣고 있었다. 선거는 모두 끝났고 이제 결과만 남은 상태였다. 그것은 신구 정치인의 대결이었지만 한편으론 동천파와 라이거파의 명운이 걸린 대결이기도 해서 두 사람은 개표 결과에 신경을 곤두세우고 라디오에 귀를 기울였다. 개표가 진행되는 동안 두 정치인은 예상대로 접전을 펼쳐 엎치락뒤치락 박빙의 승부가 펼쳐졌다. 하지만 새벽이 가까워오면서 박 의원이 뒷심을 발휘해 조금씩 격차를 벌려나가기 시작하자, 종태의 표정이 점점 더 어두워졌다. 반면에 토끼는 속으로 쾌재를 불렀다. 자신이 밀고 있는 박 의원이 승리만 한다면 다시 동천은 토끼의 손아귀에 들어올 터, 선거를 위해 급조된 라이거파 따위는 단번에 밟아버릴 자신이 있었다. 하지만 나이가 들면 의심이 많아지는 법, 개표가 진행되면서 토끼는 문득 개표가 모두 끝나도 종태가 자신을 풀어주지 않을지도 모른다는 불안감이 들었다. 박 의원이 패배했다면 모르지만 그를 다시 풀어주는 건 라이거파에게 매우 위협적인 일이 될 터였다.

— 선거도 끝났는데 이제 그만 풀어주는 게 어때?

토끼가 슬그머니 눈치를 보며 종태에게 물었지만 그는 묵묵히 라디오에만 귀를 기울였다. 주변을 둘러보니 다른 조직원들의 눈빛이 어딘가 심상치 않았다. 토끼는 그들이 뭔가 특별한 지시를 받은 게 틀림없다는 직감이 들었다. 그것은 물론 자신을 죽여 어딘가에 파묻으라는 지시였을 것이다. 한 번 마음에 찾아온 의심은 곧 눈덩이처럼 불어나 토끼는 자신이 죽임을 당할 거라는 확신에 등골이 오싹해졌다. 게다가 일주일 넘게 어둡고 축축한 건조장에 갇혀 있다보니 심신이 피폐해져 상황을 냉정하게 파악할 수 없었다. 어느 순간, 칸델라 불빛 아래서 종태와 눈이 마주쳤는데 자신을 쳐다보는 눈빛이 섬뜩하게 빛났다. 그러고 보니 그의 얼굴이 오래전 자신이 살해한 그 청년과 닮은 것도 같았다. 어쩌면 이 모든 일이 그 청년의 원혼이 꾸민 짓이 아닐까, 두려움에 사로잡힌 토끼는 별의 별 생각이 다 들었다. 그리고 전화기를 통해 들려오던 낯선 사내가 마지막으로 한 말이 떠올랐다.

몸 성히 잘 지내라고. 길 건너다가 넘어지지 말고.

길 건너다 넘어지지 말라는 건 무슨 뜻일까? 내가 절름발이라서 무심코 한 말일까? 아니면 뭔가 다른 의미가 숨어 있는 걸까? 하여간 잘못하면 오늘 밤 여기가 내 무덤이 될지도 모르겠군. 토끼는 당장 빠져나가지 않으면 영원히 기회가 없을지도 모른다는 절박함에 급하게 머리가 돌아가기 시작했다.

— 자, 잠깐 화장실 좀……

라디오를 들으며 기회를 엿보던 토끼가 길게 하품을 하는 종태에게 말했다. 이에 종태가 조직원에게 눈짓을 보내자 그는 귀찮다는 듯 토끼를 잡아 일으켰다.

— 그 지팡이도 좀……

조직원이 지팡이를 집어주자 토끼는 지팡이를 짚고 건조장 밖으로 나갔다. 밤새 개표방송을 듣는 동안 어느새 동쪽 하늘이 붉게 물들어 있었다. 토끼는 절룩거리며 갈대가 우거진 건조장 뒤로 걸어갔다.

— 씨발, 그냥 아무 데나 싸지, 어디까지 가는 거야?

감시를 하러 뒤따라온 조직원이 투덜대자 토끼는 바지를 내리고 갈대밭에 쭈그리고 앉았다.

— 그, 그게 아니라 설사가 나서 그래.

— 새벽부터 웬 똥질이야, 냄새 나게.

조직원은 인상을 찌푸리며 자신도 바지춤을 내리고 길섶에 오줌을 내갈겼다. 처음에 그들은 토끼가 악명 높은 동천파 우두머리라는 사실에 바짝 긴장을 했지만 일주일 넘게 같이 지내는 동안 그가 부하 없이는 아무것도 할 수 없는 절름발이라는 사실을 깨닫곤 언제부턴가 경계심을 완전히 풀어놓고 있었다. 그들은 왜 이런 힘없는 절름발이가 조직폭력배의 두목이 되었는지, 그리고 왜 다들 그를 두려워하는지 도무지 이해할 수 없는 한편, 상대 두목이 자신들의 손아귀에 있다는 짜릿한 쾌감에 아무 때고 심심할 때마다 발로 툭툭 차거나 의족을 잡아 빼는 등 토끼를 괴롭히는 일에 재미를 붙였다. 이에 토끼는 처음엔 점잖게 타일렀다.

— 니들이 아직 세상을 덜 살아서 잘 모르겠지만 인생은 니들이 생각한 것보다 훨씬 더 복잡하고 길어.

― 그래서?

― 그래서 사람은 언제 어떻게 처지가 바뀔지 모르는 거야.

― 그래서?

― 그래서 살다보면 나처럼 다리가 하나 잘릴 수도 있고 또 잘못하면 배때기에 구멍이 날 수도 있다는 얘기야.

토끼는 가능한 한 완곡하게 타일렀지만 한창 혈기왕성한 건달들이 알아들을 리 만무했다.

― 가만! 지금 이 찐따 새끼가 우릴 협박하는 거잖아?

그리고 의족으로 토끼를 마구 두들겨 팼다. 하찮은 졸개들에게 모욕을 당할 때마다 토끼는 피가 거꾸로 솟았지만 백 킬로그램에 육박하는 거구들을 혼자 힘으로 어찌할 수 없어 그저 이를 악물고 언젠가 천 배 만 배로 갚아주리라 다짐을 했다.

토끼는 아랫배에 잔뜩 힘을 주고 길섶에 똥을 누었다. 차가운 새벽 공기에 으스스 몸이 떨렸고 똥이 떨어진 자리에선 모락모락 김이 올라왔다. 그동안 조직원은 냄새를 피해 멀찌감치 떨어져 앉아 담배를 한 대 피워 물었다. 심신이 지치기는 감시하는 조직원들도 매한가지였다. 일주일 넘게 건조장을 지키다보니 며칠 밤을 샌 노름꾼처럼 삭신이 쑤시고 눈이 늘 벌겋게 충혈되어 있었다. 이제 개표가 끝나면 집으로 돌아가 따뜻한 이불 속에서 편히 잘 수 있다는 기대 때문이었을까, 긴장이 풀어진 조직원은 토끼를 등지고 앉아 천천히 담배를 피웠다. 사방이 훤하게 트인 외진 벌판에서 절름발이가 도망가 봐야 어디까지 도망가겠냐는 생각에 잠깐 방심한 그는 등 뒤에서 누군가 소리 없이 다가오는 줄도 모르고 찢어지게 하품을 했다. 그러다 어느 순간, 머리에 둔중한 고통이 느껴지며 바닥을 나뒹굴었다. 머리를 감싸 쥐고 돌아보니 토끼가 지팡이를 하늘 높이 쳐들고 있었다.
— 이 찐따 새끼!

조직원은 자리에서 일어서며 본능적으로 자신을 향해 내리치는 토끼의 지팡이를 덥석 움켜쥐었다. 하지만 토끼는 재빨리 지팡이를 비틀어 손잡이를 쑥 빼냈다. 그러자 손잡이 끝에서 길고 날카로운 칼날이 번쩍 빛났다. 당황한 조직원이 빈 지팡이를 휘둘렀지만 토끼는 어깨를 들이밀어 거리를 좁히며 조금의 망설임도 없이 단숨에 조직원의 배를 향해 칼날을 들이밀었다. 뭔가 차갑고 날카로운 물질이 뱃속으로 쑥 밀려들어왔다. 비명을 지를 새도 없이 순식간에 벌어진 일이었다. 조직원은 어이가 없다는 듯 입을 헤 벌린 채 자신의 배에 깊숙이 박혀 있는 칼날과 토끼의 얼굴을 번갈아 바라보았다. 토끼는 그의 어깨를 끌어안으며 씹어뱉듯 조용히 말했다.

— 너는 왜 나 같은 다리병신이 이 동네 오야지가 되었는지 모르겠지? 그래서 이렇게 배때기에 구멍이 나는 거야.

토끼는 칼날을 잡아 뺐다가 한 번 더 배 안으로 깊숙이 찔러 넣었다.

— 네가 찐따라는 소리만 안 했어도 이렇게까지 할 생각은 없었는데…….

그리고 배에 꽂힌 칼날을 옆으로 힘껏 비틀었다. 백 킬로그램에 육박하는 덩치가 입에서 피를 뿜어내며 고목이 쓰러지듯 그대로 풀썩 주저앉았.

조직원이 쓰러지는 걸 본 토끼는 칼을 움켜쥔 채 절룩거리며 도로가 있는 방향으로 달려갔다. 큰 길까지 나가면 지나가는 차를 얻어탈 수도 있고 아무 데고 민가에 들어가 부하들에게 전화를 걸 수도 있을 것이다. 하지만 지팡이도 없이 도로까지는 거리가 너무 멀었다. 토끼는 달리며 연신 뒤를 돌아보았다. 도로에 가까워올 무렵 멀리서 고함을 지르는 소리가 들렸다. 누군가 밖에 나왔다가 조직원이 쓰러져 있는 걸 발견한 모양이었다. 건조장 안에서 조직원들이 우르르 몰려나왔다. 그리고 멀리 도망가고 있는 토끼를 발견하고 전속력으로 뒤를 쫓아왔다.

젠장!

토끼는 이를 악물고 절룩거리며 뛰었다. 하지만 러닝머신 위에서 달리기를 하는 듯 계속 제자리였고 다리가 끊어질 듯 아팠다. 다리 한 짝이 없다는 게 그때처럼 원망스러운 적이 없었다. 돌아보니 라이거파 조직원들은 점점 더 거리를 좁혀오고 있었다. 토끼는 가까스로 도로에 올라섰다. 좌우를 둘러보니 지나가는 차량이 한 대도 보이지 않았다. 그는 길을 가로질러 뛰어갔다. 맞은편에 보이는 마을에 가서 도움을 청하려는 생각에서였다. 주민들이 있으면 저들도 마음대로 어쩌지는 못할 것이다. 그런데 길을 건너던 도중 그만 의족이 쑥 빠져 달아나 바닥에 나뒹굴고 말았다.

씨발!

토끼는 바닥에 넘어진 채 길 건너편을 바라보았다. 각목을 든 종태 일행이 고함을 지르며 쫓아오고 있었다. 토끼는 의족을 집기 위해 아스팔트 위를 엉금엉금 기어갔다. 가까스로 의족에 손이 막 닿으려는 찰나였다. 갑자기 날카로운 빛이 눈앞에 쏟아졌다. 고개를 돌려보니 트럭 한 대가 헤드라이트를 켠 채 길모퉁이를 돌아 전속력으로 달려오고 있었다. 빵! 하는 경적소리를 들었던가! 토끼는 의족을 손에 움켜쥔 채 한쪽 다리로 벌떡 일어섰다. 트럭은 화학물이 실린 커다란 탱크로리였다. 강렬한 헤드라이트 불빛 너머로 해골이 그려진 위험물 주의 표시가 선명하게 눈에 들어왔다. 그리고 그의 몸은 새털처럼 가볍게 허공으로 높이 날아올랐다.

토끼의 몸이 탱크로리에 부딪쳐 하늘 높이 날아가던 그 순간, 윤 모의 선거사무실에선 만세소리가 울려 퍼졌다. 개표 후반까지도 무소속의 박 의원이 꾸준하게 앞서 나갔지만 막판에 부재자 투표함의 뚜껑이 열리자 군 출신인 윤 모에게 몰표가 쏟아지면서 극적으로 역전에 성공한 것이다. 당시 두 사람의 표 차이는 불과 300여 표에 불과해 전국에서 가장 표차가 적은 박빙의 승부로 언론에 회자되었다. 그때 만일 토끼가 투표 결과를 미리 알았더라면 굳이 위험을 무릅쓰고 탈출을 감행하진 않았을 것이다. 그랬다면 윤 모와 종태에게 동천의 패권을 넘겨주더라도 특유의 근성으로 쇠비름처럼 끈질기게 살아남아 권토중래를 꿈꾸었을 수도 있을 것이다. 하지만 전화기 속 사내의 경고대로 토끼는 길을 건너 도망치다 도로 한복판에서 최후를 맞고 말았다.

개표가 끝난 날 아침, 동천경찰서 교통과로 사고 신고가 접수되었다. 경찰이 현장에 출동해 보니 2.5톤 탱크로리 한 대가 가로수를 정면으로 들이받고 처박혀 있었다. 운전사는 그 자리에서 즉사했고 주변엔 황산 냄새가 진동했다. 탱크로리는 공단 내에 있는 한 도금업체 소속으로 탱크 가득 황산을 싣고 운반하던 중이었다. 사고가 나던 순간 탱크는 반 동강이 났고 사고 현장 일대에 황산이 유출되어 마스크도 착용하지 않은 채 멋모르고 접근했던 한 경찰관은 가스를 마시고 기관지가 손상되어 한동안 병원 신세를 져야 했다. 경찰은 일단 졸음운전으로 인한 사고로 추정을 했는데 뒤늦게 부서진 탱크 안에서 인골로 보이는 뼈 무더기를 발견했다. 바닥에 멍석을 깔고 수습을 해보니 틀림없는 사람의 뼈로 해골은 물론 갈비뼈와 척추뼈 하나까지도 남김없이 보존되어 마치 과학실에 있는 학습용 골격 표본처럼 도무지 현실감이 없어 보였다. 그래서 한 경찰관은 장난삼아 해골을 손에 들고 탱크로리에 부착된 위험물 표시 아래 있는 해골 그림과 비교해 보기도 했다.

그날 새벽, 트럭에 부딪쳐 하늘 높이 날아간 토끼가 떨어진 곳은 공교롭게도 황산으로 가득 찬 탱크 안이었다. 옷이 먼저 녹고 살점과 장기가 모두 녹아 없어지기까지 채 두 시간도 걸리지 않아 신분을 확인할 수 있는 증거물은 아무것도 남아 있지 않았다. 경찰은 인골의 당사자가 누구인지, 그리고 시신이 어쩌다가 독한 황산이 들어 있는 탱크 안에서 발견이 되었는지 혼란에 빠졌다. 혹시 탱크로리 운전사가 시체를 황산에 담가 운반을 하다 사고가 난 게 아닐까, 추측도 해보았지만 운전사는 그 자리에서 즉사해 아무것도 입증해 줄 수 없었다. 한 가지 특이한 점은 수습한 인골에서 왼쪽 다리뼈가 발견되지 않았다는 거였다. 혹시 다리가 잘려 밖으로 튕겨나간 게 아닌가 싶어 주변을 샅샅이 수색했지만 아무런 흔적도 찾을 수 없어 사건은 미궁에 빠지고 말았다.

일찍이 역전파에 몸을 담았다가 삼청교육대에서 한쪽 다리를 잃었지만 불굴의 투지와 끈기로 동천파를 주창, 외부의 악한 무리와 맞서 싸우며 동천의 자존심을 지켜냈던 희대의 풍운아는 그렇게 육신이 모두 녹아내린 채 비참한 종말을 고하고 말았다. 그 자신, 평생 그토록 풍운을 비켜가고 싶어 했지만 가혹한 운명은 그의 최후까지도 온전한 육신을 허락지 않았다. 이에 우두머리를 잃은 동천파는 뒤를 봐주던 박 의원마저 낙마하자 끈 떨어진 뒤웅박 신세가 되어 이리저리 표류하다 곧 스스로 와해되어 토끼의 끔찍한 죽음과 함께 역사의 뒤편으로 사라지고 말았다.

  그렇다면 토끼가 마지막까지 손에 움켜쥐고 있던 의족은 도대체 어디로 사라진 걸까? 그것을 발견한 것은 다름 아닌 오순이었다. 그녀가 동천 외곽에서 일어난 교통사고에 대해 소문을 들은 것은 한밤중에 집을 나갔던 토끼가 실종된 지 나흘이 지난 뒤였다. 사고현장에서 신분을 모르는 인골이 발견되었는데 한쪽 다리뼈가 없다는 거였다. 얘기를 전해 들은 오순은 뭔가 불길한 예감에 사로잡혀 당장 사고현장으로 달려갔다. 그리고 온종일 현장 주변을 뒤지고 다녔지만 경찰이 이미 수색을 끝낸 뒤여서 사건에 대한 아무런 단서도 찾을 수가 없었다. 이때 멀리 연초건조장이 눈에 들어왔다. 그곳은 그 옛날 오순이 삼촌과 오토바이를 타고 와 밀회를 나눴던 장소였다. 오순은 삼촌과의 쓰라린 추억이 떠올라 무심코 건조장 쪽으로 걸음을 옮겼다. 그리고 오랫동안 방치되어 무너져가는 건조장 옆에서 뭔가 눈에 익은 물체를 발견했다. 가까이 다가가보니 의족이었다.

  토끼의 의족이 어떻게 도로에서 백여 미터 떨어진 건조장 옆에서 발견되었는지는 알 수 없었다. 트럭에 부딪쳐 날아왔는지 아니면 들개가 물어다 놓았는지 알 수 없지만 오순은 토끼가 뭔가 끔찍한 사고를 당했다는 직감에 의족을 부둥켜안고 하염없이 눈물을 흘렸다. 비록 그가 악명 높은 건달 두목이었지만 오순에겐 남의 아이를 임신한 자신을 보듬어주었던 다정한 남자요, 하나밖에 없는 지아비였다.

오순은 의족을 매만지며 토끼와 함께했던 지난날들이 주마등처럼 떠올랐다. 어느 비 오던 밤, 병실에서 성치도 않은 몸으로 처음 사랑을 나눴던 일과 옥상에서 처음으로 나눠 피웠던 담배의 맛, 아이를 낳았을 때 다른 남자의 씨인 줄도 모르고 눈물을 글썽이며 기뻐했던 일, 삼청교육대에 끌려갔다가 다리가 잘려 돌아왔을 때의 절망감, 그래서 자신도 목숨을 끊겠다고 집안을 뒤져 청산가리를 찾던 일, 그런 그를 말리다 서로 부둥켜안고 밤새 울었던 일, 그래도 자라나는 아이를 지켜보며 흐뭇해 하던 미소, 잠자기 전에 의족을 풀며 이쪽 다리는 절대 관절염을 앓을 일이 없을 거라고 애써 웃으며 건네던 농담⋯⋯. 오순은 저물녘까지 건조장 옆에 넋을 놓고 앉아 있다 해가 떨어질 무렵에야 주인 없는 의족을 품에 안고 집으로 돌아왔다. 그리고 토끼에게 무슨 일이 벌어졌는지 모르지만 그를 죽인 범인을 찾아 반드시 그의 목구멍에 청산가리를 들어부으리라 굳게 결심했다.

*

 악한 자들을 응징하고 마지막에 늘 정의를 실현하는 어린이영화의 규칙은 삼촌에게 익숙한 무협영화와 닮아 있었다. 정의를 구하는 것은 현실이 아니라 영화 속에서, 그중에서도 어린이들이 보는 영화 속에서나 가능한 일이었다. 그래서 삼촌은 어린이영화가 좋았다. 비록 조악한 화면에 스토리가 뒤죽박죽이어도 경쾌한 음악과 함께 주인공이 악당을 모두 쳐부수고 마침내 그들에게 붙잡혔던 인질을 구해낼 때면 엄마를 졸라 극장에 몰려온 아이들처럼 언제나 짜릿한 기분이 들었던 것이다. 다만 한 가지, 삼촌이 맡은 배역이 악당들에게 맞서 싸우는 주인공의 역할이 아니라 주로 착한 사람들을 괴롭히는 악당의 역할이라는 게 유감이었지만 말이다.

부상에서 몸이 완전히 회복되진 않았지만 삼촌은 철심이 박힌 채 진통제를 먹으며 다시 촬영현장으로 나갔다. 몸이 다쳤다고 해서 누가 밥을 공짜로 먹여주는 것도 아니고 집세를 대신 내주는 것도 아니었기 때문에 무슨 역할이든 나가서 일당이라도 벌어야 했다. 삼촌의 오야지인 장 관장은 그런 삼촌을 배려해 가능한 한 덜 위험한 역할을 골라 맡겼지만 고지식한 삼촌은 조금도 몸을 사리지 않아 늘 몸에 부상을 달고 살았다.

장 관장은 무협영화가 한창 인기를 끌던 시절, 비룡이란 예명으로 황인식, 왕호, 황정리 등과 함께 홍콩에 진출했던 액션배우였다. 하지만 좋은 시절은 다 지나가고 이젠 변두리에서 체육관을 운영하며 주로 코미디언들이 주인공을 맡는 어린이영화에서 무술연출이나 하는 처지였다. 하지만 그마저도 워낙 저예산이다 보니 출연료가 박해 배우들이 대부분 떠나가고 삼촌을 포함해 몇 명만이 그의 밑에 남아 있었다. 술에 취하면 과거에 성룡이 밥 사주던 시절의 이야기와 홍콩에서 황정리와 같이 피아노줄 타던 이야기를 즐겨 했는데 한번은 한 액션배우가 그에게 왜 결혼을 안 하고 혼자 사냐고 묻자 자신이 결혼을 안 한 이유는 바로 첫사랑 때문이라며 쓸쓸한 표정으로 술잔을 든 후, 천천히 얘기를 꺼냈다.

— 옛날에 홍콩에서 영화 찍다가 같이 출연했던 한 여배우하고 사랑에 빠진 적이 있었지. 원래 대만 출신의 여배우인데 눈이 매우 아

름다운 여자였어. 그런데 알고 보니까 그 여자한테 남자가 있었던 거야.

― 그럼 유부녀였어요?

함께 술을 마시던 한 액션배우가 묻자 장 관장은 좌중을 한 번 둘러보았다.

― 니들 삼합회라고 들어봤지?

― 그럼요. 이태리의 마피아하고 일본의 야쿠자, 그리고 홍콩 삼합회가 바로 세계 삼대 마피아조직 아닙니까? 조직원들만 해도 십만 명이 넘는다던데…….

― 네가 좀 아는구나. 그래, 불행한 일이지만 그 여자의 남자가 바로 삼합회 두목이었던 거야.

― 저, 정말요?

삼합회 두목이라는 말에 다들 눈을 동그랗게 떴다.

― 그래서 우린 행여나 다른 사람들 눈에 띌까 두려워 몰래 만나서 사랑을 나누었지. 잘못하면 둘 다 홍콩 앞바다에 수장이 될 테니까. 그때 홍진바오라는 친구가 있었는데 그 친구가 집을 빌려줘서 주로 거기서 만났어. 홍콩에는 어딜 가나 삼합회 조직원들이 우글거리니까 호텔이든 어디든 밖에선 만날 수가 없었거든.

― 홍진바오라면 혹시 홍금보를 말씀하시는 겁니까?

― 아마 여기선 그렇게 말할 거야. 홍금보.

― 호, 홍금보가 정말 관장님 친구였어요?

다들 못 믿겠다는 표정으로 쳐다보자 장 관장은 버럭 화를 냈다.

― 이 자식들이 왜 사람 말을 못 믿어! 나랑 홍콩에서 영화 찍다가 만나서 친구 먹었거든. 나이는 나보다 몇 살 많은데 애가 워낙 화

통해서 소주 한잔 먹고 그냥 친구 먹자고 그러더라고.

— 저, 그런데 홍금보도 삼합회 조직원이라는 얘기가 있던데…….

배우들이 고개를 갸우뚱하며 이의를 제기했지만 장 관장은 눈 하나 깜짝 않고 말을 이었다.

— 맞아. 홍진바오 그놈도 삼합회에 몸을 담고 있었지. 그래서 처음엔 나보고 절대 그 여자하고 만나면 안 된다고 경고를 했지만 우리가 서로 진심으로 사랑한다는 걸 알고 난 뒤엔 오히려 적극적으로 도와주려고 했어. 두목이 마카오나 필리핀으로 출장을 가면 나한테 미리 알려주고 자기 아파트도 빌려주고 그랬지.

— 근데 그 여자하곤 왜 헤어졌어요?

— 꼬리가 길면 잡힌다고 그놈 집에서 여자하고 나오는 걸 조직원 중의 누군가 본 모양이야. 하루는 두목이 직접 부하들을 데리고 내가 사는 집을 쳐들어왔어. 총으로 무장을 하고. 그때 홍진바오가 미리 귀띔을 해주지 않았으면 나는 아마 홍콩에서 죽었을 거야. 그런데 다행히 미리 집을 빠져나와서 한국으로 오는 배를 타고 도망칠 수가 있었지. 결국 그렇게 그 여배우하고는 작별인사도 제대로 못하고 헤어졌어.

— 그게 끝였어요?

— 그럼 어떡해, 어차피 우린 이루어질 수 없는 사랑이었으니까.

장 관장은 회한이 가득 담긴 표정으로 술잔을 들다 문득 생각난 듯 말을 이었다.

— 참, 나중에 그 여배우가 한국에 촬영을 하러 왔다 한 번 우연히 만난 적이 있었어. 홍콩엔 겨울이 없으니까 설경을 찍으러 홍콩에서 촬영 팀이 왔는데 현장에서 그 여자를 다시 만난 거야. 낙산사인가

어디 절에서 찍었거든. 그때 눈 덮인 절을 배경으로 여자가 혼자 걸어가는 장면이었는데 난 그냥 먼발치에서 지켜보기만 했지. 세월이 많이 흘렀는데도 여전히 아름답더군. 그런데 촬영을 하다 그 여자도 멀리서 나를 알아봤는지 문득 걸음을 멈춰 서서 나를 쳐다보더라고. 카메라는 돌아가고 있는데 말은 할 수 없지, 스태프들은 다들 지켜보고 있지, 정말 답답해 미치겠더라고. 그런데 어느 순간 여자의 눈에서 눈물이 한 방울 똑, 떨어지는 거야. 그걸 보는 나도 가슴이 찢어질 것 같았지만 어차피 우린 이루어질 수 없는 사랑이잖아. 그래서 그냥 멀리서 얼굴만 보고 다시 돌아설 수밖에 없었지. 그때 그 기분을 너희들은 모를 거야.

그리고 한없이 착잡한 표정으로 소주잔을 들어 술을 마셨다.

― 근데 그 여자는 이름이 뭐예요? 유명한 배우예요?

배우들 중 한 명이 콧날이 시큰해진 것을 애써 감추려 큼큼, 헛기침을 하며 물었다.

― 뭐, 글쎄. 너희들이 홍콩 쪽 배우들을 알지 모르겠는데 혹시 린칭샤라고 들어봤어?

― 린칭샤요?

― 뭐, 여기선 임청하라고 하는 모양이던데…….

이쯤 되면 대개 얘기를 듣던 배우들이 '에이, 씨발' 하는 표정으로 자리를 떴지만 순진한 삼촌은 장 관장의 얘기가 영화처럼 재밌기만 했다. 장 관장은 그런 삼촌을 보고 말했다.

― 그래서 내가 너한테 분 바른 것들하고는 가까이 하지 말라는 거야. 그게 무슨 나쁜 뜻이 있어서 그런 게 아니라 나처럼 너도 다칠까봐. 왜냐하면 장미에는 언제나 가시가 있는 법이거든. 무슨 말인

지 알겠어?

 촬영이 없는 날이면 삼촌은 마 사장을 찾아가 말벗을 해주며 함께 자주 술을 마셨다. 그녀는 하루가 다르게 쇠약해져 깡마른 몸에서 생명의 기운이 조금씩 빠져나가는 게 눈에 보이는 듯했다. 옆에서 이를 지켜보는 삼촌은 몇 번 병원에 입원할 것을 권했지만 마 사장은 어차피 고치지도 못할 병, 온몸에 주사 바늘을 꽂고 병실에 혼자 누워 있다 죽기 싫다며 한사코 입원을 거부했다. 좋아하는 술이라도 자유롭게 실컷 마시다 죽는 게 더 낫다는 거였다. 마음속에서 이미 모든 걸 내려놓은 듯 그녀의 눈엔 더 이상 아무런 미련도 없어 보였다. 다만 술에 취하면 문득 생각이 난 듯 칼판장에 대해 묻곤 했다. 그럴 때마다 삼촌은 여기저기 수소문을 하고 있으니 곧 행방을 알 수 있을 거라며 위로했지만 그 넓은 서울 하늘 아래서 10여 년 전에 도망간 칼판장을 찾는 건 막막하기만 한 일이었다.

 하루는 삼촌이 촬영이 끝나고 밤늦게 마 사장을 찾아간 적이 있었다. 마 사장은 예의 혼자 강소주를 마시고 있다 안에서 옷을 한 벌 가지고 나왔다. 그리고 삼촌에게 한번 입어볼 것을 권했다. 삼촌이 어리둥절해서 펼쳐보니 치파오 스타일의 남자 옷이었다.

— 아버지가 입던 옷인데 한번 입어봐. 치수가 맞을 것 같아서…….

 삼촌이 안에서 옷을 갈아입고 나오자 마 사장은 빙그레 웃으며 혼잣말처럼 중얼거렸다.

— 다행히 딱 맞네. 원래 아버지는 평소에 중산복을 입었지만 무술 연습할 땐 몸을 놀리기가 편하다고 해서 꼭 그 옷을 입었지.

그러고 보니 소매가 짧고 차이나 칼라가 달린 푸른 옷은 이소룡이 〈정무문〉이나 〈당산대형〉에서 입고 나온 옷과 흡사해 삼촌은 거울에 비춰보며 만족한 듯 고개를 끄덕였다.

― 마음에 들면 갖다가 입어.

― 그래도 아버님 유품인데…….

― 상관없어. 어차피 이 집엔 그 옷을 입을 남자도 없으니까. 뭐, 죽은 사람 옷이라서 기분 나쁘면 안 입어도 좋고.

― 아, 아닙니다. 잘 입을게요.

― 그래, 어차피 태워버리려고 했는데 잘됐네.

그리고 마 사장은 갑자기 배를 움켜쥐고 인상을 찡그리며 쓰러지듯 테이블에 몸을 기댔다.

― 사, 사장님!

삼촌이 놀라 구급차를 부르겠다고 했지만 그녀는 손을 내저으며 자신을 침실에 데려다줄 것을 부탁했다. 삼촌이 마 사장을 안아 침대에 눕히자 그녀는 머리맡에 있던 진통제를 몇 알 입에 털어 넣고 고통스러운 듯 가쁜 숨을 몰아쉬었다. 그녀의 생명은 이제 온몸에 퍼진 암세포의 공격에 무참히 무너져가는 중이었다. 잠시 후, 그녀는 조금 진정이 된 듯 침대에 머리를 기댄 채 삼촌에게 물었다.

― 도운아.

― 네, 사장님.

― 이 세상에서 제일 무서운 게 뭔지 아니?

― 그, 글쎄요.

― 내가 살아보니까 세상에서 제일 무서운 건 외로움이더라. 그건 암이나 전쟁보다도 더 끔찍한 거야. 젊었을 땐 나도 그걸 몰랐어. 그

래서 사람들한테 못되게 굴었지. 지금 생각하면 그래도 같이 어울려서 지지고 볶고 할 때가 행복했는데…….

 마 사장은 회한이 가득 담긴 눈으로 삼촌을 쳐다보다 문득 물었다.

 ─너 좋아하는 사람은 있니?

 이때, 삼촌의 머릿속에 퍼뜩 원정의 얼굴이 떠올랐다.

 ─네.

 삼촌이 고개를 끄덕이자 마 사장이 다시 물었다.

 ─그런데 왜 안 만나?

 ─그냥…….

 ─그 여자는 네가 좋아한다는 걸 알고 있니?

 ─아마 모를 거예요.

 ─왜?

 ─한 번도 좋아한다고 고백을 해본 적이 없거든요.

 ─바보 같은 놈. 그 여자가 거절할까봐 겁이 난 게로구나.

 ─그렇기도 하지만 그 여자는 가시가 있는 여자예요.

 ─가시?

 ─네, 장미처럼 아름다운데 가시가 있거든요.

 ─그래서 그 가시에 찔릴까봐 겁이 난다는 거야?

 마 사장의 질문에 삼촌이 말없이 고개를 끄덕였다.

 ─넌 정말 어쩔 수 없는 놈이로구나. 나 같으면 그 가시에 심장이 찔려 당장 죽는 한이 있더라도 사랑을 할 텐데…….

 마 사장에겐 칼판장이 바로 그런 사랑이었을까? 그래서 그렇게 가시에 찔려 상처를 입었어도 죽을 때까지 그리워하게 되는 걸까? 삼촌은 마 사장이 잠들 때까지 기다렸다 밤늦게 집을 나섰다. 마 사장이 준 중국옷을 입은 채였다. 밤거리를 걷는 내내 삼촌의 귓속엔 마 사장의 말이 맴돌았다. 그래서였을까? 삼촌의 발걸음은 자신도 모르게 원정이 살고 있는 오피스텔로 향하고 있었다.

박정희 시대의 인물이었던 유 회장은 신군부에도 줄을 대 정치의 격변기를 거치면서도 꿋꿋하게 살아남았다. 그는 영화제작뿐만 아니라 극장을 인수, 배급에도 손을 대 마침내 충무로의 최고 실력자로 부상했다. 그는 명실공히 충무로의 대통령이었다. 나아가 그런 배경을 등에 업고 문화예술계를 대표한 전국구 의원으로 국회에도 진출해 유 사장에서 유 회장으로, 그리고 유 의원으로 바벨탑의 꼭대기를 향해 계속 사다리를 밟아 올라갔다. 그 과정에서 위로 상납할 더 많은 돈과 더 많은 예쁜이들이 필요했다. 그는 비즈니스를 위해 철저하게 여배우들을 이용했다. 아무리 세상이 바뀌어도 그것은 여전히 효율적인 무기였다. 돈과 권력, 그리고 아름다운 여자들은 하나의 패키지로 묶여 권력의 정점을 향해 위로, 위로 흘러갔다.

국회의원 선거를 전후해 술자리는 더욱 빈번해졌다. 이 한 몸 바쳐서라도 기회를 잡아보겠다는 꿈을 가진 수많은 부나비들이 술자리에 불려나갔고 그들은 정치인과 언론인, 방송국 피디와 영화감독 등 그들의 꿈과 생존을 좌지우지할 권력자들의 하룻밤 잠자리 상대로 침대에 던져졌다. 한때 유 의원의 보살핌을 받으며 삼류영화에나마 자주 얼굴을 내밀었던 원정은 이제 이런저런 술자리를 전전하며 길거리 창녀처럼 아무에게나 하룻밤 몸을 맡기는 신세로 전락해 삼촌이 찾아갔던 그날도 새벽녘이 되어서야 술에 취해 집으로 돌아왔다. 밤새 이슬을 맞으며 오피스텔 앞에서 원정을 기다리던 삼촌은 어둠 속에서 비틀거리며 걸어오는 원정을 발견하고 불쑥 앞으로 나섰다. 원정은 가로등 불빛 아래서 무술도복을 입은 남자가 갑자기 나타나자 놀라 비명을 질렀다. 그리고 그가 곧 삼촌임을 알아보고 혀 꼬부라진 소리로 물었다.

— 어머! 미스터 권 아냐? 여기 웬일이야?

술에 취한 원정은 옷매무새가 흐트러져 가슴이 반쯤 비어져 나왔고 입에선 독한 술 냄새가 풍겼다. 그 모습에 삼촌은 가슴이 답답해져 말없이 고개를 돌렸다.

— 근데 그 옷은 뭐야? 촬영하다 온 거야?

원정이 삼촌이 입고 있는 무술도복을 가리키며 물었다.

— 아니요, 누가 한 벌 줘서…….

그녀는 무술도복을 입은 삼촌을 한 발 떨어져서 아래위로 훑어보다 말했다.

— 그걸 입고 있으니까 어쩐지 이소룡하고 비슷하게 생겼다. 얼굴은 좀 아니지만…… 근데 여기 이 시간에 어쩐 일이야?

— 그, 그냥 할 얘기가 있어서…….

— 나한테? 나한테 미스터 권이 할 얘기가 뭐가 있어?

원정은 게슴츠레한 눈으로 삼촌을 쳐다보며 물었다. 삼촌은 그녀의 뒤엔 거대한 갈고리처럼 뭔가 보이지 않는 힘이 존재한다고 생각했다. 그리고 그녀는 거센 물살에 이리저리 떠밀려가는 나뭇잎처럼 아무런 힘도 없는 존재였다. 삼촌은 그녀를 그 거대한 힘으로부터 구해주고 싶었다. 하지만 어떻게 해야 그것이 가능한지 알 수 없었다. 원정의 지친 눈동자를 들여다보던 삼촌의 가슴속에선 뭔가 뜨거운 것이 용솟음쳤다. 그것은 분명 사랑의 감정이었지만 달콤한 것과는 거리가 멀었다. 그것은 안타까운 분노와 슬픔이 뒤범벅된 것이었다. 그 절망적인 기분에 삼촌은 울분을 토해 내듯 불쑥 다음과 같이 고백을 했다.

— 사, 사랑합니다.
— 뭐?
— 사랑한다고요.

처음 벽돌공장에서 원정과 눈길이 마주친 이후, 얼마나 오랫동안 그 말을 하고 싶었던가! 하지만 그 긴 세월을 망설이다 마침내 가로등 아래서 토해 낸 그 고백이 어찌나 무기력하고 공허하게 들렸던지! 이때 원정은 난데없이 불쑥 나타난 얼치기의 고백이 놀랍지도 않다는 듯 말없이 바라보다 피식 웃으며 물었다.

— 그래서? 미스터 권은 그 흔한 사랑 말고 나에게 또 뭘 줄 수 있지?

기실 그것은 세상의 모든 여자들이 자신에게 사랑을 고백한 상대에게 묻고 싶은 단 한 가지의 질문이었을 것이다. 거기에 대해 자신 있게 답해 줄 수 있는 남자가 몇이나 될까? 배운 것도 없고 빽도 없는 삼류 액션배우가 그녀에게 줄 수 있는 건 아무것도 없었다. 삼촌은 그녀의 질문에 온몸에 힘이 쭉 빠지는 기분이었다. 그리고 자신의 고백이 부끄럽고 후회스러웠다. 삼촌은 잠시 엉거주춤 가로등불 아래 서 있다 몸을 획 돌려 달아나려고 했다. 이때였다. 원정이 덥석, 삼촌의 팔을 붙잡았다. 그리고 등 뒤에서 삼촌을 살며시 껴안았다. 삼촌이 놀라 돌아보자 원정은 삼촌의 허리를 세게 끌어안으며 말했다.

— 미스터 권은 정말 바보 같아. 아무것도 줄 게 없으면 이렇게 으

스러지게 안아주기라도 하면 되잖아.

　삼촌은 자신을 끌어안고 있는 원정의 눈을 내려다보았다. 그녀의 눈동자엔 이상한 슬픔과 안타까움이 어려 있었다. 삼촌은 와락 원정을 끌어안았다. 차가운 새벽공기 때문인지 그녀의 어깨가 가늘게 떨리고 있었다.

　원정의 몸은 잘못 만지면 금방 생채기라도 날 것처럼 연약하고 부드러웠다. 그리고 어미 새의 품처럼 따뜻하고 포근했다. 삼촌은 떨리는 손으로 그녀의 몸을 조심스럽게 쓰다듬었다. 그리고 어느 순간, 미끄러지듯 부드럽게 그녀의 몸속으로 들어갔다. 그녀의 촉촉하고 따뜻한 몸속에 머무는 동안 삼촌은 그간 자신이 겪어온 그 모든 고통과 혼돈이, 그 모든 열망과 슬픔이, 그 모든 발차기와 어두운 밤거리를 헤매던 그 모든 외로운 발걸음이 바로 그 순간을 위해서였음을 깨달았다. 그래서 결국은 자신의 전 생애가 바로 그 결정적인 순간을 위해 존재해 왔다는 것을 깨달았다. 그것은 자신이 원해왔던 모든 것이었으며 비록 날카로운 가시에 심장이 찔려 당장 피를 흘리며 죽는 한이 있더라도 아무런 여한이 없을 것 같은 강렬한 사랑이었다.

　뜨겁던 한 순간이 지나가고 창밖이 어슴푸레 밝아올 무렵, 원정은 옆에서 새근거리며 잠들었지만 삼촌은 여전히 꿈속을 헤매듯 가슴이 두근거려 잠을 이룰 수 없었다. 옆을 돌아보니 원정은 피곤한 듯 입을 반쯤 벌리고 잠들어 있었는데 제대로 씻지도 못한 채여서 눈가엔 마스카라가 번져 있었고 화장이 지워진 입가엔 희미하게 주름이 잡혀 있었다. 잠든 얼굴에서 가장 정직한 내면이 드러나듯 원정의 얼굴엔 그녀의 신산스런 삶이 고스란히 드러나 있었다. 뭔가에 억눌린 듯 인상을 찌푸린 채 잠든 그녀의 고달픈 표정에 삼촌은 마음이 무거웠다. 사랑 말고 그녀에게 또 무엇을 줄 수 있을까? 처음 원정과 눈길이 마주친 이후, 십 수 년이 흘러 마침내 삼촌은 그녀와 하룻밤 사랑을 나누었지만 가난한 삼류배우가 사랑하는 이에게 줄 수 있는 건 으스러지게 껴안는 것 말고는 아무것도 없었다. 삼촌은 그 사실이 슬프고 안타까웠다. 그러나 적어도 그녀에게 더 이상 슬픔을 주진 않을 거라고 마음먹었다. 아니, 그것이 무엇이 됐든 그녀를 위협하고 그녀를 눈물 나게 하는 그 모든 것에 맞서 싸우겠다고 다짐했다.

그날 이후 며칠간 삼촌은 원정의 오피스텔에서 함께 지냈다. 같이 밥을 해먹고 사랑을 나누고 함께 텔레비전을 보다 잠이 들었다. 해질 무렵이면 고수부지에 나가 강바람을 맞으며 산책을 하기도 했다. 삼촌에게 있어선 꿈같은 나날들이었다. 자신이 그토록 사랑하던 사람과 함께 있다는 사실에 마치 선녀와 함께 살게 된 나무꾼처럼 가슴이 벅차고 설렜다. 이즈음 원정은 뭔가에 잔뜩 지친 듯 밖에 나갈 생각도 않은 채 하루 종일 침대에 누워서 잠을 자거나 멍하게 텔레비전을 응시하곤 했다. 지쳐 있기는 삼촌도 마찬가지였다. 오랜 독신생활과 무리한 촬영으로 외로움에 지치고 생활고에 지치고 마음이 지쳐 있어 원정과 함께 사는 오피스텔 생활이 더없이 달콤하고 만족스러웠다. 그는 두 사람이 깊은 상처를 입은 한 쌍의 짐승들처럼 굴속에 틀어박혀서 서로 몸을 기댄 채 상처를 핥아주고 있다는 기분에 마음이 더없이 푸근해졌다.

— 그런데 미스터 권은 가족이 없어?

하루는 밥을 먹다 말고 원정이 삼촌에게 물었다.

― 왜요?

― 보니까 아무한테도 연락을 안 하는 것 같아서. 전화가 걸려오는 데도 없고.

그제야 삼촌은 처음으로 원정에게 자신의 출생에 대해 털어놓았다. 일찍이 첩의 자식으로 태어나 자신을 버리고 떠난 엄마와 외할머니 밑에서 자랐던 이야기, 외할머니마저 죽고 친부를 찾아갔다 그 집에서 서자로 자란 이야기를 들려주자 원정은 눈물을 글썽이며 삼촌의 불행한 과거를 안타까워했다.

― 그럼 원정 씨는요? 부모님이 살아 계세요?

이번엔 삼촌이 물었다.

― 나도 두 분 다 안 계셔. 아버지는 내가 어릴 때 배 타다가 돌아가셨고 엄마도 몇 년 전에 돌아가셨어.

― 그럼 아버지가 어부였어요?

― 응. 내가 원래 섬마을 출신이거든.

― 정말요? 그럼 수영 잘하겠네요.

― 잘하지. 근데 난 바다가 싫어.

― 왜요?

― 우리 엄마가 해녀였거든. 늘 차가운 바닷물에서 일을 하다보니까 젊을 때부터 안 아픈 데가 없었어. 그래서 나한테는 절대 물질을 안 시키려고 뭍으로 내보낸 거야.

― 근데 어떻게 배우가 된 거예요?

― 옛날에 상고를 마치고 한 해운회사에 취직을 해서 다녔거든. 난 그때까지 내가 예쁘다고 생각한 적이 한 번도 없었어. 그냥 섬에

서 자란 촌년이니까 누가 봐줄 사람도 없었고. 그런데 내가 다니는 미장원의 원장선생님이 나보고 자꾸 미스코리아에 한번 나가보라는 거야. 처음엔 깜짝 놀랐지. 내가 그렇게 예쁜가 하고. 그래서 그냥 재미 삼아 미스코리아에 나갔는데 역시나 지역 예선에서 바로 탈락했지.

— 그런데 어떻게……?

— 그때 심사위원 중에서 내 가슴만 유심히 쳐다보던 사람이 한 명 있었어. 나중에 찾아와서 명함을 주는데 보니까 영화감독이더라고. 혹시 배우를 해보고 싶은 마음이 있으면 연락을 하라는 거야. 그래서 한참 고민을 하다 보따리를 싸가지고 서울로 올라왔지. 그렇게 배우가 된 거야.

— 그래도 운이 좋았네요. 거기서 감독을 만났으니까.

— 글쎄, 난 배우가 돼서 행복하다고 생각해 본 적이 별로 없어.

— 왜요?

— 요즘은 그냥 남들처럼 평범하게 사는 게 좋다는 생각이 들어. 옛날에 부산에서 회사 다닐 때 나를 따라다니는 남자 중에 해양대 나온 남자가 있었거든. 그때 그 사람하고 결혼해서 그냥 부산에 눌러 살았으면 지금쯤 마도로스의 부인이 돼서 마음 편하게 살았을 텐데…….

원정은 옛날 일을 떠올리며 희미하게 미소를 지어 보였는데 그녀의 얼굴엔 충무로에서 산전수전 다 겪으며 젊은 시절을 모두 흘려보낸 여배우의 깊은 회한이 서려 있었다. 원정의 말에 삼촌 자신도 고향에 눌러앉아 농사를 지으며 사는 게 더 낫지 않았을까, 잠깐 생각해 보았지만 만일 그렇게 했다면 원정을 만날 수도 없었을 거라는 생각에 으악새 배우로나마 충무로에서 일하길 잘했다는 결론을 내렸다.

*

 며칠 동안 삼촌은 원정과 꿈같은 시간을 보내고 집으로 돌아왔다. 처음엔 원정과 함께 있다는 행복감에 취해 미처 눈치 채지 못했지만 언젠가 멍하게 창밖을 응시하고 있는 그녀의 모습을 보며 삼촌은 육체만 함께 있을 뿐 그녀의 영혼은 어딘가 다른 곳을 떠돌고 있다는 느낌을 받았다. 삼촌은 원정과 나란히 서서 오피스텔 앞을 가로질러 흐르는 강물을 바라보았다.
 — 근데 강물이 어느 쪽으로 흐르는 거야? 왼쪽이야, 오른쪽이야?
 — 그, 글쎄요. 여기선 잘 모르겠네요.
 — 나도 이제 나이가 들었나봐. 저 강을 보니까 자꾸 고향 생각이 나네. 어릴 땐 민물이든 바닷물이든 물이 그렇게 싫었는데…….
 이때 원정은 마음속으로 무슨 생각을 하고 있었을까? 삼촌은 하염없이 강물을 내려다보는 원정의 뒷모습에서 뭔가 먹구름이 낀 듯 어둡고 불길한 전조가 느껴졌다. 그리고 등을 돌리고 서 있는 그녀와의 사이에 보이지 않는 막이 존재하는 듯 자신이 그녀의 진짜 삶에 조금도 다가갈 수 없다는 무력감에 가슴이 답답했다. 그녀도 나를 사랑하고 있는 걸까? 그렇지 않다면 나를 받아준 이유는 뭘까? 그리고 왜 사랑은 모든 걸 해결할 수 없는 걸까? 삼촌은 원정의 뿌리 깊은 우울과 절망을 전부 이해할 순 없었지만 시간이 모든 걸 해결해 줄 거라고 믿고 싶었다. 그래서 언젠가 상처를 회복하고 정상으로 돌아가 서로 보듬고 사랑하며 '행복하게 오래오래' 살 수 있을 거라고 애써 자위했다.

그날, 집에 돌아온 삼촌은 옷을 갈아입고 모처럼 마 사장을 찾아갔다. 중국집이 있는 골목 입구에 들어서자 평소와 달리 골목 안이 소란스러웠다. 낯선 사람들이 분주하게 오고갔고 어디선가 폭죽이 터지는 소리가 들렸다. 삼촌은 뭔가 불길한 예감에 황급히 중국집 앞으로 달려갔다. 대문이 활짝 열려 있었고 안에선 진한 향 냄새가 풍겨 나왔다. 그리고 홀에는 낯선 사람들로 가득 차 도떼기 시장처럼 시끄러웠다. 그들은 대개 화교들인 듯 사방이 온통 중국말뿐이었다. 갑자기 다들 어디서 나타났는지 어리둥절한 기분이었다.

삼촌은 사람들 틈을 비집고 엉거주춤 마 사장의 영정 앞으로 다가갔다. 영정 속의 사진은 십 수 년 전의 사진인 듯, 약간 비틀린 듯 고혹적인 입매엔 남자들의 가슴을 설레게 할 만한 젊음이 남아 있었다. 물 위에 떠 있는 기름처럼 한국 사회와 동화되는 것을 한사코 거부했던 그녀는 낡은 고가에서 홀로 죽음을 맞았다. 그리고 그녀가 병에 걸려 쓸쓸하게 만년을 보냈던 중국집은 그녀가 죽어서야 비로소 다시 흥성거리던 과거의 모습을 되찾았다. 삼촌은 그녀가 언제 죽었는지, 그 죽음을 누가 발견했는지 알지 못했다. 알아보려면 알아볼 수도 있었겠지만 이미 모든 게 끝난 마당에 달리 궁금할 것도 없었다. 다만 자신이 임종을 지키지 못한 게 안타까울 뿐이었다. 그리고 칼판장을 찾아다 달라는 그녀의 마지막 부탁조차 들어주지 못한 사실에 마음이 무거웠다. 삼촌은 마음속으로 그녀의 명복을 빌며 조용히 절을 올리고 서둘러 중국집을 빠져나왔다. 이때 누군가 삼촌의 어깨를 툭 쳤다.

— 도운 씨 아냐?

돌아보니 키가 땅딸막하고 눈이 땡글땡글한 아낙으로 처음 보는 얼굴이었다. 삼촌이 의아한 눈으로 쳐다보자 여자는 배시시 웃으며 가볍게 삼촌의 가슴을 툭 쳤다.

— 나 몰라? 진선이.

그제야 삼촌은 희미하게 그녀의 얼굴을 알아보았다. 옛날에 중국집에서 함께 일했던 여종업원이었다. 역시 마 사장의 먼 친척으로 알려진 그녀는 중국집에서 일하던 당시에 하도 접시를 많이 깨서 마 사장으로부터 뒤퉁스럽다고 자주 구박을 받곤 했다. 그럴 때마다 그녀는 커다란 눈으로 닭똥 같은 눈물을 줄줄 흘리곤 했는데 그러다가도 손님이 부르면 앞치마로 눈물을 쓱쓱 닦아내고 네! 하며 밝은 얼굴로 달려갈 만큼 성격이 무던한 여자였다. 그녀는 그간 살이 많이 찌고 얼굴에 기미가 잔뜩 끼어 있었다.

— 도운 씨는 이모님 돌아가신 거 누구한테 들었어?

— 뭐, 그냥 근처에 왔다가 들었어요. 누난 잘 지내요?

— 그렇지, 뭐. 애가 올해 초등학교에 들어갔어. 근데, 도운 씨는 하나도 안 변한 것 같네.

그러고 보니 그동안 참으로 많은 세월이 흘러 있었다. 앳되기만 하던 여종업원이 어느새 아이를 낳아 학교에 보내고 주인은 암에 걸려 죽었는데 변하지 않은 건 정말 자신뿐인 것 같았다. 삼촌은 새삼 자신의 꿈을 지켜주고 싶었다는 마 사장의 말이 떠올랐다. 그리고 그 꿈을 이루기는커녕 근처에도 가보지 못한 자신이 참으로 못난 인간이라는 생각이 드는 한편, 마 사장에게 새삼 미안한 마음이 들었다.

— 참, 유성이도 왔던데, 옛날에 라면 일 하던 애 몰라?

그러고 보니 문상객 중엔 낯이 익은 얼굴이 간혹 눈에 띄기도 했다. 하지만 삼촌은 그들과 새삼 아는 척할 기분이 아니었다. 그래서 나중에 오겠다며 막 등을 돌리려는데 진선이 뭔가 마뜩찮은 표정으로 말했다.

— 저기, 그 양반도 왔던데…….

— 누구……?

진선은 별로 말해 주고 싶은 기분이 아니라는 듯 턱으로 구석자리를 가리켰다. 삼촌이 돌아보니 머리가 벗겨진 늙수그레한 남자가 혼자 테이블에 앉아 술을 마시고 있었다. 칼판장이었다.

죽기 전에 사랑했던 연인의 얼굴이라도 보고 싶다던 마 사장의 작은 소망은 끝내 이루어지지 않았다. 그간 칼판장을 찾느라 알 만한 사람들을 모두 만나고 다니며 수소문을 했지만 오리무중, 행방을 알 수 없어 어디 가서 죽었나보다 했는데 어떻게 그는 마 사장의 장례식에 나타나게 된 걸까? 삼촌이 칼판장을 향해 다가가자 그도 삼촌을 알아보고 반갑게 웃으며 손을 번쩍 치켜들었다.

— 어이, 도운이! 오랜만이다.

뻔뻔스런 인간! 삼촌은 칼판장을 노려보았다.

— 거, 서 있지만 말고 앉아서 한잔 해.

칼판장은 자신이 주인이라도 되는 양 술을 따라 삼촌에게 건넸다. 삼촌은 유들유들한 그의 얼굴에 당장 주먹을 날리고 싶었지만 마 사장의 장례식에 불미스러운 일을 만들고 싶지 않았다. 그리고 그가 어떻게 나타났는지 궁금하기도 해 꾹 참고 자리에 앉았다.

― 이야, 이제 촌티도 싹 벗었네. 옛날엔 참 눈뜨고 봐주기가 좀 그랬는데…….

칼판장은 자신이 한 짓을 전혀 기억하지 못하는 듯 태연하기만 했다. 도대체 저 인간의 마음속엔 눈곱만 한 양심도 없단 말인가! 삼촌은 울컥 화가 치밀어 자신도 모르게 술잔을 들어 그의 얼굴에 술을 끼얹었다.

― 개 같은 인간!

그 통에 작은 소란이 일어 사람들의 시선이 모두 삼촌 쪽 테이블로 쏠렸다. 누군가 사정을 아는 이는 칼판장을 향해 뭐라고 욕설을 퍼붓기도 했다. 하지만 정작 칼판장은 부끄러움도 모르는 듯 태연하게 손수건으로 옷에 묻은 술을 닦아내며 말했다.

― 오랜만에 만나서 이게 뭐하는 짓이야. 점잖지 못하게…….

칼판장의 뻔뻔스런 태도에 삼촌은 더 화가나 당장 멱살이라도 쥐려는 듯 자리에서 벌떡 일어섰다. 그러자 그는 손을 들어 삼촌을 제지하며 말했다.

― 이봐, 도운이. 내가 아무리 죽을죄를 지었어도 마 사장 가는 길에 향이라도 피워드리려고 먼 길을 왔는데 이렇게 박정하게 대하긴가? 맺힌 게 있으면 니중에 풀어도 늦지 않으니까 일단 술부터 받게.

그리고 다시 삼촌의 빈 잔에 술을 채워주었다. 하긴 그 정도 낯짝도 없이 사기를 칠 수는 없었을 터, 삼촌은 술잔을 입에 털어 넣은 후 그에게 물었다.

― 근데 여긴 어……

― 어떻게 알고 오긴, 그냥 오다가다 요행히 소식을 들었지.

그는 여전히 신통하게도 삼촌의 첫 음절만 듣고도 말귀를 알아들었다.

— 사실, 나도 이 근처에서 일해. 저쪽 길 건너 약국 옆에 있는 중국집 알지? 자금성이라고.

자금성? 삼촌은 오며가며 칼판장이 말한 중국집을 본 기억이 났다. 그를 그토록 열심히 찾아다녔다는데 바로 코앞에 있었다니! 삼촌은 허탈함에 실소가 나올 지경이었다. 그런데 아무리 배짱이 좋아도 어떻게 북경반점 근처에서 일을 할 생각을 했단 말인가?

— 배운 게 도둑질이다 보니 그동안 죽 중국집에서 일을 했는데 작년에 그쪽에 칼판 자리가 하나 났어. 처음엔 북경반점하고 너무 가까워서 안 오려고 그랬지. 근데 뭐, 마땅히 일자리도 없고, 혹시 아는 사람하고 부딪쳐서 봉변을 당해도 다 내가 지은 업이니까 할 수 없다는 심정으로 오긴 왔는데 늘 마음이 바늘방석에 앉은 것 같았어. 왜 안 그렇겠나? 우리넨 또 양심은 있거든.

양심 같은 소리 하고 있네. 삼촌은 그의 주둥이를 쥐어박고 싶은 마음이 절로 들었다.

— 그래서 한번 찾아오려고 몇 번이나 망설였는데 결국 이렇게 됐구먼. 뭐, 나를 때려도 좋고 고소를 해도 좋은데 오늘은 마 사장 보내는 길이니 술이나 마음껏 마시게 해주게.

칼판장 특유의 뻔뻔한 술수가 통했는지, 아니면 삼촌의 마음이 여렸는지 칼판장의 변명을 듣는 동안 삼촌은 왠지 힘이 쭉 빠지는 기분이었다. 그리고 그에 대한 불같은 증오심이 어느새 사그라져 새삼 그를 응징하고 싶은 마음도 사라졌다.

— 그럼 그때 후……

―훔쳤다고 하면 내 입장에선 좀 서운하고, 사실은 그때 빌린 돈은 나중에 벌어서 꼭 갚으려고 했지. 다들 어떻게 번 돈인데……. 그런데 돈 문제하고 자식 문제는 자기 뜻대로 안 되는지 식자재 도매도 해보고 중국집도 차려보고 갖은 용을 다 써봐도 이상하게 하는 일마다 뭔가 꼬이고 어긋나서 결국 다 털어먹었지, 뭐.

그는 돈을 훔친 주제에 교묘하게도 빌린 것으로 슬그머니 말을 바꾸었는데 그의 말대로 인생이 잘 풀리지 않았는지 입성도 형편없었고 머리가 다 벗어져 초라한 중늙은이로 변모해 있었다.

―이런 얘기해 봤자 믿지도 않겠지만 언제라도 형편이 되면 갚을 생각은 있어. 아니, 꼭 갚아야지. 정말이야. 우리넨 또 빚지고는 못 사는 성격이거든.

그가 반복하는 우리가 누구인지는 알 수 없으나 그는 자신의 말이 스스로 공허하게 느껴졌는지 길게 한숨을 내쉬며 술잔을 들었다.

―휴, 그저 내가 죽일 놈이지.

―근데 옛날에 사장님하고 서로 좋아하지 않았어요?

삼촌은 어느새 옛날처럼 말을 높이고 있었다.

―아, 그거? 뭐, 그 점에 대해서도 할 말이 없어. 마 사장처럼 돈도 많고 인물도 반반한 여자가 나처럼 근본도 모르는 놈한테 마음을 주었다는 게 그냥 고마울 뿐이지. 암, 고맙고 말고. 남들이 보면 다들 내가 미쳤다고 할 거야. 굴러들어온 복을 차버렸다고. 사실 맞는 말이지. 그때 도망가지 않고 같이 도와가면서 오순도순 살았으면 내가 이 나이까지 남의 집 일해 주면서 먹고살지도 않았을 테고, 또 마 사장도 이렇게 일찍 가지는 않았을 텐데…….

그는 새삼 후회가 되는 듯 술잔을 입에 털어 넣었다.

— 그런데 말이야. 남녀관계는 남들이 밖에서 보는 것하고 달라. 뭐, 죽은 사람한테 할 애기는 아니지만 그 여자는 뭐든지 자기 주장대로만 해야 직성이 풀리는 여자잖아. 그래서 아마 마 사장하고 살았으면 내가 제 명에 못 죽었을지도 모르지.

— 왜요?

— 우린 또 쥐뿔도 없이 살아도 자유는 있어야 되거든. 남한테 구속받고 사느니 차라리 죽는 게 낫다고 생각하는 쪽이니까.

정말 그는 틀에 갇힌 안정된 삶보다 자유가 더 낫다고 생각했던 걸까? 진심은 알 수 없지만 그는 자유를 택한 대신 머리가 다 벗어지도록 여전히 중국집 주방을 불안하게 떠돌고 있었다. 삼촌은 칼판장의 늙은 모습을 물끄러미 바라보다 테이블에 바짝 다가앉으며 물었다.

— 그런데 한 가지 물어보고 싶은 게 있어요.

— 뭔데? 말해 봐. 내가 이제 와서 숨길 게 뭐가 있겠나?

하긴 모든 게 다 끝난 마당에 십 년도 더 지난 얘기를 물어봤자 무슨 소용일까 싶었지만 그래도 삼촌은 오랫동안 궁금했던 질문을 던졌다.

— 그때 나한테 영춘권 가르쳐 줬잖아요.

— 응? 아, 그랬지.

— 그건 어디서 배운 거예요?

— 그거야 뭐, 옛날에 홍콩에 있을 때……

그러자 삼촌은 버럭 고함을 질렀다.

— 홍콩엔 가본 적도 없잖아요! 도대체 언제까지 거짓말만 할 거예요?

삼촌의 고함에 칼판장은 움찔해서 고개를 숙였다. 그리고 큼큼 헛기침을 한 후 조심스럽게 입을 열었다.

― 사실 난 영춘권을 몰라. 그냥 이름만 들어봤지. 근데 자네가 먼저 내가 운동하는 걸 보고 영춘권 아니냐고 해서 그냥 그렇다고 한 거야.

― 그럼 엽문 사부한테 배웠다는 건 뭐예요?

― 엽문 사부 얘기도 자네가 먼저 꺼냈잖아. 난 그 사람 이름을 그때 처음 들어봤어. 다 자네 입에서 나온 얘기야.

그랬던가? 삼촌은 허탈한 기분에 술잔을 들었다.

― 처음에 여기서 군만두를 훔쳤을 때 나를 쓰러뜨렸잖아요. 그럼 그 솜씨는 도대체 뭐죠?

― 쓰러뜨리긴 누가 쓰러뜨려. 자네가 도망가다 문턱에 걸려서 혼자 고꾸라진 건데. 그리고 얼마나 굶었는지 홱 잡아채니까 수숫대처럼 그냥 힘없이 자빠지더라고. 난 영춘권은커녕 태권도 한 번 배워본 적이 없어.

― 저, 정말 무술을 못한다고요?

― 그래, 주방에서 칼이나 잡는 내가 무슨 무술을 하겠어? 그냥 다 자네가 혼자 그렇게 생각한 거지.

삼촌은 스스로 어이가 없었다. 그럼 도대체 뭘 보고 칼판장에게 무술을 가르쳐달라고 했던가? 곰곰이 생각해 보니 그가 직접 무술을 하는 모습을 제대로 본 적은 한 번도 없었다. 또한 그가 가르쳐준 것도 아무것도 없었다. 그저 더 빨리! 더 강하게! 그렇게 느려 터져서 어떻게 상대를 막을 거야! 하는 따위의 고함만 질렀을 뿐이었다.

― 사실, 그 점에 대해서는 내가 잘못한 것도 있지만 자네 잘못도

없다고는 할 수 없어.

칼판장이 다시 입을 열었다.

― 내가 무슨 잘못을……?

― 말이 나왔으니까 하는 얘긴데 자넨 자신만의 환상 속에서 살고 있었어.

― 환상이요?

― 그래. 자넨 마치 세상이 무슨 무협지라도 되는 것처럼 생각했어. 세상엔 숨은 고수들이 있고 언젠가 그런 고수가 나타나 자네에게 무술을 전수해 줄 거라고 말이야. 그래서 나를 자네의 상상 속에 억지로 끼워 넣은 거지. 사람은 자신이 믿고 싶은 것을 믿는 법이거든. 사실 난 그냥 밖에 나가 달밤에 체조를 하고 있었을 뿐인데 그게 자네 눈엔 엄청난 고수처럼 비쳤던 모양이지. 그래서 나한테 무술을 가르쳐달라고 한 거고. 그런 면에선 자네도 죄를 지은 거야.

― 그, 그게 무슨 죄예요?

― 나에게 속이려는 마음이 들게 했으니까. 그래서 멀쩡한 사람에게 죄를 짓게 했으니까 그것도 죄라면 죄겠지.

칼판장의 궤변에 삼촌은 어이가 없었지만 생각해 보면 일면 맞는 말이기도 했다. 그렇다면 자신이 믿고 살아왔던 그 모든 게 다 허상이란 말인가? 그래서 자신의 상상이 빚어낸 허구 속에서 내내 허우적거리며 살아왔더란 말인가? 삼촌은 머리가 혼란스러웠다.

― 자네가 생각하기에 세상엔 고수가 참 많을 것 같지? 축지법도 쓰고 경공술도 쓰고, 그래서 저 밖의 담장을 훌쩍훌쩍 뛰어넘을 것 같지? 그런데 높이뛰기 세계신기록이 얼마인지 알아? 3미터가 안 돼. 그게 인간의 한계야. 만약에 저 담장을 뛰어넘을 정도면 올림픽

에 나가서 금메달을 따고도 남을 거야. 그런데 뭐 하러 산속에 처박혀서 나무나 뛰어넘겠어? 그리고 자네가 좋아하는 이소룡도 마찬가지야. 아무리 무술을 잘한다고 해도 내가 보기엔 헤비급 권투선수 하나 어쩌지 못할걸?

― 이, 이소룡은……!

이소룡 얘기에 삼촌은 본능적으로 울컥했지만 달리 할 말이 없었다. 정의가 실현되지 않는 건 그래서일까? 자신이 머릿속에서 그려놓은 세계와 현실세계가 그토록 달라서? 약한 자를 보호하고 싶지만 보호할 수 없고 악당을 물리쳐야 하는데 누가 악당인지조차 알 수 없는 것도? 그래서 그토록 가슴이 답답하고 헛헛했던 걸까? 상상과 현실의 세계가 충돌하느라? 삼촌은 내면 깊숙한 곳에서 그 상상의 세계가 와르르 무너지는 소리가 들리는 듯했다. 그리고 화산이 솟구치듯 무언가 안에서 치밀어 올랐다. 삼촌은 갑자기 벌떡 일어서서 칼판장의 얼굴에 힘껏 주먹을 날렸다. 그 통에 테이블이 넘어지고 와장창 소리를 내며 칼판장이 뒤로 나가떨어졌다. 삼촌은 그런 칼판장을 내려다보며 말했다.

― 그래도 씨발, 거짓말을 하면 안 돼지.

시끄러운 소란에 사람들의 시선이 일제히 쏠렸다. 이때, 누군가 삼촌을 팔을 붙잡았다. 돌아보니 방금 전 만났던 진선이었다. 그리고 그녀가 데려온 듯 양복을 입은 한 중년 남자가 삼촌에게 물었다.

― 권도운 씨 맞습니까?

― 그, 그런데, 왜요?

― 잠깐 저 좀 볼 수 있을까요?

삼촌은 의아한 얼굴로 진선과 중년 남자를 번갈아가며 쳐다보았다.

양복을 입은 사내가 삼촌을 데려간 곳은 근처 다방이었다. 자리에 앉자마자 그는 삼촌에게 법무사 직함이 박힌 명함을 한 장 건넸다. 삼촌은 법무사가 무슨 일을 하는지 제대로 아는 바가 없었기 때문에 뭔가 자신에게 법적인 문제가 생긴 게 아닌가 싶어 마음이 찝찝했다. 그 자리엔 법무사와 함께 도리우찌*를 쓴 오십 대의 남자가 따라와 동석을 했는데 뭔가 불만이 있는 듯 담배를 뻑뻑 피워대며 시종일관 날카로운 눈으로 삼촌을 살펴보고 있었다.

— 혹시 돌아가신 마 사장님하고는 어떻게 되시죠?
— 뭐, 그냥 옛날에 중국집할 때 거기서 일을 한 적이 있는데…….
— 무슨 일을 했는지 여쭤 봐도 되겠습니까?
— 배, 배달을 했습니다.

삼촌은 취조를 받는 기분에 떨리는 목소리로 대답을 했다. 그러자 법무사는 도무지 이해할 수 없다는 듯 고개를 갸우뚱했다. 이때 옆에서 지켜보던 도리우찌 사내가 불쑥 끼어들었다.

— 진짜 배달만 한 거야? 뭐, 다른 특별한 관계 같은 건 없고?

다른 관계? 삼촌은 잠깐 마 사장과의 관계에 대해 생각했다. 물론 마 사장과 삼촌 사이엔 여느 고용관계와는 다른 특별한 점이 있었지만 그것이 무엇인지는 명확히 규정할 수 없었다. 그리고 그것을 남들에게 설명하기는 더더욱 어려운 것이었다. 상대방의 꿈을 지켜주고 싶었던 관계라고 하면 납득할 수 있을까? 삼촌은 고개를 가로저었다.

— 뭐, 특별한 건 없었는데요.

---

* 헌팅캡을 가리키는 일본식 표현

― 그럼 도대체 그 노인네는 왜 그런 짓을 한 거야? 진짜 노망이 난 거 아냐?

도리우찌는 담배를 재떨이에 신경질적으로 비벼 껐다. 뭔가 사연이 있는 듯했다.

― 저, 그런데 무슨 일로……?

그제야 법무사는 삼촌을 찾은 용건을 꺼냈는데 몇 달 전 마 사장이 자신의 사무실에 와서 유언장을 작성했다고 했다. 그래서 그녀의 유언장에 따라 유산상속에 대한 업무를 처리하고 있는 중인데 마 사장이 삼촌에게도 유산을 남겼다는 뜻밖의 소식을 전해주었다.

― 저, 저한테 유산을요?

삼촌이 눈을 동그랗게 떴다.

― 거기에 대해서 마 사장님이 뭐라고 얘기한 게 없습니까?

오히려 법무사가 의아하다는 듯 물었다.

― 네, 전 처, 처음 듣는 얘긴데…….

― 뭐, 하여간 오늘은 경황이 없으실 테니까 내일 인감하고 신분증 가지고 저희 사무실로 한 번 나와주세요. 세금 문제도 있고 서류도 몇 개 필요한데 그건 내일 자세히 말씀드릴게요.

이때 도리우찌가 다시 끼어들었다.

― 아니, 누님은 어떻게 친형제보다 더 가까운 사람들은 나 몰라라 하고 이렇게 피도 한 방울 안 섞인 사람한테 집을 물려줘?

나중에 법무사에게 들은 바에 의하면 마 사장은 적지 않은 유산을 남겼는데 재산의 대부분은 화교학교에 기증을 하고 그녀가 살던 중국집 건물을 삼촌에게 남겼다고 했다.

― 그럼 혹시 둘이 배라도 맞춘 사이 아냐?

도리우찌가 한껏 이죽거리는 말투로 물었다.

― 네? 그게 무슨 말씀이신지……?

― 안 그럼 배달부한테 왜 집을 물려줘? 아무리 생각해도 이상하잖아.

그는 유산을 한 푼도 못 물려받아 단단히 부아가 난 듯 삼촌에게 자꾸만 시비를 걸었다. 자신의 입으로는 친형제보다 더 가까운 사이라고 했지만 코빼기도 한 번 본 적이 없는 것으로 미루어보아 그간 아무런 왕래도 없는 먼 일가붙이인 듯했다. 삼촌은 도리우찌의 말에 젊은 시절 마 사장의 풍만했던 몸을 떠올렸다. 그리고 욕정에 못 이겨 서로 껴안았던 일이 생각났다. 그때 잘못했으면 술에 취해 배를 맞출 뻔하기도 했지만 삼촌이 마 사장에게 느낀 감정은 엄마와도 같은 포근함이었다. 술에 취한 마 사장을 등에 업고 2층으로 올라가던 그때 삼촌은 닭똥 냄새조차 희미해진 친모에 대한 그리움이 되살아나 자꾸만 목이 메고 콧날이 시큰해지곤 했었다.

― 그런데 그 유언장이 정말 아무 문제 없는 거요? 누가 조작을 했을 수도 있고 아니면 누님을 협박해서…….

― 글쎄, 아무 문제없으니까 그만하세요.

법무사가 차갑게 잘라 말하자 도리우찌는 화가 나는 듯 벌떡 자리에서 일어나 밖으로 나갔다.

중국집을 유산으로 물려받은 것은 복권을 맞은 일이나 다름없는 일이었다. 그런 큰 행운이 삼촌에게 올 거라고는 그 누구도 생각지 못한 일이었다. 그래서 다른 사람 같으면 너무 기뻐서 심장이 두근거리고 절로 웃음이 터져 나왔을 테지만 삼촌은 한없이 담담하기만 했다. 적지 않은 재산을 가졌는데도 불구하고 마 사장은 왜 암세포가 번져가는 몸에 강소주만 들이붓다 외롭게 죽은 걸까, 궁금했다. 꿈을 잃어버린 자의 말년이란 원래 그런 걸까? 그리고 마 사장이 왜 자신에게 중국집을 물려주었는지 혼란스럽기도 했다. 그것은 말년에 찾아와 말벗이라도 해준 데에 대한 보답이었을까? 아니면 그녀가 말했듯이 삼촌이 계속 꿈을 꿀 수 있도록 도와주고 싶었기 때문이었을까? 삼촌은 테이블에 혼자 앉아 술을 마시던 마 사장의 모습이 자꾸만 떠올라 자신에게 찾아온 행운을 즐기고 음미할 기분이 아니었다. 그녀는 겉으론 비록 표범처럼 강하고 엄했지만 속으론 한없이 외롭고 나약한 여자였다. 그 쓸쓸함이 삼촌에게 고스란히 전해진 탓일까, 삼촌은 집으로 곧바로 돌아가지 않고 원정의 집으로 발길을 돌렸다.

　원정의 오피스텔은 문이 잠겨 있었다. 불도 꺼져 있었고 공중전화로 전화를 걸어도 받지 않았다. 며칠간 집에만 들어앉아 있더니 모처럼 외출을 한 모양이었다. 삼촌은 그냥 돌아갈까 잠깐 망설였지만 원정이 없다고 생각하니 그녀가 더욱 보고 싶어 견딜 수가 없었다. 함께 지내는 동안 그녀의 대한 갈망은 더욱 깊어져 헤어진 지 불과 하루밖에 안 지났는데도 그녀의 목소리와 살 냄새가 그리웠던 것이다. 삼촌은 원정이 돌아올 때까지 기다려보기로 하고 화단 옆에 쭈그리고 앉았다.
　생각해 보면 며칠 새 많은 일들이 있었다. 기대도 하지 않았던 원정과 꿈같은 사랑을 나누고 마 사장은 죽으면서 자신에게 유산을 물려주었다. 이 모든 일들이 행복의 전조일까? 그래서 원정과의 미래를 꿈꿀 수 있게 된 걸까? 삼촌은 그제야 비로소 현실 감각을 회복해 자신에게 찾아온 행운을 하나씩 꿰맞추기 시작했다. 그리고 혹시 원정과 살게 되더라도 함께 살 집이 생겼다는 사실에 어느 정도 안심이 되었다. 지금까지는 무일푼에 가까운 무명배우였지만 이제 여자를 맞이해야 할 남자로서 최소한의 자격은 생긴 셈이었다. 풍찬노숙이나 다름없었던 삼촌의 삶에 그 보금자리는 얼마나 큰 위안이었던지!

우리는 이제 보통의 연인들처럼 사랑하는 사이가 된 걸까? 삼촌은 자신을 바라보던 원정의 눈빛을 떠올렸지만 분명해진 건 아무것도 없었다. 아니, 오히려 더 애매하고 복잡해졌다. 그녀의 눈빛은 슬픈 듯 공허했고 미래에 대한 아무런 확신도 없었다. 그럼에도 불구하고 오! 그녀는 얼마나 부드럽고 포근했던가! 원정의 풍만한 가슴과 다정한 목소리를 떠올리자 삼촌은 절로 흐뭇한 미소가 지어졌다.

몇 시간이나 흘렀을까? 자정이 가까워올 때까지도 원정은 돌아오지 않았다. 삼촌은 원정에게 무슨 일이 생긴 게 아닌가 싶은 걱정에 큰길까지 나가 정류장에서 원정을 기다렸다. 하지만 버스가 모두 끊길 때까지도 원정은 돌아오지 않았다. 어디론가 총알처럼 질주하는 택시만 몇 대 돌아다닐 뿐 인적조차 끊어져 삼촌은 마음이 점점 더 불안해졌다. 혹시 갑자기 스케줄이 잡혀서 밤새 촬영을 하고 있는 건 아닐까? 그렇다면 다행이지만 지난번처럼 곽 부장 같은 양아치들에게 봉변이라도 당하고 있는 게 아닌가. 정류장 앞에서 서성이는 동안 별의별 생각이 다 들었다.

삼촌은 혹시 원정이 택시를 타고 이미 와 있는 게 아닌가 싶어 다시 오피스텔 앞으로 돌아왔다. 그리고 공중전화에서 원정의 집으로 전화를 걸어봤지만 아무도 전화를 받지 않았다. 방엔 여전히 불이 꺼져 있었다. 삼촌은 그냥 돌아갈까 망설이다 조금만 더 기다려보기로 하고 화단 옆에 다시 쭈그리고 앉아 담배를 피워 물었다.

이때였다. 승용차 한 대가 오피스텔 앞에 멈춰 섰다. 그리고 원정이 술에 취해 비틀거리며 차에서 내렸다. 삼촌은 앞으로 나서려다 자동차가 사라질 때까지 화단 뒤에 숨어서 기다렸다. 원정은 뒷좌석에 앉아 있는 사내와 인사를 나누었는데 어두워서 얼굴이 잘 보이지 않았다. 하지만 운전을 하고 있는 이는 익히 아는 얼굴이었다. 바로 얼마 전 자신과 시비를 벌였던 유 의원의 운전사였다. 그렇다면 뒷좌석에 앉아 있는 이는 유 의원이란 말인가! 삼촌은 뭐가 어떻게 된 건지 알 수 없어 그저 어리둥절하기만 했다. 곧 차문이 닫히고 승용차가 어둠 속으로 사라졌다.

삼촌은 차가 떠나는 것을 지켜본 후 원정 앞에 나섰다. 건물 입구로 막 들어서던 원정은 어머, 깜짝이야, 하며 뒤로 물러섰다.

— 어머, 미스터 권 아냐? 왜 자꾸 사람을 놀라게 하고 그래?

자신을 보고 반가워할 줄 알았는데 원정의 말투엔 짜증이 섞여 있었다.

— 그, 그냥 집에 안 계셔서 기다리다가……

삼촌은 당황해서 바닥만 쳐다보았다.

— 그럼, 여태 나를 기다리고 있었던 거야?

— 네.

— 이런 거 자주 하면 재미없으니까 다음부턴 이러지 마.

원정은 팩 돌아서서 현관문을 열고 건물 안으로 들어서다 발이 꼬이며 앞으로 넘어지고 말았다. 이에 삼촌이 황급히 달려가 부축을 해 일으켜 세웠다.
― 괘, 괜찮으세요?
― 괜찮아.
― 그, 그런데 왜 이렇게 늦으셨어요?
― 오랜만에 아는 사람들 만나서 한잔 했어.
삼촌은 원정을 부축해 엘리베이터에 올라타며 불쑥 한마디를 했다.
― 아, 앞으로 그런 사람들하고 어, 어울리지 마세요.
― 그런 사람들이라니? 미스터 권이 뭘 알고나 하는 소리야?
― 유, 유 의원 만난 거 아녜요?
그러자 원정은 어이가 없다는 듯 삼촌을 쳐다보았다.
― 뭐야? 여태 나를 염탐하고 다닌 거야?
― 그, 그게 아니라 차에서 내리는 거 봤어요.
― 근데 미스터 권이 뭔데 나한테 어울리라 마라 하는 거야?
― 그 사람들, 나쁜 사람들이잖아요. 지난번에 감자탕집 앞에서 원정 씨도 때리고…….
그러자 원정은 정색을 하고 말했다.
― 미스터 권. 그동안 내가 잘 대해줬더니 무슨 기둥서방 행세라도 하려는 모양인데 착각하지 마. 넌 나한테 아무것도 아냐.
비록 혀 꼬부라진 소리였지만 원정의 말은 삼촌에게 비수처럼 아프게 꽂혔다.
― 내 일은 내가 알아서 할 거니까 앞으로 주제넘게 간섭하지 마. 알았어?
그리고 원정은 오피스텔 문을 열고 안으로 들어가며 삼촌에게 들어오란 말도 없이 코앞에서 덜컥, 문을 닫았다. 하룻밤 새에 완전히 다른 사람이 된 듯 냉랭한 태도에 삼촌은 당황해서 어찌할 바를 모르고 문 앞에 서 있었다. 다시 그녀가 아득히 멀어진 듯 낯설게 느껴졌다. 서로 사랑하고 있다는 것은 혼자만의 착각이었던가? 그럼 며칠 동안 나를 받아준 이유는 도대체 뭐지? 외롭고 불안한 여배우의 변덕이었을까? 아니면 자신을 오랫동안 짝사랑해 온 남자에 대한 하룻밤 연민이었을까? 망연자실, 문전박대를 당한 외판원처럼 문 앞에 서 있던 삼촌은 차마 문을 두드릴 용기가 나지 않았다. 그래서 그녀가 술에 취해 그런 걸 거라고, 푹 자고 일어나 술에서 깨어나면 모든 게 다 정상으로 돌아올 거라고 애써 위안하며 발길을 돌렸다. 이때 철컥, 등 뒤에서 문을 여는 소리가 들렸다. 그리고 착 가라앉은 원정의 목소리가 들렸다.

— 들어와, 미스터 권.

삼촌은 원정의 옷을 거칠게 벗겨냈다. 찢을 듯 속옷을 몸에서 떼어내고 아직 준비도 되어 있지 않은 몸속으로 파고들었다. 당황한 원정은 다리를 오므리며 저항했지만 삼촌은 싸움소처럼 머리를 들이밀어 커다란 가슴에 얼굴을 파묻었다. 누가 보면 강간이라도 할 태세였다. 원정은 몇 번 잠깐만! 을 외치며 삼촌의 어깨를 밀어내다 할 수 없다는 듯 결국 힘을 풀어 몸을 열어주었다. 삼촌은 가슴이 답답했다. 답답해서 미칠 지경이었다. 화가 나서 소리를 지르고도 싶었다. 하지만 그 대상이 누군지도 알 수 없었다. 그래서 더 답답하고 안타까웠다. 그런데도 발정 난 수컷처럼 허겁지겁 욕정에 들떠 있는 자신의 모습이 혐오스러웠다. 혐오스러워 죽고 싶었다. 그 모든 복잡한 감정들이 사정과 함께 폭발을 일으키듯 뜨겁게 부풀어 올랐다

썰물처럼 몸속에서 빠져나갔다. 그리고 마지막으로 남은 것은 막막한 슬픔이었다. 답답함과 절망의 끝에서 언제나 찾아오는 그 슬픔에 삼촌은 슬그머니 원정에 몸에서 떨어져 나왔다.

― 죄, 죄송해요.

― 나한테 화났지?

원정이 착 가라앉은 목소리로 물었다. 화가 난 건 원정 때문이 아니었지만 삼촌은 아무런 대답도 하지 못했다.

― 내가 미스터 권 마음을 모르는 건 아닌데 나한테 너무 마음 쓰지 마. 그쪽만 힘들잖아.

사랑하는 사람에게 마음을 쓰지 않는다면 도대체 누구에게 마음을 쓴단 말인가? 삼촌은 몸을 일으켜 침대에 머리를 기대며 물었다.

― 유 의원 때문에 그러는 거예요?

― 아니, 요즘 그 사람 안 만나. 너무 바빠서 이젠 만나기도 힘들어.

― 아까 그 차, 유 의원 차잖아요.

― 맞아. 그 사람이 소개해 준 사람들인데 나도 만나고 싶어서 만나는 거 아냐.

― 그럼 왜 만나요?

― 다 나를 도와주는 사람들이거든.

뭘 도와준다는 건지 삼촌으로선 도무지 알 수 없는 말들이었다.

― 그 사람들이 뭘 도와줘요?

그러자 원정이 답답하다는 듯 한숨을 쉬며 말했다.

― 그걸 몰라서 물어? 미스터 권은 정말 세상을 너무 모른다. 저 많은 옷들을 누가 공짜로 주는지 알아? 그리고 내가 알량한 출연료만 받아가지고 이런 데서 살 수 있을 것 같아? 여기 한 달 월세가 얼

만지나 알아?

　삼촌은 자신이 정말 세상을 잘 모른다는 생각이 들었다. 기껏 월세를 내고 옷을 사 입느라 만나고 싶지도 않은 사람들을 만나고 다닌다는 걸 도무지 이해할 수 없었기 때문이었다. 그런 답답함 때문이었을까, 삼촌은 불쑥 엉뚱한 얘기를 꺼냈다.

　— 지, 집이라면 저도 있어요.
　— 무슨 집?
　— 충무로에 있는 중국집인데 제 집예요.
　삼촌의 엉뚱한 말에 원정이 의아한 표정으로 물었다.
　— 미스터 권이 집을 새로 산거야?
　— 산 건 아니지만 하여간 제 거예요.
　삼촌은 자신의 집이라는 것을 힘주어 강조했다.
　— 그래서?
　— 2층에 살림집이 따로 있어요. 넓지는 않지만 두 사람 정도는 같이 살 만하거든요.
　— 같이? 미스터 권, 지금 나한테 프러포즈하는 거야? 그 중국집에서 같이 살자고?
　원정의 말대로 삼촌은 엉겁결에 프러포즈를 한 꼴이 되었지만 그녀는 어이가 없다는 듯 코웃음을 쳤다.
　— 그 중국집이 어떤지는 잘 모르겠지만 진짜 답답한 소리 한다. 그 냄새 나는 중국집에서 어떻게 살아? 옷에 짜장면 냄새 다 밸 텐데……. 저 옷들이 얼마나 비싼지 알기나 해?
　— 지금은 영업 안 해요. 나중엔 어떻게 될지 모르지만 원정 씨가 싫다면 중국집 말고 다른 걸 할 수도 있어요.

─ 다른 거 뭐?

삼촌은 미리 생각을 해두었던 듯 선뜻 대답했다.

─ 칼국수 집요.

─ 뭐? 진짜 웃긴다. 칼국수는 만들 줄이나 알아?

─ 아직은 모르지만 배우면 돼요. 제가 아는 선배 중에서 칼국수 집 하는 사람이 있는데 그 집 형수가 칼국수 진짜 맛있게 하거든요. 사골로 국물 내서 끓이는 건데…….

─ 글쎄, 중국집을 하던 칼국수 집을 하던 난 관심 없으니까 하고 싶으면 혼자서 해.

─ 원정 씨가 하기 싫으면 안 해도 돼요. 심심할 때 내려와서 카운터만 봐줘도 되고요, 그것도 하기 싫으면 정말 아무것도 안 해도 전 상관없어요. 정 바쁘면 사람을 쓰면 되니까…….

두 사람의 대화가 그렇게 계속 겉돌자 원정이 마침내 답답하다는 듯 버럭 소리를 질렀다.

─ 제발 멍청한 소리 좀 그만해!

삼촌이 움찔해서 입을 다물자 원정이 정색을 하고 말했다.

─ 미스터 권. 미안하지만 그 칼국수 집은 다른 여자랑 하고 그런 인생에 나는 끼워 넣지 마. 애초에 나는 그렇게 살 수 없는 여자니까.

그런 인생이란 게 뭐가 문제일까? 칼국수 집을 하는 게 뭐가 어때서? 라고 생각하면서도 삼촌은 뭔가 거대한 벽과 마주한 느낌이었다. 그리고 자신이 알 수 없는 낯선 세계와 부딪칠 때마다 느끼는 두려움과 안타까움에 가슴이 답답해졌다. 이미 눈치 채고 있었지만 원정은 애초에 자신과는 다른 세계에 속해 있는 사람이었다. 그 세계는 도대체 어떤 세계일까? 어디론가 불쑥 낯선 곳에 불려나가서 어두컴컴한 자동차 뒷좌석에 실려 오는 삶? 한강이 내려다보이는 오피스텔과 그곳에서 내려다보는 검푸른 강물 같은 세계? 그곳은 삼촌이 도무지 알 수 없는 세계였다. 그래서 아무런 할 말도 찾지 못한 채 슬그머니 등을 돌리고 돌아누웠다.

*

　졸업을 앞두고 마지막 학기가 끝날 무렵, 삼촌에게 전화가 걸려왔다. 새로 이사한 집에 한번 놀러오라는 거였다. 오랜만에 연락을 해온 터에 이사를 갔다는데 모른 체할 수가 없어 나는 주말에 가루비누를 사들고 삼촌이 일러준 대로 이사한 집을 찾아갔다. 그것은 뜻밖에도 일반 가정집이 아니라 북경반점이란 간판이 그대로 걸려 있는 음식점 건물이었다. 넓은 홀에는 의자와 식탁이 그대로 놓여 있었고 주방에도 다양한 주방도구들이 남겨져 있어 당장 음식을 만들어 팔아도 될 정도였다. 삼촌은 현재 영업을 안 하지만 옛날엔 충무로에서 유명했던 중국집이었다고 하며 나를 위해 준비해 놓았던 듯 주방에서 돼지고기로 탕수육을 만들어 내왔는데 서당 개 삼 년이면 풍월을 읊는다고 맛이 기대 이상이었다. 삼촌은 배갈까지 한 병 꺼내와 우리는 탕수육을 안주로 대낮부터 술을 마셨다.

　― 근데, 이게 진짜 삼촌 집이야?

　나는 갓 튀겨낸 탕수육을 집어먹으며 물었다.

　― 그렇다니까. 너도 동구 놈을 닮았냐? 왜 사람 말을 안 믿어.

　그리고 삼촌은 등기서류를 꺼내 자랑스럽게 보여주었다.

─ 자, 봐. 권도운. 내 이름이잖아.

과연 서류에는 삼촌의 이름이 또렷하게 박혀 있었다.

─ 와, 삼촌 부자네. 서울에서 이 정도 넓은 집이면 엄청 비쌀 텐데…….

─ 집값은 나도 잘 몰라.

─ 샀다면서 왜 몰라?

─ 산 게 아니라 누가 나한테 그냥 준 거야.

─ 정말? 누가 집을 그냥 줘?

나는 삼촌의 얘기에 놀라 눈을 동그랗게 떴다. 지연, 혈연, 학연 다 뒤져봐도 뭐 하나 내세울 것 없는 삼촌에게 누가 집을 공짜로 준단 말인가! 삼촌은 술을 마시며 더듬더듬 마 사장과 얽힌 인연과 집을 상속받게 된 과정에 대해 들려주었다.

─ 집도 생겼으니까 이제 장가만 가면 되겠다. 삼촌, 만나는 사람 없어?

─ 마, 만나는 사람?

─ 그래, 애인.

삼촌은 가타부타 대답이 없이 배갈을 한 잔 마시더니 진지한 표정으로 나를 쳐다보았다.

─ 근데, 상구야.

─ 왜?

─ 여자들은 도대체 왜 그러냐?

─ 뭐가?

─ 난 세상에서 제일 알 수 없는 게 여자의 마음인 것 같아. 도무지 알다가도 모르겠어.

삼촌은 답답한 듯 배갈을 다시 단숨에 비웠다. 여자의 마음을 모르는 건 삼촌이나 조카나 마찬가지였다. 경희가 왜 나를 떠났는지, 그리고 왜 갑자기 유학을 선택했는지, 그리고 마지막으로 나에게 면회를 온 건 또 무슨 이유인지 아무리 생각해도 알 수 없는 것들이었다. 그래서 나도 삼촌처럼 독한 배갈을 단숨에 비우며 물었다.

─ 삼촌, 애인 있구나?

─ 뭐, 만나는 사람이 있긴 있는데 애인인지 뭔지 모르겠어.

─ 그건 무슨 소리야? 애인이면 애인이고 아니면 아닌 거지.

─ 그러니까 여자의 마음을 잘 모르겠다는 거야.

─ 그 여잔, 뭐하는 사람이야?

─ 뭐, 그냥…… 배우야.

─ 배우? 우와, 그럼 예쁘겠다.

─ 그래, 예쁘지. 임청하처럼.

삼촌은 쑥스러운 듯 웃어보였다.

─ 임청하? 삼촌 능력 있네. 그렇게 안 봤는데…….

─ 이 자식이 진짜! 그럼 그동안 삼촌을 호구로 본 거야?

삼촌은 장난스럽게 주먹으로 내 옆구리를 툭 쳤다.

─ 어? 쳤어?

내가 자리에서 벌떡 일어서서 대련 자세를 취하자 삼촌도 일어서서 자세를 취했다.

─ 어쭈? 이제 대가리 컸다고 삼촌한테 덤벼?

그리고 나에게 발차기를 하자 나는 허리를 숙여 피하며 돌려차기를 했다. 그렇게 우리는 넓은 홀에서 싸우는 시늉을 내며 장난을 쳤다. 삼촌과 어울려 테이블을 뛰어넘고 홀을 구르며 나는 어릴 때 뒷산에서 무술 연습을 하던 장면이 떠올랐다. 그렇게 과거로 돌아가 둘이 장난을 치는 동안 삐걱, 소리가 나며 홀의 문이 열렸다. 우리는 대련을 하는 자세 그대로 고개만 돌려 뒤를 돌아보았는데 뜻밖에도 키가 큰 여자가 한 명 서 있었다. 토요일 오후, 긴 스커트를 입고 문 앞에 서 있는 그녀의 등 뒤로 저물녘의 햇빛이 긴 그림자를 만들며 쏟아져 들어왔다. 그 강렬한 역광에 얼굴을 자세히 볼 순 없었지만 나는 한눈에도 그녀가 매우 아름답다는 것을 알아챌 수 있었다. 이때 나와 장난을 치던 삼촌은 나보다 더 놀란 듯 눈을 동그랗게 뜨고 그녀를 쳐다보며 말했다.

― 워, 원정 씨……?

― 여기가 미스터 권이 말한 그 중국집이야?

원정은 홀을 둘러보며 물었다.

― 네, 그, 근데 여긴 어떻게 알고……?

― 장 관장이 가르쳐줬어. 전화도 안 받기에 내가 먼저 물어봤지.

이때, 삼촌이 내 어깨를 툭 치며 말했다.

― 상구야. 인사드려. 이분은……

삼촌은 원정을 나에게 소개하려고 했지만 뭐라고 소개를 해야 할지 몰라 말끝을 흐렸다. 그러자 원정이 웃으며 선뜻 손을 내밀었다.

― 최원정예요.

― 궈, 권상구입니다.

나는 악수를 하며 원정의 얼굴을 제대로 볼 수 있었는데 비록 입가에 희미하게 주름이 잡히고 마주잡은 손에서 통통한 젊음을 느낄 수는 없었지만 배우는 배우인 듯 갸름한 얼굴에 처연한 표정이 보통 여자들과는 차원이 다른 매력이 있었다.

— 제 조카예요.

삼촌이 나를 소개하자 원정이 되물었다.

— 그럼 이 친구가 사법고시에 붙었다는 그 조카야?

— 아니요. 걔는 애 형이고요. 얜 아직 학생예요.

— 그래? 어쩐지 너무 어리다 했더니…….

원정은 실제로 나를 어린애 취급하듯 온화한 미소를 띠어 보였지만 나는 몸에 달라붙는 하얀 원피스 위로 유난스럽게 봉긋 솟아오른 가슴에서 눈을 뗄 수가 없었다. 그러자 삼촌이 내 옆구리를 툭 치며 원정에게 말했다.

— 앉으세요. 제가 탕수육 만들었는데 한번 드셔보세요?

— 미스터 권이 탕수육도 만들 줄 알아?

원정이 자리에 앉자 삼촌은 재빨리 젓가락을 앞에 놓았다.

— 그냥 어깨 너머로 배운 거라서…….

원정은 삼촌이 권하는 대로 탕수육을 한 점 집어 먹었다. 비록 유명한 스타는 아니었지만 나는 난생 처음 직접 대면하게 된 여배우의 모습에 긴장해 나도 모르게 자꾸만 곁눈질로 힐끔거렸다. 삼촌은 원정이 찾아온 게 기쁘고 황송한 듯 연신 웃음을 띠우며 원정의 잔에 배갈을 따라주었는데 나는 두 사람의 기묘한 관계에 실소를 금치 못했다. 연하라서 반말을 하는 것까진 그렇다 쳐도 미스터 권이란 호칭은 도대체 뭐람! 게다가 작은 체구에 까무잡잡한 얼굴, 뭘 해도 어색하고 촌스러운 태가 남아 있는 삼류 액션배우와 어디를 가든 사내들의 눈에 띨 수밖에 없는 여배우는 아무리 좋게 봐줘도 좀처럼 어울리기 힘든 커플이었다. 그 크나큰 괴리에 이미 두 사람의 비극성이 내재해 있던 걸까? 나는 잠깐 앉아 있다 두 사람만의 시간을 위해 자리를 피해주었다. 삼촌은 자고 가라며 만류했지만 나는 취업시험을 핑계로 원정에게 인사를 하고 서둘러 중국집을 빠져나왔다. 실제로 이즈음 나는 이미 취업경쟁에 뛰어들어 엄청난 스트레스를 받고 있는 중이기도 했다. 삼촌은 나를 배웅하기 위해 문밖까지 따라 나와 조심스럽게 물었다.

─ 어떤 것 같니, 상구야?

─ 뭐가?

─ 저 여자 말이야.

삼촌은 원정처럼 예쁜 여배우가 자신의 여자라는 게 자랑스러운 듯 뿌듯한 표정이었다.

─ 저 여자가 삼촌이랑 결혼하면 나한테는 작은엄마가 되는 거네.

─ 그, 그렇겠지.

삼촌은 상상만으로도 흐뭇한 듯 입이 실룩거렸다.

─ 근데 작은엄마가 되기에는 가슴이 너무 크다.

내가 장난스런 표정으로 말하자, 삼촌이 주먹으로 머리를 때리는 시늉을 했다.

─ 뭐라고? 너, 이 자식!

─ 잘해봐, 삼촌! 용기 있는 자만이 미인을 얻는다, 알지?

나는 큰 소리로 외치고 골목길을 뛰어가며 진심으로 삼촌이 원정과 결혼을 해서 행복하게 살았으면 좋겠다고 생각했다.

─ 그런데 여긴 어떻게……?

잠시 후, 두 사람은 탕수육을 앞에 놓고 마주앉았다.

─ 이사했다니까 한번 와본 거야. 하이타이라도 하나 사올 걸 그

랬나?

— 아니. 괜찮아요.

원정은 천천히 홀을 둘러보며 말했다.

— 이런 데서 음식점 하면서 사는 것도 나쁘지 않겠네.

삼촌은 원정이 찾아온 의중을 알 수 없어 그녀의 입을 쳐다보기만 했다. 원정은 앞에 놓인 배갈을 한 모금 마신 후 입을 열었다.

— 그런데 난 그런 인생에 대해선 한 번도 생각해 본 적이 없어. 옷은 시장이 아니라 백화점에서 사 입어야 되고, 고기는 삼겹살이 아니라 등심을 먹어야 되고…….

원정은 삼촌의 눈을 쳐다보며 말을 이었다.

— 나도 남들처럼 소박하게 살고 싶은데 이상하게도 그게 잘 안 돼. 한 번 이쪽 세계를 맛본 사람은 절대 저쪽으로 돌아갈 수 없는 법이거든. 그래서 지금도 그 많은 여자들이 몸이라도 바쳐서 이쪽에 빌붙어 있으려고 안간힘을 쓰는 거야.

삼촌은 그녀의 말에 말없이 고개를 돌렸는데 원정은 문득 고백을 하듯 말했다.

— 사실, 나 오늘 오디션 보러 갔었어.

— 오디션이요?

— 그래, 근데 나이가 너무 많아서 안 된대.

원정은 쓸쓸하게 웃으며 잔을 들었다. 삼촌도 달리 할 말이 없어 무겁게 고개를 끄덕였다.

— 그래서 내가 감독한테 식모 역할이라도 주면 하겠다고 했더니 그건 캐릭터가 안 맞아서 안 된다는 거야. 식모를 하기엔 너무 야하다나, 뭐라나…….

원정은 독한 배갈을 단숨에 마신 후 잔을 내려놓으며 길게 한숨을 내쉬었다.

— 휴, 배우 노릇도 이젠 끝난 것 같아.

— 왜 그런 말씀을 하세요?

— 아무도 날 써주는 데가 없는데 그럼 어쩌겠어. 혼자 영화를 찍는 것도 아니고…….

— 앞으로 기회가 있을 거예요.

— 그동안 기회도 몇 번 있었지. 그런데 다 지나가버렸어. 처음엔 나도 좋은 배우가 되고 싶은 꿈이 있었거든. 꼭 주연이 아니더라도 관객들을 울리고 웃기고, 그런 진짜 배우 말이야. 그래서 내 나름대로 열심히 노력했는데 불행하게도 나한테는 그럴 만한 재능이 없어. 그리고 내가 뭘 해도 사람들은 다들 내 가슴에만 관심이 있어. 그나마도 이젠 축 처져서 아무도 쳐다보지 않지만.

원정은 괴로운 듯 머리를 손에 기댔다.

— 그런데 이 알량한 삼류배우라도 안 하면 이제 난 뭘 하지? 미스터 권 말대로 여기서 칼국수 집이라도 해야 하나? 아니면 그 극장사장 재취자리라도 들어가야 하나?

— 그, 극장사장이라는 건 무슨 얘기예요?

— 수원 쪽에 극장 몇 개 가지고 있는 늙은이가 있는데 나한테 살림을 차려주겠대. 그런데 그 딸이 나보다 나이가 많아. 어때, 미스터 권. 그냥 그 늙은이하고 결혼해 버릴까? 그래서 실컷 돈이나 쓰다 죽지, 뭐.

자포자기의 심정이 되어 되는 대로 지껄이는 원정의 말에 삼촌은 가슴이 답답했지만 달리 할 말이 없어 독한 배갈만 연달아 들이켰다.

― 미스터 권이 몰라서 그렇지, 내가 그동안 어떻게 살아온지 알면 아마 나를 절대 좋아할 수 없을걸?

― 전 원정 씨가 무슨 짓을 했든 상관없어요. 그리고 만약에 원정 씨가 뭔가 나쁜 짓을 했다면 그건 분명히 유 의원같이 나쁜 놈들이 원정 씨를 이용했기 때문예요. 그놈들이 원정 씨를 더럽힌 거라고요.

그날 밤, 원정은 술에 취해 울음을 터뜨렸다. 그리고 이를 달래주던 삼촌에게 한참 술주정을 하다 끝내 테이블에 얼굴을 박고 곯아떨어졌다. 한물간 여배우의 고단한 얼굴에서 삼촌은 운명과도 같은 짙은 외로움을 느꼈다. 그리고 아름다운 육체가 스러지며 만들어내는 처연한 슬픔과 덧없는 공허에 마음이 아팠다. 그는 원정을 2층 침실로 업고 가며 어쩔 수 없이 죽은 마 사장 생각이 났다. 그녀도 남들에 비해 부족할 게 없는 인생처럼 비춰졌지만 내면엔 깊은 외로움이 자리 잡고 있었다. 그래서 결국 아무도 없는 집에서 혼자 쓸쓸한 죽음을 맞았다. 그들을 외롭게 하고 술에 취하게 만들고 지푸라기처럼 헛헛하게 만들어서 끝내 절망으로 빠뜨리는 그 공허함의 정체는 무엇일까? 잠든 원정의 옆에 누운 삼촌은 이런저런 생각에 마음이 괴로워 자정이 한참 지나서야 겨우 잠이 들었다.

다음 날 아침, 삼촌은 참새가 지저귀는 소리에 눈을 떴다. 그런데 옆에서 잠들었던 원정의 모습이 보이지 않았다. 그는 2층에서 내려와 홀과 주방을 둘러보았지만 그곳에도 원정은 없었다. 그새 일어나 집으로 갔나 싶어 뒷문을 열고 장독대가 있는 뒤꼍으로 나갔다.

― 이제 일어났어?

뒷문을 열고 나서자 원정이 장독대 앞 화단에 쭈그리고 앉아 뭔가를 들여다보고 있다 환하게 웃어보였다. 그곳은 삼촌이 중국집에서 배달 일을 하던 시절, 밤마다 무술연습을 하던 곳이었다.
— 괜찮아요? 어젠 너무 취해서⋯⋯.
— 응, 머리가 좀 아프긴 한데 괜찮아. 아무래도 난 독주 체질인가 봐. 근데, 여기 채송화가 피어 있네.

원정이 들여다보고 있는 화단은 오랫동안 돌보지 않아 잡초가 무성했지만 그 틈을 뚫고 흰색과 붉은색, 그리고 노란색의 채송화가 앙증맞게 피어 있었다. 그리고 때마침 화단 옆 배롱나무에서도 붉은 꽃이 만발해 있었다. 삼촌은 문 앞에 멈춰선 채 소박한 꽃들을 배경으로 화단에 걸터앉아 있는 원정을 말없이 바라보았다. 마치 길을 가다 아름다운 꽃을 보고 걸음을 멈춰선 시골의 순박한 아낙인 듯 화장기 하나 없는 원정의 맑은 얼굴이 채송화처럼 수수했고 뒤뜰에 내리쬐는 여름 햇살은 눈부시게 찬란했다. 삼촌은 그런 원정의 자태에서 그녀의 본래 모습을 발견한 듯 그 자리에 우뚝 서서 물끄러미 바라보기만 했다. 그렇게 하얀 시폰 원피스를 입고 화단에 앉아 있는 원정의 모습은 현실이 아닌 듯 고왔지만 그것은 손을 대면 곧 바스러져 버릴 듯 아슬아슬했고 그 순간이 지나가면 금방이라도 스러질 듯 위태로워 보였다. 그 아름다운 장면이 주는 감동 때문이었을까, 아니면 그 찰나가 영원히 지속되지 않으리라는 불길한 예감 때문이었을까, 원정을 지켜보는 삼촌은 자신도 모르게 슬픔이 차올라 눈시울이 뜨거워졌다.

— 어릴 때 살던 집에도 이렇게 채송화가 피어 있었는데⋯⋯.

원정은 혼자 중얼거리며 삼촌을 돌아보다 놀란 듯 눈을 동그랗게 떴다.

— 미스터 권, 우는 거야?

— 아, 아니요.

당황한 삼촌은 황급히 손으로 눈물을 훔쳤다. 이에 의아한 듯 원정이 물었다.

— 근데 왜 울어?

— 예, 예뻐서요.

— 뭐가?

— 그 꼬, 꽃들이요. 그리고 그 나무도, 장독대도, 원정 씨도 다 너무 예뻐서요.

삼촌은 떨리는 목소리로 대답하며 그날 아침의 풍경을 영원히 간직하려는 듯 장독대 옆에 서서 원정을 내려다보았다.

그날 밤, 원정은 집으로 돌아가지 않고 삼촌과 함께 중국집에서 하룻밤을 더 머물렀다. 삼촌은 원정을 위해 난자완스를 만들어주었는데 그도 역시 중국집에서 일할 때 칼판장의 어깨너머로 배운 거였다. 돼지고기를 다져 정성껏 완자를 만들고 기름에 튀겨낸 후 야채와 함께 볶아냈는데 술을 부어 웍 위로 불길이 치솟는 묘기를 선보이자 옆에서 지켜보던 원정이 감탄한 듯 탄성을 질러 삼촌은 얼굴이 빨개졌다.

— 미스터 권이 여러 가지로 재주가 많네. 나 여기 들어와서 그냥 같이 살아버릴까?

원정이 뜨거운 완자를 호호 불어 한 입 베어 물며 물었다. 원정의 말에 놀라 삼촌은 하마터면 입 안에 있던 완자를 뱉어낼 뻔했다.

— 그, 그, 그럼요. 어, 언제든지 들어와도 돼요. 사, 살림살이도

다 있어요.

 삼촌이 뜨거운 완자를 단번에 꿀꺽 삼킨 후 말을 더듬자 원정이 까르르 웃으며 말했다.

 ─농담이야, 농담. 그냥 해본 소리야. 내가 왜 미스터 권한테 얹혀살아?

 삼촌은 원정의 진의를 알 수 없어 어리둥절한 표정으로 쳐다보았다.

 ─그런데 이 집은 얼마나 나가는 거야?

 ─뭐가요?

 ─집값 말이야. 좀 외지긴 했지만 그래도 시내 한복판인데 꽤 나가겠지?

 ─그건 잘 모르겠어요. 근데 왜요?

 ─나 같으면 이거 팔아서 아파트로 이사 갈 것 같은데……. 아파트가 생활하기에 편하잖아. 그리고 아파트 하나 잘 잡으면 꽤 재미를 보거든. 요즘은 돈 버는 것도 중요하지만 불리는 것도 잘해야 돼.

 원정의 말이 틀린 건 아니었지만 삼촌은 중국집을 판다는 생각은 한 번도 해본 적이 없었다. 마 사장이 물려준 유산을 처분한다는 게 꺼림칙하기도 했지만 자산 가치를 계산한다는 것 자체가 왠지 그녀에 대한 배신처럼 느껴졌기 때문이었다.

 ─이 집은 절대 팔 수 없어요.

 삼촌이 고집스런 표정으로 말하자, 원정도 순순히 고개를 끄덕였다.

 ─뭐, 그거야 미스터 권 마음이지만……. 근데 정말 나 여기 들어와서 살아도 돼?

이번엔 원정의 표정이 농담이 아닌 듯했다.

— 나 때문에 괜히 미스터 권한테 부담 주는 거 같아서…….

— 저, 절대 그렇지 않습니다. 아무 걱정 말고 들어오세요.

삼촌이 눈빛을 반짝이며 진지하게 대답하자 원정은 젓가락을 내려놓으며 한숨을 길게 내쉬었다.

— 사실, 좀 창피한 얘기지만 나 있는 오피스텔, 월세도 못 내서 쫓겨날 판이야. 요즘 일을 통 못했잖아. 뭐, 달리 마음만 먹으면 방법이 없는 건 아니지만 정말 그렇게 하고 싶진 않거든.

삼촌은 원정이 말하는 방법이 어떤 건지 짐작이 가지 않는 바가 아니어서 원정의 손을 덥석 잡고 말했다.

— 원정 씨는 절대 그런 짓은 하시면 안 돼요. 원정 씨는 원래 그런 여자가 아니잖아요.

그런 짓이 뭔지, 그런 여자가 어떤 여자인지 말을 하진 않았지만 원정은 삼촌에게 손을 맡긴 채 물끄러미 테이블 위를 응시했다.

— 나도 아무 때나 불려 나가서 늙은이들하고 술 마셔주는 거 좋아서 하는 거 아냐. 억지로 술 따르고, 억지로 웃어줘야 되고…….
아무리 김중배의 다이아몬드가 좋아도 사람이 계속 그렇게 살 수는 없는 거거든.

원정은 씁쓸하게 웃으며 신파극의 대사를 읊조렸다.

— 그러니까 이제 거기 정리하고 여기로 들어와서 같이 살아요.

삼촌이 간곡한 표정으로 말하자 원정은 삼촌의 눈을 마주보다 마침내 고개를 끄덕였다.

— 한번 생각해 볼게. 하지만 기다리지는 마.

확답을 하진 않았지만 원정도 마음이 많이 기울어진 듯 그날 밤,

그녀는 적극적으로 몸을 열어 삼촌을 끌어안았다. 삼촌 또한 마침내 그녀의 마음을 얻었다는 확신에 뜨겁게 달아오른 몸을 거침없이 밀어붙였다. 폭풍처럼 거칠고 용광로처럼 뜨거운 열락의 순간, 두 사람은 아무런 의심도, 아무런 두려움도 없이 거친 숨을 섞으며 서로의 몸을 힘껏 부둥켜안았다.

 원정이 오피스텔 생활을 정리해 돌아오기를 기다리는 동안 삼촌은 중국집을 깨끗이 청소했다. 잡초를 뽑고 도배도 새로 하고 무너진 정원석을 일으켜 세웠다. 먼지를 털어내고 커튼을 새로 달고 침대 시트도 깨끗이 빨아 햇빛이 잘 드는 뒤뜰에 널어두었다. 삼촌은 새로 장가를 가는 총각처럼 가슴이 설레어 제대로 잠을 이루지 못했다. 혼인 신고를 먼저 해야 할지 아니면 정식으로 결혼식을 올려야 할지에 대해서도 미처 생각하지 못했다. 아이를 낳을지 말아야 할지에 대한 생각도 마찬가지였다. 그저 원정과 매일 아침 함께 밥을 해 먹고 그녀의 옆에 누워 잠들 수 있다는 사실만으로도 가슴이 벅차 문득 도배하는 손길을 멈추고 혼자 바보처럼 실실 웃기도 했다. 한때는 이소룡이 되고 싶기도 했고 한때는 멋진 액션배우가 되어 사람들 앞에 나서고 싶기도 했지만 그 모든 꿈들은 지나가버렸다. 또 한때는 농촌에서 농사를 지으며 평화롭게 살아갈 희망을 품은 적도 있었지만 그 또한 물거품이 되어버렸다. 하지만 원정의 사랑은 그 부서진 꿈들을 대체하고도 남음이 있었다. 아니 원정의 사랑을 얻는 것이야말로 바로 그 모든 꿈들의 실현이라는 생각이 들었다. 분 바른 것들과 가까이 하지 말라는 선배들의 조언은 머릿속에서 깨끗이 지워버렸다. 그것은 괜한 질투와 선망에서 나온 말이었을 터. 귀담

아들을 필요도 없다고 생각했다. 삼촌은 중국집을 손보며 하루빨리 용식에게 칼국수 만드는 법을 배워야겠다는 생각에 마음이 급했다. 그렇게 집을 수리하고 청소를 하는 동안 눈 깜박할 새에 일주일이 지나갔다. 어느 날 저녁 삼촌은 혼자 라면을 끓여 먹다 문득 생각했다. 그런데 왜 원정에게선 아직까지 연락이 없는 거지?

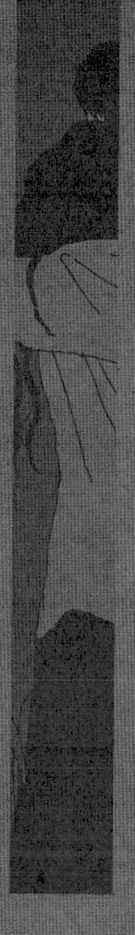

용쟁호투 {1}

유 회장은 정치에 발을 담그면서 막 미국에서 유학을 마치고 돌아온 그의 아들에게 영화사를 물려주었다. 따라서 충무로 사람들은 편의상 두 사람을 구분하기 위해 그를 새끼사장으로 불렀다. 그리고 그 새끼사장이 영화사를 물려받은 지 얼마 지나지 않아 그를 사장새끼라고 순서를 바꿔 불렀고 종국에는 그 새끼, 또는 그냥 개새끼라고 부르기 시작했다. 그는 한 마디로 진짜 개새끼였다.

충무로의 제작부장으로 출발해 아무도 예상치 못한 큰 성공을 거두긴 했지만 유 의원에겐 언제나 무식한 건달 출신이라는 꼬리표가 따라다녔다. 그래서 그는 일찍이 하나밖에 없는 아들을 미국으로 유학을 보냈다. 정식으로 영화공부를 시키기 위해서였다. 로스앤젤레스! 그 아름다운 도시에서 훗날 유 사장이 될 그 개새끼가 빠져든 것은 유럽의 심오한 예술영화나 할리우드의 스튜디오에서 만들어진 장르 영화가 아니었다. 바로 그가 사는 도시 북쪽의 샌 퍼낸도 밸리에서 만들어진 포르노영화였다. 그 작은 도시는 세계 최대의 포르노 생산 기지로 한 달에 약 천 편 가량의 포르노영화를 찍어내는 현대판 소돔과 고모라였다. 앞으로, 뒤로, 뒤집어서, 옆어서, 혼자, 또는 떼거지로, 때로는 여자끼리, 때로는 남자끼리, 늙은이와 젊은이,

뚱뚱이와 홀쭉이, 금발과 은발, 흑인과 백인, 아시안과 인디언, 때로는 개나 당나귀, 또는 뱀이나 금붕어, 쓰리 썸과 포 썸, 페도필리아와 네크로필리아 등 포르노의 세계는 참으로 넓고도 심오했다. 총을 든 흑인들이 설쳐대는 범죄의 도시 한구석에서 그 어린 옐로우는 온갖 변태적인 포르노를 보며 두려움과 외로움을 달랬다.

마침내 그가 유학을 마치고 충무로로 돌아왔을 때 그는 그간 어두컴컴한 LA의 하숙집에서 죄의식에 사로잡힌 채 보는 것으로만 만족해야 했던 남성판타지의 세계를 현실 속에서 실현하기로 마음먹었다. 그 대상은 물론 원정처럼 한 가닥 기회를 잡기 위해 조명기의 불빛을 쫓아 몰려든 가엾은 부나방들이었다. 앞으로, 뒤로, 뒤집어서, 옆어서, 혼자 또는 떼거지로. 그들은 새끼사장의 잔인하고 변태적인 욕망의 희생자가 되었고 그렇게 대를 이은 유 씨 가문의 파렴치한 행태를 사람들은 저 유명한 로마의 폭군 티베리우스와 칼리굴라에 빗대기도 했다. 실제로 두 폭군의 경쟁적인 변태 행각은 십 대의 어린 미성년자에서부터 사오십 대의 한물간 여배우들까지 충무로의 어디를 가든 손길이 미치지 않는 곳이 없을 정도였다.

또 다른 한편, 유 회장에겐 여배우 출신의 본처가 있었다. 제작부장을 하던 시절, 그는 주연을 맡은 한 여배우에게 평소에 눈독을 들이다 지방에서 밤늦게 촬영이 끝난 어느 새벽녘에 슬그머니 그녀가 묵고 있는 여관방으로 숨어들어 양말로 입을 틀어막고 강제로 그녀를 범해버리고 말았다. 그녀는 수치심에 당장 혀를 깨물고 죽고 싶었지만 차마 죽지도 못하고 혼자 벙어리 냉가슴을 앓았는데 얼마 뒤, 제작부장은 뻔뻔스럽게도 그녀의 집으로 직접 찾아갔다. 그리고 당장 그녀와 결혼시켜 줄 것을 요구했다. 이에 노발대발하는 그녀의 부모 앞에서 그는 자신과 그녀가 이미 정을 통한 사이인데 만일 결혼을 시켜주지 않으면 그 사실을 온 천하에 알리겠다고 협박했다. 그녀의 아버지가 기함을 해서 딸에게 그의 말이 사실이냐고 묻자 그녀는 울면서 고개를 끄덕였다. 이에 울며 겨자 먹기로 어쩔 수 없이 혼인을 시켰지만 사랑도 없이 강간으로 시작한 부부관계가 어떻겠는가, 가엾은 여배우는 돈을 물 쓰듯 쓰는 풍족함 속에서도 유 회장의 바람기와 폭력에 눈물과 시름으로 한 세월을 보내 아름답던 미모는 눈 깜짝할 새에 시들어버렸다. 또한 독한 신경안정제에 영혼은 황폐해져 젊은 시절부터 골골하며 병원 신세만 지다 채 환갑도 되기 전에 죽음을 눈앞에 두게 되었다.

이때 젊은 폭군, 칼리굴라가 효성만은 지극했는지 자신의 엄마가 누워 있는 병원을 밤낮으로 드나들며 지극정성으로 간병을 했다. 그가 머나먼 이국에서 유학을 할 때에도 언제나 그리웠던 것은 엄마의 품이었다. 그의 내면은 변태적인 욕망으로 가득 차 있었으나 엄마에 대한 사랑만큼은 어린아이의 그것처럼 강렬하고 순수했다. 그것은 그가 유학을 떠났던 어린 시절에서 정신적인 성장이 멈춰버렸기 때문이었다. 그는 병상에 누워 있는 엄마의 푹 꺼진 가슴에 얼굴을 묻고 어린애처럼 울먹거렸다.

— 엄마, 죽지 마. 엄마가 죽으면 나도 죽을 거야.

그러자 불쌍한 유 회장의 부인은 아들의 머리를 쓰다듬으며 말했다.

— 미안하다, 얘야. 내가 너를 제대로 돌보지 못해서 이제 너도 네 애비처럼 괴물이 되었구나.

— 그, 그게 무슨 말씀이세요, 엄마?

— 나도 밖에서 사람들한테 들은 얘기가 있단다.

— 어, 엄마……

유 사장이 눈물이 그렁그렁한 눈으로 그녀를 올려다보자 평생 신경쇠약에 시달리던 그녀는 서서히 죽음의 빛이 내비치기 시작하는 눈으로 아들을 내려다보며 말했다.

— 내가 너를 어떻게 낳았는지 아니? 바로 네 애비라는 그 유가 놈이 나를 강제로 욕보여서 네가 들어선 거란다. 그러니 네가 괴물이 안 되는 게 이상한 일이지.

— 저, 정말예요, 엄마?

— 그래, 그건 충무로 사람들이 다 아는 유명한 얘기란다. 그러니 얘야, 꿈속에서라도 네 애비한테 효도 같은 건 할 생각도 말아라. 그 인간도 나처럼 평생 고통 받다 외롭게 죽어야 내가 저승에서라도 눈을 감을 것 같다. 그리고 또 한 가지, 내가 이렇게 평생 마음 고생을 한 것은 네 애비도 애비지만 젖통이만 큰 어떤 망할년 때문이기도 하단다.

— 그, 그게 누군데요?

이때 늙은 여배우는 고통으로 앙다문 이빨 사이로 한 여배우의 이름 석 자를 힘겹게 뱉어냈다.

유 회장에겐 실로 셀 수 없을 만큼 많은 여자들이 있었다. 열여섯 하이틴스타부터 그런 하이틴스타의 엄마 역을 주로 맡은 중견 여배우까지, 한계를 모르는 탐욕은 누구든 눈에 띄기만 하면 반드시 손아귀에 넣어야만 직성이 풀렸다. 그런데 왜 그의 아내의 머릿속엔 하고많은 여자 중에 하필 원정의 이름만이 각인되어 있었던 걸까? 평생 우울증과 신경증, 피해망상과 과대망상 등 온갖 정신질환에 시달리던 늙은 여배우는 오래전 남편이 한 젊은 여배우와 살림을 차렸다는 소문에 유 회장 밑에서 제작부장으로 일하던 남동생을 앞세워 남산 밑에 은밀히 마련해 놓은 그의 아방궁으로 쳐들어간 적이 있었다. 일찍이 삼촌이 원정에게 난자완스 배달을 갔던 바로 그 집이었다. 활활 타오르는 질투심과 미칠 듯한 분노에 사로잡힌 헤라는 문을 박차고 들어서자마자 닥치는 대로 살림을 때려 부수며 난동을 피웠다. 그리고 시끄러운 소리에 놀라 방에서 나온 원정에게 달려들어 머리채를 잡아 흔들고 잠자리 날개처럼 얇은 잠옷을 찢어 당시 멜로영화에서 흔히 등장하던 장면을 연출했다. 이에 원정은 머리채를 잡힌 채 반항도 못하고 비명을 지르며 이리저리 끌려 다녔다. 분노의 화신이 된 여배우는 원정을 암소로 변하게 하는 대신에 곱디고운 얼굴을 갈기갈기 찢어버릴 심산이었다. 그래서 날카로운 손톱을 세우고 원정에게 달려들었는데 그만 반질반질 잘 닦인 마룻바닥에 미끄러지며 뒤로 벌렁 나자빠져 그 자리에서 그만 게거품을 물며 혼절해버리고 말았다. 그날의 소동은 뒤늦게 소식을 듣고 달려온 유 회장과 처남의 만류로 가까스로 수습이 되었지만 늙은 여배우는 원정의 얼굴을 갈기갈기 찢어놓지 못한 원통함에 몸져눕고 말았다. 자리보전을 하고 누워 있는 동안 그녀는 비로소 자신의 남편이 왜 그 암소 같은 년에게 한눈을 팔았는지, 그 이유를 깨닫게 되었다. 그것은 바로 찢어진 네글리제 사이로 비어져나온 믿을 수 없으리만치 탐스러운 가슴이었다.

다음 날 유 회장의 아내는 혼자 은밀히 강남의 한 성형외과 병원을 찾아갔다. 그리고 사십이 넘은 나이임에도 불구하고, 또한 의사의 만류에도 불구하고 가슴확대수술을 결정했다. 수술은 고통스럽고 수치스러웠지만 그녀는 이를 악물고 기나긴 수술과정을 모두 견뎌내 마침내 원정만큼이나 탐스러운 가슴을 갖게 되었다. 하지만 기쁨도 잠시, 제우스의 분노 때문인지 아니면 첨단의학의 한계 때문인지 수술은 실패로 돌아갔다. 운이 나쁘게도 그만 가슴에 넣은 보형물이 거부반응을 일으킨 거였다. 열이 40도 넘게 올라가고 팔이 마비되는 증상에 그녀는 응급실로 실려 갔고 결국 수박만 한 가슴을 포기할 수밖에 없었다. 가슴에 넣었던 보형물을 제거하자 그녀의 가슴은 다시 원래대로 돌아가 융단폭격을 맞은 자리처럼 푹 꺼지고 말았다. 그런 과정에서 그녀가 먹는 신경안정제의 종류와 양이 점점 더 늘어나 그녀는 하루 종일 시체처럼 침대에서만 누워 지냈다. 그 사건 이후 그녀는 어마어마하게 커다란 젖가슴에 짓눌리는 꿈을 자주 꾸었다. 숨을 쉴 수가 없었고 가슴이 답답해 금방이라도 질식해 죽을 것 같은 공포에 시달렸다. 그럴 때마다 가엾은 여배우는 진정제를 씹어 삼키며 언젠가 젖통이만 큰 그 망할년을 갈기갈기 찢어죽이겠다는 복수심에 사로잡혔다.

  영혼이 황폐할 대로 황폐해진 신경증 환자의 입에서 원정의 이름이 흘러나온 것은 단지 그녀의 불운 때문이었을까? 엉뚱한 사람의 입에서 엉뚱한 이름이 흘러나온 그때는 하필 원정이 슬픔과 환멸로 점철된 충무로 생활을 마감하고 막 새로운 인생을 시작하려는 시점이었다.

  삼촌이 원정의 오피스텔을 찾아간 것은 그녀와 헤어진 지 일주일이 지난 뒤였다. 연락을 기다리다 못해 전화를 걸어봤지만 아무도 받지 않자 급기야 집으로 찾아가기에 이른 것이다. 삼촌은 그새 원정의 마음이 변했을까 싶어 마음이 초조했다. 새삼 분 바른 것들은 믿을 수가 없다며 가까이 하지 말라던 용식의 말이 떠오르기도 했다. 그래서 버스에서 내려 오피스텔로 가는 발걸음이 더욱 빨라졌다. 초조한 마음으로 오피스텔의 벨을 눌렀을 땐 아무런 응답이 없었다. 혹시! 삼촌은 원정이 자신에게 알리지도 않고 다른 곳으로 이사를 가버린 게 아닌가, 불안한 마음이 들었다. 그래서 몇 번 벨을 누르다 여전히 응답이 없자 슬그머니 손잡이를 돌려보았다. 뜻밖에도 철컥, 소리를 내며 문이 열렸다.

이때, 방 안의 풍경을 들여다본 삼촌은 놀라 눈을 크게 떴다. 옷가지가 바닥에 흩어져 있었고 화장대와 텔레비전이 부서진 채 엎어져 있어 방금 전 누군가 난동을 부리고 간 듯 방 안은 완전히 난장판이었다. 그리고 어찌된 일인지 방 안에 원정의 모습이 보이지 않았다. 삼촌은 뭔가 그녀에게 안 좋은 일이 생겼다는 느낌에 심장이 마구 방망이질 쳤다. 그는 원정의 이름을 부르며 방 안을 둘러보다 급히 화장실 문을 열어젖혔는데 그곳에 네글리제만 입은 원정이 무릎에 머리를 박은 채 쪼그리고 앉아 있었다.

— 워, 원정 씨……!

삼촌의 목소리에 원정은 가까스로 고개를 들었다. 이때 그녀의 얼굴을 본 삼촌은 귀신을 본 듯 질겁해 자신도 모르게 입에서 신음소리가 흘러나왔다. 원정의 얼굴은 다른 사람의 것인 듯, 아니 사람의 것이 아닌 듯 흉측하게 변해 있었다. 눈은 퉁퉁 부어올라 눈동자도 보이지 않고 입술은 터져 아프리카 흑인의 그것처럼 잔뜩 부어 있었다. 목이 졸린 듯 퍼런 멍 자국이 뱀처럼 목을 휘감고 있었고 뺨엔 가래로 고랑을 파놓은 듯 긴 흉터 자국이 나 있어 참으로 목불인견의 모습이었다. 벌어진 입가에서 피가 섞인 침이 질질 흘러내렸는데 앞니가 모두 부러져나간 듯 입속이 컴컴했다.

― 원정 씨!

삼촌이 원정에게 다가가서 어깨를 붙잡자 그녀는 삼촌과 겨우 눈을 맞췄지만 아직 제정신이 아닌 듯 눈동자엔 공포만이 가득했다. 몸에 걸친 네글리제가 모두 찢어져 발가벗은 것이나 다름없었고 상대가 무슨 짓을 했는지 허벅지와 사타구니에도 피가 잔뜩 묻어 있었다. 삼촌은 미칠 듯한 분노와 충격으로 몸 안에서 피가 펄떡거리며 뛰어다니는 느낌이었다.

― 자, 잠깐만 가만히 계세요. 제, 제가 병원에 데려다줄게요.

이때, 정신을 잃은 줄 알았던 원정이 삼촌의 팔을 잡으며 날카롭게 소리쳤다.

― 안 돼!

원정은 퉁퉁 부은 눈으로 삼촌을 올려다보며 말했다.

― 벼, 병원은 안 돼.

― 왜요? 빠, 빨리 병원에 안 가면…….

― 미, 미스터 권. 난 괜찮아. 그러니까 나를 그냥 방에 데려다줘.

피가 고여 있는 그녀의 입에선 죽어가는 폐병환자처럼 가르랑거리는 소리가 흘러나왔지만 왠지 거부할 수 없는 단호함이 있었다. 이에 삼촌이 겨드랑이에 손을 넣어 번쩍 안아 올리자 원정의 입에선 고통스런 신음소리가 흘러나왔다. 삼촌은 원정을 방에 데려다 눕히고 조심스럽게 찢어진 잠옷을 벗겨냈는데 밝은 불빛 아래서 보니 상황은 더욱 처참했다. 허벅지와 배, 팔뚝과 가슴 등 온몸에는 시퍼런 멍과 상처투성이였고 트럭과 충돌을 한 듯 얼굴 전체가 퉁퉁 부어올라 차마 사람의 형상이라고는 믿을 수 없으리만치 끔찍했다. 삼촌은 수건에 물을 적셔 조심스럽게 상처를 닦아주었다. 도대체 누가 이런 짓을 저질렀단 말인가! 삼촌은 가슴이 찢어질 듯 고통스러웠지만 정성껏 원정의 몸을 닦아낸 후 이불을 덮어주었다. 그리고 그녀의 눈을 똑바로 들여다보며 물었다.

— 누가…… 그런 거예요?

— 알 거 없어.

— 왜 알 거 없어요!

자신이 하루만 더 일찍 왔더라면 이런 사태를 막을 수 있었을 거라는 자괴감에 삼촌은 버럭 소리를 질렀다. 하지만 원정은 고개를 들며 애원하듯 말했다.

— 미스터 권. 나를 위한다면 제발, 아무것도 묻지 마. 제발…….

그 말에 삼촌은 힘이 쭉 빠지는 기분이었다. 그리고 모든 것을 포기한 듯 망연자실한 표정에 삼촌은 무너지듯 털썩, 무릎을 꿇고 어깨를 떨며 흐느껴 울었다. 앙다문 이빨 사이로 고통스런 신음소리가 흘러나왔고 굵은 눈물이 하염없이 뚝뚝 떨어져 내렸다. 이때 원정은 엎디어 우는 삼촌의 머리카락을 쓰다듬었다.

— 미안해. 미스터 권. 이게 다 자업자득이야. 그동안 내가 잘못 살아와서 그래.

삼촌이 올려다보니 원정의 퉁퉁 부은 눈에서도 눈물이 흘러내리고 있었다. 바닥엔 짐을 싸다 만 듯 옷가지가 비어져나온 커다란 트렁크가 내동댕이쳐져 있었다. 끝도 없는 사막을 걷듯 팍팍하고 목마른 여정으로 지칠 대로 지친 그녀의 소박한 희망은 그렇게 구석에 내동댕이쳐진 채 입을 벌리고 있었다. 그 모습이 마치 원정의 신산한 인생처럼 어수선하고 처참해 보였지만 삼촌은 그녀를 위해 자신이 해줄 수 있는 게 아무것도 없다는 무력감과 수치심에 하염없이 눈물만 흘렸다.

원정은 삼촌이 사다준 진통제를 먹고 새벽녘에야 겨우 잠이 들었다. 삼촌은 조용히 부서진 텔레비전과 테이블을 치우고 깨진 유리를 쓸어 방을 청소했다. 그리고 침대에 걸터앉아 잠든 원정을 지켜보았다. 눈물로 얼룩진 그녀의 상한 얼굴은 고통으로 일그러져 여배우만의 특별한 매력은 흔적도 없이 사라지고 없었다. 원정은 잠든 동안에도 악몽을 꾸는 듯 경기를 하는 아이처럼 자주 몸을 떨었다. 그럴 때마다 삼촌은 원정을 안아 어깨를 다독여주었다. 그리고 스스로를 달래듯 마음속으로 생각했다.

아무리 힘들어도 고통은 결국 지나가게 돼 있어.

그것은 일찍이 삼청교육대에서 삼촌이 생사의 시간을 견디며 자신을 향해 주문을 걸듯 끊임없이 되뇐 말이었다. 상처는 아물고 고통은 결국 지나갈 것이다. 그는 원정이 당한 고통이 차라리 자신의 것이었으면 하는 생각이 드는 한편, 시간이 흐르면 모든 고통을 잊고 언젠가 다시 환하게 웃을 날이 있을 거라고 애써 믿었다.

강가엔 안개가 자욱했다. 한치 앞도 보이지 않았다. 차갑고 끈적거리는 진흙이 기분 나쁘게 발목에 감겨 걸음을 떼기가 힘들었다. 물비린내가 안개에 섞여 폐부 깊숙이 스며들었다. 온몸이 축축해지는 기분이었다. 여기는 어디일까? 삼촌은 허우적거리며 한사코 앞으로 나가려고 했지만 진흙이 발에 들러붙어 좀처럼 바닥에서 떨어지지 않았다. 이때 눈앞에 희뿌연 형상이 나타났다. 안개가 짙어 삼촌은 눈을 가늘게 모으고 희미한 형체를 바라보았다. 안개를 헤치고 다가온 것은 한 여자였다. 그녀가 원정이었을까? 산발을 한 머리에 가려 얼굴이 또렷하지 않았다. 그녀는 하얀 슬립 하나만 걸치고 있었는데 추운 듯 오돌오돌 떨고 있었다. 그나마 옷이 여기저기 찢어져 몸을 제대로 가려주지도 못했다. 발아래를 내려다보니 신발도 신지 않은 채 맨발이어서 진흙이 잔뜩 묻어 있었다. 그리고 어딘가 심하게 다친 듯 몸을 제대로 가누지 못했다. 여자는 입술이 파랗게 질린 채 삼촌을 향해 손을 내밀었다. 부끄러운 듯 슬픈 표정이었다. 삼촌은 그녀를 안으려고 팔을 내밀었지만 두 사람 사이에 보이지 않는 막이 존재하는 것처럼 가까이 다가갈 수 없었다. 마치 자석의 같은 극이 서로를 밀어내듯 한 발짝 다가가면 한 발짝 더 멀어지는 식이었다. 삼촌은 안타까움에 필사적으로 손을 뻗었으나 끝내 여자의 손을 잡을 수 없었다. 얼마나 오래 실랑이를 했을까? 삼촌은 목덜미에 느껴지는 선뜩한 기운에 번쩍 눈을 떴다.

깜박 잠이 든 모양이었다. 삼촌의 눈앞엔 원정이 빠져나간 빈 침대만이 덩그러니 놓여 있었다. 삼촌은 화장실에 간 게 아닌가 싶어 화장실 앞에 가서 문을 두드렸다. 아무런 대답이 없었다. 문을 열어보니 안은 텅 비어 있었다. 혹시 급히 필요한 게 있어 집 앞 슈퍼에라도 간 게 아닐까? 그런데 몸이 그 지경인 상태로 어떻게? 다시 방으로 돌아와 창밖을 내다보니 새벽안개에 휩싸인 맞은편 빌딩들이 눈에 들어왔다. 그리고 그 아래 검푸른 강물이 서쪽으로 유유히 흐르고 있었다. 순간, 삼촌은 자신의 목덜미에 와 닿았던 선뜩한 기운이 무엇 때문인지 깨달았다. 그리고 곧 그보다 백 배, 아니 천 배쯤 더 강렬하고 불길한 예감으로 등줄기가 쭈뼛해졌다. 삼촌은 허겁지겁 신발을 꿰신고 밖으로 뛰어나갔다. 그의 발길은 무작정 강변으로 향했다. 심장은 마구 방망이질 치고 다리가 후들거렸다.

그가 강에 도착했을 땐 사방이 온통 안개에 휩싸여 있어 앞이 잘 보이지 않았다. 삼촌은 허둥지둥 눈으로 원정을 찾으며 강변을 따라 걸었다. 이따금씩 새벽운동을 나온 늙은이들에게 혹시 젊은 여자를 본 적이 있냐며 묻기도 했지만 다들 의아한 얼굴로 고개를 가로저을 뿐이었다. 안개가 짙어질수록 불길한 예감은 더욱 강렬해졌고 삼촌의 걸음은 점점 더 빨라졌다. 그러다 대교 아래 강둑에서 뭔가 희끗한 물체를 발견하고 우뚝 걸음을 멈춰 섰다. 멀찌감치 떨어진 곳에서 봐도 그것이 무엇인지 알아보기는 어렵지 않았다. 그것은 한 켤레의 신발이었다. 삼촌은 눈에 익은 신발을 향해 천천히 다가갔다. 짙은 안개 속에서도 유난히 반짝거리는 핑크색 에나멜 구두는 원정이 평소에 즐겨 신던 것으로 누군가 일부러 정리를 해놓은 듯 강둑에 그림처럼 얌전하게 놓여 있었다. 그 짙은 핑크빛 진실은 돌이킬 수 없이 너무나 선명해서 삼촌은 차마 그것을 정면으로 쳐다볼 엄두가 나지 않았다. 그래서 그 너머로 흐르는 어두운 강물을 바라보았다. 며칠 전 내린 비로 수위가 높아진 강물은 당장이라도 구두를 집어삼킬 듯 강둑 가까이 일렁이고 있었고 그 위로 짙은 물안개가 강을 따라 천천히 흘러가고 있었다.

*

　토끼가 사라진 이후, 동천의 주인은 명실 공히 종태였다. 그가 밀던 윤 의원이 국회의원 선거에 승리하면서 날개를 단 것이다. 이전에 토끼에게 대놓고 토끼라고 부르는 사람이 아무도 없었던 것처럼 이제 동천바닥에서 그를 절곤이라고 부르는 사람은 아무도 없었다. 공식적으로 배 사장으로 불리게 된 그는 단지 유흥업소에 빌붙어서 이권을 챙기던 토끼와 달리 주류 도매업뿐만 아니라 재개발과 관련된 건설업과 사설도박, 호텔경영 등 다양한 사업에 손을 대 점점 더 그 영향력을 키워가고 있었다. 이즈음 그는 클럽에서 일하던 한 밤무대 여가수와 조용한 빌라에 살림도 차려 난생처음으로 신혼처럼 달콤한 봄날을 만끽하고 있는 중이었다.

　한편, 오순은 폐위되어 궁궐 밖으로 쫓겨난 대비처럼 동천역 앞에서 혼자 쓸쓸히 다방을 운영하고 있었다. 정승 집 개가 죽으면 문상객들이 문전성시를 이루지만 막상 정승이 죽으면 개 한 마리 얼씬거리지 않는다더니 과연 토끼가 죽고 나자 다방엔 손님의 발길이 눈에 띄게 줄어 오순은 겨우 한두 명의 여종업원을 데리고 배달에 의존해 힘겹게 다방을 꾸려갔다. 그렇게 세상 사람들은 점차 토끼를 잊어갔지만 영락한 다방의 한쪽 벽엔 어떤 부적처럼 의족이 하나 걸려 있다. 그것은 오순이 토끼가 죽은 것으로 추정되는 연초건조장 옆에서 주워온 것이었다. 섬뜩하기까지 한 그 유품을 벽에 걸어놓은 이유는 유해조차 찾지 못한 토끼를 기리기 위한 것이기도 했지만 무엇보다도 토끼를 해친 자들에 대한 복수를 잊지 않기 위함이기도 했다.

　진정 복수는 복수를 낳고 피는 피를 부르는 법이던가! 어느 날,

라이거파의 조직원들인 듯 몇 명의 건달들이 다방에 와서 커피를 마셨는데 주방에서 우연히 그들이 나누는 대화를 엿듣던 오순은 놀라움과 분노에 그만 물을 끓이던 주전자를 바닥에 떨어뜨리고 말았다. 건달들은 자신들이 커피를 마시고 있던 그 다방이 토끼의 아지트였다는 사실을 전혀 알지 못한 채, 이태 전 국회의원 선거 즈음에 동천 외곽 산업도로변에서 있었던 의문의 교통사고에 대해 큰 소리로 떠들어댔다. 그것은 납치와 고문, 살인과 도주, 황산에 뼈와 살이 모두 녹아버린 한 불운한 사내에 대한 이야기였다. 토끼의 죽음에 관한 비밀이 모두 풀리는 순간, 오순은 그가 얼마나 끔찍한 고통 속에서 죽어갔을까 상상하며 눈물이 흘러내렸다. 그리고 자신도 모르게 입술을 힘껏 깨물어 주르르 피가 흘러내렸지만 얼음처럼 차가운 분노에 아픈 줄도 몰랐다.

이후, 오순이 어떻게 복수를 계획했는지에 대해선 정확히 들은 바가 없다. 다만 종태가 독극물에 중독되었다는 소식을 듣고 병원으로 달려갔을 때 나는 어떤 섬뜩한 예감처럼 오순의 얼굴이 떠올랐다.

그날 오후, 종태는 모처럼 당구장에서 부하들과 커피 내기 갬뻬이를 쳤다고 했다. 컨디션이 좋았는지 아니면 운이 좋았는지 종태는 모처럼 실력을 발휘해 쿠션에 가락꾸까지 단 몇 큐 만에 게임을 끝내고 호기를 부리며(니들 어디 가서 당구 친다는 얘기는 하지 말아라) 큐대를 내려놓았다. 이에 내기에서 진 부하들이 다방에 커피를 시켜 맛있게 커피를 나눠마셨다. 그리고 잠시 후, 종태는 다시 한 게임을 더 치기 위해 큐를 들었다. 그것이 마지막이었다. 그는 첫 큐를 치기도 전에 정신을 잃고 그 자리에 쓰러지고 말았다. 입에선 거품이 흘러나왔고 사지를 벌벌 떨며 눈동자를 허옇게 뒤집었다. 부하들이 급히 그를 떠메고 병원으로 달려갔을 땐 이미 독한 청산가리가 그의 내장을 모조리 녹이고 있는 중이어서 의사는 난감한 표정으로 고개를 가로저었다.

때마침 나는 주말을 맞아 집에 내려가 있는 중이었다. 급히 연락을 받고 병원으로 달려갔을 땐 이미 죽음의 그림자가 종태의 얼굴을 뒤덮고 있었다. 의사들도 치료를 포기한 듯 환자의 팔에 달랑 링거액 하나만 꽂아놓았을 뿐 별다른 조처도 취하지 않고 있었다. 보스의 사고 소식에 수십 명의 조폭들이 몰려와 병원을 점거했지만 짐승 같은 사내들이 화학에 대해, 그리고 인체의 신비에 대해 뭘 알겠는가? 그들은 그저 성난 황소처럼 씩씩대며 복도에서 서성거릴 뿐 저승으로 멀어져가는 종태를 이편으로 끌어당길 아무런 방도가 없었다.

그날 저녁, 경찰은 동천 역에서 기차를 타려던 오순을 검거했다. 종태 일행이 커피를 시킨 다방은 다름 아닌 오순이 운영하는 다방이었다. 그녀는 이미 다방을 정리해 아이와 함께 막 동천을 떠나려던 참이었다. 그들에게 커피를 배달해 준 여종업원은 이미 동천에서 사라지고 없었다. 오순은 토끼의 복수에 성공한 것으로 이미 할 일을 다 했다는 듯 순순히 수갑을 받았고 자신의 죄를 모두 자백했다. 다만 함께 당구를 친 건달들이 모두 같은 커피를 마셨는데 어떻게 종태만 중독이 되었는지 경찰이 그 이유를 물었지만 오순은 영업비밀이라며 굳게 입을 다물어 그 비결은 끝내 밝혀지지 않았다.

— 상구, 왔구나.

종태가 나를 알아보고 희미하게 웃어 보였지만 창백하게 굳은 얼굴엔 쉽게 미소가 지어지지 않았다. 나 또한 딱딱하게 굳은 표정으로 엉거주춤 침대 옆으로 다가갔다. 종태는 옆에 있던 부하들을 밖으로 내보냈다. 그리고 동거하는 밤무대 여가수인 듯 침대에 엎디어 울고 있던 여자에게도 잠깐 나가 있으라고 했다. 사자갈기처럼 요란한 파마머리에 짙은 화장을 한 그녀는 어찌나 울었는지 누구에게 얻어맞은 듯 눈이 퉁퉁 부어 있었다. 종태의 부하가 비틀거리는 그녀를 부축해 밖으로 나가 병실엔 종태와 나, 단둘만 남게 되었다.

― 미, 미안하다. 너한테 이런 모습, 보이고 싶지 않았는데…….

종태는 힘겹게 말을 하다 격렬한 고통이 찾아온 듯 인상을 찡그렸다.

― 괜찮아? 의, 의사 부를까?

내가 걱정을 하자 그는 손을 들어 제지하며 말했다.

― 놔둬. 힘든 것도 이제 얼마 안 남았어.

종태는 이미 모든 것을 체념한 듯 힘없이 말했다.

― 회사는 잘 다니니?

― 직장생활, 다 똑같지, 뭐.

당시 나는 제약회사에 입사해 정신없는 신입 시절을 보내는 중이었다.

― 옛날에 우리 아버지도 농약 먹고 죽었는데……. 참, 웃긴다. 그치?

종태가 아버지의 얘기를 꺼내자 나는 마음이 착잡해져 고개를 돌렸는데 문득 종태가 삼촌의 안부를 물었다.

― 삼촌은 잘 지내?

― 응? 뭐, 그냥저냥…….

― 나중에 삼촌 만나면 고맙다고 전해줘.

― 삼촌한테?

― 그래. 내가 몇 년 전에 삼촌한테 크게 신세를 한 번 진 적이 있거든.

종태는 선거 막바지에 걸려온 전화 한 통에 대해 이야기를 꺼냈다. 그 때문에 토끼를 잡게 되었다고. 목소리는 달랐지만 틀림없이 삼촌이 자신을 도와주기 위해 꾸민 일이라고 종태는 믿고 있었다. 그는 그 모든 일을 꾸민 장본인이 나였을 거라는 건 미처 상상도 하지 못했다. 하지만 그 계획의 끝에 어떤 비극이 기다리고 있을 줄은 나 또한 미처 상상치 못했던 일이었다. 그것은 내가 선배를 시켜 걸었던 전화 한 통으로 비롯된 것이었으며 얄궂은 운명은 내 손을 빌려 종태의 아버지와 종태를 모두 죽음의 나락으로 떨어뜨렸다. 그 결과 평생 도망가고자 했던 그 옛날의 악몽을 다시 꿈속으로 불러들였다. 나는 죽음을 앞둔 종태 앞에서 차마 진실을 털어놓을 수 없었다. 그를 도와주어 조금이라도 죄책감을 덜어보려고 했지만 그 호의적인 전화 한 통은 오히려 나에게 더 무거운 굴레를 뒤집어씌우고 말았다. 그 혼란과 죄의식에 나는 망연자실, 말없이 고개만 떨구고 있었다.

― 그런데 상구야.

종태가 잠시 숨을 고른 뒤 입을 열었다.

― 응, 왜?

― 난 옛날부터 이상한 게 하나 있었어.

― 그게 뭔데?

― 너 옛날에 내가 우리 소를 얼마나 열심히 보살폈는지 알지?

순간, 심장이 덜컥 내려앉는 기분이었다. 종태는 왜 죽어가는 마당에 십 수 년도 더 지난 얘기를 꺼내는 걸까?

─ 그, 그거야 알지.

─ 소가 수렁에 빠져서 죽고 난 다음에 난 너무 괴로워서 죽고 싶었어. 내가 잘못해서 소가 죽었다고 생각했거든. 그래서 아버지도 죽은 거고…….

아마도 종태의 입장에선 그랬을 것이다. 그리고 그 고통에 대해선 누구보다 내가 잘 알고 있었다.

─ 나는 평소에 혹시라도 고삐가 풀려 도망갈까 봐 끈을 두 번씩 단단히 옹쳐맸거든. 소가 죽고 난 다음에 나는 내가 끈을 묶던 그 장면을 수도 없이 생각했어. 한 번, 두 번…… 그래, 아무리 생각해도 난 분명히 두 번을 묶었어. 그게 또렷하게 기억나. 그런데 어떻게 고삐가 풀려 소가 도망갈 수 있었을까? 도망가서 수렁배미에 제멋대로 빠져 죽을 수 있었을까?

나는 차마 종태의 눈을 정면으로 쳐다볼 수 없었다.

─ 그러다 몇 년이 지나서 나는 문득 깨달았어. 소에게 손이 달려서 저 혼자 고삐를 풀지 않았다면 분명히 누군가 고삐를 풀어놓았을 거라고.

종태의 목소리가 떨고 있는 것이 청산가리 중독 때문인지, 오랫동안 가슴에 묻어왔던 비밀을 꺼냈기 때문인지 알 수 없었다. 하지만 내 몸은 그보다 더 강하게 떨리고 있었다.

─ 상구야.

종태가 부드럽게 내 이름을 불렀지만 나는 차마 대답을 할 수 없었다. 아니, 그를 쳐다볼 수조차 없었다.

─ 나를 봐봐.

조용하지만 위엄 있는 목소리였다. 나는 겨우 눈을 들어 종태의 창백한 얼굴을 쳐다보며 덜컥 겁이 났다. 혹시 그가 부하들을 시켜 나를 해치려고 계획한 게 아닐까? 그래서 나를 부른 게 아닐까? 이때 종태는 나를 향해 빙긋이 웃어 보였다. 그리고 말했다.

— 난 이미 오래전부터 알고 있었어. 그 산엔 우리 말고 아무도 없었거든. 그래서 한때는 네가 죽이고 싶도록 밉기도 했었지. 하지만 네가 옛날에 교도소로 면회 왔을 때 난 다 용서했어. 왜냐하면 우린 친구니까.

나는 울컥, 목이 메었다.

— 미, 미안하다. 어, 언젠가 마, 말을 하고 싶었는데…….

종태는 내 팔에 손을 얹어놓으며 말했다.

— 아냐, 나라도 말을 할 수 없었을 거야. 그래서 너도 나만큼 힘들었을 거야. 그때, 우린 다들 어렸잖아.

— 조, 종태야……

종태는 내 눈을 들여다보며 팔을 잡고 있는 손에 힘을 주었다.

— 이제 됐다, 상구야. 그만 가봐. 내가 너를 보자고 한 건 마지막으로 이 말을 꼭 해주고 싶어서였어.

그 힘이 마지막인 듯 말을 마치자 종태의 손에 힘이 풀렸다. 그리고 울컥, 피를 토해 내자 시트가 붉게 물들었다.

— 종태야!

종태는 눈을 감은 채 옆으로 쓰러졌다. 나는 의사를 부르러 갈 생각도 못한 채 종태를 끌어안았다. 그리고 십 수 년간 내 마음을 짓눌러온 무거운 죄의식이 폭발하듯 울음이 터져 나왔다.

그날 밤, 종태는 숨을 거두기 전 한 번 더 눈을 떴다. 그리고 우리는 잠시 옛날 얘기를 나누었다. 이소룡이 죽었을 때 추모제를 지내다 뱀에 물려 손가락이 구부러진 이야기와 삼촌에게 쌍절곤을 배우던 이야기, 그리고 올리브 선생의 집에 가서 처음 먹었던 샌드위치가 얼마나 맛있었는지에 대해……. 우리가 뒷동산에서 함께 쌍절곤을 돌리며 장난을 치던 시절은 아마도 종태의 짧은 생에서 가장 즐겁던 시절이었을 것이다. 그래서였을까? 그는 과거를 회상하며 잠시나마 죽음의 공포를 잊은 듯 행복한 미소를 짓기도 했다.

종태의 죽음은 그해 동천에서 일어난 가장 큰 사건이었지만 세상일이 대개 그렇듯 죽은 자는 쉽게 잊히고 그 자리는 새로운 인물로 대체되었다. 종태의 부하였던 부두목급 가운데 한 명이 두목의 자리에 올라서 조직은 그를 중심으로 빠르게 재편되었고 한때 동천의 패권을 놓고 치열한 전쟁을 치렀던 토끼와 종태는 모두 그렇게 역사의 뒤편으로 사라졌다.

종태의 장례식이 끝난 뒤, 나는 다시 서울로 올라왔다. 종태는 그때 왜 죽은 소 얘기를 꺼냈을까? 그가 죽기 전 마지막으로 한 일은 친구를 용서해 준 일이었다. 그래서 내 마음을 무겁게 짓눌렀던 돌을 치워준 일이었다. 그럼에도 불구하고 나는 여전히 오랫동안 죄책감에서 해방되지 못한 채 그 아이러니한 비극적 순환 고리에서 허우적거리고 있었다. 동구 형이 전화를 걸어온 것은 이즈음이었다.

*

당시 동구 형은 서소문에 있는 한 법률사무소에서 변호사로 일을 하고 있었다. 연수원 동기의 소개로 여자를 만나 결혼도 했다. 당연히 명문대 출신의 재원으로 형이 변호사가 아니었다면 감히 쳐다볼 수도 없는 부잣집 딸이었다. 두 사람은 강남의 아파트에 살며 잘생기고 똑똑한 아들도 하나 두었다. 모든 남자들이 꿈꾸는 인생이었다. 그래서 행복해야 마땅한 인생이었다. 하지만 어쩌다 고향집에서 만나는 형은 그리 행복해 보이지 않았다. 늘 불안하고 피곤해 보였다. 행복해 보이지 않는 건 변호사의 아내도 마찬가지였다. 그녀는 늘 짜증스런 표정이었고 불만에 가득 차 있었다. 형은 바쁘다는 핑계로 고향집과의 왕래가 점점 더 뜸해져 집안 대소사에도 빠지기 일쑤였다. 어쩌다 집에 내려와도 하루 종일 사랑방에서 잠만 자다 올라갔다. 이에 엄마와 아버지는 늘 형의 눈치를 살폈다. 그것이 출세만을 위해 달려온 촌놈의 한계였을까? 형과 나는 같은 서울 하늘 아래에 살았지만 일 년에 몇 번 얼굴을 볼까말까 할 만큼 사이가 소원해져 전화로 형의 목소리를 듣는 순간, 혹시 집안에 큰일이 생겼나 싶어 가슴이 덜컥 내려앉았다. 형은 잠깐 형식적인 안부를 묻더니 대뜸 삼촌이 경찰에 구속되었다는 얘기를 전해주었다.

— 사, 삼촌이? 왜?
— 살인혐의야.
— 사, 살인!

형은 애써 담담하게 말을 했지만 나는 그의 입에서 흘러나온 단어의 엄청난 기에 눌려 나도 모르게 말을 더듬었다. 그러고 보니 종태의 장례식 기간 중에 삼촌에게 연락이 닿지 않아 지방에 촬영이라도 갔나보다 했는데 그게 아닌 모양이었다.

삼촌이 경찰에 구속이 된 것은 원정이 오피스텔에서 사라진 지 일주일 뒤였다. 그날 새벽, 강변에서 원정의 구두를 발견한 삼촌은 급히 근처에 있는 수난구조대에 달려가 신고를 했다. 이에 잠수부들이 사흘 동안 다리 근처 강바닥까지 샅샅이 뒤졌지만 끝내 원정의 시신은 발견되지 않았다. 그들은 불어난 강물에 시신이 멀리까지 떠내려간 것으로 추정하고 수색을 중단했는데 며칠 뒤, 형사들이 삼촌을 찾아왔다. 그리고 엉뚱하게도 원정의 살해용의자로 삼촌을 체포해 경찰서로 연행했다. 그들의 주장에 의하면 평소에 원정에게 흑심을 품고 있던 삼촌이 원정을 찾아가 강간, 살해한 뒤 이를 은폐하기 위해 자살사건으로 위장했다는 거였다. 통상 시신이 발견되지 않은 살인사건은 있을 수 없었지만 여배우 실종사건은 대중의 호기심을 끌기에 충분해 기자들은 일주일 내내 선정적인 기사를 내보냈다.

기사의 논조는 삼촌을 아예 범인으로 단정하는 분위기였다. 그런데 문제는 시신이 없다는 거였다. 경찰은 삼촌이 시체를 모종의 장소에 유기한 것으로 추정, 그 장소가 어디냐며 거듭 삼촌을 닦달해 댔지만 없는 시체를 만들어낼 수는 없는 노릇, 수사는 공전을 거듭할 수밖에 없었다. 이에 기자들이 사건을 담당한 형사에게 범인이 자백을 했냐고 묻자 그는 살인범의 자백 따위가 무슨 문제냐며 혐의를 입증하는 데 아무런 문제가 없다고 주장했다. 이에 기자들이 다시 시신이 나왔냐고 묻자 버럭 짜증을 내며 아니 씨팔, 따질 거 다 따지고 밝힐 거 다 밝히면 도대체 범죄와의 전쟁은 누가 치를 거냐고 반문했다. 그래서 정의사회는 언제 구현하느냐는 거였다.

사람은 누구나 자신이 믿고 싶은 것을 믿는 법, 당시만 해도 용의자의 진술 같은 건 중요하지 않았다. 그것은 그저 수사과정에서의 요식행위일 뿐 진술과 증거는 얼마든지 만들어낼 수도 있고 없앨 수도 있는 거였다. 당시 경찰은 삼촌을 범인으로 믿고 싶어 했다. 왜냐하면 누가 미리 맞춰놓은 것처럼 어느 모로 보나 범인이 되기에 참으로 적절한 인물이었기 때문이었다. 아니, 범인이어야 마땅한 인물이었다. 그런데 증거 따위가 무슨 상관이란 말인가!

  지금까지 조사받느라고 피곤하셨죠? 이런 일이 원래 다 그런 거니까 너그럽게 이해하시고. 요즘은 뭐, 세상이 변해서 인권수사다 뭐다 해서 말도 많고 또 위에서 특별지시도 있고 하니까 우리 신사적으로다가 잘해봅시다. 생긴 거 보니까 누구 애먹이고 그러실 분은 아니네. 그렇죠? 하하하. 자, 여기 담배도 한 대 태우시고······. 음, 귀찮으시겠지만 한 번 더 여쭤볼게요. 이름이 권도운 씨 맞죠? 아, 뭐 확인 차원에서 물어보는 거니까 그냥 편하게 대답하세요. 진술내용을 보니까 권도운 씨가 피해자 집으로 찾아갔을 땐 이미 피해자가 누군가에게 강간을 당하고 구타를 당했다고 하셨네요. 얼굴도 면도칼로 막 그어놓고. 맞아요? 맞아, 안 맞아? 맞으면 맞는다고 대답을 해야지. 그런데 자고 일어나보니까 피해자가 사라지고 없었다는 얘기지? 맞아? 좋아, 여기까진 맞다 이거지. 그러니까 피해자가 나가는 걸 당신 눈으로 직접 본 건 아니네. 글쎄, 눈을 뜨고 자는 게 아닌데 어떻게 봐? 그럼 그렇게 얘기를 해야지. 한국말 몰라? 알면서 왜 말을 그런 식으로 해? 나 기분 이상해지게. 네가 지금 하는 말이 나중에 법정에서 증거로 쓰일 수도 있어. 그러니까 잘 생각해서 대답해. 뭐, 그렇다고 쫄 건 없고. 네가 진짜 떳떳하다면 겁날 것도 없잖아. 근데 잠깐, 왜 그렇게 말을 더듬어? 원래부터 그랬다고? 원래 그런 게 어디 있어? 사람이 뭔가 비정상적인 행동을 할 땐 다 이유가 있는 거야. 예를 들어서 뭔가 큰 죄를 지었다든가, 아니면 뭔가 거짓말을 하고 있다든가 하는 그런 이유 말이야. 알았어. 그건 나중에 조사하면 다 나오는 거니까 그렇다 치고, 어쨌든 이렇게 한번 생각해 보자고. 사람은 자기가 한 일을 다 기억하는 건 아냐. 술에 취해서 필름이 끊어졌을 수도 있고……. 뭐라고? 술은 안 마셨다고? 그래도 네가 기억을 못한다고 해서 반드시 아무 일도 안 한 건 아냐. 인간은 그렇게 완벽한 존재가 아니거든. 혹시, 주말의 명화에서 그런 영화 봤어? 제목이 뭐더라……. 하여간 범인이 호텔 주인인데 여자들을 막 죽여. 샤워하는데 몰래 들어가서 칼로 난도질을 하고 뭐, 그런 식인데 그놈은 자기가 죽인 게 아니라 자기 엄마가 죽였다고 생각하는 거야. 자기 엄마는 옛날에 벌써 죽었는데 말이야. 나중에 알고 보니까 그 새끼가 이중인격자였던 거야. 이중인격자. 아, 그래! 생각났다. 그 영화 제목이 싸이코였어. 싸이코. 그거 좆 나게 무서운데…… 못 봤다고? 하여간 사람은 그럴 수도 있다는 거야. 내가 경찰 생활 이십 년에 별 미친놈들을 다 봤거든. 어떤 새끼는 자기 마누라를 죽였는데 시체를 어떻게 했는지 알아? 잘게 썰어서 김치에 넣고 버무렸어. 젓갈 담그듯이. 하여간 내 얘기의 요지는 뭐냐 하면 네가 여자를 죽였는데 기억을 못할 수도 있다는 거야. 글쎄, 그건 그렇다 치고 그러니까 일단 여자를 때리고 강간을 한 건 맞지? 응? 어떻게든 따먹고 싶은데 그냥 말로 해서는 안 주니까 막 두들겨 팬 거잖아. 옷도 찢고……. 그게 아니라고? 휴, 미치겠네. 너, 내가 신사적으로다가 대해주니까 여기가 얼마나 무서운 덴지 모르지? 작년에도 여기서 일곱 명이 죽어 나갔어. 정부에 비협조적인 새끼들 잡아다 물도 먹이고, 노조 만든다고 깝치는 새끼들 잡아서 거꾸로 매달고. 우리가 이렇게 밤새서 고생을 하는데 네가 이 개새끼야, 협조를 안 하면 내가 아무런 보람이 없잖아. 보람이. 응? 내가 씨발, 경찰생활 이십 년 만에 너 같은 이중인격자는 처음 본다. 이 악질 사이코 새끼야!

경찰은 삼촌이 범인이라고 굳게 믿고 있었다. 출신도 그랬고 직업도 그랬고 생긴 것도 그랬다. 그런데 자백을 안 하니 울화통이 터졌다. 그래서 때렸다. 협박도 하고 고문도 했다.

원정의 시신은 어디쯤 흘러가고 있을까? 이미 바다에 이르러 물고기 밥이 되었을까? 삼촌이 고통스러운 건 구타가 아니었다. 고문도 아니었다. 수건을 얼굴에 뒤집어쓴 채 고춧가루 물을 들이마셔도 그건 마음 깊숙한 곳에서 느끼는 고통에 비하면 아무것도 아니었다. 그가 괴로운 것은 육체적 고통이 아니었다. 그의 고통은 바로 옆에 있으면서도 끝내 원정을 지켜주지 못했다는 죄책감이었다. 그리고 그녀를 위해 아무것도 해줄 게 없다는 자괴감이었다.

삼촌이 유치장에 있는 동안 면회를 할 기회가 한 번 있었다. 변호를 맡은 형이 힘을 쓴 덕분이었다. 짧은 구금기간이었지만 삼촌은 얼굴에 살이 쏙 빠진 데다 초췌하게 그늘이 져 있어 십 년은 더 늙어 보였다. 얼굴 여기저기엔 퍼렇게 멍이 들어 있었다. 그의 넋은 저 멀리 낯선 공간을 떠도는 듯 푹 꺼진 눈엔 아무런 생기도 없었다. 대신 처음 보는 기이한 광채가 어른거려 왠지 섬뜩한 기분이 들었다. 뿌연 유리창 너머에서 삼촌은 아무런 말도 없이 그저 허공만 응시하고 있었다. 태산처럼 무거운 침묵이었다. 나는 어쩔 수 없이 옛날에 종태에게 처음 면회를 갔을 때의 일이 떠올랐다. 유리창 너머의 얼굴은 바뀌었지만 면회객의 마음이 착잡한 건 마찬가지였다.

나는 조심스럽게 종태의 죽음에 대해 이야기를 꺼냈다. 얘기를 꺼낼 계제는 아니었지만 왠지 삼촌에게는 진실을 알려야 할 것 같았기 때문이었다. 그런데 뜻밖에도 내 얘기를 들은 삼촌은 그의 죽음에 대해 이미 예견하고 있었다는 듯 별반 놀라는 기색이 없었다. 그는 일찍이 종태의 운명이 그렇게 자신의 그것처럼 평생 격랑에 휩쓸리다 저 깊은 여울 속으로 사라져갈 것을 이미 간파하고 있었던 걸까? 한동안 무겁게 고개만 끄덕이던 그는 면회시간이 끝나자마자 급히 등을 돌려 접견실을 빠져나갔다. 그때야 비로소 나는 삼촌이 오래전 동천을 떠나며 그가 아끼던 쌍절곤을 종태에게 준 의미를 조금은 이해할 수 있을 것 같았다.

삼촌이 이소룡을 다시 만난 것은 유치장 안에서였다. 눈을 떴을 때, 누군가 창가에 기대 서서 침상에 누워 있는 자신을 물끄러미 내려다보고 있었다. 밤새 뒤척이느라 벌겋게 충혈된 눈을 비비며 쳐다보니 이소룡이었다. 중국식 도복을 입은 그는 미동도 않고 팔짱을 낀 채 특유의 당당한 자세로 삼촌을 굽어보고 있었다. 그를 마지막으로 본 건 오디션을 보러 홍콩으로 떠나기 전 중국집 뒤뜰에서였으니 실로 십 년도 더 지난 일이었다. 햇빛을 등지고 있어 그의 표정을 볼 순 없었지만 그는 뭔가 못마땅한 듯 얼굴을 외면한 채 서 있었다. 그동안 자신은 뭘 했던가? 삼촌은 차마 이소룡을 대면할 용기가 없어 자신도 모르게 고개를 떨구었다. 그의 뒤를 따라가겠다던 꿈은 물거품이 되고 사랑하던 이는 죽어 저승을 떠도는데 자신은 이렇게 무력하게 감방 안에 갇힌 채 아무것도 할 수 없다니……. 삼촌은 자신의 처지가 부끄럽고 억울해 조금씩 어깨를 떨며 흐느끼기 시작했다. 원정이 죽었을 때도 흘리지 않았던 눈물이었다. 아니, 차마 흘릴 수 없었던 눈물이었다. 그런데 이소룡을 만난 그날 아침, 그 모든 슬픔과 분노, 답답함과 안타까움이 폭발하듯 울음이 터져 나왔다.

 한동안 우는 모습을 지켜보던 이소룡은 어느 정도 울음이 잦아들자 삼촌에게 다가와 어깨에 가만히 손을 얹었다. 눈물이 그렁그렁한 눈으로 올려다보니 이소룡의 얼굴에는 안타까움이 가득했다. 그리고 그 안타까운 눈길 너머엔 뭔가 알 수 없는 분노가 이글거리고 있었다. 그는 삼촌을 다그치듯 자리에서 일으켜 세워 어깨를 힘껏 움켜쥐었다. 마치 사내자식이 질질 짜기나 하고 있을 거냐고 책망하듯 눈빛이 단호했다. 이에 삼촌이 울음을 멈추고 이소룡을 정면으로 쳐다보았다. 동시에 이소룡의 손을 통해 어떤 강한 기운이 온몸에 전해져오는 것을 느꼈다. 가슴이 뜨거워지고 심장은 빠르게 뛰었다. 뭔가 막혔던 기가 뚫리는 기분이었다. 이때 삼촌은 비로소 그 모든 고난과 슬픔이 무엇 때문이었는지, 그간의 인생이 무엇을 위해 예비되었는지 깨달았다. 그리고 그 긴 방황과 불운의 끝에 무엇이 기다리고 있는지도 알 것 같았다.

 그때까지도 삼촌의 인생은 어떤 고약한 운명에게 발목이 붙잡혀 질질 끌려 다니는 형국이라고 할 수 있었을 것이다. 주먹은 누구보다 강했지만 실제로 그는 더없이 나약하고 우유부단한 인물이었다. 언제나 불행에 대해 먼저 생각했고 늘 실패에 대한 예감이 뒤따라 다녔다. 그래서 체념과 좌절을 반복하며 살아온 나날들이었다. 그런 그에게 충무로는, 아니 세상은 알 수 없는 괴물이었다. 거칠고 교활

했으며 사악하고 잔인했다. 삼촌의 유린당한 영혼은 온갖 상처와 환멸, 수치심과 패배감으로 이미 깊게 병들어 있었다. 하지만 이소룡이 자신의 어깨를 잡던 그 순간, 마치 개안을 하듯 삼촌은 자신이 뭘 해야 하는지에 대해 강한 깨달음을 얻었다. 모든 건 명백해졌고 더 이상 혼란스러운 건 없었다. 그리고 아무것도 두렵지 않았다. 그 벅찬 깨달음에 삼촌은 다시 한 번 뜨거운 눈물을 흘렸다.

*

접견실로 들어서니 처음 보는 낯선 사내가 한 명 앉아 있었다. 삼촌은 동구 형이 보낸 변호사가 아닐까 싶어 말없이 고개를 숙이고 자리에 앉았다. 구속된 지 한 달이 넘은 시점이었다. 이때 상대가 유리창 앞으로 바짝 다가앉으며 입을 열었다.

— 이봐, 도운이. 내가 누군지 모르겠는가?

그제야 삼촌은 고개를 들어 상대의 얼굴을 정면으로 쳐다보았다. 그리고 곧 그가 누군지를 알아보고는 놀라 눈을 크게 떴다.

— 저, 정 기자님……!

그간 세월이 흐르고 머리를 기른 탓에 삼촌은 처음에 앞에 앉은 중년의 사내가 누군지 알아보지 못했다. 하지만 두꺼운 안경알 너머로 반짝이는 눈을 보고 곧 그가 삼청교육대에서 만났던 정 기자라는 것을 알아보았다.

— 그래, 신문에서 이름을 보고 왠지 자네일 거라는 생각이 들었는데 내 예감이 맞았구먼.

정 기자는 헤어진 지 십 수 년 만에 다시 만난 반가움에 눈물을 글썽였지만 삼촌은 다시 영어(囹圄)의 몸이 되어 만난 그 기구함에 말없이 고개를 떨어뜨렸다.

— 내가 경찰서에 드나드는 사회부 쪽 기자들한테 자세히 알아봤어. 그런데 시체도 나오지 않았다고 하더군. 그러니까 이건 말도 안 되는 사건이야.

정 기자는 혼자 흥분해서 울분을 토했지만 삼촌은 그의 말을 듣는 둥 마는 둥 고개만 숙이고 있었다.

— 내가 자네한테 한 가지만 물어보겠네. 정말로 자네가 그 여배우를 죽인 건가?

그제야 삼촌은 고개를 들어 정 기자를 정면으로 쳐다보았다. 그리고 말없이 고개를 가로저었다.

— 그래. 자네가 절대 그럴 사람이 아니지. 내가 알기로 자넨 개미 한 마리 못 죽이는 사람인데 그런 끔찍한 짓을 했을 리가 없어. 암, 그렇고 말고. 그런데 정황증거가 너무 많아. 그 집엔 온통 자네 지문뿐이고 폭행의 흔적도 있고, 또 그 여자가 사라지기 전에 자네가 그 집에 들어가는 걸 봤다는 목격자도 있고…….

정 기자는 골치가 아픈 듯 머리를 가로젓다 삼촌을 똑바로 응시하며 말했다.

— 옛날에 자네가 삼청교육대에서 나에게 그런 말을 한 적이 있지? 그때 우리가 아주 힘도 세고 덩치도 큰 놈에게 제대로 걸려들었다고. 하지만 무사히 교육을 마치고 보란 듯이 걸어서 나가면 그게 바로 그놈에게 본때를 보여주는 거라고. 그때 말은 안 했지만 그 말이 나에겐 정말 큰 힘이 되었어. 그러니까 자네도 절대 포기하면 안

돼. 무슨 말인지 알겠지?

정 기자의 말에 삼촌은 말없이 고개를 끄덕이다 문득 생각이 난 듯 말했다.

― 근데 그건 제 말이 아니라 이소룡이 한 말인데요.

― 그런가?

삼촌의 엉뚱한 말에 정 기자는 피식 웃음을 지어보였다.

삼촌이 경찰서에서 풀려난 것은 정 기자가 면회를 다녀간 지 보름만의 일이었다. 그간 정 기자는 불법구금과 수사과정에서의 가혹 행위에 대해 연일 기사를 써댔고 그 기사를 받아 다른 진보성향의 언론사들도 앞다투어 삼촌의 사건에 대해 다루었다. 당시 수사기관은 필요하면 어떤 진술도 받아낼 수 있고 또 필요하다면 어떤 증거도 만들어낼 수 있었지만 없는 시신까지 만들어낼 수는 없는 모양이었던지 구속된 지 두 달 만에 증거불충분을 이유로 슬그머니 삼촌을 집으로 돌려보냈다. 경찰은 사건을 단순실종으로 잠정 결론지어 수사를 종결했는데 그것은 때마침 군사정부가 대선을 앞두고 있어 여론이 나빠지는 걸 경계한 때문이기도 했다. 자칫하면 살인죄로 누명을 쓰고 평생 감옥에서 보낼 수도 있는 한편, 사람을 죽여도 줄만 있으면 무죄로 풀려날 수도 있는 어이없는 세상이었다.

삼촌이 풀려나던 날, 형과 나는 경찰서 앞으로 삼촌을 마중 나갔는데 정 기자도 두부를 사들고 와 삼촌을 기다렸다. 잠시 후, 삼촌이 초췌한 모습으로 경찰서에서 나와 두 사람은 삼청교육대에서 헤어진 뒤 실로 십여 년 만에 다시 손을 맞잡았다. 그 자리가 하필이면 경찰서 앞이어서 정 기자는 그 기구함과 반가움에 삼촌을 끌어안고 눈물을 글썽였다. 그날 우리는 충무로로 자리를 옮겨 술을 마셨는데 정 기자는 우리에게 삼촌은 자신의 목숨을 살려준 은인이라며 삼청교육대에서 교육을 받는 동안 그가 죽음을 무릅쓰고 자신을 대신해 X자 표시가 되어 있는 옷으로 바꿔 입은 이야기를 들려주었다. 그날 정 기자는 삼촌을 만난 반가움에 권커니 잣거니 잔을 비우다 대취를 했으나 삼촌은 핑크색 에나멜 구두를 벗어놓고 강물 속으로 사라진 원정에 대한 생각 때문이었는지 그 많은 술을 마시고도 정신이 말짱했다. 이따금 옆을 돌아보면 뭔가 딴 생각에 빠진 듯 멍한 눈빛엔 몇 달 전 면회를 갔을 때 보았던 그 기이한 광채가 여전히 사라지지 않고 있었다. 그것이 단지 인생에서 비극적인 특성만을 찾아내 그것을 부풀리고 집착하는 나만의 못된 습성 때문이었을까? 그의 눈빛에서 뭔가 불길한 기운이 느껴져 나는 마음이 편치 않았다. 다행히 삼촌은 누명을 벗었고 모든 게 잘 끝났는데도 뭔가 아직 중요한 이야기가 남아 있는 듯 석연치 않은 기분이 들었던 것이다. 묵묵히 술만 마시던 삼촌은 문득 사이다를 앞에 놓고 홀짝거리던 동구 형을 쳐다보며 입을 열었다.

— 고맙다. 동구야. 네가 애를 많이 썼던데…….

— 내가 애쓴 게 뭐 있어?

동구 형은 쑥스러운 듯 시큰둥하게 받았다. 이때 삼촌의 입에서 뜻밖의 말이 흘러나왔다.

— 피도 한 방울 안 섞였는데 그래도 삼촌이라고 변호를 맡아주고…….

— 아, 글쎄. 난 애 쓴 거 없다니까.

형은 남은 사이다를 컵에 따라 벌컥벌컥 들이켰지만 나는 뭔가 뒤통수를 얻어맞은 듯 어리둥절한 기분이었다. 아무리 배 다른 자식이라지만 삼촌 또한 엄연히 할아버지의 씨가 아니던가! 그런데 피 한 방울 안 섞였다는 건 무슨 뜻이지? 나는 어안이 벙벙해 두 사람을 번갈아가며 쳐다보았지만 둘은 고개를 돌린 채 말없이 술잔만 기울였다.

정 기자가 택시를 타고 떠나고 삼촌과도 헤어져 돌아오는 길에 나는 동구 형을 붙잡고 물었다.
— 아까 그게 무슨 소리야?
— 뭐가?
— 삼촌이 그랬잖아. 피도 한 방울 안 섞였다고.
— 아, 그냥 하는 소리야. 유치장에서 막 나와서 정신이 없나보지뭐.

동구 형은 귀찮다는 듯 승용차 문을 열었지만 나는 재빨리 문을 막아섰다.
— 씨발, 그냥 하는 소리가 아니잖아! 도대체 그게 무슨 소리냐고?

그제야 동구 형은 차문을 닫고 차에 등을 기댔다.
— 담배 있냐?

내가 주머니에서 담배를 꺼내 건네자 평소에 담배를 피우지 않던 형이 담배 연기를 길게 뿜어내며 입을 열었다.
— 넌 한 번도 그런 생각해 본 적 없니?
— 무슨 생각?
— 왜 삼촌이 우리랑 닮은 데가 한 군데도 없는지.

― 그, 그거야…….
― 그건 삼촌이 우리랑 배만 다른 게 아니라 씨도 다르기 때문이야.
― 씨가?
― 그래. 삼촌은 할아버지 자식이 아냐. 삼촌 엄마가 할아버지를 만나기 전에 먼저 만나던 남자가 있었어. 그러니까 할아버지를 만났을 때는 이미 삼촌이 태어났을 때야.
― 그럼 삼촌이 그동안 우리 식구들을 다 속였다는 거야?
― 아니. 할머니가 속인 거지. 할머닌 처음 삼촌이 집에 찾아왔을 때부터 다 알고 있었어. 그런데 피도 한 방울 안 섞였다고 하면 누가 받아주겠니? 그래서 삼촌이 할아버지의 친자식인 것처럼 사람들을 속였지. 그런데 나중에 할아버지랑 같이 다니던 장사 패 중의 한 명이 지나가다 집에 한 번 들른 적이 있었어. 그때 모든 사실이 다 밝혀진 거야.

형은 담담하게 사실을 털어놓았다.

― 엄마, 아버지도 이미 알고 있었어?
― 아마 그렇겠지. 나도 나중에 커서 당숙들끼리 하는 얘기를 우연히 엿듣고 알았으니까.
― 그러니까 결국 나만 모르고 있었던 거네?
― 아마 그럴걸?

동구 형은 담배를 발로 비벼 끈 후 차문을 열고 올라타며 말했다.

― 근데 피가 섞였든 말든 이제 와서 그게 무슨 상관이겠니? 어차피 다 지난 얘긴데…….

그거야 그렇지만…….

형이 차를 몰아 술집 앞을 떠나고 나자 갑자기 뒤늦게 취기가 올라왔다. 그리고 뜻밖의 시점에 뜻밖의 진실을 알게 된 나는 자리를 떠날 생각도 않은 채 담배를 한 대 더 피워 물었다.

*

그날 이후, 삼촌은 자취를 감춰 한동안 모습을 보이지 않았다. 여러 번 전화를 걸어도 받지 않아 주말에 한 번 집으로 찾아가기도 했지만 중국집 문은 굳게 닫혀 있었다. 문을 두드려도 안에선 아무런 인기척이 없었다. 나는 집을 비운 채 지방 촬영이라도 갔나보다며 편하게 생각하려고 했지만 그날 보았던 기이한 광채와 비장함으로 번득이던 삼촌의 눈빛이 떠올라 마음 한편에서 점점 더 자라나는 불안감을 떨치기 어려웠다.

— 어디 여행이라도 갔나보지, 뭐.

아영이 스파게티를 포크에 말아 입에 쏙 넣으며 말했다. 그녀는 나와 같은 회사의 홍보부에 근무하는 직장 동료로 몇 달 전부터 사원들의 눈을 피해 몰래 만나는 사이였다.

— 글쎄, 그러면 좋겠는데…….

— 근데 자기는 왜 만날 삼촌에 대해서 걱정해? 어린애도 아닌데…….

— 삼촌이 어린애 같은 데가 있어서 그래. 내가 아는 한 삼촌만큼 순수한 사람이 없거든.

내 말에 아영이 피식 콧방귀를 뀌며 말했다.

— 그런데 사실 그런 사람이 제일 골치 아픈 거 알아?

— 뭐가 곰치가 아파?

— 본인만 순수하면 뭐해? 어른이 되면 자신에 대해서나 주변에 대해서 책임질 줄 알아야지. 대개 순수한 척하는 사람들이 결과적으론 가까운 사람들에게 피해를 줄 때가 많아.

— 삼촌이 무슨 피해를 줘?

— 지금도 그렇잖아. 조카에게 걱정이나 끼치고.

아영은 매사에 계산적이어서 반드시 준 만큼 돌려받고 무엇에든 다치지 않을 만큼 충분한 거리를 두어 자신을 지킬 줄 아는 서울깍쟁이였다. 대신, 자신이 신세를 진 만큼 반드시 갚아주려는 자존감과 자신의 영역에 속해 있는 것에 대해선 철저히 사랑하고 통제하려는 소유욕을 가진 여자였다. 그 영역 안에는 물론 나도 포함되어 있었는데 그녀가 보기에 내가 가진 가장 큰 매력은 아마도 형이 변호사라는 사실이었을 것이다. 나는 그녀의 그런 속물적인 면에 가끔 실망도 했지만 그녀의 매력과 애교는 그런 실망감을 능히 상쇄하고도 남음이 있었다. 그녀가 가진 최고의 미덕은 무엇보다도 생에 대한 의심 없는 열정과 자신이 인생에 대해 쏟아붓는 노력만큼 반드시 보상을 받겠다는 확고한 의지였다. 그것은 이미 늙기도 전에 죄의식과 무기력으로 시들어가고 있는 나의 삶에 활기를 불어넣어주는 한편, 내 병든 영혼을 생의 이편으로 강력하게 끌어당기는 힘이 있었다. 그것을 나는 신촌 뒷골목의 어느 모텔 방에서 깍쟁이처럼 군살 하나 없이 매끄러운 그녀의 몸을 더듬는 동안 선연하게 깨달았다. 그리고 나의 본능 또한 이미 오래전부터 그것을 간절하게 원하고 있다는 것을! 그렇게 나는 내 마음속 깊이 자리 잡고 있는 우울과 무기력을 내 몸 바깥으로 조금씩 밀어내고 있었다.

며칠 뒤, 중국집으로 다시 찾아갔을 때 삼촌은 뜻밖에도 뒤꼍의 배롱나무 아래서 웃통을 벗어젖힌 채 무술연습에 한창이었다. 실의에 빠져 술이나 마시고 있을 거라고 생각했던 나는 예상 밖의 모습에 놀라 말없이 문 뒤에서 그의 모습을 지켜보기만 했다. 한때 날렵했던 그의 몸은 오랫동안 운동을 쉰 탓에 군살이 잔뜩 붙어 있었다. 발차기도 힘겨운 듯 얼굴은 땀범벅이 되었고 거친 숨소리가 뒤꼍을 가득 채웠다. 하지만 그의 표정은 시합을 앞둔 권투선수처럼 비장하고 진지했다. 그는 자신이 처음 운동을 시작할 때 배웠던 기본적인 동작을 복습하듯 신중하게 반복하고 있었다. 삼촌은 왜 뒤늦게 무술연습을 다시 시작한 걸까? 유치장에 있는 동안 굳어진 몸을 풀려는 걸까? 아니면 아무도 모르는 자신만의 새로운 목표가 생긴 걸까?

— 어, 언제 왔니?

문득 눈이 마주치자 삼촌은 쑥스러운 듯 웃으며 운동을 멈추고 수건으로 땀을 닦아냈다.

— 방금 왔어. 근데 무슨 일 있었어? 전화도 안 받고…….

— 응, 어디 좀 다녀왔어.

— 어딜 다녀와?

내가 묻는 말에 삼촌은 대답도 않고 웃통을 걸치더니 내 어깨를 툭 치며 말했다.

— 밥 안 먹었지? 요 앞에 가서 저녁이나 먹자.

잠시 후, 삼촌은 나를 집 근처의 곰탕집으로 데려갔다.

— 이 근처에선 이 집 곰탕이 제일 맛있어. 국물도 진하고.

그는 이전과 달리 얼굴이 매우 편안해 보여 나는 조금 의아한 기분이었다.
　― 근데, 어디 다녀온 거야?
　― 동천에 갔다 왔어.
　그는 담담하게 대답했다. 뜻밖이었다.
　― 동천?
　― 응, 거기도 많이 변했더라.
　― 그럼 집에도 들렀어?
　― 당연하지. 근데 형님도 기력이 예전 같지 않으시더라. 허리가 아파서 통 일도 못하시는 모양이야.
　고향 얘기에 마음이 무거워진 나는 말없이 국물만 떠 넣었다.
　― 형수님이 네 걱정 많이 하시더라. 빨리 결혼도 해야 되는데 여자가 있는지 어떤지 말도 안 한다고……. 근데, 진짜 만나는 여자 없니?
　― 뭐, 있긴 있는데…….
　― 그럼, 괜히 이것저것 재지 말고 결혼부터 해. 남자는 그래야 진짜 어른이 되는 거야.
　나는 어쩐 일로 삼촌이 어른스러운 소리를 다 하나 싶었다. 그는 무슨 생각에 동천을 내려간 걸까? 오래전 동천을 떠난 이후, 그는 좀처럼 고향을 찾지 않았다. 고향은 절대 그에게 그립고 포근한 어떤 곳이 아니었다. 그런데 교도소에 가 있는 동안 뭔가 심경의 변화라도 일으킨 걸까? 삼촌은 묵묵히 곰탕 국물을 퍼먹다 불쑥 입을 열었다.
　― 아들 만나고 왔어.
　― 아들? 무슨 아들?

— 너 기억나는지 모르겠지만 옛날에 왜 오순이라고 호떡장수 동생 있잖아.

— 그럼, 알지.

나는 그녀가 종태를 살해한 죄로 교도소에 가 있다는 걸 삼촌이 아는지 어떤지 궁금했지만 따로 묻지는 않았다.

— 사실 그때 사고를 쳐서 애가 생겼거든.

삼촌에게 애가 있다는 얘기는 금시초문이어서 나는 숟가락질을 멈추고 삼촌의 입을 바라보았다.

— 내가 죽일 놈이지. 애 밴 여자를 버려두고 나 몰라라 도망을 갔으니……. 얼마 전에 만나보니까 많이 컸더라. 벌써 고등학교에 들어갔어.

삼촌은 곰탕 국물을 훌훌 마시면서 함부로 꺼내기 어려운 어두운 비밀을 마치 축구 얘기하듯 가볍게 줄줄이 털어놓았다.

— 그 애 이름이 영수야, 영수. 물론 나하고 성은 다르지만.

삼촌은 나에게 아이의 이름을 각인시키듯 두 번이나 힘주어 말했다. 그는 왜 이제 와서 갑자기 아이의 얘기를 꺼낸 걸까? 혹시 나중에 무슨 일이 생길 것에 대비해 나에게 그의 존재를 알아두라는 의중이었을까?

삼촌이 자신의 친아들을 찾아갔을 때 영수는 호떡장수를 하던 오순의 오빠에게 맡겨져 학교를 다니고 있었다. 자신을 길러준 의부가 죽고 오순마저 교도소에 수감돼 오갈 데가 없게 된 그를 외삼촌이 거둬준 거였다. 삼촌은 학교 앞에서 기다리다 수업이 끝나고 나오는 아이를 만났다고 했다. 그는 어느새 고등학생이 되어 교련복을 입고 있었는데 입가에 자라 있는 꺼뭇한 수염을 보며 삼촌은 가슴이 덜컥 내려앉는 기분이었다. 벌써 세월이 이렇게 빨리 흘렀단 말인가! 한껏 삐딱하게 눌러쓴 모자에 통을 꼬챙이처럼 좁게 줄인 바지, 불량기가 있어 보이는 눈빛은 어느 모로 보나 모범생처럼 보이지는 않았다. 삼촌은 아이에게 자신을 토끼의 친구라고 소개했다. 아이는 죽은 아버지의 친구라는 말에 잠깐 표정이 어두워졌지만 저녁을 사준다는 말에 엉거주춤 삼촌을 따라가 삼겹살집에서 두 사람이 마주 앉았다고 했다. 비록 녹으면서 물이 뚝뚝 떨어져 삶는 건지 굽는 건지 구분할 수 없는 냉동삼겹살이었지만 한창 성장 중인 아이는 혼자 3인분을 거의 다 먹어치우고도 아쉬운 듯 젓가락을 내려놓지 않아 추가로 2인분을 더 시켜주었다. 함께 산 적은 한 번도 없지만 삼촌은 처음으로 아비가 된 심정이 어떤 건지 어렴풋이 알 것 같은 기분에 밥을 먹는 내내 아이에게서 눈을 뗄 수 없었다. 오순과 자신을 닮아 키가 작았지만 딱 벌어진 어깨에 다부진 체격이었다. 그리고 자라온 환경이 순탄치 않은 아이에게서 흔히 볼 수 있는 때 이른 체념과 반항기가 엿보였다. 그 모습이 자신의 어린 시절과 겹쳐져 삼촌은 마음이 더욱 무거웠다. 하지만 그의 인생에 자신이 개입할 여지는 전혀 없었다. 그 또한 어쩔 수 없는 기구한 부자의 운명이었다.

저녁을 먹고 난 뒤, 삼촌은 영수를 데리고 신발가게에 가서 나이키 운동화를 한 켤레 사주었다. 당시 학생이라면 누구나 갖고 싶어 하는 신발이었다. 삼겹살을 먹는 동안에도 내내 경계심을 풀지 않던 아이는 그제야 삼촌을 향해 고맙다는 듯 쑥스러운 미소를 지어 보였다. 삼촌은 시장 입구에 서서 새 나이키 운동화를 신고 발걸음도 가볍게 멀어지는 아이의 뒷모습을 오래도록 지켜보았다. 가혹하면 가혹한 대로 신산스러우면 신산스러운 대로 아이는 자신의 인생을 꾸려갈 것이다. 삼촌은 아이를 다시는 만날 일이 없을 거라는 생각에 마음이 한없이 착잡한 한편, 그래도 마지막으로 밥이라도 한 끼 먹을 수 있어서 참 다행이라고, 따지고 보면 그나마도 고마운 일이라는 생각이 들었다고 했다.

— 상구야.

삼촌은 곰탕 국물을 바닥까지 훌훌 마신 후, 뚝배기를 내려놓으며 말했다.

— 너, 생각나니? 옛날에 내가 오디션 보러 홍콩에 갈 때 네가 사이다하고 찐 계란 사주면서 그런 얘기한 적 있지? 삼촌은 그냥 너한테 삼촌이라고. 이소룡이든 뭐든 따로 뭐가 될 필요도 없고 그냥 삼촌이면 된다고.

그랬던가? 나는 모아놓은 용돈으로 찐 계란과 사이다를 사준 것은 기억이 났지만 우리가 무슨 얘기를 주고받았는지는 생각나지 않았다.

— 아직도 그 마음은 변함없는 거지? 그러니까 삼촌이 이소룡도 못 되고 그냥 다찌마리 배우로 빌빌거려도, 그리고 우리가 피 한 방울 안 섞였어도 삼촌은 여전히 삼촌인 거지?

그는 미소를 띠고 있었지만 나를 바라보는 눈빛이 가볍게 흔들렸다. 나는 삼촌을 마주보며 천천히 고개를 끄덕였다. 그러자 삼촌은 빙그레 웃으며 계산서를 들고 자리에서 벌떡 일어섰다.

— 그럼, 됐다. 밥값은 내가 낼게.

*

 삼촌이 충무로에서 떠도는 이상한 소문을 들은 것은 다름 아닌 장 관장의 입을 통해서였다. 어느 날 둘이 술을 마셨는데 그때 그는 다른 술자리에서 들은 이상한 풍문에 대해 전해주었다. 그것은 검은 복면을 뒤집어쓴 두 명의 사내가 출연하는 16밀리 필름에 대한 이야기였다.

 조명을 쓰지 않아 화면이 어둡고 거칠다고 했다. 장소를 알 수 없는 어떤 실내였다고 했다. 복면을 뒤집어쓴 두 명의 사내가 등장한다고 했다. 그들은 서로 번갈아가며 카메라를 잡고 영화를 찍었다고 했다. 화면 속엔 한 여자가 등장했다고 했다. 사내들은 다짜고짜 여자의 옷을 잡아 찢었다고 했다. 놀라우리만치 가슴이 풍만했다고 했다. 여자는 놀라 비명을 질러댔다고 했다. 복면의 사내들은 번갈아가며 여자를 구타하고 강간했다고 했다. 그 장면이 너무 생생해 소름이 끼치는 한편, 그것이 과연 실제로 벌어진 일인지 아니면 연출에 의한 것인지 의심스러웠다고 했다.

 장 관장의 얘기를 듣는 동안 삼촌은 뭔가 섬뜩한 예감에 등줄기가 서늘해지는 기분이었다. 그래서 자신도 모르게 자리에서 벌떡 일어서서 장 관장의 멱살을 움켜쥐었다.

 ―그, 그 얘기! 누구한테 들었어요?

 삼촌의 눈엔 파랗게 불길이 일었다. 창졸간에 멱살을 잡힌 장 관장은 어안이 벙벙한 표정이었다.

 ―왜 이래, 임마? 너, 미쳤어?

 그제야 삼촌은 멱살 쥔 손을 풀고 다시 자리에 앉았다.

─죄, 죄송해요. 그냥 뭔가 이상한 생각이 들어서요.
─뭐가 이상해? 너, 혹시…….

삼촌과 원정과의 관계에 대해 잘 알고 있는 장 관장은 그의 행동이 무엇 때문인지 짐작이 간다는 듯 뭔가 혼자 골똘히 생각하다 고개를 가로저으며 말했다.

─에이, 설마 그게 그렇기야 하겠냐?
─그, 그렇겠죠. 그런데……

삼촌은 장 관장에게 바짝 다가앉으며 물었다.

─그 얘기를 누구한테 들은 거예요?

다음 날부터 삼촌은 그 추악한 필름에 대한 소문의 진원지를 찾아다녔다. 아무런 근거도 없이 그저 막연한 예감에 따른 것이었다. 그것이 원정의 죽음과 관련이 있는지 어떤지도 알 수 없었다. 어쩌면 그것은 치기어린 영화과 학생들이 장난 삼아 찍은 영화일 수도 있었다. 16밀리 필름은 대학의 영화과 학생들이 단편영화를 찍을 때나 쓰는 필름이었다. 소문의 진원지를 추적한 결과, 필름에 대해 처음 얘기가 흘러나온 것은 한 현상소에서 필름 깡통을 나르던 사내의 입을 통해서였다. 다행히 장 관장도 익히 아는 인물로 권격영화가 몰락하면서 촬영현장을 떠난 다찌마리 배우들 가운데 하나였다.

─나도 딱 한 번 봤어요. 진짜 실감나더라고요. 완전히 꼴려서 죽는 줄 알았다니까요.

다방에서 만난 그는 사정도 모른 채 신이 나서 떠들어댔다.

─그 영화 지금 볼 수 있어?

삼촌과 같이 간 장 관장이 대신 물어주었다.

─에이, 맨 입으론 안 되죠. 나도 담배 한 보루 사주고 부탁해서

겨우 본 건데…….
― 한 보루든 두 보루든 걱정 말고 그쪽하고 연결만 해줘.
그제야 사내는 능글맞게 웃으며 말했다.
― 근데 형님도 그런 거 밝히는지 몰랐네. 술만 좋아하시는 줄 알았더니. 하긴 청계천에서 파는 어지간한 쌕쌕이보다 더 꼴려요. 그년 빨통이 얼마나 큰지…….
이때 삼촌이 테이블 앞에 만 원짜리 한 장을 턱, 올려놓으며 말했다.
― 그, 그만하고 빨리 여, 연락해 보세요.
이를 악문 삼촌의 눈동자가 심하게 흔들렸다. 하지만 사내는 여전히 상황을 눈치 못 채고 이죽거렸다.
― 어따, 그 양반 어지간히 급하신 모양이네.
그리고 테이블 위의 돈을 끌어당겨 주머니에 집어넣고 자리에서 일어섰다.
― 잠깐만 기다려봐요. 현상소에 전화 좀 한번 해보고…….
그는 전화기가 있는 카운터 쪽으로 걸어가며 혼자 투덜거렸다.
― 아이, 씨. 소문내지 말라고 그랬는데 요놈의 주둥아리 때문에…….

화면은 거칠고 조잡스러웠다. 어느 건물의 실내인 듯 어두컴컴한 복도가 눈에 들어왔다. 그러다 불쑥, 테러리스트처럼 검은 복면을 뒤집어쓴 사내의 얼굴이 화면에 나타났다. 카메라를 뒤집자 역시 복면을 쓴 또 다른 사내가 있었다. 두 사람은 테스트를 하듯 번갈아가며 서로의 얼굴을 카메라에 비추어보았다. 복면1이 만족한 듯 손가락으로 동그라미를 그려 보이며 카메라를 향해 뭐라고 말을 했다. 입 모양으로 보아 '레디고!'라고 외친 듯했다. 그리고 갑자기 화면이 긴박하게 돌아가기 시작했다. 벨을 누르는 손이 보였고 누군가 빼꼼, 문을 열었고 복면 사내들이 강제로 문을 밀치고 안으로 들어서는 장면이 눈 깜짝할 새에 지나갔다. 어지럽게 흔들리는 핸드 헬드 화면 속에서 한 여자가 등장했다. 어두컴컴한 실내여서 얼굴은 잘 보이지 않지만 잠자리에서 막 깨어난 듯 얇은 네글리제 하나만 걸치고 있었다. 그녀는 카메라를 보고 놀라 비명을 질렀다, 라고 생각했지만 실은 아무런 소리도 들리지 않았다. 16밀리 필름은 녹음이 되지 않은 무성영화였다. 다만 표정이 너무 생생해 마치 비명이 들리는 것처럼 느껴졌다. 그녀는 뒤돌아 도망가려고 했지만 복면1이 재빨리 그녀의 앞을 막아섰다. 다시 뒤로 돌아서자 이번엔 카메라를 든 복면2가 앞을 가로막았다. 물론 그는 카메라를 들고 있어 화면엔 등장하지 않았다. 환청인 듯 낄낄대는 소리가 공포에 질린 여자의 얼굴 위에 겹쳐졌다.

이때 복면1이 등 뒤에서 사정없이 네글리제를 잡아챘다. 놀란 표정과 함께 풍만한 가슴이 출렁, 화면을 가득 채웠다. 여자는 두 손으로 가슴을 가리고 도망쳤지만 출입문은 굳게 잠겨 있었다. 도망갈 곳은 아무 데도 없었다. 승냥이들은 소파를 뛰어넘고 의자를 쓰러뜨리며 능란한 몰이꾼처럼 여자를 구석으로 몰아갔다. 그리고 함부로 젖가슴을 만지며 희롱했다. 악을 쓰며 도망치던 여자는 탁자에 걸려 꽈당, 바닥에 넘어졌다. 그래도 필사적으로 도망가기 위해 바닥을 엉금엉금 기어갔다. 이때 복면1이 앞을 막아섰다. 그는 놀라 올려다보는 여자의 얼굴을 구둣발로 힘껏 걷어찼다. 아무런 소리도 들리지 않는 가운데 고개가 핵, 돌아가고 여자의 입술이 터져 피가 흘러내렸다. 복면1은 여자의 얼굴을 향해 사정없이 주먹을 휘두르고 발길질을 해댔다. 여자의 얼굴은 곧 퉁퉁 부어오르고 피로 범벅이 되었다. 아무런 소리도 들리지 않는 게 오히려 더 끔찍하게 느껴졌다. 복면1은 씩씩대며 여자의 허벅지를 벌리고 거침없이 속옷을 찢어냈다. 꿈틀, 여자가 잠깐 몸을 비틀었지만 다시 한 번 무자비한 주먹이 날아갔다. 여자는 비명조차 지르지 못하고 바닥에 쭉 뻗어버렸다. 복면1은 스스로 만족한 듯 카메라를 향해 씩 웃어 보인 후, 여자의 사타구니를 향해 피둥피둥 살찐 엉덩이를 발정 난 수캐처럼 사정없이 밀어붙였다.

언제부턴가 삼촌은 더 이상 영화를 보고 있지 않았다. 아니, 차마 눈뜨고 볼 수 없었다. 그저 두 손으로 얼굴을 감싼 채 어깨를 들썩이며 울고만 있었다. 그날 원정의 오피스텔에서 벌어진 일을 바로 눈앞에서 지켜보는 건 그에게 너무 잔인한 일이었다. 무시무시한 갈고리가 가슴을 후벼 파는 듯 고통스러웠고 사지가 갈기갈기 찢겨나가는 듯 혼란스러웠다. 뜨거운 눈물이 손바닥을 타고 영사실 바닥에 떨어졌다. 그러는 동안 승냥이들은 카메라를 바꿔 잡아 이번엔 복면2가 화면에 등장했다. 그의 손엔 예리한 면도칼이 들려 있었다. 그는 여자의 머리카락을 움켜쥐고 얼굴에 면도날을 갖다 댔다. 설마! 하는 순간, 복면2는 사정없이 여자의 얼굴을 그어 내렸다. 여자는 고통스러운 듯 꿈틀대며 몸을 비틀었지만 사내는 도화지에 그림을 그리듯 죽죽 여자의 얼굴을 난도질하기 시작했다. 난잡한 에로영화는 이제 끔찍한 공포영화로 변해 화면 가득 피가 튀었다. 고통에 찬 여자의 비명이 사방에 울려 퍼지는 듯 했다.

　삼촌은 자리에서 벌떡 일어섰다. 눈에서 파란 불꽃이 튀었다. 으아! 소리를 지르며 화면 앞으로 달려가 커튼을 이용해 임시로 만든 스크린을 마구 찢어냈다. 하지만 영화는 멈추지 않았다. 광기 어린 난도질영화는 울부짖는 삼촌의 몸을 스크린 삼아 계속 영사되고 있었다. 일그러진 화면에선 복면2가 엉덩이를 까며 피투성이가 된 여자에게 다가가고 있었다. 삼촌은 환한 불빛을 뿜어내는 16밀리 영사기로 달려가 발로 힘껏 걷어찼다. 영사기는 바닥에 넘어진 채로 계속 돌아갔다. 천정에 허연 엉덩이가 어른거렸다. 발로 영사기를 마구 짓밟았다. 그리고 미친 듯 필름을 잡아당겼다. 두루마리 화장지처럼 필름은 롤을 타고 끝도 없이 딸려 나왔다. 주변에 금세 필름이 수북이 쌓였다. 광기에 휩싸인 삼촌은 바닥에 쌓인 필름을 짓밟고 손으로 찢어내고 입으로 물어뜯었다.

　─ 그만해, 임마!

　영사실 문이 벌컥 열리며 현상소 기사와 장 관장이 안으로 뛰어들었다. 기사는 눈이 돌아가 미친 듯 날뛰는 삼촌의 팔을 붙잡았다. 하지만 그는 영사기를 발로 걷어차며 거세게 팔을 뿌리쳤다. 그 통에 현상소 기사가 필름을 보관한 캐비닛에 부딪치며 필름 깡통이 와르르 쏟아져 내렸다. 좁은 영사실 안은 삼촌의 난동으로 삽시간에 아수라장이 되었다. 이때 옆에서 난동을 지켜보던 장 관장이 삼촌 뒤로 돌아가 당수로 뒷목을 힘껏 내리쳤다. 과연 '모두 합쳐 23단'이 거짓은 아니었던지 삼촌은 그 한 방으로 필름더미 위에 쓰러져 기절해 버리고 말았다.

— 괜찮냐?

장 관장이 다가와 착잡한 표정으로 담배 한대를 꺼내 불을 붙여주었다. 삼촌은 현상소 앞 계단에 쭈그리고 앉은 채 담배를 피웠다.

— 그 여자…… 맞지?

그는 짐작이 간다는 듯 조심스럽게 물었지만 삼촌은 고개를 숙인 채 담배만 뻐끔거렸다.

— 그래, 얼핏 보니까 그런 것 같더라.

장 관장도 담배를 피워 물고 길게 연기를 내뿜었다.

— 휴, 짐승만도 못한 놈들. 어떻게 힘도 없는 여자를 무작스럽게…… 에이, 눈앞에 있었으면 정말이지……!

그날, 삼촌에게 필름을 보여준 현상소 기사는 자신이 필름을 입수하게 된 경위에 대해 모두 털어놓았다. 미친 듯 난동을 부린 탓도 있었지만 삼촌의 눈빛이 당장 살인이라도 저지를 것처럼 심상치 않았기 때문이었다.

처음엔 학생들이 찍은 단편영화인 줄 알았다고 했다. 그런데 현상을 하면서 보니 뭔가 내용이 심상치 않았다고 했다. 그래서 사장 몰래 프린트를 한 벌 더 떠두었다는 거였다. 필름을 맡긴 사람의 얼굴은 잘 기억나지 않는다고 했다. 다만 키가 멀대 같이 크고 파마를 한 것처럼 고수머리였다고 했다. 혹시 필름을 분실할 수 있으니 연락처를 적어놓으라고 했지만 상관없다며 이름도 밝히지 않았다고 했다. 키가 큰 고수머리 사내가 세상에 한두 명인가! 그의 정보는 아무런 도움도 되지 않았다. 그나저나 필름 값은 둘째 치고 영사기 값은 어떡할 거냐고 했다. 사장이 알면 쫓겨날 거라고 했다. 삼촌은 며칠 내로 돈을 마련해 배상을 하겠다고 했다. 대신 훼손된 필름은 자신이 가져갈 거라고 했다. 뭐, 그러시든가…….

 삼촌이 헝클어진 필름을 모아 장 관장과 함께 현상소 문을 막 열고 나올 때였다. 현상소 기사가 등 뒤에서 삼촌을 불렀다.
 ― 참! 생각해 보니까 그 필름 맡겼던 사람 말예요.
 삼촌이 흠칫 돌아보자 그는 자신 없다는 투로 말했다.
 ― 그 사람 저기 닮은 것 같았어요. 거 왜, 가수들 중에 남자 둘이 노래하는 사람들 있잖아요.
 ― 서수남과 하청일?
 장 관장이 물었다.
 ― 아뇨.
 ― 그럼, 하사와 병장?
 ― 아뇨. 우리나라 가수가 아니라 외국가수예요.
 ― 뭐야, 그럼 필름을 맡긴 게 외국 놈이라는 거야?
 ― 그게 아니라 그냥 닮았다고요. 둘 중에 키 큰 쪽하고 생긴 게 비슷했어요. 걔네들이 부른 노래 그거 되게 좋은데 영어가 짧아서 제목을 모르겠네.
 ― 가수 이름도 모르고 노래 제목도 모르면 아무것도 모르는 거잖아, 씨발.
 ― 그게 그러니까 음이…… 음음음음음, 음음음, 음음음음음, 음음음음음…….
 그는 허밍으로 한동안 혼자 음음거렸는데 지독한 음치인 듯 멜로디가 엉망이었다. 당연히 한 번도 들어본 적이 없는 노래였다.
 ― 뭐, 가사 생각나는 거 없어?

— 저, 그게 팝송이라…… 아시잖아요. 저 중학교도 다 못 끝낸 거. 근데 하여간 음이 음음음음…….

— 야, 그만해, 씨발. 세상에 그런 노래가 어디 있냐?

듣다 못한 장 관장이 버럭 소리를 질렀다.

— 글쎄, 들어보면 아신다니까요. 이거 되게 유명한 노랜데, 진짜 제목을 모르겠네.

— 알았어. 나중에 생각나면 연락해. 그리고 너 어디 가서 절대 노래하지 마라.

그리고 장 관장은 망설이는 삼촌을 끌고 현상소를 나왔다.

*

삼촌은 형광등 불빛에 조각난 필름을 비춰보았다. 프레임 속엔 한 여자의 얼굴이 담겨 있었다. 손톱보다 겨우 조금 더 큰 필름이었지만 그것은 분명히 원정의 얼굴이었다. 멍한 눈으로 누워 있는 그녀의 얼굴은 체념한 듯 아무런 표정이 없었다. 하지만 절망 끝에 흘린 한 방울 눈물이었을까? 그녀의 눈가엔 희미한 얼룩이 번져 있었다.

왜 진즉에 원정의 집에 찾아갈 생각을 하지 못했을까? 만일 하루라도 먼저, 아니 몇 시간이라도 먼저 찾아갔더라면 아무 일도 생기지 않았을지 모른다. 그래서 자신이 원정과 함께 있었다면 목숨을 잃는 한이 있더라도 반드시 그녀를 보호했을 것이다. 삼촌의 머릿속에선 피투성이가 된 채 고통스럽게 누워 있는 원정의 모습이 자꾸만 어른거렸다. 그녀는 얼마나 애타게 구원의 손길을 기다렸을까? 하지만 정작 필요한 순간에 자신은 그녀의 옆에 있지 않았다. 그리고 강물 속으로 뛰어드는 그녀를 끝내 막지 못했다. 필름을 불빛에 비춰보던 삼촌은 턱이 아프도록 이를 악물었지만 이 사이로 새어나오는 울음을 막을 수는 없었다.

갈고리는 단지 꿈속에만 등장하는 가다끼가 아니었다. 그는 현실 속에서 살아 돌아다니는 괴물이었다. 원정을 강간하고 얼굴을 면도칼로 그어댄 범죄자였다. 그러나 이름도 알 수 없고 거처도 모르는 익명의 존재였다. 그렇게 해선 절대 복수를 할 수 없다. 이건 말도 안 된다! 삼촌은 중국집 뒤뜰에 세워놓은 기둥에 대고 미친 듯 주먹을 휘둘렀다. 주먹이 터져 피가 흘러내리고 뼈가 부서지는 듯 둔탁한 소리가 났다. 하지만 아픈 줄도 몰랐다. 그렇게라도 하지 않으면 가슴이 답답해 죽어버릴 것만 같았다.

남산을 내려오던 삼촌의 발길은 자신도 모르게 명동 쪽으로 향했다. 답답한 마음에 그저 바람이나 쐬려고 나선 길이었다. 거리엔 어느새 낙엽이 흩날리고 있었다. 그동안 경찰에 체포되어 조사를 받느라 눈 깜짝할 새에 시간이 흘러 가을이 코앞에 다가와 있는 줄도 몰랐다.

남산 길도 같이 한 번 못 걸어봤는데……

삼촌은 길거리에 날리는 은행잎을 바라보며 생각했다. 원정이 사라진지 어느새 6개월이 지나 있었다. 명동으로 들어섰을 땐 날이 이미 어두워져 있었다. 거리엔 팔짱을 낀 연인들이 깔깔대며 몰려다녔다. 길거리에 늘어선 포장마차에선 구수한 음식 냄새와 함께 김이 뿜어져나왔고 레코드 가게에선 달콤한 팝송이 흘러나오고 있었다. 그 아름다운 음악 소리에 이끌렸던 걸까? 삼촌은 어느 레코드 가게 앞에서 문득 걸음을 멈추었다. 아는 노래는 아니었지만 언젠가 한 번 들어본 적이 있는 멜로디였다. 그러다 문득 뭔가 떠오른 듯 벌컥, 레코드 가게 문을 열고 안으로 뛰어들었다.

— 이, 이, 이, 이 노래 누가 부른 거예요?

삼촌은 눈으로 레코드 가게 주인을 찾으며 다급하게 물었다.

— 아, 브리지 오버 트라블드 워터 말이죠?

복작대는 손님들 틈에서 감색 니트를 입은 주인 남자가 앞으로 나서며 유창한 영어로 대답했다. 삼촌으로선 도무지 알 수 없는 말이었다.

— 브, 브리, 뭐라고요?

— 아, 뭐 우리나라에선 그냥 〈험한 세상에 다리가 되어〉라고도 하죠.

주인 남자는 부드러운 미소를 띤 채 가늘고 하얀 손으로 조심스럽게 레코드판을 닦으며 대답했다. 커피 광고에 나오면 잘 어울릴 것 같은 인상이었다.

— 뭐, 원래대로 직역을 하면 트라블드 워터는 거친 풍랑을 이겨 내는 다리 정도로 번역할 수 있습니다만 험한 세상으로 의역을 해도…….

이때 얘기를 듣고 있던 삼촌이 참지 못하고 버럭 짜증을 냈다.

— 그러니까 씨발, 이거 부른 가수가 누구냐고요?

레코드를 고르던 손님들이 일제히 삼촌을 쳐다보았다. 어머, 교양 없게시리! 하지만 커피 광고 모델은 여전히 미소를 잃지 않은 채 레코드 재킷을 꺼내 테이블에 올려놓았다.

— 세기의 듀오, 사이먼 앤 가펑클 아시죠?

재킷에는 헌팅캡을 쓰고 콧수염을 기른 사이먼과 금발의 곱슬머리가 눈부신 가펑클의 사진이 담겨 있었다. 레코드 가게 주인처럼 따뜻한 미소를 담뿍 담은 채였다. 삼촌은 재킷을 들여다보다 다시 주인에게 물었다.

— 이 두 사람 중에 누구 키가 더 커요?

— 그거야 당연히 뒤에 서 있는 가펑클이죠.

— 그, 그러니까 이 새끼 이름이 가펑클이란 말이죠?

주인은 여전히 미소를 잃지 않았지만 눈빛이 가볍게 흔들렸다.

— 뭐, 그, 그렇죠.

레코드 재킷을 노려보는 삼촌의 눈에선 불길이 일었다. 그는 마치 가펑클이 원정을 죽음으로 몰고 간 진범이기라도 한 듯 뚫어지게 노려보았다. 이때, 주인이 물었다.

— 손님, 그 앨범으로 한 장 드릴까요?

— 네? 아, 네. 그거로 주세요.

삼촌은 지갑을 꺼내 돈을 지불한 뒤 레코드판을 받아 나가려다 문득 고개를 갸우뚱하며 물었다.

— 근데 앤은 어디 있어요?

— 네?

— 사이먼 앤 가펑클이라고 그랬잖아요. 앤은 어디 있냐고요?

그제야 가게 주인은 무슨 말인지 알아듣고 터지려는 웃음을 애써 참으며 대답했다.

— 아, 앤은 바로…… 두 남자 사이에 있죠.

그리고 자신의 유머가 마음에 들었는지 손님들을 향해 큰 소리로 웃어 보였다.

＊

― 맞아요! 내가 말한 게 바로 이 사람예요.

현상소 기사는 삼촌이 들고 간 사이먼 앤 가펑클의 레코드판을 보고 반색을 했다. 그가 영 구제할 수 없는 음치는 아니었던지 삼촌은 요행히 레코드 가게에서 흘러나오는 노래를 듣고 즉시 현상소 기사가 허밍으로 부른 멜로디를 떠올렸던 것이다.

― 이야, 그러고 보니까 곱슬머리만 비슷한 게 아니라 이 콧날하며 눈이 몰려 있는 게 정말 비슷하네. 역시 내가 보는 눈이 있다니까.

현상소 기사는 재킷을 들여다보며 자신의 눈썰미에 대해 스스로 감탄한 듯 연방 고개를 끄덕였다.

다음 날부터 삼촌은 무작정 밖으로 나가 거리를 쏘다니기 시작했다. 가펑클을 닮은 범인을 찾기 위해서였다. 드넓은 서울 하늘 아래에서 단지 가펑클을 닮았다는 단서 하나만 가지고 범인을 찾는 게 가능한 일일까? 막막하긴 마찬가지였지만 삼촌은 희미하게나마 갈고리가 실체를 드러냈다는 생각에 가슴이 뛰었다. 그는 충무로를 중심으로 하루 종일 극장가를 오가며 지나가는 사내들을 지켜보았다. 16밀리 카메라를 가지고 있다면 틀림없이 영화와 관련된 일을 하는 자일 거라는 생각에서였다. 그런데 세상엔 가펑클을 닮은 사람이 생각보다 훨씬 많았다. 충무로 한복판에서 멀대같이 키가 큰 고수머리와 처음 마주쳤을 때 삼촌은 바로 이놈이다! 싶었다. 세상에, 이렇게 쉽게 범인과 마주치다니! 그리고 자신도 모르게 흥분해 앞뒤 가리지 않고 마구 주먹질을 해댔는데 알고 보니 무고한 사람이었다. 결국 경찰서로 끌려가 유치장 신세를 지고 적지 않은 돈을 합의금으로 물어주었지만 눈앞에 가평클을 닮은 사내는 계속 나타났다. 그럴 때마다 삼촌은 돈키호테처럼 좌충우돌, 말썽을 일으켜 인근 파출소에서 곧 요주의 인물로 낙인이 찍히고 말았다.

그날도 삼촌은 예의 엉뚱한 사람을 붙잡고 싸움을 벌이다 경찰서에 끌려갔다. 상대의 이가 한 대 부러진 데다 출동한 경찰에게까지 주먹을 휘둘러 상황이 좋지 않았는데 급히 연락을 받고 달려온 장 관장이 힘겹게 무마를 해 다행히 삼촌은 그날 밤 늦게 경찰서에서 풀려났다.

두 사람은 경찰서에서 나와 삼촌 집으로 자리를 옮겨 술을 마셨다. 장 관장은 한동안 말없이 담배를 뻑뻑 빨아대다 진지하게 충고를 했다.

— 이제 그만 좀 해라. 이러다 정말 큰 사고 치겠다.

능력은 없지만 그래도 오야지라고 장 관장이 나서서 사고를 처리해 준 게 한두 번이 아니어서 삼촌은 입이 열 개라도 할 말이 없었다. 하지만 복수는 아직 이루어지지 않았다. 답답한 건 삼촌도 마찬가지였다.

— 너 이 알량한 집 한 채 생겼다고 게임비로 다 날릴 거야? 그러니까 이제 그만 잊어버려. 내가 애초에 그랬잖아. 분 바른 것들하고 가까이 하지 말라고…….

이때 듣기만 하던 삼촌이 버럭 고함을 질렀다.

— 자꾸 분 바른 것들, 분 바른 것들 하시는데 그런 얘기 그만하세요! 분을 발라도 사람은 다 똑같은 거예요.

— 미친 새끼. 기껏 경찰서에서 빼내주니까 되려 큰소리네. 다 제

생각해서 말해 주는 건데…….

　삼촌은 감정이 격해져 혼자 씩씩거리다 잠시 후 입을 열었다.

　— 전에…… 화장을 지운 모습을 봤어요. 그런데 똑같더라고요. 주근깨도 있고 웃으면 주름도 잡히고, 술 먹으면 빨개지고. 우니까 눈물도 나고…….

　삼촌의 목소리가 떨리고 있었다.

　— 그때 난 그런 생각이 들었어요. 그렇게 매일 분을 바르는 건 어쩌면 맨 얼굴을 드러내고 사는 게 너무 힘들어서 그런 게 아닐까, 분이라도 바르지 않으면 도저히 사람들과 마주칠 용기가 없어서 그런 게 아닐까, 하는 생각 말예요. 그러니까 분을 바르고 사는 사람들이 실은 더 약한 사람들이 아닐까 하는…….

　삼촌의 얘기를 듣던 장 관장은 한숨을 길게 내쉬며 말했다.

　— 휴, 그걸 누가 모르냐. 그냥 너까지 인생이 복잡해지니까 그런 거지. 봐라, 지금 일도 못하고 이게 뭐하는 짓이냐? 이름도 모르고 얼굴도 모르는데 범인을 어떻게 잡겠다고…….

　— 전 괜찮아요. 인생이 꼬이고 복잡해져도 상관없어요. 사실 원정 씨가 없었으면 내 인생은 정말이지 아무것도 아니었을 거예요. 그냥 시골에서 농사나 짓던가 아니면 주먹질이나 하며 경찰서에 드나들다 어영부영 나이만 먹었을 거예요. 그래도 원정 씨가 있어서 그나마 기억할 것도 있고 이렇게 뭔가 해야 할 일도 생긴 거잖아요.

　삼촌은 벽에 걸어놓은 사이먼 앤 가펑클의 앨범 재킷을 결연한 눈으로 노려보며 말했다. 장 관장은 할 수 없다는 듯 고개를 가로저으며 말했다.

　— 야, 알았어. 그 얘긴 그만하고……. 이번에 나랑 작품 하나 같

이 하자.

― 무슨…… 작품이요?

― 세명에서 새로 액션영화 하나 찍는다고 연락이 왔더라.

― 세명영화사요?

― 그래, 이번에 그 아들이 영화사를 물려받아서 돈 좀 쓸 모양이던데 충무로에 일할 애들이 없다. 죄다 시로도들이라 합을 맞춰볼 놈이 하나 없으니 원…….

― 감독은 누가……?

― 박 감독으로 정해졌대.

― 그 양반, 아직 은퇴 안했어요? 십 년 넘게 영화 안 하신 것 같은데…….

― 야, 감독이 은퇴가 따로 있냐? 영화 찍으면 현역이고 못 찍으면 그게 은퇴지.

박 감독은 오래전, 삼촌이 고등학교를 졸업하고 빌빌대고 있을 때 동천에 로케를 왔다 우연히 현장을 지나던 삼촌을 발견하고 처음 카메라 앞에 세웠던 인물이었다. 바로 그 트리플악셀 말이다!

빅뱅으로 인해 우주가 처음 시작되었다면 삼촌에게 있어서 그날의 사건은 모든 꿈을 태동케 한 씨앗이 되었을 것이다. 비록 그것이 아무도 기억하지 못하는 삼류영화의 한 커트에 불과했을지라도 삼촌에게 있어선 인생 행로의 커다란 전환점이 되었던 바, 감히 꿈꿀 수 없는 것을 꿈꾸게 해주었고 감히 넘볼 수 없는 것을 넘보게 해주었으며 아무도 상상치 못했던 일을 감행케 해주었던 것이다.

훗날 우연한 기회에 용식의 소개로 박 감독에게 인사를 했을 때 삼촌은 자신의 운명을 결정지었던 당시의 사건을 떠올리며 매우 감격해 했다. 그날의 일로 인해 자신의 운명이 얼마나 거센 풍랑에 휩쓸리게 되었던가! 하지만 서운하게도 박 감독은 삼촌의 얼굴은커녕 자신이 연출했던 그 장면조차도 잘 기억하지 못했다. 하긴 은막의 꿈을 안고 충무로에 뛰어든 수많은 부나비들 가운데 무언가가 심장 한복판에 화살처럼 날아와 박혔던 그런 결정적인 순간조차 없었던 이는 아무도 없었을 터, 온갖 풍파를 다 겪은 노회한 감독의 입장에선 그다지 특별한 경우도 아니었을 것이다. 그래서 용식이 특유의 장광설로 당시의 상황과 트리플악셀에 대해 설명을 해도 박 감독은 잘 생각이 나지 않는 듯 애매하게 고개를 갸우뚱했을 뿐이었다.

*

 삼촌이 다시 촬영장에 나간 것은 실로 오랜만이었다. 원정의 대역을 맡았다가 그녀가 보는 앞에서 큰 부상을 당해 병원에 실려간 이후 제대로 된 배역을 맡기는 처음이었다. 현장을 떠나 있는 동안 많은 일이 있었다. 원정과는 불꽃 같은 사랑을 나눈 끝에 영화처럼 비극적인 엔딩을 맞았다. 마 사장은 홀로 중국집을 지키다 쓸쓸한 죽음을 맞았다. 동천의 패권을 놓고 다투던 종태와 토끼도 불귀의 객이 되었다. 오순은 교도소로 갔고 자신의 하나밖에 없는 피붙이는 졸지에 고아가 되고 말았다. 삼촌 자신도 억울한 누명을 쓰고 한동안 감방 신세를 지기도 했다. 그 안에서 이소룡을 만나 자신의 소명을 깨닫고 복수를 다짐했지만 범인의 정체는 오리무중이었고 용의 길은 보이지 않았다. 결국 아무것도 이룬 게 없었다. 사랑하는 사람을 보호해 주지도 못하고 주변 사람들의 신세를 모두 망쳐버린 나란 인간은 도대체 뭐란 말인가!

삼촌은 촬영장을 나가면서도 마음이 사나웠다. 그래서 좀처럼 연기에 집중할 수 없었다. 몸도 완전치 않은 데다 한동안 운동을 쉰 탓에 몇 번의 실수도 있었다. 설사 몸이 성하더라도 현장에서 일하기엔 이미 적지 않은 나이였다. 하지만 촬영이 거듭될수록 언제부턴가 삼촌은 마음이 조금씩 편안해졌다. 카메라가 돌아가고 액션이 시작되면 어느새 마음보다 몸이 먼저 움직였다. 머릿속에선 아무런 생각도 나지 않았지만 몸은 용케도 자신이 연마해 왔던 모든 동작들을 기억하고 있었다. 그렇게 정신없이 합을 맞추다보면 어느새 잡념은 사라지고 비 오듯 쏟아지는 땀과 헐떡이는 숨결, 거칠게 뛰는 심장, 사라지고 싶어도 사라지지 않고 죽고 싶어도 여전히 죽지 않고 살아 움직이는 자신의 육체만이 오롯이 느껴졌다.

촬영장은 그 어떤 영화의 촬영현장보다도 활기가 넘쳤다. 한 시대를 풍미했던 무술의 대가들을 모두 불러 모은 듯 액션계의 스타들이 총출동해 다찌마리 영화제라도 연 분위기였다. 그중에는 삼촌이 오랜만에 보는 반가운 얼굴들도 많았는데 용식도 그중의 하나였다. 용식은 모처럼 다찌마리 영화를 찍는데 자신이 빠질 수 있냐며 칼국수집을 마누라에게 떠맡기고 뒤룩뒤룩 살찐 몸을 이끌고 나타나 사람들의 웃음거리를 샀지만 그래도 자신이 아직은 홍금보보다 몸무게가 적게 나간다며 너스레를 떨었다.

그간 유치한 아동영화에서 우스꽝스런 분장을 하고 악역이나 맡아오던 다찌마리 배우들에게 제대로 된 액션영화는 실로 오랜만이

어서 다들 한창때로 돌아간 듯 의욕이 충만했다. 뭐가 다시 해보자는 분위기 속에서 경쟁적으로 묘기가 속출했고 숨겨놓았던 비기들이 난무해 감독의 입이 귀에 걸렸다. 한때 액션연출의 대가로 명성을 떨쳤던 박 감독은 급격히 쇠퇴한 권격영화의 몰락과 감독의 운명을 같이했지만 권토중래, 모처럼 카리스마를 되찾아 레디고를 외치는 소리에 잔뜩 힘이 실렸다. 현장 분위기만 놓고 본다면 모든 게 과거의 전성기로 되돌아간 듯싶었다.

삼촌이 맡은 배역은 드러나지 않는 가운데 은밀히 주인공을 돕는 숨은 고수의 역할이었다. 자주 등장하는 인물은 아니었지만 극의 전개상 꽤나 비중이 있는 역할로 삼촌으로선 좀처럼 맡기 어려운 큰 배역이었다. 물론 이는 장 관장의 특별한 배려로 가능한 일이었다. 이에 삼촌은 자신의 오야지가 욕을 먹지 않도록 이른 새벽부터 밤늦게까지 솔선해서 이리 뛰고 저리 뛰느라 하루가 어떻게 가는 줄도 몰랐다. 그렇게 녹초가 된 몸엔 미처 번민이 들어설 자리가 없어 촬영이 끝나면 아무 데고 쓰러져 잠이 들었다. 복수의 이를 갈며 불면의 밤을 지새우느니 시체처럼 쓰러져 잠이 드는 게 차라리 더 나은지도 몰랐다. 촬영이 중반에 접어들면서 복수의 꿈은 갈수록 아득해졌지만 삼촌은 마침내 자신이 어둠과 우울의 긴 터널에서 조금씩 빠져나오고 있다는 것을 깨달았다. 그리고 거기에 대해서 좋다 나쁘다 미처 생각할 틈도 없이 촬영은 계속되었다.

하루는 유 사장이 촬영장에 나타난 적이 있었다. 현장 순시 차, 스태프들 격려 차 찾아온 의례적인 방문이었다. 예의 고급스포츠카에 부하직원들을 대동하고 나타난 새끼사장, 혹은 사장새끼는 환갑이 넘은 박 감독에게 아랫사람 대하듯 함부로 하대를 하며 한껏 거들먹거려 스태프들의 눈총을 샀다. 하지만 국회의원이 된 유 회장의 뒤를 이어 충무로의 실세가 되었으니 아무리 눈꼴이 시어도 그냥 두고 볼 수밖에 없었다. 게다가 있는 대로 전대를 풀어 다들 모처럼 호주머니 사정이 나아졌으니 달리 불만이 있을 리도 없었다. 그것은 모름지기 아랫것들의 법칙이었다.

아버지의 영화사를 물려받은 망나니 아들은 사람들에게 뭔가 자신의 능력을 증명해 보여야만 했다. 이때 그가 꺼내든 카드가 바로 권격영화였다. 그것은 이미 낡은 시대의 유물로 한물간 장르가 되었지만 그는 여전히 까까머리 중고생들의 심장을 뛰게 했던 남성판타지의 가능성을 믿었다. 그래서 권격영화를 새로운 스타일로 재해석해 멋지게 부활시키는 한편, 과거의 영화로웠던 시절을 재현해 자신의 능력을 과시하고자 했다. 하지만 그것은 별다른 상상력도 없는 구태의연한 계획이었을 뿐, 어떤 스타일로 재해석해 어떻게 부활시켜야 하는지에 대해서는 아무런 아이디어도 없었다. 그래서 그는 자신이 유일하게 잘할 수 있는 일부터 시작했다. 일단 지갑을 열어 돈부터 푼 것이다. 어릴 때부터 돈 쓰는 것만을 배워 사랑과 우정, 경쟁과 협력 등 복잡하고 중요한 인생의 문제들을 모두 돈으로만 해결해온 망나니로선 당연한 선택이었다. 남느니 돈이요, 흔한 게 사람이라 소문을 듣고 삽시간에 사람들이 몰려들었다. 유명 짜한 시나리오 작가에 내놓으라 하는 감독들, 한 시대를 풍미했던 다찌마리 배우 등 왕년에 한가락 했던 인물들이 뻔질나게 영화사 문턱을 드나드는 것을 보며 그는 부모 잘 만난 것 말고는 그 어떤 것도 제 힘으로 성취해 본 적이 없는 여느 망나니들처럼 자신이 뭔가 중요한 것을 해낸 것 같은 착각에 마음이 뿌듯했다. 하지만 그것은 순전히 그의 아비가 온갖 구역질나는 짓을 통해 모은 돈의 힘이었을 뿐, 정작 그가 해낸 것은 권격영화 역사상 최고의 제작비를 경신한 것 말고는 아무것도 없었다.

그날, 유 사장이 대동하고 온 인물 중에 눈에 띄는 한 사내가 있었다. 훤칠한 키에 LA다저스 팀의 야구모를 쓰고 있는 그는 구멍이 숭숭 난 청바지에 쇠사슬이 달린 유난스런 장식으로 사람들의 눈길을 끌었다.

— 저 멀대같이 키 큰 새끼는 뭐야?
— 김 실장이라고 몰라? 영화사 피디잖아.
— 피디? 방송국도 아닌데 무슨 피디야?
— 무식한 소리 좀 작작해. 그게 할리우드에선 감독보다 더 위에 있는 거라잖아.
— 맞아. 박 감독도 김 실장 말 한 마디면 찍소리 못한대. 콘티도 미리 검사를 맡아야 제작비가 나온다더라.
— 현장 경험도 없는 젊은 놈이 뭘 안다고?
— 저래 뵈도 미국에서 유 사장이랑 같이 공부한 유학파야, 유학파 몰라?
— 그래서 저렇게 다 찢어진 청바지를 입고 다니는 거야? 젠장, 미국 물 두 번만 먹었다간 아예 망사바지를 입고 다니겠네.

유 사장이 찾아온 그날이 때마침 삼촌에겐 마지막 촬영이 있는 날이었다. 적에게 은거지가 발각되어 장렬하게 싸우다 죽음을 맞는 장면을 끝으로 더 이상 등장할 일이 없었다. 그래서 그날 삼촌은 모처럼 마음먹고 솜씨를 발휘해 박 감독 앞에서 그 옛날 자신이 처음 선보였던 트리플악셀을 재현해 보였다. 적지 않은 나이에 몸도 완전치 않지만 자신이 보여줄 수 있는 모든 것을 보여주고 멋지게 대미를 장식하고 싶은 마음에서였다. 마지막 장면을 준비하며 삼촌은 어쩌면 그것이 진짜 마지막이 될지도 모른다는 생각에 마음이 복잡했다. 하지만 카메라가 돌아가고 감독의 신호가 떨어지자 조금도 망설임 없이 디딤판을 딛고 허공을 향해 몸을 날렸다. 한 바퀴, 두 바퀴, 세 바퀴, 그리고 반 바퀴를 더 돌아 마침내 풀썩, 먼지를 일으키며 멋지게 바닥에 떨어졌다. 한창때만큼 화려한 동작은 아니었지만 삼촌만이 할 수 있는 장기를 지켜본 동료들은 역시 권도운이 죽지 않았다며 박수로 격려를 해주었다. 장 관장은 만족한 듯 미소를 보내주었고 옆에서 지켜보던 유 사장과 김 실장도 특유의 너스레를 떨며 연신 엄지손가락을 추켜세웠다.

― 판타스틱!

― 언빌리버블!

― 인크레더블!

이때 박 감독은 뭔가 퍼뜩 떠오른 듯 소리를 질렀다.

― 그래, 맞아! 이제 생각났다!

다들 무슨 말인가 싶어 쳐다보자 박 감독이 삼촌을 보며 말했다.

― 내가 언젠가 한번 이런 기술을 본 적이 있었어. 세 바퀴 반, 맞지?

박 감독은 아마도 삼촌의 동작을 보고 오래전 동천에서의 일이 또렷하게 생각난 모양이었다. 이때 용식이 옆에서 거들고 나섰다.

― 글쎄. 그때 걔가 바로 쟤라고 내가 몇 번이나 말씀 드렸잖아요.

그리고 그때 내 가죽잠바를 훔쳐 입고 도망간 놈도 바로 이놈이고요.

그런데 이때 박 감독은 갑자기 또 뭔가 생각난 듯 불쑥 물었다.

— 참! 그때 그 여학생은 뭐 하나?

— 누구……?

삼촌이 무슨 말인지 못 알아듣고 어리둥절해서 되물었다.

— 둘이 그때 무슨 애인 사이라고 그랬던 같은데, 입가에 커다란 점이 있었지, 아마.

당시 그 자리에 오순이 함께 있었다는 사실조차 삼촌은 까맣게 잊고 있었다. 기실 그녀가 아니었다면 삼촌은 감히 감독 앞에 나설 꿈도 꾸지 못했을 것이다. 그랬다면 어쩌면 삼촌은 오순과 함께 동천에서 호떡장사를 하며 조용히 살 수도 있었을 것이다. 삼촌은 이미 서로 갈 길이 멀어진 오순에 대해 딱히 할 말이 없어 말끝을 흐렸다.

— 뭐, 그냥…… 사는 게 서로 좀 복잡해져서 못 본 지 오래됐어요.

그러자 박 감독은 무슨 말인지 알겠다는 듯 고개를 끄덕였는데 신기한 건 자신이 찍은 장면도 기억해 내지 못했던 그가 단 한 번밖에 본 적이 없는 시골의 한 여학생을 기억해 냈다는 사실이었다. 오순의 존재감은 분명 그렇게 일찍부터 남다른 데가 있었던 모양이었다.

*

촬영이 끝난 뒤, 유 사장은 한 턱 낸다며 스태프들을 모두 근처 고깃집으로 몰고 갔다. 지글지글 불판 위에서 고기가 익어가고 술잔이 오가자 금세 분위기가 달아올랐다. 유 사장은 정신없이 고기를 뜯고 있는 아랫것들을 굽어보며 한껏 기분이 고양되어 스태프들이 권하는 대로 술을 받아마셨다. 그리고 술김에 호기를 부려 흥행성적에 따라 스태프들에게 두둑한 보너스를 지급할 거라고 공개적으로 약속해 열렬한 박수갈채를 받았다. 그 정도로 술자리가 마무리되었으면 좋았으련만 술에 취한 칼리굴라는 절대 남 못주는 개 버릇이 나와 그 많은 스태프들이 보는 앞에서 옆자리에 앉은 한 여배우의 허벅지를 떡 주무르듯 함부로 주물러댔다. 다들 속으론 개새끼라고 욕을 해댔지만 선뜻 나서서 폭군을 제지하는 이는 아무도 없었다. 그저 서로 못 본 척 술잔만 기울여 상 밑으로 한사코 손을 밀어내던 그날의 가엾은 희생자는 수치심과 모욕감에 당장이라도 울 것처럼 얼굴이 새빨개졌다. 그러다 마침내 참지 못한 여배우가 유 사장을 밀쳐내며 앙칼지게 소리를 질렀다.

― 제발 그만 좀 하세요!

그 소리에 모든 스태프들이 유 사장 쪽을 쳐다보았다. 대개의 경우 망신살을 면해보려고 큼큼, 모른 척 헛기침을 하거나 아니, 내가 뭘 어쨌다고? 하며 태연한 척 시치미를 떼게 마련일 텐데 망나니는 뻔뻔스럽게도 다짜고짜 여배우의 싸대기를 힘껏 올려붙였다.

― 이 쌍년이 어디서 큰 소리야! 좆도 못생긴 게!

짝! 소리와 함께 여배우의 고개가 돌아갔다. 그리고 유 사장이 따귀를 한 대 더 올려붙이려고 손을 높이 치켜들었을 때였다. 구석자리에 앉아 있던 스태프 중의 누군가 전광석화처럼 술상을 타고 넘어와 폭군을 향해 화살처럼 일직선으로 날아갔다. 와장창! 뭔가 깨지는 소리와 함께 유 사장은 술상 한복판에 나자빠졌다. 창졸간에 일어난 일이라 스태프들이 미처 말릴 틈도 없었다. 상 위에 나자빠진 칼리굴라가 어리둥절해서 올려다보니 그날 촬영장에서 멋진 공중회전을 선보였던 바로 그 액션배우였다.
—너, 너 이 새끼……!
유 사장은 그래도 제작자라고 큰 소리를 치며 일어서려고 했지만 취한 몸을 가누지 못하고 다시 앞으로 고꾸라져 옆의 상까지 엎으며 뜨거운 찌개국물을 얼굴에 뒤집어쓰고 말았다.
—앗, 뜨거!
망나니가 혼자 엎치락뒤치락 슬랩스틱 원맨쇼를 펼치는 동안 장관장이 재빨리 삼촌을 밖으로 끌어냈다. 그 뒤로 유 사장이 미쳐 날뛰는 소리가 들렸다.

—저기, 잠깐만요.
음식점에서 나와 혼자 골목을 걸어 나오는 길이었다. 누군가 불러 돌아보니 술자리에서 유 사장에게 봉변을 당했던 바로 그 여배우였다.
—아까 고마웠어요.
—뭐, 별일 아닌데…….
삼촌은 고개를 숙이고 묵묵히 앞으로 걸어갔다. 이때 뒤따라오던 여배우가 머뭇대며 조심스럽게 입을 열었다.
—저…… 원정 언니 아시죠?
—네?
삼촌은 그녀의 입에서 나온 뜻밖의 이름에 놀라 그 자리에 우뚝 멈춰 섰다.
—저, 원정 언니랑 친했어요. 그쪽 얘기도 많이 들었고요.

원정이란 이름 한 마디에 삼촌은 땅이 갑자기 밑으로 꺼지는 기분이었다. 그런데 그녀가 나에 대해 다른 누군가에게 얘기한 적이 있었던가? 금시초문이었다.

― 죄송해요. 그 얘기 꺼내는 거 싫어하실 거 같은데······. 그동안 촬영장에서 도운 씨 지켜보면서 언니 얘기를 할까 말까 많이 망설였어요. 그런데 마침 오늘 일도 있고 해서······.

여배우는 쭈뼛대며 말을 이어갔지만 삼촌은 뭐라고 대꾸할 말이 없어 그저 바닥만 쳐다보았다.

― 우리 이러지 말고 어디 가서 술이라도 한잔 할래요? 오늘 구해주신 보답으로 제가 한잔 살게요.

그날, 두 사람은 밤늦게 충무로의 어느 음식점에서 술을 마셨는데 그녀가 데려간 곳은 공교롭게도 삼촌이 원정과 처음 술을 마셨던 바로 그 감자탕 집이었다.

― 언니가 이 집 감자탕을 좋아해서 둘이 가끔 왔었거든요.

여배우의 이름은 정화라고 했다. 원정과는 한때 같이 방을 얻어 산 적도 있을 만큼 가까웠다고 했다. 그러던 원정이 유 회장의 눈에 들어 문화계나 정치계 인사들과 가깝게 지내면서 두 사람 사이가 다소 소원해졌다고 했다. 정화 자신도 몇 번 술자리에 불려나가긴 했지만 늙은이들 비위 맞추는 데 영 소질이 없었는지 그쪽에서 먼저 연락이 끊겼다고 했다. 그래도 늘 마음속으론 원정이라도 잘 되기를 바랐다고 했다. 그런데 그렇게 되지 않아 마음이 너무 아프다고 했다. 얘기를 하는 도중 정화는 간간히 눈물을 찍어내기도 했지만 이미 짧지 않은 충무로 생활에 단맛 쓴맛 다 본 듯 원정에 대한 얘기를 비교적 담담하게 털어놓았다.

— 남들은 이해를 못하겠지만 이쪽 세계를 한 번 맛본 사람은 절대 저쪽으로 돌아갈 수 없어요. 그래서 지금도 그 많은 여자들이 무슨 수를 쓰던 이쪽에 빌붙어 있으려고 안간힘을 쓰는 거예요.

언젠가 원정에게 한 번 들어본 적이 있는 얘기였다. 삼촌은 원정과 처음 술을 마셨던 그 자리로 돌아와 앉아 있으니 자신이 가까스로 빠져나온 블랙홀 속으로 다시 쏜살같이 빨려 들어가는 기분이었다.

— 언니가 도운 씨 얘기 많이 했어요. 자기가 만나본 사람 중에서 제일 착하고 순수한 사람이라고 항상 자랑을 했어요.

— 워, 원정 씨가 제 얘기를 했다고요?

원정이 자신에 대해 자랑스러워할 거라곤 한 번도 생각해 본 적이 없었다. 다만 원정이 자신에 대해 어떻게 생각하는지 늘 궁금하긴 했었다.

— 솔직히 처음엔 도운 씨가 좀 모자라는 사람이 아닌가 싶었대요. 하는 짓도 엉뚱하고 말하는 것도 이상해서……. 그런데 알면 알수록 점점 더 마음이 끌리는 사람이라고, 그래서 좋아하게 됐대요.

— 지, 진짜 그런 말을 했어요?

— 왜요? 내가 거짓말하는 것 같아요?

— 아뇨, 그냥 좋아한다는 말을 한 번도 들어본 적이 없어서…….

그러자 정화는 답답하다는 듯 술잔을 단숨에 비운 후 말했다.

— 여자를 진짜 모르시는군요. 여자는 마음이 없으면 절대 몸이 안 움직이는 법예요. 솔직히 도운 씨가 돈이 많은 것도 아니고 능력이 있는 것도 아니잖아요. 그런데 언니가 왜 사랑하지도 않는 사람을 만났겠어요?

그저 사랑은 고사하고 자신을 내치지만 않았으면 좋겠다는 바람

뿐이었다. 그러면 그녀도 언젠가는 자신의 사랑을 알아줄 거라고, 그 시간이 얼마가 걸리든 상관없다고, 그래서 마침내 그녀가 마음을 열어 자신을 받아주기만 한다면 다 괜찮다고 생각했다. 그런데 그녀가 사라진 뒤에 다른 사람의 입을 통해 사랑한다는 말을 듣다니!

― 그날도 언니하고 통화를 했는데 짐을 싸고 있다고 했어요. 도운 씨네 집으로 들어가서 같이 살 거라고요. 그래서 내가 잘 생각했다고, 축하한다고 그랬어요. 그래서 나중에 집들이 때 예쁜 화분이라도 하나 사들고 가려고 했는데 그만……

정화는 목이 메어 더 이상 말을 잇지 못했다. 삼촌도 더 이상 자리에 앉아 정화의 얘기를 마저 들을 수 없었다. 와락 눈물이 쏟아질 것 같았기 때문이었다. 그래서 도망치듯 자리에서 일어나 급히 화장실로 뛰어 들어갔다.

그날 밤, 삼촌은 조각난 필름들을 한 프레임씩 천천히 형광 불빛에 비춰보았다. 그동안 촬영을 하느라 복수에 대해 잠시 잊고 있었던 것도 사실이었다. 하지만 그날 정화를 만나 얘기를 나누면서 새삼 엄중한 죄의식이 되살아났다. 그리고 잠시 믿음을 망각했던 도마처럼 참회의 눈물을 흘렸다. 원정을 기억하고 있는 건 자신만이 아니었다. 그리고 원정의 죽음에 대해 슬퍼하고 있는 것도 혼자만이 아니었다. 엄지손톱만 한 필름조각 속에선 승냥이들이 날뛰고 희생자는 비명을 지르며 도망다녔다. 한 프레임씩 필름을 살펴보는 동안 삼촌은 뜨거운 복수심이 되살아나 용암처럼 들끓어 오르는 것을 느꼈다. 그런 강력한 의지 때문이었을까? 필름을 들여다보던 삼촌은 복면을 뒤집어쓴 두 사내가 교대로 카메라를 바꿔드는 장면에서 뭔가 눈에 띄는 것을 발견했다. 저게 뭐지? 바지를 내리는 복면2의 허리춤에 반짝거리는 게 매달려 있었다. 필름을 앞뒤로 돌려 자세히 살펴보니 액세서리로 매단 쇠사슬 장식이었다. 순간, 삼촌은 머리카락이 쭈뼛 서는 전율을 느꼈다. 그리고 그날 낮에 촬영장에서 보았던 한 사내의 얼굴이 또렷하게 떠올랐다.

*

원정은 삼촌의 집으로 들어가기 위해 짐을 싸고 있었다. 일주일 동안 망설인 끝에 힘들게 내린 결정이었다. 화려한 은막을 무대로 살아온 그녀가 많은 것을 포기하고 낡은 중국집에 들어가 사는 건 쉽지 않은 일이었지만 충무로에서 온갖 더러운 일을 겪는 동안 그녀는 지칠 대로 지쳐 있었다. 또한 비록 삼촌이 별 볼 일 없는 액션배우이긴 했지만 원정은 그의 우직하고 변함없는 사랑에 조금씩 마음이 움직였다. 그녀는 그것이 어쩌면 자신의 인생에서 마지막으로 찾아온 사랑이라는 생각이 들었다. 그리고 그것을 놓치고 싶지 않았다. 원정이 그런 소박한 바람과 함께 옷을 트렁크에 넣고 있을 때였다. 승냥이 두 마리가 16밀리 카메라를 들고 집으로 들이닥쳤다. 그리고 다짜고짜 원정의 머리채를 잡아 벽에 짓찧으며 사정없이 두들겨 패기 시작했다.

유 사장과 함께 동행한 김 실장이란 작자는 또 다른 개새끼였다. 일찍이 LA 유학시절에 만난 두 사람은 유학생들 사이에서 사이먼과 가펑클로 불렸다. 작은 키에 LA에서는 보기 드문 헌팅캡을 주로 쓰고 다니는 유 사장과 큰 키에 머리를 길러 파마를 하고 다니는 김 실장이 바로 그 세기의 듀오를 연상케 했기 때문이었다. 그들의 행실에 비춰보면 참으로 가당치도 않은 별명이었지만, 그리고 두 사람이 내는 하모니가 아름다움과는 매우 거리가 멀었지만 환상의 콤비인 것만은 부정할 수 없는 사실이었다. 두 사람은 함께 마약을 하고 함께 포르노를 보며 함께 헌팅을 다녔는데 가펑클로 불리던 김 실장은 돈 많은 유 사장 옆에 빌붙어서 마약과 여자를 대주며 기생하는 얍삽한 인물이었다. 후에 유학을 마치고 돌아온 뒤에도 그는 유 사장 밑에 기획실장 자리를 얻어 여전히 환락과 퇴폐의 동반자로 환상의 콤비를 유지하고 있었다.

  기실 사이먼과 가펑클은 원정에게 개인적인 원한 따위는 없었다. 그저 엄마의 한풀이를 대신 하겠다는 생각에 찾아오긴 했지만 그것은 한낱 명분이었을 뿐, 원정을 때리고 농락하는 것은 스포츠카에 여자를 태우고 LA 시내를 질주하며 경찰들을 골탕 먹이는 것과 다름없는, 일종의 놀이일 뿐이었다. 원정은 비명을 지르며 좁은 오피스텔 안을 이리저리 도망다녔고 두 사람은 제대로 걷지도 못하는 새끼 임팔라를 눈앞에 둔 하이에나처럼 여유 있게 천천히 즐기며 원정을 농락했다. 면도칼로 원정의 얼굴을 그어댄 것은 죽은 엄마의 특별한 부탁 때문이었다. 오래전 원정의 고운 얼굴을 손톱으로 박박 긁어 밭고랑처럼 긴 흉터를 내고 싶었던 노배우의 간절한 소망은 결국 아들의 손을 통해 이루어졌다. 나아가 그녀의 망나니 아들은 엄마가 시키지도 않은 짓까지 저질렀다. 김 실장이 원정의 잠옷을 잡아채 옷이 찢겨나가며 허연 젖가슴을 드러내자 두 사람의 머릿속에선 미리 계획하지도 않았던 또 다른 즐거운 놀이가 떠오른 것이다.

공연 도중 서로 화음을 맞추며 마주 보고 웃는 사이먼과 가펑클처럼 두 사람은 묘한 눈빛을 교환하더니 다짜고짜 원정의 옷을 벗겨냈다.

그날, 일찍이 LA에 있는 한 대학에서 영화를 전공했던 사이먼과 가펑클은 가장 더럽고 야비한 포르노그래피의 한 장면을 연출해 냈다. 상대는 금발의 포르노배우가 아닌 한물간 중년의 여배우였으며 장소는 샌 퍼낸도 밸리의 고급빌라가 아니라 한강변에 있는 좁은 원룸 오피스텔이었다. 그리고 손에는 비디오카메라 대신 16밀리 카메라를 들고 있었다. 기실 원정이 아무리 가슴이 풍만하다 해도 이미 오래전에 한물간 나이여서 그들이 늘 옆에 차고 다니는 젊은 여배우들과는 성적 매력에 있어서 비교가 되지 않았다. 게다가 유 사장은 원정이 자신의 아버지, 유 의원의 여자라는 사실을 모르지 않았다. 그런데 인간의 성적 취향이란 참으로 다양하고 복잡해서 바로 그런 점이 오히려 그를 더 흥분시켰다. 그것은 그가 LA 유학시절, 온갖 지저분한 포르노를 보며 키워온 은밀한 성적 판타지였으며 평생 자신을 엄한 눈으로 심판하던 아버지에 대한 복수이기도 했다. 앞으로, 뒤로, 뒤집어서, 엎어서! 사이먼과 가펑클은 환상의 복식조답게 번갈아가며 차례로 원정을 유린했다. 그리고 그 모든 장면을 16밀리 필름에 담았다.

승냥이들이 광기 어린 흥분에 미쳐 날뛰는 동안 원정은 미동도 않고 바닥에 누워 있었다. 두 사람은 시종일관 영어로 이야기를 주고받아 한 마디도 알아들을 수 없었다. 게다가 복면까지 뒤집어쓰고 있어 얼굴조차 확인할 수 없었다. 하지만 원정은 곧 그들 중 한 명이 자신이 한동안 살을 섞고 살던 남자의 아들이라는 사실을 알아챘다.

유 사장이 미국에서 공부를 마치고 돌아온 뒤 충무로에서 몇 번 만난 적이 있어 목소리를 분명하게 기억하고 있던 터였다. 그래서 처음엔 격렬히 저항했지만 마약에 취한 듯 미쳐 날뛰는 승냥이들을 당해낼 수는 없었다. 그것은 환멸과 좌절로 점철된 긴 충무로 생활 끝에 그녀가 마지막으로 받아든 성적표였다. 그 사실을 확인하는 순간 원정은 근친의 죄의식과 더불어 혀를 깨물어 죽고 싶은 수치심에 온몸에 힘이 빠졌다. 고개를 옆으로 돌린 채 누워 있는 그녀의 눈에선 회한의 눈물이 주르르 흘러내렸다.

*

삼촌은 중국식 도복을 입고 거울 앞에 서 있었다. 그것은 오래전 엽문의 제자였던 마 사장의 아버지가 입었던 옷으로 마 사장이 죽기 전에 그에게 물려준 거였다. 도복을 입은 사내는 마치 70년대 무협 영화 속에서 튀어나온 듯 비현실적인 느낌이었지만 얼굴은 어느덧 우울과 피곤이 뚜렷하게 자리 잡아가고 있는 중년의 모습을 띠고 있었다.

이제 거의 다 온 건가? 불현듯 원정의 얼굴이 떠올랐다. 행복은 너무 짧았고 추억은 견디기 힘든 고통으로 변해버렸다. 그는 언제나 무협의 세계에서 살아왔지만 기실 그것은 너무 천진하고 무기력한 세계였다. 그 안엔 어떠한 정의도 어떠한 진실도 없었다. 그것은 좌절과 모멸감밖에 남지 않은 환멸의 세계였다. 그가 꿈꾸었던 세계는 현실에 부딪쳐 철저하게 짓밟히고 파괴되었으며 그가 사랑했던 여자는 강간을 당한 채 차가운 강물 속으로 뛰어들었다. 삼촌은 자신이 오랫동안 꿈꾸었던 그 세계가 철저하게 사기였음을 깨달았다. 그래서 고통스럽고 혼란스러웠다. 또한 슬프고 외로웠다. 그래서 이젠 모든 걸 바로잡아야 할 때가 왔다는 걸 깨달았다. 그 숱한 모멸과 굴욕, 끝도 없는 절망과 슬픔의 날들은 지나가고 마침내 이야기를 끝내야 할 때가 온 것이다. 그리고 그것은 온전히 자신의 몫이었다. 감방 안에서 이소룡을 만났을 때 그는 스스로 자신의 이야기를 종결지어야 한다는 것을 깨달았다. 그것은 용(龍)의 길, 즉 이소룡의 뒤를 따르는 것이었으며 자신에게 주어진 소명이자 피할 수 없는 숙명이었다. 그리고 그것이야말로 바로 무도인의 길이었다.

두려움이 전혀 없는 건 아니었다. 그것은 밤마다 자신을 향해 달려들던 수많은 갈고리들과 목숨을 건 싸움을 벌이는 일이었다. 하지만 그는 무술의 길은 곧 자신과의 싸움이라는 이소룡의 말을 상기했다. 이소룡이 영화 속에서 보여주는 무술이 모두 쇼라고 비웃는 이들에게 그것이 쇼가 아니라는 것을 증명해 보일 차례였다. 삼촌은 화장대 위에 놓여 있던 쌍절곤을 집어 들었다. 마치 신체의 일부처럼 손에 익은 그것은 여전히 단단하고 믿음직스러웠다. 그는 쌍절곤을 허리춤에 차고 집을 나서기 전, 다시 한 번 거울을 들여다보았다. 그의 얼굴엔 더 이상 아무런 두려움이 없었다. 무념무상, 혼란이 사라진 머릿속은 더없이 차분하고 편안했다. 그는 이소룡이 상대와 겨룰 때처럼 엄지손가락으로 코를 한 번 쓱 문지른 후 문을 향해 돌아섰다.

*

　유 사장과 김 실장은 그날도 신인 여배우 두 명과 함께 집에서 난잡한 파티를 벌이고 있었다. 마리화나 연기가 자욱한 거실에선 끈적거리는 음악이 흘러나왔고 술과 마리화나에 취한 여자들은 흐느적거리며 음악에 맞춰 춤을 추었다. 그러다 한껏 기분이 달아오른 유 사장이 16밀리 영사기를 돌려 영화를 틀었다. 그것은 복면을 뒤집어쓴 두 명의 사내가 출연하는 영화로 자신들의 추악한 짓거리를 기록한 필름이었다.
　어머, 오빠! 이거 포르노 아냐?
　포르노라니! 넌 예술도 모르냐? 봐라, 이게 바로 쁠랑 쎄깡스* 아니냐. 김 피디, 우리 이거 깐느에 출품해야 되는 거 아냐?
　한 여배우가 강물에 빠져 실종되었다는 소식을 들었을 때 유학파 출신의 명콤비는 혹시 자신들이 용의자로 지목될까 두려워 전전긍긍했지만 얼마 뒤, 다찌마리 배우 중의 한 명이 살인용의자로 검거되었다는 뉴스가 나오자 그들은 믿을 수 없는 행운에 오히려 어리둥절한 기분이었다.
　그리고 보면 세상은 참 불공평해. 어떤 놈은 재수 없게 살인범으로 몰려 감방에 가고 누구는 죄를 짓고도 이렇게 멀쩡하니 말이야.
　그게 바로 요즘 내가 다시 라이프니츠의 신정론에 관심을 갖는 이유라니까.

---

* plan-sequence. 한 신이나 시퀀스가 하나의 쇼트로 이루어지는 것. 원 신-원 쇼트(one scene-one shot)라고도 한다.

이 아름다운 불공평에 축배를!

키득키득 깔깔대고, 천덩천덩 느적거리며 파티는 좀처럼 끝날 기미가 보이지 않았다. 그러다 자정이 넘어 마침내 여자 한 명이 비틀거리며 자리에서 일어섰다. 더 있다 가라는 둥, 너무 취했다는 둥, 자고 가라는 둥, 택시를 불러주겠다는 둥 가벼운 실랑이 끝에 그녀는 결국 가방을 들고 일어나 김 실장이 집 앞까지 따라 나섰다. 그리고 잠시 후, 여자를 택시에 태워 보낸 그가 다시 집으로 막 들어섰을 때였다. 누군가 정원수 뒤에 숨어 있다 불쑥 앞으로 나섰다.

— 누, 누구야?

김 실장이 게슴츠레 눈을 뜨고 쳐다보니 작달막한 키에 이상한 중국식 도복을 입은 남자가 서 있었다.

삼촌이 처음에 가평클을 알아보지 못한 건 그가 야구모를 쓰고 있었기 때문이었다. 그래서 곱슬머리라는 것을 미처 알아채지 못했는데 며칠 동안 영화사 주변을 잠복해 확인한 결과 그가 심한 곱슬머리라는 것을 확인할 수 있었다. 그동안 키가 큰 곱슬머리들은 많이 만나보았지만 그는 생김새와 체형만 비슷한 게 아니라 가평클과 분위기도 매우 흡사했다. 뭐랄까, 어딘가 빠다 냄새가 난다고나 할까? 삼촌은 최종적으로 현상소 기사를 불러 그가 맞는지를 확인했다. 다방 구석자리에 숨어서 김 실장을 지켜본 현상소 기사는 그가 16밀리 필름의 인화를 맡긴 자라는 것을 거듭 확인을 해주었다.

— 글쎄, 내가 눈썰미 하나는 자신 있다니까요. 저 사람이 틀림없어요.

모든 건 명백해졌고 이제 남은 건 진실을 밝히는 것뿐이었다.

— 당신, 뭐야? 여긴 어떻게 들어왔어?

김 실장이 낯선 인물의 등장에 놀라 주춤하는 순간, 삼촌의 주먹이 상대의 턱을 겨냥하고 번개처럼 날아갔다. 그런데 이때 전혀 예상치 못한 일이 벌어졌다. 사내는 허리를 숙여 가볍게 삼촌의 주먹을 흘려보내고 전광석화처럼 발을 뻗어왔는데 미처 피할 새도 없이 정통으로 뒤꿈치에 얼굴을 맞고 뒤로 벌렁 나자빠지고 말았다. 빠르기도 워낙 빠른 데다 부츠를 신고 있는 다리가 예상보다 훨씬 길었던 것이다. 창졸간에 한 방을 얻어맞은 삼촌은 비틀거리며 일어나 상대를 올려다보았다. 상대는 큰 키로 엉거주춤 권투자세를 취하고 있는 듯 했지만 빈틈을 찾기가 쉽지 않았다. 고수였다!

그제야 삼촌은 제대로 자세를 잡고 신중하게 사내와 거리를 두며 바깥을 돌았다. 이 자일까? 과연 이 자가 원정을 해친 자일까? 아직은 알 수 없다. 하지만 사내는 만만치가 않다. 처음 보는 동작인데 뭘까? 이때 사내는 삼촌의 생각을 읽었는지 순순히 대답을 해주었다.

— 내가 미국에서 공부할 때 깜둥이들 패주느라고 무에타이 좀 배웠지. 근데 원하는 게 뭐야? 돈이 필요해? 그럼 칼이라도 들고 덤벼들어야지. 맨손으로 어디 되겠어?

그는 작은 체구의 삼촌을 얕잡아본 듯 한껏 이죽거리며 긴 다리를 뻗어왔다. 순간, 약간 방심한 듯 방어가 허술했는데 그 정도면 충분했다. 삼촌은 재빨리 몸을 숙이며 발로 정강이 아래를 힘껏 후렸다. 사내의 몸이 허공에 붕 떠올랐다 보기 좋게 나가떨어졌다. 그는 후다닥 일어나 다시 자세를 잡았는데 자존심이 상한 듯 얼굴이 붉으락푸르락했다.

— 호, 제법이네. 왕년에 태권도 도장에라도 좀 다닌 모양이지?

그에게 지나친 자신감과 오만함만 없었더라면 싸움은 좀더 길게 갈 수도 있었을 것이다. 하지만 그는 상대의 실력을 가늠해 볼 생각 보다는 그저 이 좆만 한 새끼가! 하는 기분이 앞섰으므로 긴 팔다리를 이용해 성급하게 공격을 해왔다. 이에 삼촌은 바로 코앞에서 바람소리가 날 만큼 위협적인 발차기를 피하느라 점점 더 정원 구석으로 내몰려 전세가 불리해졌지만 무에타이 고수가 기분을 내는 건 거기까지였다. 그가 구석에 몰린 상대를 향해 회심의 일격을 가하는 순간, 뭔가 눈앞에서 번쩍했다. 그리고 코가 깨진 듯 코피가 주르르 흘러내렸다. 뒤로 몇 발짝 물러서며 겨우 정신을 차려보니 상대의 손에 뭔가 무기가 들려 있었다. 쌍절곤이었다.

비겁하게 무기를 사용하다니! 어쩌고 하는 말이 그 상황에서 가당키나 했을까? 그가 채 말을 마치기도 전에 다시 뻑! 소리가 나며 쌍절곤이 그의 얼굴을 강타했다. 살점이 떨어져나간 듯 입 안이 얼얼했고 눈앞이 캄캄했다. 당황한 가평클은 무기가 될 만한 것을 찾아 두리번거리다 정원수를 받쳐놓은 지지대를 뽑아 휘둘렀지만 코피가 줄줄 흘러내리는 데다 한쪽 눈이 보이질 않아 마구잡이로 휘둘러대는 공격은 무력하기만 했다.

삼촌의 머릿속엔 거대한 스크린이 펼쳐졌다. 그리고 그 위에선 격렬한 액션 장면이 상영되고 있었다. 상대는 무시무시한 갈고리를 휘두르는 악당이었고 자신은 억울하게 죽은 연인의 복수를 위해 혈혈단신 적진에 뛰어든 주인공이었다. 커다란 덩치의 갈고리는 빠르고 위협적이었다. 그는 거대한 갈고리를 휘둘러 바람을 갈랐고 들소처럼 대지를 흔들며 주인공을 몰아붙였지만 기실, 현실에서 그는 눈도 제대로 못 뜬 채 한낱 썩은 각목이나 휘둘러대는 마약중독자일 뿐이었다.

쌍절곤이 김 실장의 손목을 강타해 각목을 떨어뜨리는 순간 그는 자신이 벌이고 있는 대결이 단순한 싸움이 아니라는 것을 직감했다. 어둠 속에서 번뜩이는 상대의 눈빛에서 심상치 않은 살의가 느껴졌기 때문이었다. 본능적으로 심각한 위협을 느낀 그는 급히 몸을 돌려 집 안으로 달아나려고 했다. 하지만 어느새 휘익, 쌍절곤이 날아와 그의 무릎을 정통으로 강타해 관절을 바수어놓았다. 그는 끔찍한 통증에 비명을 지르며 털썩 무릎을 꿇었다. 이때 그의 눈에 창문 너머 거실에서 여배우를 끌어안고 흐느적대며 춤을 추고 있는 유 사장의 모습이 들어왔다. 그는 부러진 다리를 질질 끌며 엉금엉금 현관문을 향해 기어갔다. 그리고 뭔가 도움을 요청하는 소리를 질렀지만 크게 틀어놓은 음악 소리에 묻혀 유 사장은 창밖에서 무슨 일이 벌어지는지 알지 못했다.

삼촌은 기어가는 김 실장의 등에 올라타 뒤에서 목을 조르기 시작했다. 그의 팔뚝은 질긴 밧줄처럼 강하게 그의 목을 파고들었다. 숨이 막혔지만 목이 졸려 있어 소리를 지를 수도 없었다. 바로 코앞에 선 유 사장이 노골적으로 여자의 치마 속으로 손을 집어넣었다. 여배우는 새침하게 손을 쳐냈지만 뱀처럼 끈적끈적한 손길이 집요하게 파고들자 싫지만은 않은 듯 깔깔대고 웃으며 유 사장의 목을 끌어안았다. 바로 그 장면에서 김 실장은 눈앞이 캄캄해지기 시작했다. 그제야 그는 비로소 자신의 목을 조르는 사내가 누구인지, 그리고 무엇 때문에 자신을 공격하는지 궁금해졌다. 그리고 그것을 진즉에 물어보지 않은 것을 후회했다. 하지만 후회 따위를 하기엔 상황이 너무 절박했다. 그는 질식할 것 같은 두려움에 발버둥을 쳤지만 격한 몸부림에 정원의 잔디만 패었을 뿐 삼촌의 단단한 팔뚝에서 벗어날 수는 없었다.

삼촌의 머릿속에선 〈사망유희〉의 한 장면이 펼쳐지고 있었다. 2미터가 넘는 장신의 흑인과 힘겨운 싸움을 벌이던 이소룡이 그를 물리친 것은 바로 목조르기를 이용한 방법이었다. 특별한 기술은 없었다. 그저 상대가 자신을 집어던지든 말든 상관 않고 숨이 끊어질 때까지 팔을 풀지 않는 거였다. 삼촌은 팔에 경련이 일 만큼 온힘을 다해 목을 조른 채 이를 악물고 버텼다. 어느 순간, 상대의 몸이 축 늘어지는 느낌에 삼촌은 목을 감았던 팔을 풀고 그의 몸에서 떨어졌다. 그리고 잔디밭에 털썩 주저앉아 가쁜 숨을 몰아쉬다 문득 정신을 차리고 옆을 돌아보았다. 김 실장은 죽은 듯 미동도 없이 잔디밭에 엎어져 있었다. 나는 이제 살인자가 된 것인가? 순간, 삼촌은 본능적인 죄의식과 두려움에 온몸에 전율이 일었다. 하지만 발로 허리께를 툭 차보니 가평클은 고통스런 신음과 함께 꿈틀 몸을 뒤챘다. 다행히 의식을 잃고 잠시 기절한 모양이었다. 그래, 아직은 죽을 때가 아니지.

창문 너머 집 안에선 바로 코앞에서 무슨 일이 벌어졌는지도 알지 못한 채 유 사장이 젊은 여배우의 치마 속을 헤집으며 몸을 흐느적거렸다. 저 더러운 손이 원정의 가슴을 함부로 움켜쥐었을 테지. 낄낄대고 키득대면서, 울부짖으며 반항하는 가엾은 여자의 고운 얼굴을 칼로 그어대며……. 복수는 아직 끝나지 않았다. 그리고 삼촌에겐 아직 해야 할 일이 남아 있었다. 잠시 식었던 몸이 뜨겁게 달아오르며 눈앞엔 다시 스크린이 환하게 펼쳐졌다.

유 사장은 2층 침실에서 여배우와 함께 곯아떨어져 있었다. 술에 취해 두 사람이 한바탕 질펀하게 정사를 치른 뒤였다. 그는 잠결에 누군가 희미하게 자신을 부르는 소리에 깨어났다. 술이 깨지 않아 머리가 무거웠다. 옆을 돌아보니 여자가 허연 엉덩이를 드러낸 채 입을 헤 벌리고 잠들어 있었다. 미처 씻지도 못해 마스카라가 번지고 화장이 얼룩져 길거리의 늙은 창녀처럼 피곤에 찌든 얼굴이었다. 이때 다시 아래층에서 자신을 부르는 소리가 또렷하게 들렸다. 김 실장의 목소리였다. 이 자식은 도대체 어디로 사라졌다 이제 나타난 거야? 유 사장은 인상을 찡그리며 침대에서 기어 나와 실크가운을 걸치고 아래층으로 내려갔다.

김 실장은 손발이 노끈으로 단단하게 묶인 채 소파에 뉘어져 있었다. 그리고 입에는 재갈이 물려 있었다. 목소리가 희미하게 들린 것은 그 때문이었다. 뜻밖의 상황에 놀란 유 사장이 한달음에 달려 내려가보니 몽둥이로 심하게 두들겨 맞은 듯 얼굴이 퉁퉁 부어 있었다.

— 저, 저, 저, 저……

김 실장은 공포에 질린 목소리로 뭐라고 입을 열었는데 재갈을 물린 데다 입에 피거품이 고여 있어 무슨 말인지 알아들을 수가 없었다.

— 왜 이래? 무슨 일이야?

유 사장이 다급하게 재갈을 막 풀려고 할 때였다. 소파 뒤에서 중국식 도복을 입은 한 사내가 모습을 드러냈다. 낯선 남자의 출현에 놀란 유 사장이 재갈을 풀다 말고 주춤하며 뒤로 물러섰다.

— 누, 누구야, 당신?

사내는 아무런 대답도 없이 성큼성큼 유 사장을 향해 다가갔다. 위험을 직감한 유 사장은 술에 취해 있음에도 불구하고 기습적으로 구석에 세워져 있던 스탠드를 집어 들어 상대의 머리를 내리쳤다. 스탠드가 깨지며 사내의 머리에서 주르르 피가 흘러내렸다. 하지만 그는 몸을 피하지도 않았고 비명을 지르지도 않았다. 마치 고통을 모르는 강시처럼 성큼성큼 상대를 향해 다가갔다.

― 왜, 왜 이러는 거야?

유 사장은 뒤로 주춤거리며 물러서다 의자에 발이 걸려 뒤로 벌렁 넘어졌다. 이에 넘어진 유 사장을 향해 삼촌이 막 몸을 날리려고 할 때였다. 유 사장이 뭔가 생각난 듯 다급하게 손을 내저으며 외쳤다.

― 잠깐! 당신 어디서 본 것 같은데…… 저, 전에 촬영장에서 봤던 그, 그 배우 아냐?

유 사장은 며칠 전, 술자리에서 자신에게 이단옆차기를 날렸던 무명의 다찌마리 배우를 용케 기억해 냈다. 삼촌이 멈칫하자 그는 재빨리 자리에서 일어서며 횡설수설 입을 열었다.

― 그, 그때 일은 다 오해야. 박 감독한테 당신 나오는 장면 다 잘라버리라고 한 건 그냥 욱해서 한 말이니까 신경 쓰지 말고……. 내가 박 감독한테 전화해서 다시 편집하라고 할게. 응? 그럼, 되잖아. 남자가 뭐 그깟 일로 쩨쩨하게…….

유 사장은 뒤로 물러서며 엉뚱한 소리를 늘어놓았다. 그는 아마도 그날 회식자리에서 있었던 일로 삼촌이 앙심을 품은 거라고 생각한 모양이었다.

이때, 거실 한복판에 놓여 있는 낯선 장비가 삼촌의 눈에 들어왔다. 바로 16밀리 영사기로 가정집에서 흔히 볼 수 있는 물건이 아니었다. 삼촌은 이상한 직감에 영사기에 걸린 필름을 손으로 잡아채 불빛에 비춰보았다. 필름 안엔 복면을 쓴 사내와 옷이 찢긴 채 바닥에 누워 있는 여자의 모습이 담겨 있었다. 직감했던 대로 자신이 현상소에서 보았던 바로 그 추악한 필름이었다. 진실이 포지티브필름처럼 선명하게 드러나는 순간이었다. 필름을 들고 있는 삼촌의 손이 분노로 부르르 떨렸다. 이때, 슬금슬금 물러섰던 유 사장이 어느 틈엔가 뒤에서 골프채를 휘두르며 달려들었다.

— 홧 더 퍽!

단단한 단조 아이언헤드가 삼촌의 머리를 노리고 날아갔다. 하지만 삼촌은 뒤도 돌아보지 않은 채 전광석화처럼 쌍절곤을 휘둘렀다.

아비요!

눈앞에서 불이 번쩍하며 정수리가 뜨끈했다. 유 사장은 머리가 깨질 것 같은 고통에 골프채를 놓치며 손으로 머리를 감싸 쥐었다. 깨진 머리에선 주르르 피가 흘러내려 얼굴을 적셨다. 이윽고 삼촌이 고개를 돌려 유 사장을 바라보았는데 눈빛이 야차의 그것처럼 활활 타오르고 있었다. 이때, 뭔가 눈치를 챘는지 유 사장이 다시 다급하게 외쳤다.

— 자, 자, 잠깐! 당신 혹시 최, 최원정 그 여자 때문에 그러는 거 아냐?

그의 입에서 튀어나온 뜻밖의 말에 삼촌이 우뚝 멈춰 섰다. 그제야 속사포처럼 유 사장이 변명을 늘어놓았다.

— 그, 그 여자는 우리가 죽인 게 아냐. 그냥 겁만 주려고 했던 거야. 지, 진짜야! 겨, 경찰에서도 단순실종이라고 결론을 냈잖아. 응? 다 알면서 왜 이래?

유 사장은 자신이 제대로 짚었다고 생각했는지 머리에서 피가 줄줄 흘러내리는 와중에도 필사적으로 변명을 늘어놓았다. 겁만 주려고 했다고? 그런데 힘없는 여자를 그렇게 처참하게 짓이겨놓을 수 있단 말인가! 삼촌의 눈썹이 꿈틀 움직였다.

―그, 그때 당신이 누명을 썼을 때도 그래. 우리도 양심의 가책을 느껴서 경찰에 자수를 하려고 했는데 마침 무혐의로 풀려났다고 그러더라고. 그래서 기회가 없었지.

삼촌은 유 사장이 늘어놓는 변명이 더 이상 귀에 들어오지 않았다. 다만 강물 속으로 뛰어든 원정에 대한 안타까움과 분노만이 가슴속을 가득 채웠다. 그런데 유 사장은 삼촌의 표정이 조금 누그러졌다고 생각했는지 조심스럽게 눈치를 보며 말을 이어갔다.

―그리고 아직 실종인지 자살인지 정확하게 밝혀진 것도 아니잖아. 이런 얘기를 꺼내는 건 좀 그렇지만 당신이 원한다면 어느 정도 돈으로 보상해 줄 용의도 있어. 그러니까 일단 그거 내려놓고 우리 차분하게 얘기 좀 해보자고. 응? 자, 거기 서 있지 말고 이리 와 앉아.

유 사장은 소파 쪽으로 걸어가며 자리까지 권했다. 그러나 그가 돈 얘기를 입에 올린 것이 화근이었을까? 삼촌의 얼굴이 고통으로 일그러졌다. 그리고 다음 순간 섬뜩한 괴성과 함께 유 사장을 향해 몸을 날렸다. 온몸의 무게를 실은 이단옆차기가 유 사장의 가슴팍에 작렬하자 그의 몸이 뒤로 날아가 거실 화장대 위에 떨어졌다. 엄청난 괴력이었다. 와장창, 화장대가 부서지며 유 사장이 바닥에 굴러 떨어졌다. 삼촌은 넘어진 상대의 배위에 올라타 마구 주먹을 날렸다.

날 왜 이렇게 만들어?

유 사장의 얼굴을 주먹으로 짓이기는 동안 삼촌의 머릿속에선 〈정무문〉의 한 장면이 펼쳐지고 있었다. 이소룡은 자신의 스승을 독살한 일본문파의 앞잡이를 살해한 뒤 분노와 죄의식에 온몸을 부들부들 떤다. 그리고 방금 상대를 때려죽인 자신의 주먹을 움켜쥐고 고통스럽게 외친다.

날 왜 이렇게 만들어?

삼촌을 그렇게 만든 건 무엇이었을까? 그의 인생은 이제 영화적 상상력에 의지해 클라이맥스를 향해 치닫고 있었다. 삼촌의 어디에 그런 잔인성이 숨어 있었을까? 그는 마치 염마가 빙의된 듯 미칠 듯한 살의에 사로잡혀 주먹을 마구 휘둘렀다. 내리치는 주먹 끝에선 뭔가 철벅거리며 끔찍한 소리가 들렸고 뼈가 함몰되는 느낌이 손에 전달되었지만 분노의 주먹은 멈추지 않았다. 그러다 어느 순간, 퍼뜩 삼촌의 머릿속에선 오래전 자신을 향해 이죽거리던 토끼의 말이 떠올랐다.

내가 진즉에 알아봤는데 너는 절대로 사람을 못 죽여. 그게 바로 너의 한계지.

사람을 죽이는 것은 단지 몇 대 때리는 것과는 다른 문제였다. 사람을 죽인 이후의 삶은 분명 그 이전의 인생과는 다를 터였다. 삼촌은 감당할 수 없는 혼란과 두려움에 문득 주먹을 멈추고 유 사장을 내려다보았다. 겨우 숨이 붙어 있긴 했지만 그의 얼굴은 사람의 것이 아닌 듯 온통 피투성이가 된 채 흉측하게 부어 있었다. 삼촌은 그 끔찍한 폭력의 장면을 보며 구역질이 날 것처럼 속이 메슥거렸다. 그것은 자신이 그토록 혐오했고 평생 벗어나고자 했던 야만의 세계였다. 하지만 이제 와서 살인귀 염마와 자신이 다를 게 뭐가 있단 말인가! 그것은 무협의 정의도 아니었고 권격의 윤리도 아니었다. 무도인의 길은 더더욱 아니었다. 삼촌은 혐오와 증오의 이율배반적인 감정 속에서 온몸에 힘이 풀려 털썩 소파에 주저앉았다.

아아! 도대체 내가 뭘 어떻게 해야 합니까?

만일 그때 이소룡이 눈앞에 나타났더라면 삼촌은 그렇게 물었을 것이다. 하지만 이소룡은 더 이상 보이지 않았고 끔찍한 폭력의 현장만이 눈앞에 펼쳐져 있었다. 그리고 그 모든 것을 수습하고 정리해야 할 사람은 다름 아닌 삼촌 자신이었다. 하지만 토끼의 말대로 삼촌은 누군가를 죽일 수 있는 사람은 아니었다. 복수도 할 수 없고 정의도 실현할 수 없는 답답함과 안타까움에 목이 메었다. 그렇게 한동안 혼란스러운 기분에 휩싸여 소파에 멍하게 앉아 있던 삼촌은 뭔가 결심한 듯 문득 자리에서 일어났다. 그리고 바닥에 떨어진 전화기를 들고 와 유 사장의 코앞에 내밀었다. 그동안 유 사장도 정신을 차린 듯 자리에서 일어나 앉아 고통스런 한숨을 몰아쉬고 있었다. 그는 삼촌이 내민 전화기를 보고 무슨 뜻이냐는 듯 위를 올려다보았다. 삼촌은 차분하게 가라앉은 목소리로 말했다.

— 자, 이제 네가 살 수 있는 방법을 알려주지. 지금 당장 네 아버지한테 전화를 걸어.

이가 모두 부러지고 얼굴이 온통 피투성이가 된 유 사장은 의아한 듯 쳐다보다 퉁퉁 부어오른 입을 열어 겨우 소리를 냈다.

— 아, 아빠?

— 그래. 네 아버지한테 지금 당장 여기로 오라고 해.

— 아, 아빠는 왜……?

— 네가 무슨 짓을 했는지 네 아버지한테 보여줘야지.

삼촌은 눈으로 영사기를 가리키며 말했다.

─그, 그건 안 돼! 아, 아빠가 알면 큰일 나.

유 사장은 마치 잘못을 저지르다 들킨 어린애처럼 겁에 질린 얼굴이었다. 이때 삼촌은 노끈에 묶인 채 소파에 누워 있는 김 실장을 가리키며 말했다.

─네가 전화를 안 걸면 이놈 관절을 하나씩 부러뜨려 줄 거야.

그 말에 김 실장은 재갈을 물린 입으로 뭐라고 웅얼거리며 고개를 세차게 가로저었다.

─자, 빨리 전화를 걸어.

─안 돼! 아빠가 알면 난 이 집에서 쫓겨날 거야.

순간, 삼촌은 김 실장의 팔꿈치를 발로 밟고 힘껏 뒤로 젖혔다. 우두둑 뼈가 부러지는 소리와 함께 단말마의 비명소리가 집 안을 뒤흔들었지만 삼촌의 표정엔 아무런 변화가 없었다.

─사람의 관절은 백 개가 넘어. 일단 그중의 하나만 부러뜨린 거니까 너무 엄살 부리지 마.

유 사장은 겁에 질려 당장 울 것 같은 표정이었다.

─자, 다음은 어깨야. 여긴 조금 더 아플 거야.

김 실장은 머리를 흔들며 뭐라고 절박하게 소리를 질렀다. 하지만 재갈이 물려 있어 무슨 소린지 알아들을 수 없었다.

─차, 차라리 내 발로 경찰서에 가서 자수를 할게. 아, 아빠가 알면 난 돈도 한 푼 못 받고 알몸으로 쫓겨나.

─그건 나하곤 아무 상관없어. 그리고 네 애비가 오든 안 오든 어차피 너희들은 교도소로 가게 될 거야.

─제발 이러지 말고 말로 해. 말로. 내가 이렇게 빌게. 돈이 필요하면 얼마든지 준다니까…….

유 사장은 무릎을 꿇고 두 손으로 싹싹 빌며 애원을 했다. 이때 그의 얼굴에선 강간을 저지른 잔혹한 범죄자의 모습은 온데간데없었다. 마치 유아기로 돌아간 듯 순진하기만한 표정이었다. 그 모습에 삼촌은 더 몸서리가 쳐졌다. 그래서 아무런 대답도 없이 김 실장의 어깨를 발로 밟고 팔을 잡아 사정없이 뒤로 꺾었다. 우두둑, 어깨가 부러지는 소리와 함께 김 실장의 입에서 끔찍한 비명소리가 터져나왔다. 삼촌이 팔을 놓자 부러진 팔이 허수아비의 그것처럼 덜렁거렸다. 김 실장은 유 사장을 향해 재갈을 문 채 뭐라고 소리를 질렀다. 아마도 빨리 전화 걸어, 이 씨발 새끼야! 어쩌고 하는 소리인 것 같았다. 그제야 유 사장도 다급하게 수화기를 끌어당기며 말했다.

― 그, 그만! 저, 전화 걸 테니까 제, 제발 그만해!

그리고 떨리는 손으로 수화기의 버튼을 눌렀다.

*

삼촌은 모든 고통과 비극이 바로 유 의원으로부터 비롯되었다고 믿었다. 말하자면 그는 삼촌이 최후에 상대해야 할 홍가다끼, 즉 악당의 두목이었다. 돈과 권력을 이용해 수많은 여자들을 농락하고 순수한 꿈들을 짓밟아 고통과 슬픔을 안겨주고 끝내 절망의 구렁텅이로 빠뜨려 가엾은 영혼을 죽음으로 내몬 그는 마땅히 처단해야 할 악의 화신이자 〈정무문〉의 일본인 관장 스즈끼였다. 〈용쟁호투〉에 등장하는 범죄조직의 두목 한이었으며 〈사망유희〉의 란 박사였다. 진정 원정의 원수를 갚아야 한다면 결국 그를 상대해야 마땅한 일이었다.

한밤중에 걸려온 아들의 전화에 잠에서 깨어난 유 의원은 망나니 아들이 또 뭔가 사고를 쳤구나, 하는 예감이 들었다. 아무것도 묻지 말고 당장 집으로 와달라는 아들의 목소리에서 뭔가 심상치 않은 느낌이 들었기 때문이었다. 유 의원의 그런 귀신 같은 예감은 그가 험난한 충무로에서 수십 년을 버티게 해준 중요한 자산이자 덕목이었다. 그는 집을 나서기 전 벽장 안에 걸어놓은 레밍턴 엽총을 꺼내들었다. 그것은 그가 겨울에 강원도로 멧돼지 사냥을 다닐 때 쓰던 총으로 거실 한복판에 걸린 박제된 사슴 머리와 실크 잠옷, 그리고 벽난로와 함께 7,80년대 한국영화에 자주 등장하는 소품이었다. 이때 엽총은 드라마에 극적 긴장을 불어넣는 동시에 총의 주인이 여자 팔자를 기구하게 만들기에 충분할 만큼 부자라는 것을 드러내기 위한 영화적 장치로 주로 부잣집 아저씨로 분한 윤일봉이나 남궁원이 들고 등장하곤 했다.

그가 혼자 차를 몰아 아들의 집에 도착했을 땐 불이 모두 꺼진 채 넓은 저택이 컴컴한 어둠에 잠겨 있었다. 역시 뭔가 수상쩍은 상황이었다. 그는 조심스럽게 문을 열고 집안으로 들어서다 뭔가를 발견하고 우뚝 멈춰 섰다. 어둠에 잠긴 거실 한복판에서 16밀리 영사기가 돌아가고 있었던 것이다. 벽에 걸린 스크린에선 영화가 상영되고 있었는데 핸드헬드로 찍은 듯 어지럽게 흔들리는 화면 속에선 복면을 쓴 한 사내가 엉덩이를 드러낸 채 여자를 겁탈하고 있었다. 시체처럼 누워 있는 여자의 커다란 가슴이 마구 흔들렸고 사내는 짐승처럼 헐떡대며 엉덩이를 밀어붙이고 있었다. 비록 사운드트랙이 없는 무성영화였지만 실제 강간 장면을 찍어놓은 듯 느낌이 생생했다. 도대체 이게 무슨 영화지? 하는 생각이 든 것도 잠깐, 흔들리는 카메라가 여자의 얼굴을 비추는 순간 유 의원은 가슴이 덜컥 내려앉았다. 강간을 당하고 있는 여자의 얼굴이 너무나 낯이 익었기 때문이었다. 그리고 곧 그녀가 바로 자신이 잘 알고 있던 바로 그 여배우라는 것을 알아챘다.

당황한 유 의원은 벽을 더듬어 스위치를 찾아 찰칵, 불을 켰다. 그리고 난장판이 된 거실 한복판에서 피투성이가 된 채 반죽음이 되어 소파에 기대 누워 있는 두 명의 사내를 발견했다. 두 사람은 모두 입에 재갈을 물린 채 팔다리가 노끈으로 묶여 있었다. 유 의원은 피투성이 가운데 한 명이 자신의 아들이라는 것을 한눈에 알아보았다.

— 얘, 얘야!

그는 총을 내려놓고 황급히 다가가 아들의 입에 물려 있는 재갈을 풀었다. 그러자 망나니 아들은 퉁퉁 부은 눈을 뜨고 아버지를 올려다보았다.

— 아, 아빠…….

— 그래, 나다! 대체 이게 무슨 일이냐?

유 의원이 손에 묶인 노끈을 풀며 물었다. 아들은 겁에 질린 눈으로 유 의원의 등 뒤를 가리키며 말했다.

— 저, 저, 저기…….

순간, 유 의원은 재빨리 엽총을 집어 들고 돌아섰다. 노인치고는 놀라우리만치 재빠른 움직임이었지만 상대는 오랜 세월 무술을 단련한 고수였다. 뒤에서 소리 없이 다가오던 사내는 번개처럼 엽총을 발로 걷어차 바닥에 떨어뜨렸다. 유 의원이 주춤거리며 뒤로 물러섰다.

— 다, 당신 누구야?

유 의원이 떨리는 목소리로 물었지만 사내는 대꾸도 않은 채 바닥에 떨어진 레밍턴 엽총을 집어 들어 이리저리 살펴보았다. 그가 입고 있는 중국식 도복은 유 의원이 제작했던 무협영화에 자주 등장하던 의상이었지만 현실에서 그런 옷을 입고 다니는 사람은 아무도 없었다. 하지만 서부영화에나 등장하는 레밍턴 샷건이나 무협영화엔 등장하는 치파오나 낯설고 이상하기는 마찬가지였다.

─ 당신, 도대체 누군데 여기서…….

─ 내가 누군지는 중요하지 않아. 어차피 말해도 모를 테고. 하지만 당신도 저 여자가 누군지는 알고 있겠지?

삼촌은 추악한 강간 장면이 펼쳐지고 있는 스크린을 가리키며 말했다.

─ 저, 저 여자랑 당신이 무슨 관계야?

─ 그것도 중요하지 않아. 중요한 건 저 복면을 뒤집어쓴 놈이 누구냐 하는 거야.

그리고 삼촌은 여전히 노끈에 묶인 채 소파에 기대 있는 유 사장을 바라보며 말했다.

─ 자, 이제 네 차례야. 저 개망나니가 누군지 네 아버지 앞에서 똑바로 말해 봐.

유 사장은 차마 대답을 못하고 고개를 떨어뜨렸다. 그러자 삼촌은 총개머리 판으로 그의 얼굴을 힘껏 후려갈겼다.

─ 어서 말해!

유 사장의 고개가 홱 돌아가며 사방에 피가 튀었다. 이를 지켜보는 유 의원의 얼굴이 하얗게 질렸다. 유 사장은 입이 찢어져 피를 뚝뚝 떨어지는데도 불구하고 여전히 입을 열지 못했다. 다시 개머리판이 작렬했다.

― 빨리 말해. 이 새끼야!

이번엔 반대로 고개가 돌아가며 다시 피가 튀었다. 그러자 유 사장이 고개를 숙인 채 힘겹게 입을 열었다.

― 저, 저건 바로……

이때 옆에서 지켜보던 유 의원이 소리쳤다.

― 그만! 말하지 마!

삼촌이 돌아보자 유 의원이 침통한 표정으로 말했다.

― 어차피 다 지나간 일이야. 아무도 말할 필요 없어.

그는 이미 모든 걸 다 알고 있다는 듯 착잡한 얼굴이었다.

― 뭐라고? 멀쩡한 여자가 죽었어! 그런데 씨발, 왜 아무도 말을 안 해! 빨리 말해, 이 새끼야!

그리고 다시 개머리판으로 유 사장을 내리치려는 순간, 유 의원의 입에서 뜻밖의 말이 흘러나왔다.

― 그만해! 원정이는 죽지 않았어.

삼촌은 뒤통수를 얻어맞은 듯 멍해졌다. 원정이 죽지 않았다고? 도대체 무슨 말이지?

― 난 자네가 누군지 알아. 얘기 다 들었어. 그러니까 내 말을 믿어. 원정이는 멀쩡하게 살아 있어.

― 도대체 그게 무슨 소리야!

같은 시각, 2층 침실에서 곯아떨어졌던 여배우는 뭔가 시끄러운 소리에 잠이 깼다. 머리가 깨질 듯 아프고 목도 탔다. 독한 양주를 물처럼 들이부었으니 그럴 만도 했다. 아래층에서 벌어지는 소동도 알지 못한 채 그녀는 물을 찾아 침실을 나와 아래층으로 내려왔다.

술이 덜 깨 비틀거리며 계단을 막 내려오던 참이었다. 그녀는 불이 환하게 켜진 거실에 네 명의 사내가 뒤엉켜 실랑이를 벌이고 있는 장면을 보고 놀라 끼약! 날카로운 비명을 질렀다. 그녀가 비명을 지른 이유는 삼촌이 총을 겨누고 있었기 때문이 아니었다. 자신이 실오라기 하나 걸치지 않은 알몸이라는 사실 때문이었다. 그 소리에 네 명의 사내는 일제히 계단 위를 올려다보았다. 여자는 황급하게 손으로 가슴과 사타구니를 가리고 후다닥 다시 계단 위로 뛰어올라갔다.

이때였다. 소파에 기대 있던 김 실장이 어수선해진 틈을 타 삼촌을 향해 몸을 날렸다. 비록 손발이 노끈으로 묶여 있었지만 무에타이 고수답게 날렵한 동작이었다. 쿵, 커다란 덩치가 기습적으로 와서 부딪치자 삼촌은 바닥에 쓰러지며 그만 손에서 총을 놓치고 말았다. 그리고 엽총은 공교롭게도 바로 유 사장의 코앞에 굴러 떨어졌다. 유 사장은 재빨리 엽총을 집어 들고 삼촌에게 겨누었다.

― 소, 손들어!

엉뚱한 인물의 등장으로 순식간에 전세가 역전되었다. 하지만 삼촌은 총에 대한 위협보다 원정이 살아 있다는 유 의원의 말에 온통 신경이 가 있었다.

― 위, 원정 씨가 진짜 살아 있다고?

삼촌이 유 의원을 향해 물었다.

― 그래, 그 애는 죽지 않았어.

― 그, 그럼 지금 어디에 있어요?

유 의원이 이에 대해 막 대답을 하려고 할 때였다. 유 사장이 총을 겨눈 채 앞으로 나서며 자신의 아버지를 향해 입을 열었다. 고통스럽게 일그러진 표정이었다.

― 아빠…… 난 이제 알았어요. 엄마가 왜 나보고 괴물이라고 하는지.

― 그, 그게 무슨 소리야?

― 엄마가 그랬어요. 아빠가 엄마를 강간해서 나를 낳았다고. 그래서 내가 괴물이 된 거라고.

― 미친 소리! 네 어미가 뒈질 때가 돼서 정신 나간 소리를 한 거야. 그런 말은 믿지도 마!

그리고 유 의원이 아들을 향해 다가가려고 하자 삼촌을 겨누고 있던 총구가 슬그머니 유 의원을 향해 움직였다. 뜻밖의 상황에 놀라 다들 유 사장을 쳐다보았다.

― 이, 이게 무슨 짓이야? 총 어서 이리 내!

유 의원이 당황해서 소리를 질렀지만 망나니 아들은 천천히 고개를 가로저었다.

― 아녜요, 아빠. 이건 다 아빠가 저질러놓은 일예요. 저 영화에 나오는 여자도, 그리고 여기 있는 이 이상한 새끼도 다 아빠가 끌어들인 거잖아요. 그러니까 결국 아빠가 저지른 죄로 내가 대신 심판을 받는 거라고요. 씨발, 나는 아무 죄도 없는데…….

유 사장은 어린애처럼 눈물을 뚝뚝 흘리며 울고 있었다. 그래서 피투성이가 되어 잔뜩 일그러진 얼굴이 더 괴이하게 느껴졌다.

― 생각해 보세요. 아빠하고 나는 평생 그런 식이었어요. 아빠는 이게 정당하다고 생각하세요?

― 그, 그럼 너는 도대체 뭐가 정당한 거라고 생각하니?

유 의원의 말이 끝나는 것과 동시에 레밍턴 샷건이 불을 뿜었다.

엄청난 굉음과 함께 총구에서 퍼져 나온 수백 개의 산탄이 유 의원의 가슴 한복판에 날아가 박혔다. 유 사장은 순식간에 피범벅이 된 자신의 아버지를 바라보며 말했다.

― 정당한 건 바로 이런 거죠.

유 의원은 고통에 잔뜩 일그러진 표정으로 그 자리에 털썩 주저앉았다. 그리고 쓰러지기 전 자신의 아들을 향해 마지막으로 힘겹게 입을 열었다.

― 네, 네 어미 말대로 넌 정말 괴, 괴물이 되었구나.

그리고 그 자리에 엎어져 숨을 거두었다.

거실엔 무거운 정적이 감돌았다. 2층에 올라갔던 여배우도 가운을 걸친 채 계단에 주저앉아 존속살해의 현장을 겁에 질린 눈으로 지켜보고 있었다. 삼촌도 김 실장도 전혀 예상치 못한 살인 장면에 놀라 서로 쳐다보기만 했다. 피투성이가 된 채 괴물처럼 일그러진 유 사장의 모습에서 삼촌은 다시 염마의 얼굴을 보았다. 다시 피가 튀고 살인이 저질러졌다. 이때 김 실장이 울먹이는 소리로 입을 열었다.

― 이, 이게 무슨 짓이야, 유 사장…… 아무리 미워도 그렇지, 아버지를 죽이는 놈이 세상에 어디 있어?

그러자 유 사장은 태연하게 대답했다.

― 아니, 아버지를 죽인 건 내가 아냐. 대한민국 국회의원 유태환을 죽인 건 내가 아니라 바로 이 새끼지.

유 사장의 총구가 삼촌 쪽으로 향했다.

― 뭐라고?

삼촌이 놀라 쳐다보았다.

― 그렇잖아. 네가 평소에 좋아하던 여배우가 배신을 하고 돈 많은 늙은이하고 붙어먹으니까 앙심을 먹고 살해한 거잖아. 아들을 인질로 잡고 이 죄 많은 늙은이를 유인해서 총으로 쏴 죽인 거지. 어때? 내 말이 틀려?

그는 여배우와 김 실장을 돌아보며 말했다.

― 여기 네가 죽인 걸 본 증인이 나 말고도 두 사람이나 더 있어. 어때, 누가 아버지를 죽였는지 다들 똑똑히 봤지?

유 사장의 물음에 두 사람은 차마 부정도 못하고 마지못해 희미하게 고개를 끄덕였다. 그들이 삼촌 편을 들 이유는 단 한 가지도 없었다.

― 이, 이 나쁜 새끼!

삼촌이 주먹을 불끈 쥐고 높이 치켜올리자 유 사장은 삼촌의 턱 밑에 총구를 들이댔다.

― 처음부터 너도 이렇게 복수를 하고 싶었던 거 아냐? 그런데 대신 내가 이 늙은이를 죽여줬으니까 오히려 나한테 고맙다고 해야지.

유 사장의 말에 삼촌은 들고 있던 주먹을 힘없이 떨어뜨렸다.

― 자, 이제 네가 살 수 있는 방법을 알려주지. 내일부터 당장 경찰이 널 잡으러 다닐 테니까 최대한 멀리 도망가는 게 좋을 거야. 살인죄 공소시효가 15년이야. 운만 좋다면 끝까지 안 잡힐 수도 있으니까 어디가 됐든 죽은 듯이 납작 엎드려서 15년만 버텨. 아예 홍콩이나 일본으로 밀항을 하는 것도 좋을 거야.

그는 입에서 흘러내리는 피를 손으로 훔쳐내며 말했다.

― 난 지금 경찰서에 전화를 걸어야 하니까 이 늙은이처럼 몸에

벌집이 나고 싶지 않거든 열 셀 동안 빨리 여기서 사라져. 자, 하나! 둘……

유 사장은 철컥, 노리쇠를 뒤로 당기고 숫자를 세기 시작했다.

*

내가 아영과 결혼식을 올리던 그해 이른 봄, 충무로에선 현직 국회의원이자 영화사 대표였던 유 의원이 사냥총에 맞아 피살되는 사건이 발생했다. 그리고 얼마 뒤, 살인용의자의 신분이 밝혀졌다. 그는 충무로에서 액션배우로 활동하던 인물로 피살된 국회의원 이외에도 그의 아들인 영화사 사장과 기획실장을 살해하려고 기도했지만 모두 미수에 그쳤다고 했다. 살해동기에 대해 경찰은 치정으로 결론을 내렸다. 평소에 짝사랑하던 여배우가 영화사 대표와 내연의 관계라는 것을 알게 된 용의자가 앙심을 품고 저지른 일이라는 거였다. 그날 나는 아영과 명동에서 결혼예복을 맞추고 돌아온 길이었다. 텔레비전에서 삼촌의 얼굴을 확인하는 순간, 나는 한동안 머릿속을 떠나지 않던 불길한 예감의 정체가 무엇인지를 깨닫고 그 자리에 털썩 주저앉았다.

그것은 광기 어린 망상과 복수심에 사로잡힌 한 사이코패스의 미친 소행이었을까? 아니면 영화가 아닌 현실에서 정의를 실현하고자 했던 한 무도인의 정당한 복수극이었을까? 언론에선 연일 살인사건을 둘러싼 온갖 억측기사들이 쏟아져 나왔고 경찰은 급히 살인용의자의 얼굴이 담긴 수배용 전단을 만들어 전국에 배포했다. 엄마을 포함해 친지들이 모두 뉴스를 보고 나에게 전화를 걸어와 어떻게 된 일이냐고 물었지만 삼촌의 행방이 묘연해 나로서도 도무지 어떻게 된 사연인지 알 도리가 없었다. 한 언론사에선 얼마 전 발생했던 여배우 실종사건과 연관 지어 삼촌을 연쇄살인범으로 몰아가기도 했다.

그날 밤, 유 의원의 집에서 도망쳐 나온 이후 삼촌은 아무 데고 발길 닿는 대로 이곳저곳 지방을 떠돌아다녔다. 그동안 세상은 충무로에서 벌어진 잔혹한 살인사건에 대한 보도로 한창 시끄러웠다. 지방의 한 음식점에서 밥이 나오기를 기다리는 동안 우연히 신문을 뒤적이던 삼촌은 사회면에 대문짝만 하게 실린 살인용의자의 얼굴을 보고 비로소 자신이 살인자가 되었다는 사실을 명백하게 깨달았다. 복수는 고사하고 살인의 누명까지 뒤집어쓰게 된 삼촌은 억울함과 답답함에 미칠 듯 괴로웠지만 그것은 영화 속 사건이 아니라 엄중한 현실이었다.

삼촌은 발길 닿는 곳 어디에서나 자신의 얼굴과 마주쳤다. 터미널 벽보나 사람이 많이 모이는 길가의 전봇대에는 어김없이 전단이 붙어 있었고 지명 수배자에겐 적지 않은 현상금까지 걸려 있었다. 벽에 붙어 있는 수배전단을 보며 그는 전단 속의 살인자가 바로 자신이라는 사실이 좀처럼 실감이 나지 않았다.

그런데 원정이 살아 있다고?

지방으로 도망을 다니는 내내 삼촌의 머릿속엔 오로지 한 가지 생각밖에 없었다. 그것은 삼촌의 유일한 희망이자 그가 살아 있는 모든 이유였다. 그런데 유 의원의 말이 사실일까? 잠시 위험을 모면해

보려고 거짓말을 한 건 아닐까? 그녀가 살아 있다면 어디에 있는 걸까? 유 의원은 그녀의 거처를 알고 있는 듯했지만 미처 그것을 알려주기도 전에 아들이 쏜 엽총에 맞아 영원히 입을 닫아버렸고 자신은 살인죄로 전국에 지명수배가 되어 꼼짝할 수 없는 처지가 되어버렸다. 원정이 살아 있다는 사실은 삼촌에게 새로운 희망이었지만 차마 희망이라고 부르기엔 너무 절망적인 상황이었다.

한때 삼촌은 유 사장을 찾아가 직접 자백을 받으려고 시도한 적도 있었다. 진범을 밝혀야만 자신이 누명을 벗을 수 있다고 생각했기 때문이었다. 하지만 위험을 무릅쓰고 유 사장이 사는 동네로 찾아갔을 때 골목마다 경찰이 깔려 있었다. 삼촌은 몇 번 기회를 엿보다 곧 포기하고 말았다. 유 의원의 말대로 그녀가 살아 있기만 하다면 복수를 못해도 좋고 누명을 쓰고 교도소에서 평생 썩는다 해도 아무런 상관이 없을 것 같았다. 하지만 어설프게 접근했다 자백을 받아내기도 전에 경찰에 체포된다면 원정을 찾는 것은 고사하고 그녀가 살아 있다는 사실조차 확인할 수 없게 될 터였다. 원정을 찾는 것만이 유일한 목표가 되어버린 마당에 그것은 상상도 하고 싶지 않은 일이었다.

그래서 삼촌이 차선으로 선택한 건 다시 가평클이었다. 아무래도 살인의 당사자인 유 사장보다 조금 경계가 느슨할 거라고 생각했기 때문이었다. 삼촌은 예전처럼 충무로 근처를 배회하며 김 실장이 나타나기를 기다렸지만 자신은 이제 세상 사람들이 얼굴을 다 아는 살인용의자로 얼굴을 쉽게 드러낼 수 없는 처지였다. 삼촌은 모자를 푹 눌러쓴 채 다방 구석자리나 한적한 골목에 숨어서 가평클이 나타나기를 기다렸다. 그렇게 잠복한 지 일주일, 그는 다방에서 가평클 대신에 뜻밖의 인물과 조우했다. 그날 밤 살해 현장에 있었던 바로 그 여배우였다. 삼촌은 그녀가 다방에서 나오기를 기다려 뒤를 밟았다. 다방에서 나온 그녀가 지나가는 택시를 잡아타자 삼촌도 황급히 다른 택시를 잡아타고 그녀가 탄 택시를 따라갔다. 앞의 차를 따라가 달라는 부탁에 택시운전사가 백미러로 자꾸만 뒤를 힐끔거려 삼촌은 모자를 더 깊숙이 눌러썼다.

그녀가 택시에서 내린 곳은 아현동 산동네였다. 그녀는 한동안 가파른 언덕길을 걸어 올라가 어느 허름한 집으로 들어갔다. 아마도 단칸방을 얻어 혼자 자취를 하는 모양이었다. 삼촌은 그녀가 열쇠로 문을 따는 순간 기습적으로 그녀를 밀치며 안으로 뛰어들었다. 그리고 안에서 문을 걸어 잠갔다. 낯선 침입자에 놀란 여배우는 옆에 있던 부엌칼을 집어 들고 사내를 향해 겨누었다.

— 자, 잠깐만, 그냥 얘기 좀 하려고요.

삼촌이 양손을 들어 진정을 시키려고 하자 여배우는 그제야 삼촌을 알아본 듯 단호하게 고개를 가로저었다.

— 난 아무 할 얘기 없어요.

— 왜 할 말이 없어요? 누가 유 의원을 죽였는지 그날 다 봤잖아요!

— 난 아무것도 못 봤어요.

— 아무 죄도 없는 사람이 살인죄로 교도소에 가게 생겼어요. 그런데 어떻게 모른 척할 수 있어요?

이때, 여배우의 눈빛이 잠깐 흔들렸다. 하지만 그녀는 천천히 고개를 가로저으며 말했다.

— 당신들끼리 무슨 원한관계가 있는지 난 몰라요. 하지만 내 약혼자를 경찰에 팔아넘길 수는 없어요.

― 야, 약혼이요?

― 유 사장이랑 지난주에 약혼했어요. 내년 봄에 결혼식을 올릴 거예요.

아마도 그것이 그녀가 입을 다무는 데에 따른 보상이었을 것이다. 삼촌은 망연자실, 할 말을 잊었다.

― 미, 미안해요. 나로서도 마지막으로 잡은 기회예요. 만약에……

그녀는 입술을 깨물며 단호하게 말했다.

― 누군가 그걸 망치려 든다면 맹세코 내 손으로 죽여버릴 거예요.

단칸방에 딸린 좁은 부엌에서 옹색한 세간을 둘러보던 삼촌은 그녀의 말이 진심일 거라고 생각했다. 누구라도 자기 인생을 망치는 걸 그냥 두고 볼 사람은 아무도 없을 것이다. 그리고 그것은 양심이나 윤리보다 더 우선하는 것일 터였다. 그녀가 간절하게 바라는 것은 아마도 지긋지긋한 가난과 절망에서 탈출하는 일일 것이다. 그래서 이 망할 놈의 산동네를 내려가는 일일 것이다. 그 대가로 무엇을 치르든 말이다. 그녀의 모습 위에 원정의 모습이 겹쳐졌다. 삼촌은 온몸에 힘이 쭉 빠지는 기분이었다. 비록 부엌칼을 움켜쥐고 단단하게 입술을 사리물고 있지만 그녀는 또 한 명의 힘없는 원정일 뿐이었다.

이때였다. 갑자기 누군가 쾅쾅, 문을 두드렸다. 그리고 강렬한 플래시 불빛이 문밖에 어른거렸다. 여자가 놀라 한눈을 파는 순간, 삼촌은 재빨리 부엌칼을 든 그녀의 손을 앞으로 끌어당겨 칼을 뺏어들었다. 밖에선 연신 문을 두드리며 재촉하는 소리가 들렸다.

― 야, 권도운! 안에 있는 거 다 아니까 빨리 나와 자수해!

경찰이었다. 아마도 삼촌이 타고 왔던 택시운전사가 얼굴을 알아보고 신고를 한 모양이었다. 삼촌은 여배우에게 칼을 겨누며 애원을 하듯 외쳤다.

― 그러지 말고 다시 한 번 생각해 봐요! 지 애비를 죽인 사이코 새끼랑 같이 살면 행복할 것 같아요? 차라리 양심껏 신고를 하고…….

이때 여배우는 삼촌이 들고 있는 칼을 잡아 대뜸 자신의 목에 겨누었다.

― 죽이려면 차라리 지금 날 죽여요! 나중에 후회하지 말고.

그녀에게도 삼촌만큼이나 절박한 사정이 있었던지 눈빛엔 두려움이 없었다. 두 사람은 좁은 부엌 안에서 그렇게 칼을 겨눈 채 팽팽하게 대치했다. 아무 말이 없는 가운데 그들은 각자의 인생을 걸고 눈빛으로 상대에게 뭔가를 간절하게 애원하고 있었다. 먼저 칼을 거둔 건 삼촌이었다. 제발 자신을 그냥 내버려달라는 듯 애절한 여자의 눈빛을 더 이상 쳐다볼 수 없었기 때문이었다. 토끼의 말대로 삼촌은 절대 누군가를 죽일 수 있는 사람이 아니었다. 삼촌이 칼을 쥔 손을 힘없이 늘어뜨리자 여자가 다급하게 말했다.

― 방에 들어가면 작은 창문이 있어요. 거기서 밖으로 나가면 뒷골목이 나오는데 그쪽엔 아직 경찰이 없을 거예요.

삼촌이 멈칫, 여자의 눈을 쳐다보았다. 제발 빨리 도망가라는 듯 간절한 눈빛이었다. 그 와중에 퇴로를 알려준 것이 그녀에겐 마지막 남은 한 가닥 양심이었을까? 삼촌은 칼을 바닥에 내던지고 문을 박차며 방으로 뛰어들었다. 밖에선 문을 부수려는 듯 쿵쾅거리는 소리가 요란했다. 여자의 말대로 방에는 창문이 하나 있었다. 겨우 몸이 하나 빠져나갈 만한 작은 창문이었다. 뒤에서 문이 부서지는 소리가 들리는 것과 동시에 삼촌은 창문 밖으로 몸을 날렸다. 일어서보니 좁고 어두컴컴한 골목이었다. 여자의 말대로 경찰은 보이지 않았다. 이때 여자의 집 창문에서 경찰이 고개를 내밀고 소리쳤다.
　— 야! 거기 안 서!
　삼촌은 무작정 꼬불꼬불 이어진 골목길을 따라 뛰기 시작했다. 뒤에서 경찰이 뭐라고 소리를 지르며 따라왔지만 삼촌은 뒤도 돌아보지 않은 채 어둠을 향해 마구 내달렸다. 어느 집에선가 요란하게 개 짖는 소리가 들렸다.

용쟁호투 [2]

그해는 참으로 정신없이 지나간 한 해였다. 삼촌이 경찰에 수배가 되어 쫓겨 다니는 와중에 나는 결혼식을 올렸고 그로부터 두 달 뒤에 아버지가 간암으로 돌아가셨다. 이미 그 전 해에 암 판정을 받은 아버지는 자신이 눈을 감기 전에 내가 장가드는 것을 봐야 한다며 서둘러 날짜를 잡아 휠체어를 타고 결혼식에 참석했는데 식을 올린 지 채 두 달도 지나기 전에 세상을 떠난 것이다. 향년 65세로 조금 이르다 싶은 나이였지만 주변에선 자제들 다 혼인시키고 손자까지 본 데다 변호사 아들까지 뒀으니 딱히 원도 한도 없다는 분위기였다. 할머니가 돌아가셨을 때와 달리 집이 아닌 동천 시내에 들어선 종합병원 영안실에 빈소를 마련해 상례는 모두 현대식으로 치러졌다. 간편하긴 했지만 인스턴트 식품처럼 알맹이는 없이 형식만 대강 갖춘 것 같아 장례기간 내내 뭔가 허전한 기분이었다. 하지만 그 또한 어쩔 수 없는 시대의 흐름일 터였다.

웨딩드레스를 입은 지 겨우 두 달 만에 상복을 입게 된 아내는 창졸한 상황에 당황할 법도 했지만 뜻밖에도 의연하게 상례를 잘 치러냈다. 강남의 부잣집 사모님인 형수가 어색하게 주변만 맴도는 데에 반해 아내는 적극적으로 손님을 맞고 살갑게 문중 어른들을 챙기는 한편, 조촐하게 음식을 차려내고 능수능란하게 주방을 지휘해 일하는 사람들이 자연스럽게 모두 아내의 지시를 기다리는 형편이 되어 다들 새 며늘아기가 여간내기가 아니라며 혀를 내둘렀다. 그때까지도 반상과 고하의 구분이 엄격한 문중에서 잘못 처신했다간 금세 말이 나올 법도 했지만 말 많고 탈 많은 문중 여자들 틈에서 아내는 눈에 띄지 않으면서도 요령껏 리더십을 발휘해 지켜보는 시어미를 흡족하게 만들었다.

아니, 변호사는 내 아들이 변호산데 왜 자기가 더 유세를 떨어? 정말 상전이 따로 없다니까, 하며 늘 형수를 비난하던 엄마는 새 며느리가 마음에 쏙 들었는지 나에게 여자를 잘 골랐다며 몇 번이고 입이 마르게 칭찬을 해주었다. 그것은 내가 형과 비교해 난생 처음으로 받은 칭찬이었다. 나는 엄마의 그런 말에 전혀 괘념치 않았지만 생에 대한 아내의 그런 단호하고 적극적인 힘이 나와 나의 가족을 굵은 동아줄처럼 단단하게 이 세계에 붙들어 맬 거라는 안도감이 드는 한편, 장차 그 동아줄이 나를 옥죄어올 거라는 불안감이 들기도 했다. 하지만 뭘 어쩌겠는가! 이미 혼인신고까지 하고 애까지 들어선 마당에 결혼을 무를 수도 없고!

― 담배 하나 줄래?

발인을 앞둔 장례의 마지막 날 밤이었다. 다녀갈 사람은 거개가 다녀간 뒤라 어느 정도 정리가 된 분위기에 바람도 쐴 겸 빈소 밖으로 나와 혼자 담배를 피우고 있는데 형이 슬그머니 다가와 옆에 앉았다.

― 담배 끊었다면서 아직도 피워?

내가 담배를 한 개비 꺼내 건네자 형이 불을 붙여 물며 대답했다.

— 마크 트웨인이 뭐라고 했는지 아냐? 남자는 모름지기 담배를 피워야 한다. 어떻게 담배를 피우지 않고 이 세상을 견딜 것인가!

그는 제법 유장한 리듬에 문장을 실어 옮기며 연기를 길게 내뿜었다. 잠을 못 자 눈이 벌겋게 충혈된 데다 씻지를 못해 잔뜩 후줄근한 몰골이었지만 어딘가 홀가분한 듯 허탈한 모습이었다. 나는 뜻밖의 대답에 피식 웃으며 물었다.

— 형이 마크 트웨인을 다 읽어? 정말 놀랄 노자네.

— 이 자식이! 사람을 뭘로 보고, 요즘 내가 뭘 읽고 있는지 아니?

— 뭘 읽는데?

— 소로우의 〈월든〉을 읽고 있다.

— 〈월든〉?

— 그래, 나중에 나도 시골에 내려와서 농사나 지어볼까 하고…….

— 형이 농사를 지어? 허, 참! 개가 다 웃을 일이네. 고향에 있을 때도 논에 한 번 안 들어간 사람이 무슨 농사를 지어? 농사는 뭐 폼으로 짓는 줄 알아?

— 그 정도는 나도 알아, 인마. 근데 참 이상한 게 옛날엔 고향이 그렇게도 징그럽게 싫더니 요즘은 여기 내려오면 이상하게 마음이 편해져. 사십도 안 됐는데 나도 벌써 늙었나?

형은 씁쓸하게 웃으며 담배를 빨았다. 빨갛게 타들어가는 담뱃불에 비친 변호사의 얼굴은 도시의 여느 중년 남자처럼 지치고 피곤해 보였다.

— 네 눈엔 내가 돈만 밝히는 악덕 변호사로 보이지? 그래도 가끔

은 사는 게 도대체 뭘까, 과연 어떻게 사는 것이 올바르게 사는 것인가, 그런 생각을 할 때도 있단다.

형이 어깨를 으쓱해 보이며 다소 과장된 제스처로 말했다. 이전엔 한 번도 본 적이 없는 모습이었다.

— 아, 그러셔? 그럼 그런 거 한번 해보는 게 어때?

— 뭐?

— 인권변호사.

내가 비꼬듯 말했지만 형은 아무렇지 않게 피식 웃으며 대답했다.

— 그것도 나쁘지 않지. 폼도 나고. 근데 내가 소싯적에 데모하다 짭새들한테 잡혀갔을 때 선배들 이름 다 팔아먹고 무사히 빠져나왔거든. 그런데 새삼 이제 와서 내가 누굴 위해서 뭘 변호할 수 있겠냐?

형은 농담조로 웃으며 말을 했지만 눈빛은 복잡했다.

— 그리고 요즘 나에 대해서 새삼 깨달은 사실이 하나 있는데 나는 세상사에 대해서 그 어떤 신념도, 그 어떤 입장도 없는 인간이야.

그 어떤 신념도 그 어떤 입장도 없기는 나 또한 마찬가지라는 생각이 들었다. 그래서 나도 말없이 담배만 빨아댔다.

— 근데 그거 아니? 그게 참 외롭고 힘든 거더라고. 씨발, 진즉에 교회라도 나갈 걸 그랬나?

형은 어딘가 변해 있었다. 그동안 삶을 추동해 오던 힘이 떨어진 대신에 머릿속에 뭔가 복잡한 생각이 들어선 느낌이었다. 그동안 무슨 골치 아픈 일이라도 생긴 걸까? 아니면 그저 중년에 느닷없이 찾아오는 인생에 대한 회의 같은 것일까? 잠시 말없이 담배를 빨던 형이 지나가는 말처럼 건성으로 말을 꺼냈다.

— 아까 동천서에서 형사들이 왔다 갔다더라.

― 왜?

― 왜긴 왜야, 아버지 장례니까 혹시나 삼촌이 나타날까 싶어서 와본 모양이지.

삼촌 얘기에 갑자기 마음이 무거워져 나는 말없이 고개를 끄덕였다.

― 근데, 아무리 생각해도 난 이해가 안 돼.

― 뭐가?

― 난 그 인간이 누굴 죽이고, 뭐 그런 큰일을 저지를 위인이 못 된다고 봤거든.

― 그런 사람이 처음부터 따로 있나? 누구나 그럴 만한 상황이 되면 그럴 수도 있는 거지.

― 아무리 그래도 살인이란 건 다른 범죄하고 성격이 다르거든.

― 증인도 있고 지문도 나오고 증거가 수두룩한데 뭐가 달라?

― 휴, 나도 모르겠다. 젠장, 뭐 코빼기라도 보여야 얘기를 들어보지.

형은 답답하다는 듯 담배를 비벼 끄고 자리에서 일어섰다.

― 안 들어가?

― 먼저 들어가. 난 한 대 더 피우고 들어갈게.

― 알았어. 먼저 들어갈게.

형은 바지를 털며 휘적휘적 장례식장 안으로 들어갔는데 그가 입고 있는 후줄근한 상복 때문이었을까, 걸어가는 뒷모습이 유난히 쓸쓸해 보였다. 그 쓸쓸함은 어쩌면 고향을 등진 모든 이들의 운명이었는지도 모른다. 아니, 어떤 의미에서 우리의 시대는 모두 고향을 떠나 다시는 돌아가지 못하는 실향의 운명을 짊어진 시대인지도 모른다. 그래서 늘 허기진 마음으로 무리를 찾아 헤매지만 끝내 아무 데도 정착을 못하고 타자로서 영원히 변두리를 떠돌 수밖에 없는 그 실향의 운명은 변호사 나리라고 해서 별반 다른 게 아닌 모양이었다.

내가 천천히 담배 한 대를 더 피우고 자리에서 막 일어섰을 때였다. 누군가 어둠 속에서 나타나 불쑥 앞을 가로막았다. 나는 놀라 소리를 지를 뻔했는데 상대가 쉿! 하며 손가락으로 입을 가로막았다. 삼촌이었다.

— 사, 삼촌……

삼촌은 허겁지겁 육개장에 만 밥을 퍼먹으며 띄엄띄엄 말을 이었다.

— 네 색시, 예쁘더라.
— 언제, 봤어?
— 아까 이 앞으로 지나가는 거 봤어. 아주 참해 보이던데…….

다른 사람 모르게 아내에게 조용히 부탁해 쟁반에 몇 가지 음식을 챙겨오자 삼촌은 벤치에 쪼그리고 앉아 국에 밥부터 말아 허겁지겁 입에 퍼 넣었다. 인적이 없는 어둑한 병원 건물 뒤편이었다. 그는 거지꼴이나 다름없는 형편없는 입성에 그동안 어찌나 살이 많이 빠졌는지 볼이 퀭하게 들어가 광대뼈가 유난히 도드라진 데다 지병이 있는 늙은이처럼 등까지 구부정해 보였다.

— 미안하다, 결혼식에도 못 가고…….

삼촌이 남은 육개장 국물을 단숨에 들이마시고 그릇을 내려놓으며 말했다.

― 밥 좀 더 갖다 줄까?

― 아냐, 이거면 됐어. 떡도 있는데 뭐…….

삼촌은 손으로 떡을 한 개 집어먹으며 말했다.

― 근데 아버지 돌아가신 건 어떻게 알았어?

― 글쎄, 생전 그런 적이 한 번도 없었는데 희한하게도 며칠 전에 형님이 꿈에 보이더라고. 하얀 두루마기를 입었는데 안색이 안 좋은 게 꿈속에서도 기분이 이상해서 혹시 무슨 일이 있나 싶어 집으로 전화를 걸어봤지. 그랬더니 모르는 사람이 전화를 받는데 이 댁 어른이 돌아가셔서 식구들이 다들 장례식장에 갔다고 그러더라고.

아버지는 그렇게라도 자신의 죽음을 삼촌에게 알리고 싶었던 걸까? 눈을 감기 전까지도 아버지는 자식들보다 삼촌에게 마음이 더 쓰였는지 잠깐 정신이 들 때마다 주변 사람들에게 계속 도운이는 도대체 언제 오냐고 묻곤 했다. 식구들은 삼촌의 일에 대해 끝까지 함구해 아버지는 끝내 삼촌의 불행에 대해 알지 못한 채 세상을 떠났다. 그것도 다행이라고 할 수 있을까? 삼촌은 착잡한 얼굴로 옛날 일을 떠올렸다.

― 옛날에 형님이 나한테 오토바이를 한 대 사주셨거든. 너 기억나지? 그 빨간색 오토바이.

삼촌이 담배를 피워 물며 얘기를 꺼냈다.

― 알지. 나도 뒤에 많이 얻어 탔잖아.

― 그때 내가 나중에 돈 많이 벌어서 호강시켜 드린다고 약속을 했는데 결국 고기 한 번 제대로 못 사드리고…….

삼촌은 갑자기 목이 메는 듯 말을 잇지 못하다 끝내 어깨를 떨며 흐느끼기 시작했다. 그간의 마음고생과 회한이 한꺼번에 모두 솟아

난 듯 그는 오랫동안 몸을 떨며 울었다. 말없이 삼촌을 지켜보는 나도 가슴이 터질 듯 답답했다. 도대체 어디서부터 삼촌의 인생이 잘못된 걸까? 나는 그의 기구함과 불운에 마음이 아픈 한편, 평생 속만 썩이고 다니는 삼촌이 원망스럽기도 했다. 그는 왜 남들처럼 평범하게 살지 못하고 유난히 신산스런 삶을 살아야 하는 걸까? 그래서 어쩌다 살인까지 저지르고 쫓기는 몸이 된 걸까? 한동안 어깨를 떨며 울던 삼촌은 겨우 울음을 그치고 젖은 목소리로 말을 이었다.

― 형님은 사실 나한테 아버지나 다름이 없어. 그런데 이렇게 평생 누만 끼치고……. 내가 정말 너희들을 볼 면목이 없다.

― 그 일은 도대체 어떻게 된 거야?

나는 삼촌의 울음이 잦아들기를 기다려 처음부터 묻고 싶은 얘기를 꺼냈다. 그 말투엔 어느 정도 원망의 감정이 담겨 있었다. 삼촌은 뭘 어떻게 설명해야 할지 모르겠다는 듯 한숨부터 내쉬었다.

― 나도 어쩌다 이런 신세가 됐는지 잘 모르겠다.

― 사람을 죽이고 나서 왜 그랬는지 모르겠다는 거야?

내가 차갑게 내뱉자 삼촌은 나를 똑바로 쳐다보며 물었다.

― 상구야. 넌 내가 누굴 죽일 수 있는 사람이라고 생각하니?

― 그거야 그럴 만한 상황이 되면 누구나……

― 내가 비록 근본 없이 태어나서 배운 것도 없이 자랐지만 난 절대 그런 사람은 아냐.

― 근데 왜 경찰에 수배가 된 거야? 신문에 나온 얘기는 다 뭐고?

내가 다그치자 삼촌은 난감한 표정으로 내 눈을 잠시 바라보다 말했다.

― 언젠가 네가 그랬지. 삼촌은 그냥 삼촌이라고. 이소룡도 못 되

고 그냥 삼류배우로 빌빌거려도. 난 네가 날 그렇게 생각해 주는 게 늘 고마웠어. 그런데 이젠 너도 나를 믿지 않는구나.

― 아니, 씨발. 뭘 알아야 믿든가 말든가 하지!

나는 자신도 모르게 버럭 소리를 질렀다. 그러자 삼촌도 마주 고함을 질렀다.

― 난 유 의원을 죽이지 않았어!

― 무슨 소리야, 그게?

― 아니, 처음엔 죽이려고 마음을 먹었지. 그런데 차마 그럴 수가 없었어.

― 그럼, 도대체 누가 죽인 거야?

― 유 사장이라고 그 아들놈이 있어. 그놈이 지 애비를 죽이고 나한테 누명을 뒤집어씌운 거야.

― 저, 정말이야, 그게?

삼촌은 나를 똑바로 쳐다보며 결연한 눈빛으로 말했다.

― 상구야. 무도인은 절대 남을 속이지 않아. 너까지 나를 안 믿어 주면 이 세상에서 나를 믿어줄 사람은 아무도 없어.

― 내가 믿고 안 믿고가 뭐가 중요해? 내가 무슨 판사도 아니고.

― 아니, 나는 그게 중요해.

삼촌은 고집스럽게 고개를 가로저으며 말했다. 고지식한 삼촌의 의식 구조는 나이가 들어도 여전히 난감하기만 했다.

― 하여간 그게 사실이라면 경찰에 자수를 해서 다 밝히면 되잖아.

― 그게 그렇게 간단치가 않아. 자기들끼리 입을 다 맞춰서 빠져나갈 방법이 없어.

― 그, 그럼 앞으로 어떻게 할 생각이야?

나는 한숨을 내쉬며 물었다.

— 그건 나도 모르겠어.

삼촌은 절망적인 표정으로 고개를 가로저었다. 답답한 건 나도 마찬가지였다.

— 근데, 원정 씨가 살아 있대.

잠시 침묵을 지키던 삼촌이 문득 혼잣말처럼 중얼거렸다.

— 누구?

— 원정 씨가 살아 있다고.

나는 언젠가 삼촌의 집에서 보았던 하얀 원피스를 입은 여배우의 모습이 떠올랐다.

— 누, 누가 그래?

— 유 의원이. 그런데 총에 맞고 죽어버려서 그 여자가 어디 있는지는 나도 몰라.

들을수록 알 수 없는 말들뿐이었다. 나는 답답한 마음에 자리에서 일어서며 말했다.

— 어쨌든 일단 형하고 의논을 해봐.

— 누구, 동구?

— 그래, 그래도 명색이 변호사잖아.

— 변호사가 아니라 변호사 할아비가 와도 이건 안 돼. 벗어날 방법이 없어.

— 그렇다고 공소시효가 다 끝날 때까지 숨어 다닐 수는 없잖아.

— 그거야 그렇지만……

— 여기서 잠깐만 기다려봐. 내가 형을 불러올게. 일단 만나서 얘기나 해보자고.

그러자 삼촌은 형을 만나는 게 내키지 않는다는 듯 혼잣말처럼 중얼거렸다.

— 만나봐야 뾰족한 방법이 없을 텐데…….

나는 자리를 떠나며 손에 들고 있던 양복저고리를 벤치 위에 걸쳐놓았다.

— 하여간 어디 가지 말고 꼼짝 말고 여기서 기다려.

그때 내가 양복저고리를 놓고 갈 생각을 한 건 왜였을까? 나는 이미 삼촌이 우리를 기다리지 않고 가버리리라는 걸 눈치 채고 있었던 걸까? 어쩌면 내심으론 돌아오기 전에 삼촌이 사라지기를 바랐던 걸까? 그래서 양복저고리에 든 지갑에서 돈이라도 꺼내가라는 암시였을까? 그런 식으로 돈푼이라도 쥐어 보내 양심의 가책을 덜어보려는 심사였을까? 그날 밤, 양복저고리를 놓고 간 저의가 무엇이었는지는 잘 기억나지 않는다. 하지만 잠시 후, 형과 함께 장례식장 뒤편으로 돌아갔을 때 삼촌은 이미 사라지고 없었다. 그리고 빈 벤치 위엔 내 양복저고리만이 밖으로 뒤집힌 채 덩그러니 놓여 있었다.

*

삼촌은 지방의 한 재개봉관에서 영화를 보고 있었다. 얼마 전 자신이 출연했던 바로 그 권격영화였다. 영화는 막대한 제작비와 홍보비를 쏟아 부었지만 시대의 흐름을 거스를 수는 없었는지 끝내 흥행에 실패하고 말았다. 과거의 영화를 재현하겠다던 유 사장의 야심은 물거품이 되었다. 영화계는 이제 낡은 액션의 시대가 끝나고 검은 선글라스와 트렌치코트로 상징되는 느와르의 시대로 접어들었다. 주먹 대신에 총이, 그리고 근육질의 액션스타 대신에 유덕화와 주윤발, 그리고 장국영 등 눈빛 깊은 사내들이 스크린을 장악했다. 강호의 의리는 땅에 떨어졌다지만 관객은 이쑤시개를 입에 물고 지폐로 담뱃불을 붙이는 쿨한 사내에 열광했다. 삼촌은 자신이 마지막으로 출연한 영화를 보며 그가 몸담았던 한 시대가 완전히 저물었다는 것을 확인했다.

다행히 박 감독은 삼촌이 등장하는 장면을 잘라내진 않았다. 그래서 삼촌은 자신이 마지막으로 선보인 트리플악셀을 다시 볼 수 있었다. 몸집이 불어 예전처럼 깔끔한 동작은 아니었지만 그것은 그가 카메라 앞에서 마지막으로 선보인 연기였다. 삼촌은 자리에 끝까지 앉아 영화 속에 등장하는 왕년의 액션스타들과 작별인사를 나누는 심정으로 그들의 마지막 활약을 지켜보았다. 그들은 이제 추억과 회고에 의지해 남은 생을 꾸려가야 할 터였다. 그래서 더 애틋하고 마음이 아팠다.

경찰에 수배된 지 어느새 반년이 가까워오고 있었다. 그동안 원정의 흔적을 찾아 헤맸지만 아무런 성과가 없었다. 운신의 폭이 좁은 데다 달리 마땅한 단서도 없었기 때문이었다. 그래서 등대 불빛도 보이지 않는 캄캄한 바다를 떠돌듯 이리저리 발길 닿는 대로 지방을 떠돌았다. 돈이 떨어지면 아무 데고 공사판에 끼어들어 막일을 하며 버텼다. 하지만 한 군데 오래 머무르는 건 위험한 일이었다. 그래서 자주 거처를 옮겨 다녔다. 지나가는 아무 버스나 세워 타고 한 번도 와본 적이 없는 낯선 도시에 내려 날이 어두워지면 근처 여관 아무 데나 들어가 잠을 청했다. 밤이면 옹색한 포장마차에 끼어 앉아 소주잔을 기울여보기도 했지만 술은 아무리 마셔도 취하지 않았다. 그러는 동안 몸은 점점 더 쇠약해지고 희망은 점점 더 사라져갔다.

몸과 마음이 잔뜩 지쳐 있을 때 최후의 방법으로 자살을 생각해본 적이 없었던 것도 아니었다. 하지만 일본영화가 아니라면 자결을 택하는 무협의 영웅은 없었다. 차라리 〈정무문〉의 이소룡처럼 혈혈단신 유 사장의 집에 뛰어들어 그의 명줄을 끊어놓고 장렬하게 죽음을 맞이하는 편이 나을지도 몰랐다. 하지만 어떤 이유로든 사람의 목숨을 다루는 건 사람의 일이 아니라는 생각이 들었다. 게다가 원정이 살아 있는지도 모르는 마당에 섣불리 어리석은 선택을 할 수도 없었다.

그나저나 도대체 원정은 어디에 있는 걸까? 삼촌은 그녀가 살아 있다는 사실만이라도 확인하고 싶었다. 그녀는 과연 내가 누명을 뒤집어쓰고 도망 다니는 것을 알고 있을까? 아니, 그보다 먼저 그녀는 정말 나를 사랑했을까? 마음이 없으면 몸도 움직이지 않는다는 정화의 말대로 그녀도 나에게 마음이 끌렸던 걸까? 그래서 어쩌면 그녀도 나를 만나기 위해 찾아 헤매고 다니는 건 아닐까? 그래서 또 어쩌면 아무도 없는 중국집에 찾아와 문을 두드리다 실망해서 돌아간 건 아닐까? 그녀가 살아 있다면? 그리고 아직도 나를 잊지 않고 있다면? 삼촌은 가슴이 두근거렸다. 하지만 집으로 돌아가 기다릴 수는 없는 노릇, 이렇게 숨어서 도망만 다닌다면 그녀가 살아 있더라도 우리는 영원히 마주칠 수 없다. 다시 가슴이 답답해졌다. 하지만 그 답답함 뒤에 새로운 깨달음 하나가 불쑥 솟아났다. 어찌됐든 그녀를 만날 수 있는 방법은 내가 한 군데 머물러 있어야 한다는 것이다. 그리고 그곳이 어디인지 그녀가 알아야 한다는 것이다. 그녀가 어디 있는지는 알 수 없지만 그녀에게 내가 어디 있는지는 알릴 수는 있다! 이제는 내가 그녀를 찾아다니는 대신 그녀가 나를 찾아내게 만들어야 한다. 선택은 나에게 있는 것이 아니다. 나는 그녀가 나를 찾아낼 수 있는 곳에서 그녀를 기다려야 한다. 그래! 그녀를 다시 만날 수 있는 방법은 오로지 그 방법밖에 없다. 아무리 시간이 오래 걸리더라도! 그리고 그곳이 설사 한 평 감옥 안이라 하더라도 말이다!

  삼촌은 기차역 근처의 한 중국집에서 배갈을 반주 삼아 짬뽕으로 저녁을 먹고 있었다. 이때, 한 노파가 다가와 말도 없이 삼촌에게 불쑥 껌을 내밀었다. 사달라는 거였다. 돌아보니 노파 옆엔 손녀인 듯 예닐곱 살쯤 되어 보이는 어린 여자애가 노파의 허리춤을 잡고 등 뒤에 숨어 있었다. 꼬질꼬질 때가 묻은 얼굴에 겁에 질린 커다란 눈망울만 유난히 반짝거렸다. 초등학교도 들어가기 전인 어린 나이임에도 이미 인생의 비애가 진하게 배어 있는 눈동자였다. 삼촌은 집히는 대로 천 원짜리 지폐를 몇 장 꺼내 노파에게 건네주고 껌을 받아 주머니에 집어넣었다. 돈을 받아든 노파가 뜻밖의 행운에 연신 허리를 숙여 고마움을 표하자 중국집 주인인 중년의 여자가 껌 다 팔았으면 빨리 나가라고 소리를 질렀다. 그 소리에 놀라 노파는 황급히 소녀의 손을 잡고 쫓겨나다시피 식당 밖으로 나갔다.
  잠시 후, 삼촌도 식사를 마치고 밖으로 나왔다. 아무 데고 근처에서 여관을 잡아 잠을 청할 생각이었다. 그것은 세상 밖에서의 마지막 밤이 될 터였다. 삼촌은 중국집 앞에 서서 거리의 불빛을 바라보았다. 갑자기 짙은 외로움과 함께 피로가 밀려왔다. 이때, 전봇대에 붙어 있는 빛바랜 전단이 눈에 들어왔다. 그것은 삼촌의 얼굴이 담겨 있는 수배전단이었다. 전단에 실린 사진은 삼촌이 몇 년 전 오디션을 볼 때 영화사에 제출한 프로필 사진으로 용식이 소개한 충무로의 한 스튜디오에서 찍은 거였다. 마치 모르는 사람의 얼굴을 들여다보듯 삼촌은 무심하게 멈춰 서서 수배전단에 실린 자신의 얼굴을 들여다보았다. 그날 밤 벌어졌던 비극이 오래전 극장에서 본 영화처럼 희미하고 비현실적으로 느껴졌지만 사진을 찍었던 날의 풍경은 바로 어제의 일처럼 생생하게 기억할 수 있었다.

그날 아침 삼촌은 세탁소에 맡겨놓은 단벌 양복을 찾아 입고 이발소에 들러 머리를 깎은 뒤 버스를 타고 충무로로 갔다. 하늘엔 구름 한 점 없어 햇볕은 눈이 부시리만치 찬란했고 푸른 나뭇잎이 바람에 살랑이던 유월 어느 날이었다. 그는 발걸음도 가볍게 충무로 한복판을 가로질러 스튜디오로 향했는데 날씨 탓이었는지 아니면 모처럼 양복을 빼입어서였는지 오디션에 붙을 것 같은 좋은 예감과 함께 어떤 액션이든 멋지게 해낼 것 같은 자신감에 기분이 한껏 들떴다. 전단지 속 사진엔 그날의 고무된 기분이 고스란히 담겨 있었다. 그는 이소룡처럼 당당하고 오만한 눈빛으로 상대를 꼬나보듯 카메라를 응시하고 있었다. 그렇게 자신감 넘치는 싱그러운 청년의 얼굴에선 서자로 태어나 평생 눈치만 보며 사느라 지실이 든 모습은 조금도 찾아볼 수 없었다. 암울하기만 한 미래의 전조는 더더구나 찾아볼 수 없었다.

삼촌이 담배를 피우고 있는 동안 방금 전 삼촌에게 껌을 팔았던 노파와 소녀가 맞은편 술집에서 나왔다. 그들 뒤로 예의 주인의 욕

지거리가 들렸다. 이때 무슨 생각에서였을까, 삼촌은 재빨리 벽에 붙어 있는 수배전단을 뜯어 주머니에 넣었다. 그리고 노파의 뒤를 따라가며 그녀를 불러 세웠다.

— 저, 할머니!

노파가 뒤를 돌아보았다. 그리고 자신을 부른 게 방금 전 껌을 사준 사내라는 걸 알아보고 의아한 얼굴로 쳐다보았다.

— 혹시, 여기 경찰서가 어딘지 아세요?

삼촌이 묻자 노파는 갑자기 사색이 되었다. 그녀는 대뜸 머리를 조아리며 두 손으로 싹싹 빌었다.

— 자, 잘못했어요. 아, 아까 그 돈 돌려줄게요.

그리고 황급히 되는 대로 천 원짜리를 몇 장 집어 삼촌에게 내밀었다. 아마도 삼촌이 자신들을 경찰서로 끌고 갈 거라고 생각한 듯, 옆에 있던 소녀도 덩달아 겁에 질린 눈을 끔벅이며 삼촌을 쳐다보았다. 아마도 껌을 팔다 경찰관이나 인근의 양아치들에게 몇 번 당한 경험이 있는 모양이었다. 그렇게 평생 당하면서 살아온 이의 주눅 든 모습에 삼촌은 마음이 씁쓸해졌다.

— 저, 그런 게 아니고요, 할머니. 그냥 경찰서가 어딘지 아시냐고요.

— 겨, 경찰서는 저기 사거리 돌아서 있는데…….

노파는 여전히 말을 더듬으며 황급히 돌아서려고 했다. 그러자 삼촌은 노파의 팔을 붙잡으며 품에서 수배전단을 꺼내 보여주었다.

— 할머니. 잠깐만 제 말 좀 들어보세요. 여기 이 사람 보이시죠? 이게 누군지 아시겠어요?

노파는 삼촌의 얼굴과 전단 속 사진을 번갈아가며 쳐다보다 두 사람이 동일인물이라는 것을 알아본 듯 고개를 끄덕였다. 전단지 속에는 지명수배자의 얼굴과 함께 현상금 액수가 적혀 있었다. 그녀가 만일 글자를 읽을 줄 알았더라면 앞에 서 있는 사내가 경찰이 쫓고 있는 살인범이라는 것을 알고 기겁을 해서 달아났을 텐데 다행히 그녀는 삼촌이 들고 있는 전단의 내용이 무엇인지 알아채지 못했다.

— 자, 그러니까 이걸 가지고 경찰서에 가서 이 사람을 중국집 앞에서 봤다고 말하세요. 이 식당 이름 아시죠? 장안반점.

하지만 노파는 삼촌이 무슨 말을 하는지 이해하지 못해 여전히 겁먹은 표정으로 쳐다보기만 했다. 이때 노파의 등 뒤에 숨어 있던 소녀가 나섰다.

— 알아요, 장안반점.

— 옳지, 너 똑똑하구나. 자, 그럼 이걸 들고 할머니하고 같이 경찰서에 가서 이 사람을 장안반점 앞에서 봤다고 해. 그러면 나중에 그 사람들이 돈을 줄 거야. 무슨 말인지 알겠니?

돈을 준다는 말에 노파와 소녀는 잠깐 눈을 반짝였으나 곧 소녀가 의아한 얼굴로 되물었다.

— 근데 돈을 왜 줘요?

아무도 돌보는 이가 없는 아이는 빨리 어른이 되는 법. 소녀는 겁먹은 와중에도 뭔가 중요한 이야기라는 걸 감지했는지 당돌한 표정으로 쳐다보며 물었다.

— 너, 여기 동그라미가 모두 몇 개 있는지 아니?

삼촌이 현상금 액수를 가리키자 소녀는 손가락으로 짚어가며 동그라미의 숫자를 세었다.

— 하나, 둘, 셋, 넷, 다섯…… 여섯 개요.

─ 그래. 너 정말 똑똑하구나. 사실 지금 경찰관 아저씨들이 나를 찾고 있거든. 그래서 누구든 내가 어디 있는지 신고를 하면 돈을 주는 거야. 무슨 말인지 알겠지?

─ 그럼 아저씨가 직접 경찰서에 가면 되잖아요.

─ 아, 그건 말이다. 그게 말하자면······.

삼촌이 마땅히 변명할 말이 없어 얼버무리자 소녀가 다시 냉큼 물었다.

─ 아저씨, 뭐 나쁜 짓 했죠?

─ 나쁜 짓?

소녀의 질문에 삼촌은 순간 말문이 막혔다.

─ 그, 그래. 맞아. 아저씨가 아주 나쁜 짓을 했거든. 그래서 나는 경찰서에 갈 수가 없어.

말도 안 되는 궤변이었지만 소녀는 전단을 보며 무슨 말인지 이해했다는 듯 고개를 끄덕였다.

─ 그러니까 다른 사람들이 먼저 신고하기 전에 빨리 경찰에 가서 신고를 해야 돼. 안 그러면 다른 사람이 돈을 타갈지도 모르거든. 절대 다른 사람들한테 나를 봤다고 얘기하지 말고 가는 도중에 딴 데로 새지 말고 지금 곧장 경찰서로 가는 거야. 어때, 어렵지 않지?

삼촌의 말에 소녀는 입을 꾹 다물고 고개를 끄덕였다. 그리고 노파의 손을 잡고 함께 경찰서 쪽으로 걸어가기 시작했다. 삼촌은 그들이 모퉁이를 돌아 사라지는 뒷모습을 지켜보며 천천히 담배 한 대를 더 피워 물었다.

*

경희가 만든 영화가 개봉하던 날, 나는 회사 일을 마치고 종로에 있는 작은 극장을 찾았다. 그녀가 프랑스에서 돌아왔다는 얘기를 들은 지는 이미 몇 해 전이었다. 떠난 걸 알았으니 언젠가 돌아올 거라는 것도 알고 있었지만 그녀가 영화를 전공하고 돌아와 충무로에서 연출부로 일하고 있다는 소식은 조금 의외였다. 나는 그녀에게 연락을 해볼까 몇 번 망설였지만 괜히 마음만 번란할 것 같아 차일피일 미뤘는데 눈 깜짝할 사이에 몇 년이 흘러버렸다. 그러다 얼마 전 동기로부터 그녀가 감독으로 입봉했다는 소식을 들은 거였다.

— 입봉이 뭐야?

나는 전화를 걸어온 동기에게 물었다.

— 그게 감독으로 데뷔했다는 뜻이야. 충무로에선 입봉이라고 한대. 하여간 그날 서클 애들 다 모이기로 했으니까 늦지 말고 와. 우리 동기 중에 영화감독이 나왔는데 축하해 줘야지.

극장 앞엔 관객들이 삼삼오오 모여 입장을 기다리고 있었다. 워낙 저예산 독립영화이다 보니 홍보도 제대로 못한 데다 300석도 안 되는 작은 규모의 단관 개봉이어서 극장 앞은 썰렁하기 그지없었다. 나는 대학 동문들의 얼굴을 찾아 두리번거리다 한쪽 구석에서 낯이 익은 중년의 양복쟁이들을 찾아냈다. 우리는 서로 많이 변했다는 둥, 누구는 아직 그대로라는 둥, 넌 어떻게 된 놈이 코빼기도 안 보이다가 여자동기가 부르니까 나타났냐는 둥 희희낙락하며 안부를 주고받았다.

— 야, 근데 연극을 했던 애가 갑자기 웬 영화야.

― 요즘은 그게 대세잖아. 연극은 배고파서 할 게 못 된다더라.
― 배고픈 건 영화도 마찬가지야. 겉보기에나 화려하지.

연극서클 동기 중의 한 명이 나서서 아는 체를 하다 극장 입구를 향해 손을 들며 크게 소리쳤다.

― 어이, 윤 감독!

단발머리에 감색 트렌치코트를 입은 여자가 쑥스러운 듯 웃으며 다가왔다. 경희였다.

― 다들 와줘서 고마워.

경희는 일행과 일일이 악수를 하며 인사를 나누다 문득 나와 눈이 마주쳤다. 그녀도 세월은 비껴갈 수는 없었는지 얼굴엔 나이든 태가 여실했지만 눈빛은 여전히 수줍고 고왔다.

― 오랜만이다.
― 그래, 너도 왔구나. 잘 지냈니?

경희가 손을 내밀었다.

― 축하한다.

나는 손을 잡으며 짧게 인사를 건넸다.

― 그럼, 축하할 일이지. 한국에서 여자가 감독 데뷔하는 게 얼마나 어려운 일인지 아냐? 이건 정말 보통 일이 아니야.

역시 방금 전 아는 체를 했던 동기가 다시 끼어들었다.

― 뭐, 그냥 저예산 독립영화야. 가내수공업처럼 아는 후배들하고 모여서 같이 찍은 거야.

경희가 쑥스러운 듯 웃으며 대답했다.

― 그래서 포스터에 아는 배우 얼굴이 하나도 없구나. 이왕이면 돈 좀 써서 스타 좀 캐스팅하지 그랬냐. 최진실이나 심은하, 뭐 그런

배우들은 섭외가 안 되는 거야? 네 덕에 얼굴 좀 볼까 했더니…….

— 너 같은 놈 와서 껄떡댈까봐 섭외를 안 한 거란다.

— 야, 내가 어때서? 옛날에 내가 졸업 공연할 때 주연 맡았던 거 기억 안나? 그때 천재배우 나왔다고 난리가 났었는데…….

— 천재배우가 아니라 똥배우겠지.

— 이 자식은 왜 자꾸 진실을 은폐하려고 그래? 응? 대학 연극사에 길이 남는 명연기였다니까…….

이때, 경희가 시계를 가리키며 말했다.

— 시작할 때 다 됐어. 일단 들어가서 영화들 보고 나중에 보자.

우리는 피우던 담배를 비벼 끄고 우르르 극장 안으로 몰려 들어갔다.

언젠가 경희는 내 어깨에 머리를 기대고 운 적이 있었다. 시위를 하던 도중 경찰에 쫓겨 다니다 지쳐서 주저앉은 어느 빌딩 계단에서였다. 그때 경희는 자신이 우는 이유가 너무 벅차서라고 했다. 그저 너무 가슴이 벅차서 자꾸 눈물이 난다고 했다. 영화는 바로 그때의 이야기를 하고 있었다. 시대는 암울했고 청춘은 온몸으로 고통을 호소하고 있었다. 그래서 영화는 목이 메듯 답답했고 머뭇대듯 망설이기만 하는 감독의 자의식은 차마 앞으로 나아가지 못하고 여전히 그 벅차하던 것들 근처를 맴돌고 있었다. 그래서 안타까웠다.

영화가 끝난 뒤 우리는 극장 뒷골목의 한 음식점으로 몰려가 돼지갈비를 구우며 술을 마셨다. 영화의 분위기와는 상관없이 동기들은 금세 밝게 웃고 떠들며 오랜만에 만난 회포를 풀었다.

— 야, 경희야. 근데 영화가 왜 그렇게 어렵냐? 미안하지만 솔직

히 난 지루해서 죽는지 알았다.

― 하, 이 무지한 대중을 보게. 자기가 무식한 건 모르고 남의 예술 어렵다고만 하니 도대체 언제쯤에나 각성할 거야?

― 원래 예술은 좀 어려워야 돼. 그래야 함부로 못 씹거든. 한국 축구처럼 개나 소나 다 씹어대면 그게 무슨 예술이야.

경희는 친구들의 경박한 입초시에도 노여워하는 기색 없이 웃기만 했다.

― 미안하다. 앞으론 좀 쉽게 만들게. 그런데 또 만들 기회나 있을지 모르겠다.

― 아니, 왜?

― 예술이고 뭐고 관객이 안 들면 누가 제작비를 대주겠어?

― 그럼 까짓 거, 한 사람 앞에 한 백 장씩 의무적으로다가 극장표 사서 돌려. 우리 82학번의 힘을 보여주자고.

― 야, 좆도 모르면서 설치지 좀 마, 인마. 영화 제작비가 얼만데 겨우 백 장씩 사서 무슨 영화를 찍는다고…….

― 하, 이 새끼는! 그냥 성의가 그렇다는 거지, 뭐. 하여간 그 어려운 걸 해낸 걸 보면 경희도 참 대단하다. 자, 윤 감독의 다음 영화를 위해 다 같이 건배!

우리는 다 같이 잔을 부딪쳤다.

다들 술에 취해 각자 앞에 앉아 있는 상대를 붙잡고 중구난방 떠들고 있을 때였다. 한 친구가 자리를 비우자 경희가 내 옆으로 자리를 옮겨 앉으며 물었다.

― 결혼했다면서?

― 응. 애도 있다. 네 살이야.

― 벌써?

― 그래, 어쩌다보니 그렇게 됐네.

― 그랬구나.

경희는 담담하게 웃으며 고개를 끄덕이다 쑥스러운 듯 물었다.

― 영화, 어떻게 봤니?

― 응, 난 재밌었어.

― 그게 다야?

그녀는 나에게 뭔가 의견을 듣고 싶어 했다. 나는 앞에 놓인 술잔을 바라보며 툭 내뱉듯 말했다.

― 난 네가 좀더 뻔뻔스러워졌으면 좋겠어.

― 그게 무슨 뜻이야?

경희가 내 쪽으로 상체를 숙여왔다. 그 옛날 싱그럽던 스무 살 처녀의 향기가 훅, 풍겨왔다.

― 나는 부끄럽다. 그리고 여전히 고통스럽다. 그래서 나는 도덕적으로 올바르다. 뭐, 그런 얘기를 하고 싶었던 거 아냐? 하지만 언제까지나 여대생으로 살 수는 없는 거잖아. 그리고 이제 와서 그런 알리바이가 뭐가 중요해?

갑자기 왜 그런 공격적인 말들이 튀어나왔을까? 그것이 단지 취기 때문이었을까? 아니면 아직도 내 사랑을 받아주지 않았던 그녀에게 어떤 감정이 남아 있었던 걸까? 하지만 그녀는 담담하게 웃으며 가볍게 공격을 피해갔다

― 그렇게 보였니? 난 오히려 혼자 엄살을 부리는 것처럼 보일까봐 두려웠는데……

— 내 눈엔 그렇게 보였어. 부끄러운 척 도도하고 수줍은 척 오만하게. 차라리 하고 싶은 얘기가 있으면 그냥 해, 내숭 떨지 말고!

— 네가 보기엔 내숭 같았어? 난……

경희는 말을 잇지 못하고 눈빛이 흔들렸다. 나는 그만둬, 이 바보야! 라고 속으로 외쳤지만 입에서 쏟아져나오는 말들을 멈출 수가 없었다.

— 그래도 최소한 넌 뭔가 말을 하고 있잖아. 그리고 누군가 그걸 들어줄 사람도 있고. 하지만 다른 사람들은 그럴 기회도 없어. 다들 그냥 사는 거야. 말도 못하고. 되새길 것도 없고 지킬 것도 없고 부끄러워할 것도 없이. 그러니까 말을 할 수 있는 사람이라도 제대로 하란 얘기야. 뻔뻔스럽고 영악하게.

경희는 잠시 침묵을 지켰다. 내 안에선 온갖 후회가 들끓었지만 나는 맥없이 소주잔만 기울였다.

— 그래, 무슨 말인지 잘 생각해 볼게.

경희가 순순히 고개를 끄덕이자 오히려 맥이 탁 풀리는 기분이었다. 이때 경희가 갑자기 생각난 듯 배시시 웃으며 물었다.

— 참, 옛날에 너 군대 있을 때 면회 갔던 거 생각나니?

— 아, 그때……

생각나고 말고! 나의 눈앞엔 어느새 눈 덮인 강원도 어느 소읍의 풍경이 아스라이 펼쳐졌다.

— 그때, 진짜 눈 많이 왔었는데……. 난 평생 그렇게 많은 눈은 처음 봤어.

경희는 옛날 일을 떠올리는 듯 취기로 발그레해진 눈이 가늘어졌다.

— 프랑스에선 눈 구경하기가 힘들거든. 그래서 그런지 겨울만 되면 그 눈길을 꼭 한 번 다시 걸어보고 싶은 거야. 뽀드득뽀드득 소리도 내면서.

나는 경희가 버스를 타고 떠난 뒤 한없는 허전함과 상실감에 혼자 눈 덮인 거리를 이리저리 헤매 다니던 기억이 아슴하게 떠올랐다. 하지만 거기엔 더 이상 내 영혼을 뒤흔들던 열정은 남아 있지 않았다. 철 지난 포스터처럼 빛바랜 흔적만이 각자의 추억 속에 아프게 새겨져 있을 뿐이었다. 그때 우리가 걸었던 길가에 쌓여 있던 그 많은 눈들은 녹아서 다 어디로 흘러갔을까? 그리고 그 난해한 사랑은?

— 근데 참, 삼촌은 아직도 충무로에서 배우 해?

— 삼촌?

오래전, 강원도 전방의 버스터미널 근처를 맴돌고 있던 나는 경희의 느닷없는 질문에 다시 제자리로 돌아왔다.

— 그래, 옛날에 네가 그랬잖아. 삼촌이 액션배우라고.

경희는 언젠가 내가 지나가는 말로 한 걸 용케 기억해 낸 모양이었다. 나는 고개를 돌리며 건성으로 대답했다.

— 지금은 그만뒀어.

그럼 지금은 뭐 하냐고 물어오면 어떻게 대답할까 속으로 난감했는데 다행히 그녀는 그래? 하고 순순히 고개를 끄덕여주었다. 나는 화제를 돌리기 위해 급히 잔을 들며 말했다.

— 아무튼, 축하한다. 그리고 아까 내가 한 말 신경 쓰지 마. 그냥 취해서 헛소리 한 거야. 나 같은 월급쟁이가 예술에 대해서 뭘 알겠냐?

―아냐, 솔직하게 얘기해 줘서 오히려 고마워. 나한테 그렇게 얘기한 사람 아무도 없었거든.

경희가 환하게 웃으며 잔을 부딪쳤다. 그러고 보면 경희는 아무것도 변한 게 없었다. 오래전에 부서져버린 세계를 고집스럽게 부둥켜안고 썰물처럼 모두가 빠져나간 자리에 혼자 남아 엉거주춤 맴도는 것이 어떤 면에선 삼촌과 닮아 있기도 했다. 그것을 순정이라고 부를 수 있을까? 나이가 들어도 결코 뻔뻔스러움은 늘지 않아 아무 데도 선뜻 발을 담그지도 못하면서 늘 구원을 꿈꾸는 그 가난한 마음을? 차마 말하지 못하고 감히 말할 수 없는 것들 사이에 갇혀 아무런 확신도 없이 늘 생의 언저리를 겉돌기만 하는 그 수줍음을? 그러고 보니 삼촌이 교도소에 수감된 지도 어느덧 3년이 지나 있었다.

*

삼촌이 체포된 것은 천안 역 부근의 어느 중국집 앞에서였다. 인근에서 껌을 팔던 한 노파의 제보를 받고 출동한 경찰은 중국집에서 저녁을 먹고 나오던 용의자를 발견하고 일제히 달려들었다. 살인을 저지른 흉악범이라 다들 긴장했지만 경찰과 마주친 삼촌은 아무런 반항도 하지 않고 순순히 수갑을 받았다고 했다. 곧이어 현장검증이 있었고 재판이 시작되었다. 삼촌은 자신의 죄를 모두 순순히 인정했다. 증거가 명확했고 목격자들의 증언도 일치했다. 형이 변호를 맡아 최선을 다했지만 피해자가 국회의원의 신분인 데다 총기까지 사용해 중형을 피할 수가 없었다. 재판부는 15년 형을 선고했다. 항소는 없었다. 선고에 대한 기사는 신문 사회면의 한 귀퉁이에 조그맣게 실렸다. 그리고 사람들은 충무로에서 있었던 살인사건에 대해 곧 까맣게 잊어버렸다. 살인사건보다 더 큰 사건들이 줄지어 일어났기 때문이었다. 대통령이 바뀌었고 성수대교와 삼풍백화점이 무너졌다. 당시 사람들을 지배한 건 공포심이었다. 모래 위에 쌓은 성에서 사는 것처럼 모든 게 미덥지 않았고 미래에 대한 불안이 사람들을 허둥지둥 이리저리 몰려다니게 만들었다. 부동산투기와 주식투자, 월드컵과 여배우의 섹스동영상…… 세상은 정신없이 굴러갔다.

그리고 다시 얼마나 많은 시간이 흘렀을까? 한번은 강아지를 한 마리 사오라는 아내의 부탁에 회사 일을 마치고 충무로에 들른 적이 있었다. 날씨는 춥고 길은 막히고 주차할 데도 마땅치 않은데 강아지라니! 털 있는 짐승이라면 질색을 하는 나로선 생각만 해도 끔찍한 일이었지만 아이의 정서 함양에 도움이 된다고 하니 개를 못 사가면 남산에 가서 호랑이라도 한 마리 잡아가야 할 판이었다.

언제부턴가 아내는 여기저기 방만하게 흩어져 있던 자신의 욕망을 한 군데로 결집시켰다. 바로 아이의 양육이었다. 그 집념은 무서우리만치 집요해 아이가 나중에 큰아버지처럼 변호사가 되거나 적성에 따라 물리학자나 외과의사, 하다못해 예술가 나부랭이라도 되지 않으면 애 앞에서 칼이라도 물고 죽을 태세였다. 그러다보니 자연스레 아이의 양육 문제로 다툼이 잦았는데 맹세코 나는 그 문제에 관한 한 단 한 번도 아내를 이겨본 적이 없다. 왜냐하면 아이를 컴퓨터학원에 보내느냐, 바둑학원에 보내느냐 하는 사소한 문제에도 아내는 칼을 물고 죽을 각오로 덤비는 데 반해 남자에겐 그보다 더 중요한 일들이 많았기 때문이었다. 물론 아내는 입버릇처럼 세상에 그보다 더 중요한 일이 어디 있냐고 했지만 말이다.

나는 아내와의 싸움을 피하기 위해 종종 그 문제는 당신이 알아서 하라며 슬쩍 빠지려고 했지만 그 또한 싸움의 빌미가 되었다. 도무지 성의가 없다는 거였다. 이 집은 나 혼자 사는 집이냐, 당신은 도대체 아이한테 관심이 있기나 한 거냐, 그러고도 애비라고 할 자격이 있는 거냐, 블라블라……

기실, 크리스마스 선물로 아이에게 강아지를 선물해 주겠다는 계획을 세운 건 아내였다. 어디선가 아이가 강아지를 보고 와 사달라고 졸라댄 모양이었다. 그 애는 자신이 눈으로 본 건 다 가질 수 있다고 믿는 아이였다. 물론 그렇게 키운 건 그 애의 잘난 어미였지만 말이다. 하지만 모든 일이 그렇듯 결국 강아지를 사오는 건 나의 일이 되고 말았다. 개똥을 치우고 목욕을 시키고 집안 곳곳에 묻어 있는 개털을 치우는 것도 틀림없이 나의 일이 될 터였다. 그래서 이런저런 핑계로 차일피일 미루다보니 크리스마스를 넘기고 연말이 되었다. 크리스마스 연휴 내내 아이는 울어댔고 연휴 내내 나는 아내에게 들볶였다. 그래서 해를 넘기기 전에 반드시 예쁜 강아지를 한 마리 사오겠다는 각서를 쓴 끝에 연말을 하루 남기고 나서야 겨우 충무로로 나선 것이다.

어렵사리 주차장을 찾아 차를 대고 나오는데 엄청나게 배가 고팠다. 연말이라 길이 많이 막혀 마포에서 충무로까지 오는 데 한 시간이 넘게 걸린 것이다. 속이 좋지 않아 콩나물국밥 한 그릇으로 점심을 때웠으니 배가 고픈 것도 당연했다. 하지만 당장 배가 고파 죽는 한이 있더라도 강아지를 사는 게 우선이었다. 나는 주린 배를 움켜쥐고 애견센터 앞을 기웃거렸지만 강아지를 고르는 것도 쉬운 문제가 아니었다. 차라리 아내가 콕 짚어 어떤 종류의 개를 사오라고 정해주었으면 좋았으련만 강아지는 어디까지나 내가 아이에게 주는 선물이니 내 손으로 직접 골라야 했다. 내가 주는 선물을 내가 직접 고를 수 없게 된 지는 이미 오래되었지만 알 만한 분들은 다들 알 것이다. 어쩌다 후한 인심을 쓰듯 넘겨주는 그런 선택이 얼마나 무서운 함정인지를! 보나마나 개를 잘못 사왔느니, 도대체 생각이 있는 거니 없는 거니, 잔소리를 해댈 게 뻔했다. 게다가 애완견의 종류는 왜 그리 많은지!

 내가 고른 개는 한 마디로 가장 대중적인 개였다. 거기엔 나의 그 어떤 취향이나 의지 따위는 손톱만큼도 반영되지 않았다. 내 취향으로 치자면 아무 데서나 똥을 싸고 아무 데서나 흘레붙는 시골의 똥개들이 제격이었지만 개의 주인은 내가 아니라 장래에 의사나 변호사가 될 귀하신 몸, 나의 아들이었다.

 나는 눈처럼 하얀 털을 가진 말티즈를 선택했다. 그 잘난 의사선생이 진료를 하는 동안 그의 발등에 머리를 기대고 잠이 들면 잘 어울릴 것 같은 예쁜 강아지였다. 나는 강아지가 든 플라스틱 바구니를 들고 서둘러 주차장으로 걸어갔다. 개를 잘못 골라왔다고 다투는 건 나중 문제고 일단 배가 고파서라도 빨리 집으로 돌아가야 했다. 그런데 허둥지둥 너무 서두르다보니 충무로 한복판에서 빙판에 미끄러져 보기 좋게 뒤로 나자빠지고 말았다. 아마도 식당에서 버린 물이 반질반질한 빙판을 만든 모양이었다. 꼬리뼈가 찌릿하며 절로 비명이 나올 만큼 엉덩이가 아팠다. 울컥, 짜증도 났다. 망할년! 식당 주인에겐지 아니면 마누라에겐지 모르지만 입에서 절로 욕이 튀어나왔다. 그런데 문제는 그게 다가 아니었다. 바구니를 놓쳐 뚜껑이 열리는 바람에 강아지가 튀어나와 쏜살같이 길 한복판으로 달아나기 시작한 것이다. 나는 질겁하고 놀라 엉덩이가 아픈 것도 잊고 급히 바구니를 집어 들고 강아지를 쫓아 대로로 뛰어들었다. 달리던 차들은 빵빵! 경적을 울리며 급브레이크를 밟았고 나는 빈 바구니를 든 채 길 한복판에서 엉거주춤 지나가는 차를 손으로 막아 세웠다. 그동안 강아지는 길을 건너 맞은편 골목으로 쏜살같이 도망갔다. 그렇게 작은 동물이 그렇게 빨리 뛸 수 있다는 게 믿어지지 않았다. 나는 다리를 절룩거리며 강아지를 쫓아갔지만 아무리 용을 써도 도저히 따라잡을 수 없었다. 숨이 턱 끝까지 차올라 당장 심장이 터져 죽을 것 같았다. 나는 네발짐승과 두발짐승의 차이가 무엇인지를 절감하며 결국 쫓기를 단념하고 바닥에 주저앉았다. 연말에 추운 길바닥에서 도대체 이게 무슨 꼴이람! 비참한 기분이 들었다. 아내의 표독스런 얼굴이 절로 떠올랐다. 사는 게 원래 이런 건가, 싶은 기분에 눈물이 날 것도 같았다. 그래도 남자가 겨우 강아지 한 마리 잃어버렸다고 울 수는 없는 노릇이었다.

나는 한동안 숨을 몰아쉬며 바닥에 주저앉아 있다 겨우 정신을 차리고 자리에서 일어서려고 했다. 그런데 어라! 어찌된 일인지 그렇게 열심히 쫓던 말티즈가 바로 코앞에 서서 물끄러미 나를 바라보고 있었다. 뜀박질이 그렇게 느려 터져서야 어떻게 이 험한 세상을 살아가겠냐는 듯 한심한 표정이었다. 나는 당장 목을 졸라 죽여버리고 싶은 적개심을 감춘 채 조심스럽게 강아지를 불렀다.

— 해, 해피야, 착하지, 이리 와.

나는 비굴하게 혀를 차며 강아지를 얼렀다. 그런 언해피한 상황에서 어쩌다 해피라는 이름이 튀어나왔는지는 알 수 없지만 강아지의 이름은 즉석에서 해피로 정해졌다. 그러자 새 주인을 알아보았는지 말티즈는 순순히 내 품 안으로 들어왔다. 개새끼! 나는 재빨리 강아지의 목덜미를 움켜쥐고 바구니 안에 처박은 뒤 뚜껑을 닿았다. 기쁘기도 한 한편, 허탈한 기분도 들었다.

겨우 강아지를 찾아 골목을 빠져나오는 길이었다. 골목 끝 어딘가에서 달차근한 냄새가 날아와 코끝을 간질였다. 짜장면 냄새인 듯 달콤한 향기에 잠시 잊고 있던 허기가 몰려왔다. 아귀들이 미친 듯 날뛰며 빈 위벽을 긁어대는 것 같았다. 집까지 가려면 족히 한 시간은 더 걸릴 거라는 생각 따위는 할 겨를도 없었다. 짜장면 냄새에 이끌린 나는 어느새 중국집 앞에 서 있었다.

추운 날씨임에도 불구하고 중국집 안은 제법 손님들로 북적거렸다. 나는 다리를 절룩거리며 허기진 배를 움켜쥐고 홀 안으로 들어섰다. 이때 카운터에서 계산을 하던 중년의 여자가 개 바구니를 들고 있는 나를 발견하고 버럭 소리를 질렀다. 개를 데리고 식당에 들어오면 어떡하느냐는 거였다. 나는 민망하기도 하고 화가 나기도 했지만 너무 배가 고팠기 때문에 한껏 비굴한 얼굴로 뚜껑을 단단히 닫아두었으니 개가 절대로 바구니에서 나올 일은 없을 거라고 변명했다. 그러자 얼굴에 심술이 덕지덕지 묻어 있는 주인 여자는 뭐라고 투덜거리면서도 크게 인심을 쓰듯 개를 입구 바깥에 놔두고 들어오라고 했다. 내 돈을 주고 음식을 사 먹는데 마치 구걸을 하러 온 것 같아 기분이 더러웠다. 나는 혹시 누가 강아지를 들고 가지나 않을까 걱정이 되어 바구니를 잘 감시할 수 있도록 입구 쪽에 자리를 잡았다. 잠시 후 남자 종업원이 주문을 받으러 와 나는 물만두 한 접시와 짜장면 곱빼기를 주문했다. 무척 배가 고프기도 했지만 한창 바쁜 저녁시간에 혼자 와서 달랑 짜장면 한 그릇만 시키는 게 눈치가 보였기 때문이었다.

음식이 나오기를 기다리는 동안에도 나는 입구에 놓아둔 개 바구니에서 눈을 떼지 않았다. 행여 개를 다시 잃어버리는 일이 생긴다면! 그것은 생각만 해도 끔찍한 일이었다. 새해 벽두부터 신문 사회면에서 말티즈 한 마리 때문에 자살한 남자에 대한 기사를 보기 원하는 사람은 아무도 없을 것이다. 이때 무심코 식당을 둘러보던 나는 문득 한쪽 벽에 걸린 뜻밖의 물건을 발견했다. 그것은 다름 아닌 쌍절곤이었다. 이소룡도 죽은 지 오래되었고 무협영화의 전성기도 모두 지난 때여서 나는 반가운 마음이 드는 와중에 불현듯 옛날 일이 떠올랐다. 오랫동안 한사코 달아나고 싶기만 했던 기억이었다. 이때 주인 여자가 남자종업원에게 소리쳤다.

― 영수야! 4번 룸에 양파하고 단무지 좀 더 갖다줘.

여자의 말에 청년은 뭐라고 구시렁대며 단무지가 담긴 접시를 들고 옆으로 지나갔다. 그런데 어딘가 그의 얼굴이 낯이 익다는 느낌이 들었다. 까무잡잡한 얼굴에 작은 키, 강단이 있어 보이는 단단한 몸집이 누군가를 연상케 했기 때문이었다. 게다가 그의 엄마로 보이는 주인 여자도 낯설지 않았다. 분명히 어디선가 만난 적이 있는 인물이었다. 그뿐이 아니었다. 내가 들어와 앉아 있는 그 중국집도 언젠가 한 번 와본 것 같은 기시감이 들었다. 나는 갑자기 토끼를 따라가다 이상한 나라로 잘못 들어간 앨리스처럼 당황스러웠다. 도대체 어떻게 된 일이지?

잠시 후, 청년이 물만두와 짜장면을 가져와 내 앞에 내려놓았다. 유심히 청년의 얼굴을 살피던 나는 조심스럽게 물었다.

— 자네 이름이 영수인가?

청년이 의아한 표정으로 바라보며 되물었다.

— 그런데…… 아저씨가 내 이름을 어떻게 알아요?

— 아까 엄마가 부르는 소리를 들었거든. 지금 몇 살이지?

— 그건 알아서 뭐하게요?

청년은 뻬딱해 보였지만 세상에 대해 주눅 들어 있지는 않았다.

— 그냥…… 군대는 갔다 왔어?

— 방위 받았는데요.

청년은 낯선 남자가 자꾸 캐묻는 게 불편했는지 냉큼 쟁반을 들고 주방 쪽으로 걸어갔다. 나는 청년의 뒷모습을 바라보다 짜장면을 비비기 시작했다. 머릿속이 한없이 복잡하고 혼란스러운 가운데서도 짜장면은 맛있었다. 깨끗한 재료에 너무 달지도 너무 텁텁하지도 않아 술술 잘 넘어가는 짜장면이었다. 그동안 손님들이 썰물처럼 빠져나가 홀에는 나 혼자만 남게 되었다. 짜장면을 다 먹고 젓가락이 만두 접시로 막 옮겨갈 즈음이었다. 주방장인 듯 머리가 벗어진 늙수그레한 사내가 주방에서 나오며 주인 여자에게 물었다.

— 다 끝났어?

— 응, 저 손님이 마지막이야.

주인 여자는 나보고 들으라는 듯 부러 큰 소리로 말했지만 그녀는 내가 누구인지 알 턱이 없었다. 저 대머리 사내는 주인 여자가 오래전 내 친구에게 청산가리를 먹인 여자라는 사실을 알고 있을까? 나는 물만두를 먹으며 카운터 쪽을 힐끔거렸다. 오순은 교도소에서 언제 출소한 걸까? 그리고 저 대머리 남자는 도대체 누굴까? 그리고 어떤 사연으로 저들이 이 중국집을 운영하고 있는 걸까? 뜻밖의 장소에서 뜻밖의 인물들과 조우한 나는 머릿속이 혼란스러웠다. 영업을 마치기 위해 정리를 하고 있는 오순과 대머리, 그리고 영수의 모습은 성실하게 가업을 함께 꾸려가는 보통의 가족처럼 매우 단란해 보였다. 범죄와 독극물, 사기와 유랑 등 파란만장했던 지난 삶의 흔적은 조금도 찾아볼 수 없이 오랫동안 단단한 신뢰로 뭉쳐 살아온 여느 가족처럼 안정된 모습에 나는 오히려 어리둥절한 기분이었다. 삼촌이 저들에게 바랐던 건 바로 저런 모습이었을까? 그래서 이 중국집은 평생 더 이상 낯선 곳에서 떠돌지 않고 한 데서 잠들지 않도록 저들을 위해 삼촌이 지상에 마련해 준 한 칸의 보금자리였을까? 나는 어떤 경위로 그들이 중국집을 운영하며 함께 살게 되었는지 알 수 없었지만 왠지 매듭이 잘 풀리지 않는 이야기의 끝을 본 듯 홀가분한 기분이었다.

천천히 만두를 다 먹은 후 나는 지갑을 꺼내 계산을 하고 중국집을 걸어 나왔다. 고개를 들어보니 간판엔 북경반점이란 상호가 걸려 있었다. 이전에 보았던 낡은 간판 그대로였다. 이때 누군가 등 뒤에서 부르는 소리가 들렸다.

— 아저씨!

돌아보니 중국집에서 본 영수라는 이름의 청년이었다. 의아한 얼굴로 돌아보자 그는 강아지가 든 바구니를 들어보였다.

— 이거 갖고 가셔야죠.

*

삼촌의 이야기는 아직 끝나지 않았다. 그는 좁은 감방 안에서 영어의 시간을 흘려보내고 있었다. 5년? 아니, 6년째던가? 하루는 일 년처럼 느리게 흘러갔지만 일 년은 하루처럼 빠르게 흘러갔다. 아무런 사건도 없으니 아무것도 기억할 게 없었다. 기억이 없는 시간은 삭제된 시간, 세상에 존재하지 않는 시간이었다. 그래서 감옥 안에서 보낸 세월은 몸뚱이도 없이 중음을 떠도는 망자의 시간이나 다름없었다.

그는 세상으로부터 완전히 잊혀졌다. 그렇다고 해서 그가 영원히 사라진 건 아니었다. 그는 여전히 감옥 안에서 누군가를 기다리고 있었다. 그것은 일찍이 그가 자처해서 경찰에 체포되기를 원했던 이유였다. 원정을 찾아다니기를 포기한 그가 마지막으로 선택한 것은 좁은 감옥 안이었다. 그는 자신이 그녀를 찾아다니는 대신 그녀가 자신을 찾아내게 만들어야 한다고 생각했다. 그것만이 그녀를 만날 수 있는 유일한 방법이었다. 그래서 그는 차가운 감방 안에 스스로를 가둔 채 기꺼이 기다림을 선택했다. 그녀를 만날 수만 있다면 그곳이 어디든, 그리고 시간이 얼마가 걸리든 아무런 상관이 없었다. 그 무모한 기다림만이 그가 할 수 있는 유일한 일이었다. 그리고 그것이 그가 사랑하는 방식이었다.

수감된 첫 해에는 지인들이 드물지 않게 면회를 왔다. 장 관장과 용식은 물론 함께 운동을 했던 후배들도 인사치레 삼아 한 번씩 다녀갔다. 하지만 그뿐이었다. 이태째가 되면서 발길이 뜸해지더니 삼년차가 되자 찾아오는 이가 아무도 없었다. 장 관장은 충무로에서 더 이상 버티지 못하고 고향으로 내려가 합기도 도장을 열었다. 그리고 한때 할리우드에 가서 비비안 리를 만나겠다는 야심을 품었던 용식은 칼국수 집을 정리하고 곱창 집을 열었다. 마장동 도축장 쪽에 요행히 줄이 생겨 질 좋은 곱창을 싼 가격에 공급받을 수 있게 됐다는 거였다. 다행히 장사가 잘 되는지 갈수록 살이 쪄 목이 아예 보이질 않았다. 삼촌이 운동은 안 하냐고 묻자 그는 돈 버느라고 너무 바빠 돈 쓸 시간도 없는데 무슨 운동이냐며 투덜거렸다.

원정의 후배였다는 정화도 면회를 한 번 다녀간 적이 있었다. 그녀는 치과의사와 결혼을 하게 됐다며 원정 언니가 살아 있다면 언젠가 한 번은 만날 수 있지 않겠냐고, 부디 그동안 몸을 잘 보살피라며 한동안 눈물을 찍어내다 돌아갔다. 정 기자는 국회의원 선거에 야당후보로 출마해 낙선했지만 정치 쪽에서 꽤 비중 있는 인물이 되어 있었다. 그는 삼촌과 맺었던 인연을 잊지 않고 서너 번 영치금을 넣어주었다. 만일 삼촌이 민주화운동을 하다 교도소에 들어갔다면 아마도 좀 덜 외로웠을지도 모르겠다. 하지만 삼촌이 저지른 일은 아무도 옹호해 줄 수 없는 인륜을 벗어난 범죄였다. 정치적으로 민감한 위치에 있는 정 기자는 처신에 신경을 쓰지 않을 수 없었던지 따로 삼촌에게 면회를 오는 일은 없었다. 그렇게 모두 인생의 갈림길에서 작별인사를 하고 각자 뿔뿔이 흩어지고 나자 결국 남은 건 삼촌 혼자였다.

오순이 새로 선출된 대통령의 대사면으로 형기보다 일찍 출소했을 때, 삼촌은 즉시 자신의 소유였던 충무로의 중국집을 그녀에게 넘겨주었다. 그것은 그가 경찰에 체포되었을 당시부터 생각해 두었던 것으로 미리 법무사 사무실에 의뢰해 양도절차까지 모두 마쳐놓은 상태였다. 하지만 몇 번의 전언 끝에 면회를 온 오순은 삼촌의 제안을 일언지하에 거절했다.

— 흥, 혹시 나중에 죽으면 제사라도 지내줄까 싶어서 그러나본데 분명히 얘기하지만 영수는 당신 애 아냐. 절대 제사 같은 거 지내줄 일 없으니까 기대도 하지 마. 난 그 집 못 받아.

그 긴 세월이 흐르는 동안에도 삼촌에 대한 감정이 모두 사라진 건 아니었는지 오순은 입으론 독한 소리를 내뱉으면서도 어느새 벌겋게 충혈된 눈에 눈물이 그렁거렸다. 삼촌은 면회실 유리창 너머에서 무겁게 입을 열었다.

— 나중에 누가 내 제사를 지내주고 뭐, 그런 거 생각해 본 적 없어. 어차피 난 여기에 오래 있어야 할 것 같아서……. 그리고 영수도 그렇잖아. 어린 나이에 어미아비도 없이 혼자 친척집을 떠돌면서 눈칫밥만 먹고 살았는데 같이 살 집이라도 한 칸 있으면 좀 낫잖아. 그래서 당신이 그 집을 맡아줬으면 좋겠다는 생각을 한 거야.

— 그게 전부야?

오순이 여전히 석연찮은 표정으로 다그치자 삼촌은 침을 꿀꺽 삼키고 비로소 해묵은 얘기를 꺼냈다.

— 그리고…… 그땐 정말 미안했어. 그냥 겁이 나서 그랬던 거야. 난 아무것도 모르는데 애아버지가 된다고 생각하니까……. 그래서 도망갔던 거야. 그땐 우리 둘 다 어렸잖아.

삼촌이 말을 하는 동안 오순의 눈에선 어느덧 눈물이 줄줄 흘러내렸다. 그리고 오랫동안 마음에 담아두었던 삼촌의 진심에 마음이 조금 움직였는지 손등으로 눈물을 훔쳐내며 다소 누그러진 목소리로 말했다.

― 난 서울에서 살 자신 없어. 집만 있으면 뭐해? 손가락만 빨면서 살 수는 없잖아.

― 그것도 내가 생각해 뒀어.

삼촌의 자신 있는 대답에 오순이 의아한 얼굴로 쳐다보았다.

― 그 집이 원래 중국집을 하던 자리거든. 주방시설도 그대로 다 있고 홀도 꽤 넓어. 그러니까 다시 중국집을 하면 돼. 당신도 장사를 해봤으니까 어렵진 않을 거야.

― 난 음식점은 해본 적 없어. 평생 커피만 팔았지.

― 그래서 내가 미리 사람도 구해놨어. 지금 그 집에 가면 이미 살고 있는 사람이 있을 거야.

삼촌은 모든 걸 미리 준비해 둔 듯 막힘이 없었다.

― 그게, 누군데?

― 옛날에 나랑 같이 일했던 칼판장이야. 홀은 당신이 맡고 그 사람한텐 주방을 맡기면 돼. 음식도 잘 만들고 여러 가지로 재주가 많아. 대신, 한 가지 조심해야 할 건 그 사람이 무슨 제안을 하든 절대 넘어가지 마. 아니, 그 사람이 하는 말은 콩으로 메주를 쏜다고 해도 절대 믿으면 안 돼.

삼촌이 재차 힘주어 강조하자 오순이 물었다.

― 그건 왜 그래?

― 그 인간, 태생이 원래 사기꾼이거든.

― 사, 사기꾼?

― 그래. 근데 걱정하지 마. 허튼짓 못하게 내가 단단히 얘기를 해

놓았으니까.

삼촌은 칼판장을 미리 불러 만일 오순 모자에게 조금이라도 허튼 수작을 부린다면 자신이 교도소에서 나가는 즉시 명줄을 끊어놓겠다고 협박을 해둔 터였다. 하지만 오순은 수건으로 눈물을 정리하며 태연하게 대답했다.

― 그런 건 걱정 마. 나중에 말썽이 생기면 나도 방법이 있으니까.

야수처럼 거친 사내들 틈에서 살아온 독극물의 여왕이 사기꾼 하나 다루지 못할 만큼 호락호락하진 않을 터, 오순은 오히려 삼촌을 걱정스럽게 바라보았다.

― 나중에 나오면 어떡하려고? 오갈 데도 없을 텐데.

― 혹시 나중에 정말 오갈 데가 없으면 사완들이 잠을 자던 구석방 하나만 내줘. 난 그러면 돼.

그러자 오순은 피식, 씁쓸한 듯 웃으며 말했다.

― 근데 오빠하고 나하고는 정말 인연이 아닌가보다. 이렇게 번갈아가면서 교도소에나 드나들고. 이제 와서 생각해 보니까 같이 안 살길 진짜 다행이야.

잔뜩 회한이 서린 오순의 농담에 삼촌도 씁쓸하게 마주 웃어보였다. 순간, 그 오랜 구원과 악연의 매듭이 절로 풀어지는 느낌이었다. 또한 실로 오랜만에 듣는 오빠라는 호칭에 그 옛날 오토바이 뒤에서 자신의 허리를 꼭 끌어안았던 앳된 여고생의 모습이 떠올라 자신도 모르게 울컥 목이 메었다.

얼마 뒤, 오순은 삼촌이 바라던 대로 영수를 데리고 서울로 올라와 칼판장과 함께 식당을 운영하며 살게 되었다. 그런데 남녀 간의 일이란 참으로 알 수 없는 게 삼촌의 우려와는 정반대로 어느 봄

비 내리는 휴일 오후, 칼판장과 오순은 난자완스를 안주 삼아 각자 살아온 얘기를 풀어놓으며 신세한탄을 하다 빼갈 한 병에 취해 그만 하룻밤 만리장성을 쌓고 말았다. 원래 정에 굶주린 사람들은 빨리 마음을 여는 법, 두 사람은 적지 않은 나이 차이에도 불구하고 곧마 사장이 살던 이층집에 살림을 차렸다. 게다가 서로 궁합이 맞아서 그랬는지 어땠는지 오순은 콩으로 메주를 쑨다고 해도 절대 믿으면 안 된다는 삼촌의 경고에도 불구하고 칼판장의 말이라면 콩이 아니라 팥으로 메주를 쑨다고 해도 믿을 정도로 그에게 깊이 빠져버렸다. 나중에 얘기를 전해 들은 삼촌은 서로 오갈 데 없는 외로운 사람끼리 그렇게라도 살 부비고 살게 돼서 참 잘된 일이라고, 그리고 자신이 그들을 위해 거처라도 마련해 줄 수 있어서 다행이라며 진심으로 두 사람을 축복해 주었다. 그렇게 인생의 갈림길에서 각자의 길을 찾아가고 나자 결국 남은 건 다시 삼촌 혼자였다.

*

삼촌은 손바닥만 한 창문으로 들어오는 빛에 16밀리 필름을 비춰 보았다. 비닐처럼 얇은 필름 조각 안엔 원정의 얼굴이 담겨 있었다. 어떤 장면에서 잘라낸 조각인지 원정은 무표정하게 앞을 응시하고 있었다. 그 전후 상황을 이미 알고 있는 삼촌은 그녀의 얼굴을 볼 때마다 가슴이 아팠다. 그래도 세상과 격리된 감옥 안에서 그녀의 얼굴을 볼 수 있다는 것만으로도 그 필름 조각은 위안이 되었다. 영화에서 한 프레임은 고작 24분의 1초밖에 되지 않는 찰나였지만 그것이면 충분했다. 그는 틈이 날 때마다 엄지손톱만 한 필름 조각을 햇볕에 비춰보며 무모한 기다림의 시간을 채워나갔다. 그 필름 조각을 삼촌이 어떻게 소지하게 되었는지, 교도소 안에서 그 긴 세월 동안 어떻게 들키지 않고 필름을 간직하고 있었는지는 알 수 없다. 다만 한 가지 안타까운 건 필름을 너무 오래 간직하고 있다 보니 시간이 지날수록 색이 바래져 원정의 모습이 점점 더 희미해지고 있다는 거였다. 사람의 기억도 시간이 지나면 지워지게 마련인데 화학약품으로 얇은 비닐 막에 새겨놓은 이미지가 영원할 수는 없었을 터. 삼촌은 필름을 빛에 자주 노출시킬수록 더 빨리 바래진다는 사실을 깨달았다. 그래서 필름 조각을 빛이 닿지 않는 사물함 깊숙이 넣어두었다. 잘못하다 원정의 모습이 영원히 지워질까봐 두렵기 때문이었다. 그런데도 매일, 아니 매 시간 자꾸만 꺼내보고 싶어 손이 근질거렸다.

언젠가 삼촌이 노역을 나갔다 돌아왔을 때의 일이었다. 감방 고참 몇 명이 뭔가를 백열전구에 비춰보며 희희낙락하고 있었다. 바로 원정의 모습이 담긴 필름 조각이었다. 자리를 비운 동안 누군가 사물함을 뒤져 찾아낸 모양이었다.

— 야, 이거 네 애인이야?

상해죄로 들어온 고참이 이죽거리며 물었다. 전국적으로 유명한 폭력 조직의 일원으로 모두가 두려워하는 자였다.

— 아, 아닙니다.

— 씨발년, 졸라 예쁘네. 어때, 맛있었냐?

나, 저런 식으로 말하는 거 정말 싫은데…….

— 그거 이리 주십시오.

삼촌이 꾹 참으며 정중하게 부탁했지만 감방 고참은 필름을 냉큼 주머니에 집어넣어버렸다.

― 이거 압수야. 딸* 잡을 거리도 없었는데 잘됐다. 나중에 너 출소할 때 줄게.

― 안 돼요!

삼촌이 달려들어 필름을 뺏으려고 했지만 감방 고참은 삼촌의 따귀를 철썩 올려붙였다.

― 이 새끼가 나중에 준다면 주는지 알지 어디서 대들어?

순간, 삼촌의 발이 그의 가슴을 강타했다. 그리고 넘어진 상대의 배를 깔고 앉아 주먹을 날렸다. 하지만 곧 주변에 있던 고참들이 우르르 달려들어 다구리를 놓아 삼촌은 곧 뼁끼통 옆으로 찌그러지고 말았다.

그날 밤, 다들 깊은 잠에 빠져 있을 때였다. 삼촌은 한밤중에 슬그머니 자리에서 일어나 필름 조각을 압수한 고참에게 다가갔다. 그리고 입을 헤 벌린 채 깊이 잠들어 있는 그의 얼굴을 조용히 베개로 덮고 주먹으로 사정없이 내리치기 시작했다. 베개로 막고 있어 큰 소리는 나지 않았지만 삼촌의 단단한 주먹에 금세 코뼈와 이빨이 부러지고 안와가 골절되었다. 하지만 삼촌은 분이 풀릴 때까지 주먹질을 멈추지 않아 그는 오랫동안 밥도 먹을 수 없고 말도 할 수 없게 되어버렸다. 물론 그 일로 삼촌도 한동안 독방 신세를 져야 했다. 그 통에 필름 조각도 어디론가 사라져 끝내 찾을 수 없었다.

나중에 다시 일반 감방으로 돌아왔을 때 삼촌은 필름 대신에 원

---

* 자위행위의 은어인 딸딸이의 준말

정의 얼굴을 떠올릴 수 있는 새로운 대체물을 찾아냈다. 그것은 다름 아닌 안티푸라민 뚜껑이었다. 감방 동료 중의 한 사람이 어떻게 구했는지 안티푸라민 한 통을 감방 안으로 몰래 반입해 온 것이다. 뚜껑에 그려진 간호사의 얼굴을 보는 순간, 삼촌은 그 옛날 원정이 다쳤을 때 연고를 발라줬던 일이 떠올라 가슴이 울컥했다. 버드나무 상표 아래 간호사 캡을 쓰고 있는 간호사의 고운 얼굴은 여전히 원정과 닮아 있었다. 삼촌은 모아둔 노역대금으로 산 카스텔라 빵 다섯 개와 안티푸라민 뚜껑을 맞바꾸었다. 이에 감방 동료들은 그깟 연고 뚜껑을 카스텔라 다섯 개씩이나 주고 바꾸다니 제정신이 아니라며 놀렸지만 간호사의 얼굴이 그려진 작은 연고 뚜껑은 삼촌에게 부드러운 카스텔라보다 열 배, 스무 배 더 소중하고 달콤한 것이었다.

삼촌의 그런 무모한 사랑과 하염없는 기다림에 지친 탓일까? 이소룡은 더 이상 눈앞에 나타나지 않았다. 하지만 삼촌은 그가 나타나든 말든 신경 쓰지 않았다. 달리 억울한 것도 없었고 혼란스러운 것도 없었다. 더 이상 이룰 것도 없었고 원정을 기다리는 것 말고는 다른 아무런 목표도 없었다. 그러니 이소룡을 기다릴 이유도 없었다. 한때 이소룡이 되고 싶다던 꿈은 낡은 필름 조각처럼 형체도 없이 지워져 빛바랜 추억으로 남아 있을 뿐이었다. 하지만 그에게 끌려 다녔던 지난 삶을 후회하지는 않았다. 모두 무의미한 짓이었다고도 생각하지 않았다. 비록 형체도 없는 귀신에 들려 어두운 밤길을 헤매듯 세상을 떠돌다 끝내 교도소에 수감되는 운명이 되었지만 그런 격정마저 없었다면 자신의 삶은 지푸라기처럼 아무 의미도 없었을 거라고 생각했기 때문이었다. 5년을 지나 6년, 그리고 7년······ 세월이 흐를수록 그는 교도소의 담장처럼 점점 더 차분해지고 있었다. 그리고 그 긴 기다림의 끝도 점점 더 가까이 다가오고 있었다.

 삼촌이 아침을 먹고 노역을 나가기 위해 옷을 갈아입고 있을 때였다. 한 교도관이 지나가며 오늘 누군가 면회를 신청했다는 얘기를 전해주었다. 누굴까? 오순이 면회 신청을 한 걸까? 면회를 왔다는 전언이 있을 때마다 가슴이 뛰었지만 그것도 이미 오래전 일이었다. 언제부턴가 그에게 면회를 오는 사람은 오순 가족밖에 없었다. 서너 달에 한 번 꼴로 면회를 와 영치금이라도 넣어주는 것은 단지 중국집을 물려준 데에 따른 감사의 표시만은 아니었을 것이다. 주로 칼판장과 함께 면회를 왔는데 어쩌다 크게 인심을 쓰듯 영수를 데리고 올 때도 있었다. 영수는 삼촌이 자신의 친부라는 사실을 알지 못했다. 다만 죽은 아버지의 친구로 자신들을 도와준 고마운 이로 알고 있을 뿐이었다. 그는 방위를 마치고 엄마를 도와 식당에서 일을 하고 있다고 했다. 완전히 어른이 된 영수의 모습에 삼촌은 마음이 뿌듯했다. 그리고 그렇게 무사히 자라준 게 그저 고맙고 다행스럽기만 했다.
 면회실로 가기 전 삼촌은 거울을 보며 면도를 했다. 이미 사십 대 중반에 접어든 중년의 얼굴엔 짙은 주름이 잡혀 있었고 귀밑머리는 어느새 서리가 내린 듯 희끗해져 한때 제비처럼 날렵하게 허공을 날아다녔던 젊은 무도인의 모습은 온데간데없었다. 삼촌은 정성껏 면도를 하고 수의를 새로 갈아입었다. 어차피 칙칙한 푸른색에 수인번호만 달랑 붙어 있는 옷이었지만 그날따라 왠지 새 옷으로 갈아입고 싶은 마음이 들었다.

　삼촌이 면회실로 들어섰을 때 유리창 너머엔 얼굴에 하얗게 분칠을 한 중년의 여자가 긴 머리로 얼굴을 반쯤 가린 채 의자에 앉아 있었다. 그녀가 원정이라는 것을 알아채는 데에는 24분의 1초도 필요하지 않았다. 삼촌은 의자에 앉을 생각도 않은 채 우뚝 멈춰 서서 물끄러미 그녀를 바라보았다. 면회실 창에서 들어온 햇빛이 일부러 배치해 놓은 조명처럼 오도카니 앉아 있는 그녀의 모습을 비추고 있었다. 삼촌은 오래전 중국집 뒤꼍의 배롱나무 아래에서 하얀 시폰 원피스를 입고 앉아 있던 당시의 모습이 떠올랐다. 얼굴의 상처를 가리기 위해서였을까? 그때와 달리 짙은 화장으로 얼굴을 가리고 있는 그녀는 마치 가부키 배우처럼 연극적이고 비현실적인 느낌을 주었지만 처연한 듯 고혹적인 눈매는 여전히 아름다웠다. 그 눈빛에 숨이 막혀 삼촌은 우두커니 바라보기만 했다. 원정도 한동안 말없이 삼촌을 쳐다보다 이윽고 천천히 자리에서 일어나 다가왔는데 혼이 나간 듯 멍한 표정이었다. 그녀는 몸을 비틀거리다 삼촌을 향해 손을 내밀었다. 삼촌의 목울대가 크게 움직였다. 그도 원정을 향해 마주 손을 내밀었다. 그렇게 두 사람은 유리창을 사이에 두고 손을 맞잡았다. 한 마디 말도 없었다. 그저 목석처럼 서로의 눈을 응시한 채 손바닥을 마주 대고 있었다. 그러다 이미 빨갛게 충혈된 원정의 눈에서 눈물이 한 방울 똑, 떨어져 내렸다. 순간, 망자의 시간이나 다름없었던 7년의 세월이 어느 6월 아침의 햇살처럼 찬연하게 되살아났다.

　― 미, 미안해. 난 미스터 권이 이러고 있는 줄도 모르고…….

원정의 눈에서 샘이 터진 듯 눈물이 줄줄 흘러내리자 짙은 화장이 눈물로 지워져 얼굴이 금세 얼룩덜룩해졌다. 그것을 지켜보는 삼촌의 눈에서도 어느새 눈물이 흐르고 있었다. 그는 떨리는 목소리로 입을 열었다.

— 나는 항상 생각하고 있었어요. 만일 원정 씨가 살아 있다면 언젠가 나를 찾아올 거라고. 정말이지 한 번도 그걸 의심해 본 적이 없어요. 그런데 이렇게 살아 있는 걸 봤으니 이젠 다 됐어요.

— 다 되긴 뭐가 다 돼, 이 바보야. 아직도 이렇게 감옥에 갇혀 있는데…….

원정이 유리창을 손바닥으로 쓰다듬으며 안타깝게 말했다. 하지만 삼촌은 어깨를 떨며 우느라 잔뜩 일그러진 얼굴에 애써 웃음을 지어 보이며 말했다.

— 아녜요. 그건 아무 상관없어요. 원정 씨만 괜찮으면 다 괜찮아요. 이건 처음부터 다 내가 계획한 거예요.

— 계획? 도대체 무슨 계획이 감옥에서 7년씩 썩는 계획이 있어!

원정이 답답하다는 듯 울먹였다. 하지만 삼촌의 얼굴은 눈물을 줄줄 흘리면서도 여전히 웃고 있었다.

— 7년은 아무것도 아녜요. 사람이 70년도 더 넘게 사는데 7년이면 긴 것도 아니잖아요.

삼촌의 엉뚱한 소리에 원정이 눈물을 훔치며 말했다.

— 미스터 권은 정말이지 그때나 지금이나 하나도 변한 게 없네.

교도소에서 보낸 세월이 짧지 않았지만 원정의 말대로 삼촌은 아무것도 변한 게 없었다. 그리고 그의 말은 모두 진심이었다. 오래전 자신을 스스로 감옥 안에 가둘 때 그는 오직 한 가지 원정을 만나겠다는 목표밖에 없었다. 그래서 교도소 문을 들어서는 순간 모든 원한과 복수심을 버렸다. 그렇게 마음속에 있는 걸 모두 비우지 않으면 그 긴 세월을 견딜 수 없으리라는 걸 알았기 때문이었다. 그래서 무모한 기다림 끝에 마침내 원정을 다시 만났을 때 그 긴 시간은 새로운 의미로 되살아났다. 남은 형기가 7년도 더 넘게 남아 있었지만 그 또한 아무 상관이 없었다. 원정이 죽었는지도 살았는지도 모른 채 이미 7년을 보냈는데 그녀가 살아 있다는 걸 알았으니 더 이상의 여한도 더 이상의 바람도 없다고 생각했다.

*

그날 처음 면회를 다녀간 뒤, 원정은 삼촌에게 일주일에 한 번씩 면회를 왔다. 첫날은 그저 서로 마주 보고 우느라 제대로 안부도 묻지 못했다. 그래서 그녀가 어떻게 살고 있는지, 그간 무슨 일이 있었는지, 그리고 어떻게 자신을 찾아오게 되었는지 알지 못했다. 하지만 매주 만나는 동안 두 사람은 그동안 서로에게 있었던 일을 조금씩 털어놓았다.

그날, 원정이 스스로 목숨을 끊으려고 강물에 몸을 던진 건 사실이었다. 그녀는 삼촌이 의자에 앉아 깜빡 잠이 든 새에 밖으로 나와 검푸른 강물 속으로 뛰어들었다. 겁간을 당한 수치심과 절망에 한순간 세상과 이어진 끈을 놓아버린 거였다. 그런데 행인지 불행인지 그녀가 몸을 던진 강변에선 때마침 인근의 한 남자고등학교 수영부 학생들이 코치의 호루라기 소리에 맞춰 조깅을 하고 있었다. 원정이 물에 빠져 허우적거리는 것을 지켜보던 열두 명의 젊은 물개들은 일제히 강물 속으로 뛰어들었다. 그리고 원정이 물을 채 두 모금도 마시기 전에 그녀를 물 밖으로 건져 올렸다. 정신을 잃은 그녀는 119구조대의 구급차에 실려 근처 병원으로 옮겨져 응급조치를 받은 끝에 깨어났다. 칼로 얼굴을 난자당한 채 강물에 빠졌다 나온 젊은 여자의 끔찍한 몰골에 담당의사는 혀를 차며 경위를 물었지만 그녀는 마치 벙어리인 양 입을 열지 않았다. 이에 병원 측에선 보호자에게 연락을 취하고자 했지만 아무런 소지품도 아무런 증명서도 없어 신원을 확인할 수도 없었다. 당시, 삼촌이 경찰에 신고를 했을 때 그녀의 행방을 찾지 못한 건 그 때문이었다.

그녀는 굳게 입을 다문 채 멍하게 창밖만 바라보고 있었다. 그녀의 영혼은 이미 검푸른 강물 아래를 떠도는 듯 무감한 눈빛엔 섬뜩한 귀기까지 느껴졌다. 그러던 그녀가 입을 연 것은 직원들이 모여서 경찰에 인계를 해야 되는 게 아니냐며 환자의 신병처리를 놓고 설왕설래하고 있을 때였다. 시체처럼 누워 있던 원정이 벌떡 일어서며 외쳤다.

— 안 돼요!

직원들이 돌아보자 원정은 고개를 가로저으며 단호하게 말했다.

— 경찰은 안 돼요.

원정은 그때 왜 삼촌에게 연락을 하지 않았을까? 삼촌은 그 점이 한 가지 원망스러웠다. 그래서 왜 그때 자신에게 연락을 하지 않았냐고 묻자 원정은 그저 미안해서 그랬다고 했다. 그리고 부끄러워서 그랬다고 했다.

— 뭐가 그렇게 부끄러웠어요?

— 그동안 내가 살아온 것도 그렇고, 또 죽지도 못하고 그런 몰골로 살아 있는 게…….

— 아무리 그래도 그렇지……!

삼촌은 목이 메어 더 이상 말을 잊지 못했다. 만일 자신에게 먼저 연락을 했더라면 서로 생사도 모른 채 7년씩이나 헤어져 살지는 않았을 거라는 아쉬움과 자신이 옆에서 그녀를 돌봐줄 수 있었을 거라는 안타까움에 말없이 면회실 천장만 바라보았다.

당시 원정이 선택한 것은 삼촌이 아니라 유 회장이었다. 그것은 그에게 달리 특별한 감정이 남아 있거나 미련이 있어서가 아니었다. 그것은 생의 이편으로 다시 건너온 그녀에겐 어쩔 수 없는 선택이었다. 자신의 남은 생을 수습하기 위해선 돈이 필요했고 유 회장에겐 그 돈이 있었기 때문이었다. 원정은 병원으로 달려온 유 회장에게 그의 망나니 아들이 그녀에게 무슨 짓을 저질렀는지 모두 보여주었다. 그리고 그에게 마지막 거래를 제안했다.

원정이 아무도 모르게 미국으로 떠난 것은 그로부터 한 달 뒤였다. 그동안 경찰에선 그녀의 행방을 찾고 있었고 삼촌은 살해용의자로 체포가 되었지만 그녀는 유 의원이 마련해 준 다른 오피스텔로 거처를 옮겨 밖에서 무슨 일이 벌어지는지 알지 못했다. 한국에 아무런 미련도 없던 그녀에겐 달리 정리할 것도 없었고 따로 작별인사를 나눌 사람도 없었다. 아무도 모르게 미국에 도착한 그녀는 시애틀의 한 아파트에 짐을 풀었다. 유 회장이 미국의 지인을 통해 미리 마련해 둔 거처였다. 그가 원정에게 입막음의 대가로 제공해 준 것은 그녀가 살 집과 성형수술을 받을 수 있는 병원비, 그리고 일 년간의 생활비였다. 영화제작자로서 유 회장은 피도 눈물도 없는 냉혈한으로 통했지만 자식의 허물에 대해서는 그도 어쩔 수 없었던 듯 원정의 제안을 모두 받아들였다. 대신 행여 나중에라도 아들에게 피해가 갈까 싶어 원정이 한국을 떠날 때 다시는 돌아오지 않겠다는 약조를 받아두었다. 그것은 물론 그녀도 원치 않는 것이었다.

시애틀의 한 독신자 아파트에서 그녀는 7년을 살았다. 수술은 성공적이었다. 밭고랑처럼 깊게 패인 칼자국을 완전히 지울 순 없었지만 바깥생활을 하는 데 별 지장이 없을 만큼 상처가 회복되었다. 그런데도 그녀는 점점 더 짙게 화장을 해 두꺼운 분칠로 얼굴을 가리고 그 뒤로 숨어버렸다. 그녀는 의식적으로 한국과 관련한 뉴스를 보지 않았다. 교민들과의 만남도 일부러 피했다. 그러다보니 그동안 삼촌에게 어떤 일이 벌어졌는지 알지 못했다. 그리고 유 회장이 자신을 겁탈했던 망나니 아들의 총에 맞아 세상을 떠난 사실도 알지 못했다. 그녀는 혼자 밥을 먹고 혼자 산책을 하고 혼자 잠들었다. 그리고 오프라윈프리 쇼를 보며 영어를 익혔다. 원정이 머물던 시애틀은 바로 그 슈퍼스타가 사생아로 태어나 불우한 어린 시절을 보낸 곳이었다.

일 년이 지나 유 회장이 보내준 생활비가 모두 바닥나자 그녀는 고속도로 변에 있는 한 식당에 취직을 했다. 장거리 운전자나 뜨내기 여행자들을 위한 싸구려 식당이었다. 영어도 잘 못하는 데다 사람들과 마주치는 걸 꺼려했던 그녀가 일하기를 원한 곳은 홀이 아니라 주방이었지만 식당 주인은 그녀에게 서빙을 맡겼다. 주방에 자리가 없다는 거였다. 그녀는 어쩔 수 없이 웨이트리스들이 흔히 입는,

몸매가 훤히 드러나는 유니폼을 입고 손님을 맞았다. 그녀의 분칠이 더 두꺼워졌음은 물론이었다. 손님들은 과묵하고 신비한 분위기의 아시안 웨이트리스에게 호기심을 보였다. 그들은 다들 그녀를 일본인으로 알고 있었다. 그래서 자기들 멋대로 게이코라는 별명을 붙여주었다. 그것은 게이샤라는 의미였다. 게이코는 손님들 사이에서 인기가 좋았다. 팁도 많이 받았다. 일은 고되고 거칠었지만 흑인과 백인, 히스패닉과 아시안, 라티노와 인디언 등 온갖 인종이 잡탕으로 뒤섞여 있는 그 싸구려식당에서 일을 하는 동안 원정은 조금씩 마음이 편해지는 걸 느꼈다. 왠지 그것이 원치 않는 술자리에 불려 다니며 그 대가로 쥐어주는 돈으로 유지해 온 지난 삶보다 더 정직하고 당당하다고 느껴졌기 때문이었다. 영어도 많이 늘어 그녀는 오프라 윈프리 쇼를 보며 자주 웃음을 터뜨렸다.

　손님들 가운데에는 그녀에게 적극적인 관심을 보이며 접근하는 남자들이 많았다. 그중에 원정이 매력을 느낄 만한 사내들도 더러 있었다. 그래서 몇 번 충동적으로 하룻밤 사랑을 나눈 적도 있었다. 하지만 그뿐이었다. 뼈에 사무치는 이국 생활의 외로움에 더러 낯선 사내와 살을 섞기도 했지만 말도 잘 통하지 않고 생김새도 다른 외국남자에게 마음까지 열리지는 않았다. 그 생경한 이질감은 아무리 시간이 흘러도 익숙해지지 않았다. 그녀로서도 어쩔 수 없는 일이었다. 그래서 결국 그녀는 독신자 아파트를 벗어나지 못한 채 혼자 7년을 살았다.

　원정이 그렇게 살아온 시애틀에서의 7년 세월이 그래도 삼촌이 교도소에서 보낸 시간보다는 좀더 견딜 만한 것이었을까? 그것은 또 다른 영어의 시간, 아무것도 기억할 게 없는 삭제된 시간이었다.

그렇게 두 사람은 지구 반대편에서 각자의 몸을 감옥에 가둔 채 기나긴 중음의 시간을 흘려보냈다.

어느 날, 원정이 접시를 치우러 자리로 갔을 때였다. 식사를 하는 내내 원정을 힐끔거리며 쳐다보던 중년의 아시안이 그녀에게 조심스럽지만 또렷한 한국어로 물었다.

— 저, 혹시 영화배우 아닌가요?

땅딸막한 키에 유명 브랜드의 트레이닝복을 입고 있는 남자였다. 한국에서도 자신을 알아보는 이가 거의 없었던 터에 이역만리 타국에서 자신을 알아보는 이가 있다는 사실에 당황한 원정은 황급히 접시를 들고 돌아섰다. 그런데도 사내는 극성스럽게 원정의 뒤를 졸졸 따라오며 물었다.

— 맞죠? 저도 한국에서 배우생활 했었거든요.

원정은 그가 배우생활을 했거나 말거나 도망치듯 급히 접시를 주방으로 들고 갔다. 그러지 않아도 그동안 교민들을 피해 다녔는데 충무로에서 배우까지 했다니 기분이 더 꺼림칙했다. 충무로는 그녀에게 결코 떠올리고 싶지 않은 기억이었다.

— 전에 우리 같이 영화 찍은 적 있잖아요. 〈차라리 불덩어리가 되리라〉라고 세명영화사에서 제작한 건데, 기억 안 나세요?

세명영화사라는 말에 원정이 힐끗 고개를 돌려 바라보니 충무로에서 몇 번 본적이 있는 얼굴이었다. 느물느물한 인상에 주로 악역을 맡아하던 단역배우였다.

— 근데 여긴 언제 오신 거예요?

자신을 알아보는 눈치에 트레이닝복은 환하게 웃으며 물었다.

— 머, 몇 년 됐어요.

원정은 유난히 짙은 화장을 한 자신의 얼굴에서 뭔가 비밀을 찾으려는 듯 힐끔거리는 사내의 눈길을 피하며 모기만 한 소리로 대답했다.

— 저는 온 지 5년 됐어요. 사촌 형이 원래 시애틀에서 태권도 도장을 하거든요. 그런데 회원이 자꾸만 늘어나서 혼자 가르치기 힘들다고 저보고 와서 좀 도와달라고 해서 건너왔어요.

태권도는커녕 맨손체조도 쉽지 않을 것 같은 몸매였지만 그는 묻지도 않는 말을 주절주절 늘어놓았다. 그리고 친절하게도 명함까지 건네며 오지랖을 떨었다.

— 나중에 도장에 한번 놀러오세요. 8번가에 있는데 태권도를 배우실 의향이 있으시면 제가 직접 지도해 드릴 수도 있어요. 운동 삼아 배워두면 좋잖아요. 몸매 교정에도 도움이 되거든요.

사내는 팽팽하게 달라붙은 유니폼을 위아래로 훑어보며 주절거렸다. 이에 원정이 마지못해 명함을 받아 넣고 막 자리를 떠나려고 할 때였다. 등 뒤에서 사내가 지나가는 말처럼 불쑥 물었다.

— 근데 참, 혹시 세명영화사 유 회장 소식 들었어요?

유 회장이라는 말에 원정은 자신도 모르게 흠칫 놀라 돌아보았다.

— 무슨 소식……?

시애틀에 정착을 한 이후, 유 회장은 몇 번 안부전화를 걸어왔다. 하지만 어찌된 일인지 1년쯤 지난 뒤부턴 연락이 끊어져 아무런 소식이 없었다. 그녀는 이미 거래도 끝난 마당에 달리 아쉬울 것도 없어 더 이상 신경 쓰지 않았다. 그런데 그에게 무슨 일이 생긴 걸까?

— 몇 년 전에 총에 맞아 죽었잖아요.

— 주, 죽었다고요?

— 예, 그때 신문에도 나오고 한참 시끄러웠는데…… 모르셨어요?

원정은 뜻밖의 소식에 놀라 어리둥절한 한편 뭔가 불길한 예감에 등줄기가 서늘해졌다.

— 누, 누가 그랬는데요?

— 거 범인이 무슨 다찌마리 배우라고 하던데……. 하여간 그때 충무로가 발칵 뒤집혔었는데. 진짜 소식 모르시네.

다찌마리 배우라는 말에 원정은 심장이 쿵쾅거리며 뛰기 시작했다. 그래서 그날 어떻게 일을 마치고 퇴근을 했는지 기억도 나지 않았다. 그리고 그녀는 곧 시애틀 교민회를 찾아 지난 신문을 뒤져 불길했던 예감이 단지 예감이 아니라는 사실을 확인했다.

15년!

해묵은 신문을 뒤지던 원정의 눈엔 오로지 그 무거운 숫자만이 선명하게 들어와 박혔다. 다음 날 원정은 한국으로 가는 비행기를 예약했다. 그리고 서둘러 짐을 꾸리기 시작했다. 다시는 돌아오지 않겠다고 다짐하고 아무도 모르게 한국을 떠난 지 7년 만의 일이었다.

*

— 그래서 다음 계획은 뭐야?

어느 날, 면회를 온 원정이 물었다.

— 다음 계획이요?

— 그래. 이렇게 교도소에서 7년 동안 썩는 게 다 미스터 권의 계획이었다면서? 그래서 내가 찾아오길 기다렸다면서? 이제 내가 찾아왔으니까 다음 계획이 있을 거 아냐.

그러자 삼촌은 당황한 듯 고개를 가로저으며 대답했다.

— 다, 다음 계획 같은 건 없는데요.

— 없어?

— 예. 그냥 거기까지만 생각하고 그 다음은 나도 생각 안 해봤어요.

역시 삼촌다운 대답이었다. 원정은 그럴 줄 알았다는 듯 허탈하게 웃었다.

— 근데 미국엔 언제 돌아갈 거예요?

— 거긴 이제 안 가.

— 그럼 완전히 돌아온 거예요?

— 그래. 이젠 아무 데도 안 떠날 거야.

원정의 말에 삼촌은 한동안 고개를 숙이고 있다 조심스럽게 입을 열었다.

— 혹시……

— 혹시 뭐?

— 다음에 떠나게 되면 나한테 미리 말을 해주세요.

— 알았어. 근데 나 아무 데도 안 갈 거야. 그동안 미스터 권이 기다렸으니 이젠 내가 기다릴 차례잖아.

— 괘, 괜히 나 때문에 그러실 필요 없어요. 원정 씨는 아직 기회가 있잖아요. 그러니까……

이때 원정이 단호하게 말을 잘랐다.

— 나 그렇게 의리 없는 년 아냐. 누구는 나 때문에 7년을 교도소에서 썩었는데……. 그러니까 앞으론 그런 소리 하지 마.

원정이 유리창에 손을 대며 말했다. 그 말에 삼촌은 가슴이 울컥해 마주 손을 댔다. 유리창을 사이에 두고 두 사람은 손을 맞잡았다.

— 그런데……

잠시 후, 삼촌이 슬그머니 손을 내리며 말했다.

— 이제 중국집도 없는데…….

— 그게 무슨 소리야?

— 전에 같이 살자고 했던 중국집 있잖아요. 그거 다른 사람한테 넘겨줬어요.

— 그 집을 팔아버린 거야?

— 파, 판 거 아니고 그냥 줬어요. 그럴 만한 사정이 있어서……. 나중에 나가면 집도 절도 없는데 괜히 저 기다리다가……

그러자 원정이 웃으며 말했다.

— 걱정하지 마. 나도 미국에서 일하면서 모아놓은 돈이 있어.

— 원정 씨가 거기서 무슨 일을 했는데요?

— 식당에서 일했어.

— 식당이요?

— 그래. 웨이트리스.

— 원정 씨가 웨이트리스 일을 했다고요?

— 왜? 나는 그런 일 못할 것 같아?

— 전엔 냄새 나서 중국집도 하기 싫다고 했잖아요.

— 알아. 근데 사람이 웃기는 게 코앞에 닥치니까 뭐든 다 하게 돼 있더라고.

그 말에 삼촌이 빙그레 웃으며 고개를 끄덕였다.

― 맞아요. 나도 처음엔 여기서 어떻게 15년을 사나 싶었는데 막상 들어오니까 그냥저냥 지낼 만하더라고요.

15년이란 말에 원정이 자신도 모르게 길게 한숨을 내쉬었다. 7년을 견뎠지만 그들 앞엔 다시 7년이 넘는 세월이 가로막혀 있었다. 쉰이 가까운 나이여서 그들에게 7년은 적지 않은 세월이었다.

― 여기서 나오면 우리 둘 다 오십이 넘겠네.

원정이 씁쓸하게 웃었지만 삼촌은 태연하게 말했다.

― 요즘은 의학이 발달해서 수명이 늘어났잖아요. 그러니까 앞으로 살 날이 한참 더 남은 거잖아요. 그렇게 따지고 보면 7년은 아무것도 아녜요.

삼촌의 말에 원정도 웃으며 고개를 끄덕였다.

― 그래, 맞아. 그리고 생각해 보니까 우린 둘 다 기다리는 게 특기잖아.

― 그래요. 그것 말고는 아무것도 할 줄 아는 게 없죠.

*

삼촌이 원정과 교도소에서 극적으로 해후했던 그해 겨울, 세상은 새 천 년을 맞는 흥분과 기대로 들썩거렸다. 밀레니엄은 단지 인간이 정해놓은 숫자에 불과했지만 천 년의 장구한 세월이 주는 무게감에 사람들은 자신의 덧없는 인생을 돌아보는 한편, 새로운 변화에 대한 막연한 희망으로 잔뜩 들떠 있었다.

이즈음 한 신문의 사회면엔 사람들의 호기심을 자극할 만한 엽기적인 사건이 기사로 실렸다. 그것은 강남에 사는 한 삼십 대 여자가 약혼자의 성기를 칼로 절단한 사건이었다. 그녀는 자신의 약혼자가 술에 취해 잠들어 있을 때 부엌칼로 그의 성기를 싹둑! 잘라냈다. 그것은 미국 버지니아주에서 있었던 유사한 사건에 빗대어 한국판 '보비트 사건'으로 세간에 널리 회자되었는데 그 절단사건의 희생자는 오리지널인 존 웨인 보비트에 비해 그리 운이 좋지 못했다. 존은 잘린 성기를 접합한 뒤에 유명세를 이용해 자서전도 출간하고 포르노스타로 인기도 끌었지만 한국판 보비트 사건은 그보다 좀더 비극적이었다. 그의 약혼녀가 잘라낸 성기를 믹서에 넣고 갈아버린 거였다. 그것은 결국 한 줌의 질척한 고기 패티가 되고 말았는데 그런 사실도 모른 채 불운한 사내는 피가 줄줄 흘러내리는 사타구니를 붙잡고 제발 자신의 자지를 돌려달라며 세 시간 동안이나 울부짖다 쇼크로 기절하고 말았다. 나중에 왜 성기를 믹서에 갈아버렸냐는 한 기자의 질문에 한국의 로레나 보비트는 다음과 같이 대답했다.

— 난 저 인간이 다시 저 고깃덩어리를 휘둘러 여자들을 괴롭힐 생각을 하니까 너무 끔찍했어요. 그런데 설마 저걸 다시 붙여서 쓸 만큼 의학이 발달한 건 아니겠죠?

새로운 밀레니엄에는 의학이 고도로 발달해 고기 패티로 성기를 만들 수 있을지도 모르겠다. 그래서 언젠가는 패스트푸드점 같은 곳에서 사이즈별로 성기를 파는 날이 올 수도 있을 것이다. 하지만 의학의 발달은 아직 거기에 미치지 않아 불행하게도 한국의 존 보비트는 자지도 없이 새 천 년을 맞게 되었다. 그리고 약혼자의 성기를 무자비하게 잘라버린 여자는 경찰에 체포되어 조사를 받았다. 그녀는 담당형사가 왜 성기를 잘랐냐고 묻자 한동안 눈물을 훔쳐낸 끝에 이유를 털어놓았다.

― 우리가 약혼을 한 지 벌써 8년이 지났어요. 그런데도 저 인간은 아직도 나랑 결혼해 줄 생각이 손톱만큼도 없어요. 새 천 년이면 마흔이 되는데 호적상으로 나는 아직도 처녀라고요.

그녀는 울면서 그동안 자신이 약혼자에게 당한 일을 줄줄이 털어놓았다. 그녀의 증언에 의하면 한국의 존 보비트, 그러니까 그녀의 약혼자는 마약중독자였다고 했다. 또한 천하에 둘도 없는 변태성욕자였다고 했다. 정상적인 섹스는 그에게 아무런 즐거움을 주지 못했다. 그래서 그녀로선 생전 듣도 보도 못한 온갖 해괴망측한 행위를 요구했다. 그것은 일찍이 그가 미국 유학시절에 접한 포르노그래피에서 본 것으로 전문 포르노배우들이나 가능한 일이었다. 앞으로, 뒤로, 뒤집어서, 엎어서, 혼자 혹은 떼거지로! 그는 자신이 보는 앞에서 친구와의 섹스를 종용하는 것은 물론 쓰리 썸과 포 썸 등 온갖 치욕적인 행위를 강요했다. 그녀가 거부할 때는 폭행도 서슴지 않았다. 그렇게 상습적인 폭행과 강간에 시달려온 세월이 무려 8년이었다. 그녀는 언제나 수치심에 혀를 깨물고 죽고 싶었지만 오로지 결혼에 대한 희망으로 치욕의 세월을 견뎌왔다. 하지만 언젠가 그녀는 약혼자가 처음부터 자신과 결혼을 해줄 생각이 없으며 단지 성의 노리개로만 이용해 왔다는 사실을 깨달았다. 그가 밖에서 커다란 사냥개를 한 마리 끌고 들어온 날, 희생자의 인내심은 한계에 달했다. 그녀는 사내가 자신의 성욕을 채우고 술에 취해 잠들어 있는 동안 조용히 부엌으로 가서 독일산 헹켈 주방용 칼을 가지고 들어왔다. 그리고 싹둑! 잘라버렸다.

 사타구니가 피로 벌겋게 물든 채 '내 자지 내놔, 내 자지 내놔' 하며 여고생의 뒤를 졸졸 따라다닌다는 새로운 버전의 바바리 맨 괴담이나 연못에서 산신령이 이런저런 사이즈의 성기를 들고 나타나 '이 자지가 네 자지냐?'며 묻는다는 식의 저질유머가 등장한 것은 이 무렵의 일이었다. 그런데 그게 전부가 아니었다. 그녀는 이미 작심한 듯 담당형사에게 보비트의 범죄사실을 한 가지 더 털어놓았다. 그것은 인류를 저버린 용서받지 못할 범죄로 8년간 묻혔던 친부살해의 비밀이 드러나는 순간이었다.

 유 의원 살해사건에 대한 재수사가 시작되자 다시 세상이 시끄러워졌다. 새로운 증언이 나왔고 새로운 진실이 드러났다. 이에 따라 새로운 용의자가 수사선상에 올랐다. 그는 물론 유 의원의 아들 유 사장이었다. 여배우들과 염문을 뿌리는 것 말고는 달리 재주가 없던 그는 몇 편의 영화를 크게 말아먹고 난 뒤, 영화제작에서 완전히 손을 떼 그즈음엔 충무로에서 이미 잊힌 인물이 되어 있었다. 그는 술과 마약, 퇴폐와 향락으로 청춘을 모두 흘려보낸 끝에 어느덧 중년의 나이에 접어들었지만 여전히 어두운 죄의식과 강박감, 뒤틀린 내면과 변태적 욕망에서 헤어나지 못한 채 아버지가 물려준 재산을 곶감 빼먹듯 빼먹으며 서서히 밑바닥으로 가라앉는 중이었다. 그간 마약복용과 탈세, 밀수와 간통 등으로 여러 개의 전과도 생겨 경찰에서도 요주의 인물로 점찍어 둔 터였다. 그럼에도 불구하고 그는 향락으로 망가진 몸에서 치약을 짜듯 마지막 남은 쾌락의 찌꺼기를 짜내다 결국 자지도 없이 교도소에서 남은 생을 보내야 할 판이었다.

그런데 친부를 살해한 감당할 수 없는 죄의식 때문이었을까? 아니면 더 이상 섹스를 할 수 없게 된 절망감 때문이었을까? 한국의 존 보비트, 유 사장은 구속을 앞두고 레밍턴 엽총을 머리에 대고 방아쇠를 당겨 스스로 목숨을 끊고 말았다. 그것은 일찍이 자신의 아버지를 향해 발사했던 총이었다.

유 사장의 친구인 가평클도 다시 경찰에 불려가 조사를 받았다. 증언이 번복되고 새로운 증거가 추가되었지만 그들의 위증죄에 대해서는 이미 공소시효가 지나 달리 처벌을 할 순 없었다. 그리고 새 밀레니엄이 시작되던 해 봄, 삼촌은 마침내 8년간의 긴 수형생활을 마치고 교도소에서 풀려났다.

*

삼촌이 교도소에서 나오는 날, 나는 아내와 함께 삼촌을 맞으러 나갔다. 아내는 삼촌을 위해 꽃다발을 준비했다. 나는 그것이 그간의 억울한 옥살이에 대해 무슨 위로가 될까 싶었지만 매사에 적극적이고 빈틈없는 아내는 그래도 축하할 일 아니냐며 꽃집에 들러 눈처럼 하얀 백합을 한 다발 샀다. 주홍같이 붉은 죄, 눈과 같이 희어지라는 의미라고 했다. 그녀는 아이의 양육에 여념이 없는 와중에도 언제부턴가 부지런히 교회를 나가고 있었다. 그래서일까? 그녀와 잠을 잘 때면 우리 사이에 늘 낯선 남자가 한 명 누워 있는 것 같은 기분이 들었다. 내가 언젠가 그런 기분에 대해 얘기하자 아내는 그가 바로 예수라고 했다. 그리고 나에게 빨리 그의 존재에 익숙해져야 한다고 주장했다.

차를 몰고 교도소로 가는 동안 나는 마음이 한없이 무거웠다. 그동안 삼촌은 세상으로부터 완전히 잊혀졌다. 사람들은 아무도 그에 대해 이야기하지 않았다. 어쩌다 아버지 제사 때나 명절 때 집에 내려가도 친척들은 삼촌에 대한 이야기를 입에 올린 적이 없어 그는 마치 세상에 한 번도 존재하지 않았던 사람처럼 취급되었다.

나 또한 다른 사람과 별반 다르지 않았다. 기실 나는 사람을 죽이지 않았다는 그의 말을 믿지 않았다. 증거도 명확했고 목격자들의 증언도 일치했다. 그런데도 왜 그는 나에게 거짓말을 했을까? 자신의 무고함을 강변함으로써 누군가 단 한 사람이라도 자신의 편이 돼 주기를 바랐던 걸까? 나는 마지막까지 나를 속이려 했던 그의 의도가 가증스럽기까지 했다. 그것은 종태에게 일어났던 일과 더불어 내 인생의 가장 어두운 기억으로 자리 잡았다. 그래서 언제나 그것으로부터 도망가려고 애썼다. 교도소에 수감된 지 몇 년이 지난 뒤부턴 아예 면회도 가지 않았다.

삼촌이 아버지 장례식장에 찾아왔을 때, 그의 말을 믿어주었더라면 뭐가 달라졌을까? 그래서 적극적으로 그를 도와주었다면 진실이 밝혀졌을까? 그래서 삼촌이 억울한 누명을 뒤집어쓰지 않아도 되었을까? 아마도 그렇진 않았을 것이다. 그것은 어쩌면 그가 이소룡의 뒤를 따르기로 마음먹었을 때부터 예정되어 있던 운명이었는지도 모른다. 그리고 원정을 만나 처음 사랑에 빠진 그 순간부터 준비되어 있던 시련이었는지도 모른다. 그런 고난은 무엇을 위한 것이었을까? 그리고 과연 무엇을 말하고자 함이었을까? 그것은 어쩌면 논리가 해체되고 소통이 불가능해 끝내 납득할 수 없는 한 편의 부조

리극에 지나지 않았을지도 모른다. 그 결과 운명을 농락하듯 진실은 엉뚱한 곳에서 튀어나왔고 삼촌은 다시 세상 밖으로 나와 무대에 등장했다.

교도소 입구엔 아는 얼굴들이 몇 명 눈에 띄었다. 오순과 칼판장이 영수와 함께 두부를 사들고 와 입구에 서서 삼촌이 나오기를 기다리고 있었다. 그리고 잠시 후, 형이 잔뜩 피곤한 얼굴로 택시에서 내렸다. 형수가 조카아이의 공부를 위해 미국으로 건너가 어쩔 수 없이 기러기 생활을 하고 있는 형은 여느 기러기아빠들처럼 뭔가 기가 빠진 듯 어깨가 축 처져 있었다. 한쪽에는 삼촌의 옛 충무로 동료들인 듯 유난스런 옷차림에 건장한 체격의 사내들이 몇 명 눈에 띄었다. 다들 왕년에 한 가락 하던 형님 포스였지만 그들은 마치 70년대 영화에서 튀어나온 것처럼 백구두와 바바리, 머플러 등 시대에 한참 뒤처진 옷차림으로 사람들 눈길을 끌었다. 언젠가 한 번 본 적이 있는 삼촌의 삼청교육대 동기인 정 기자도 나타나 다른 기자들과 뭔가 심각한 표정으로 얘기를 주고받았다. 다음 날 아침 신문엔 아마도 위증죄의 공소시효 문제와 8년간 억울한 옥살이를 한 한 무명배우의 기구한 사연에 대한 기사가 실릴 터이지만 그것이 이제 와서 과연 얼마나 의미가 있을지는 알 수 없었다.

형과 함께 삼촌의 피해 배상 문제에 대해 이야기를 나누던 나는 무리에서 떨어져 초조한 표정으로 서 있는 한 여인을 발견했다. 유난히 짙은 화장으로 얼굴을 가리고 있었지만 나는 그녀가 오래전 중국집에서 마주쳤던 삼촌의 연인, 원정이라는 것을 한눈에 알아보았다. 그리고 그녀가 어떻게 교도소 앞에 나타났는지 궁금했다. 그녀는 삼촌이 무엇 때문에 살인사건에 연루가 되었는지 알고 있을까?

원정이 등장함으로써 그날 교도소 앞에는 마치 몰리에르 희극의 마지막 장면처럼 그간 출연했던 인물들이 모두 다시 등장했다. 그것은 결코 희극이 될 수 없었지만, 이야기가 끝나고 모든 진실이 드러나는 순간이기도 했다. 하지만 다시 등장할 수 없는 인물들도 있었다. 종태와 마 사장, 도치와 토끼 등은 이미 세상을 등져 더 이상 모습을 보이지 않았다. 엄마도 몇 년 전에 세상을 떠나 이제 삼촌을 기억하는 사람들은 얼마 남아 있지 않았다. 그만큼 긴 세월이었다.

이윽고 삼촌이 교도소 입구에 모습을 드러내자 기다리던 사람들이 우르르 삼촌을 향해 몰려갔다. 그간 삼촌은 주름이 더 깊게 패이고 머리가 허옇게 세어 매우 낯설어 보였다. 그는 자신을 향해 몰려든 사람들의 시선이 부담스러운 듯 쑥스럽게 웃으며 아는 얼굴을 하나씩 발견할 때마다 어색하게 손을 내밀어 악수를 나누었다. 그러다 나와 문득 눈길이 마주치자 삼촌은 눈가에 잔뜩 주름을 잡으며 히죽, 웃어 보였는데 그것이 우는 표정인지 웃는 표정인지 알 수 없었다.

— 사, 상구, 왔구나.

우리는 손을 맞잡아 악수를 나누었다. 나는 울컥, 목이 메어 한 마디도 꺼낼 수가 없었다. 그래서 아무 말도 못하고 슬그머니 형에게 자리를 비켜주었다. 그 기나긴 세월에 덧쌓인 감정들을 어떻게 이루 다 말할 수 있으랴! 반가움과 서러움, 그리움과 안타까움, 원망과 미안함 등 한없이 복잡한 감정은 모두가 마찬가지였던 듯 삼촌과 길게 말을 나누는 이는 아무도 없었다. 그저 다들 말없이 눈빛만 주고받은 채 고개를 끄덕이며 유난히 손에 힘을 실어 악수만 나누었을 뿐이었다. 이때 아내가 축하한다며 삼촌에게 하얀 꽃다발을 내밀자 그는 황송하다는 듯 머리를 조아리며 몇 번씩이나 고맙다고 인사를 했다. 그 화려한 백합은 삼촌의 추레한 모습과 대조되어 오히려 생뚱맞기 그지없었다. 그 모습에 나는 가슴이 답답해졌다. 눈처럼 희어져야 할 그의 붉은 죄는 도대체 뭐란 말인가! 그리고 그 긴 세월을 무엇으로 갈음할 수 있단 말인가!

― 삼촌, 이건 내가 들고 있을게.

나는 삼촌이 어색하게 들고 서 있는 꽃다발을 빼앗듯이 잡아채며 뒤쪽에 따로 떨어져 혼자 서 있는 원정을 눈으로 가리켰다.

나의 등 뒤를 돌아본 삼촌은 원정을 발견하고 잠시 시선을 고정했다. 그리고 그녀를 향해 천천히 걸어갔다. 원정도 삼촌을 향해 다가왔다. 두 사람은 관객들이 도열해 있는 가운데 서로를 향해 점점 더 가까워졌다. 길 위에 레드카펫은 없었지만 그 장면은 마치 영화제 시상식의 한 장면과도 같았다. 그날의 주인공은 관객들이 모두 지켜보는 가운데 우뚝 멈춰 서서 상대의 얼굴을 쳐다보았다. 그리고 그들이 면회실에서 늘 그랬던 것처럼 서로를 향해 손을 내밀었다. 이제 그들을 막아서는 것은 아무것도 없었다. 높은 교도소 담장도 두꺼운 면회실 유리창도 없었다. 두 사람은 손을 맞잡은 채 뚫어져라 서로의 눈을 들여다보았다. 그 눈 속엔 아무런 후회도 아무런 의심도 없었다. 스무 살 청년이 처음 사랑에 빠졌던 그때로부터 무려 30여 년의 세월이 흘렀지만 삼촌의 가슴은 여전히 두근거렸다. 두 사람의 눈엔 조금씩 눈물이 차올랐다. 그리고 금세 눈물이 가득 고여 뺨을 타고 흘러내렸다. 그 장면을 지켜보는 사람들도 모두 눈시울이 붉어졌다. 그래서 다들 어색하게 헛기침을 하고 하늘을 쳐다보거나 괜스레 안

경알을 닦아보았다. 삼촌은 잔뜩 주름진 얼굴에 애써 미소를 지어 보였다. 그리고 와락 원정을 끌어안았다. 이때 마치 폭죽이 터지듯 어디선가 하얀 비둘기 떼가 날아와 교도소 담장 위를 날아갔다.

[작가의 말]

"내 스타일에는 아무런 수수께끼가 없다. 내 움직임은 단순하고, 직접적이고, 비고전적이다."

이 말은 이소룡이 자신의 무술, 절권도에 대해 설명한 말입니다. 그것은 또한 내가 소설쓰기에서 언제나 추구하는 바이기도 합니다. 이소룡은 맨 처음 극장에서 본 영화의 주인공이었습니다. 영화를 보고 난 뒤, 나는 이소룡에게 단숨에 매혹되었습니다. 왜 아니었겠습니까? 그래서 쌍절곤을 만들어서 돌리고, 뒷마당에 커다란 통나무를 심어놓고 이단옆차기를 연습했습니다. 그리고 공책에 연필로 이소룡의 프로필을 열심히 그렸습니다. 영화는 나에게 처음 그렇게 다가왔습니다. 그것은 아주 오래전의 일입니다.

미리 고백하자면, 이것은 영화에 대해 쓰는 마지막 소설이 될 것입니다. 그동안 나는 영화에 관한 이야기를 자주 다뤄왔습니다. 첫 소설 『고래』에선 주인공이 극장을 짓고 그 안에서 최후를 맞이합니다. 『고령화 가족』의 주인공은 영화감독이었죠. 이번에 쓰는 소설은 이소룡이 되고자 했던 한 남자의 이야기입니다. 이것을 끝으로 나는 더 이상 영화에 대한 이야기를 쓰지 않을 것입니다. 따라서 이것은 내가 개인적으로 영화에 보내는 긴 작별인사입니다.

현대인의 삶에는 어느 정도 비극적인 요소가 내재해 있습니다. 그래서 지하철에 앉아 꾸벅꾸벅 조는 직장인의 피곤한 얼굴에서, 술집에서 얼굴이 벌겋게 달아올라 격앙된 어조로 떠드는 중년사내들의 모습에서, 그리고 무거운 가방을 메고 터덜터덜 횡단보도를 건너는 어린 여학생의 발걸음에서 슬픔이 느껴질 때가 있습니다.

그것은 우리가 더 이상 구원을 꿈꾸기가 어려워졌기 때문입니다. 믿음은 무너졌고 성공은 아득해 보이기만 합니다. 생활은 점점 더 편리해지는데도 사람들은 왜 더 외로워지는 걸까요? 그래서인지 세상엔 인생의 긍정적인 측면에 대해 강조하는 책들이 차고도 넘칩니다. 한편에선 돈을 많이 벌 수 있는 방법에 대해 말하고 다른 한편에선 물질문명에 반한 정신적인 가치를 강조하기도 합니다. 그리고 사람들은 여전히 화려한 영웅담과 고난을 극복한 인간승리극에 열광합니다. 또한 해피엔딩이 예고된 달콤한 로맨스와 성공의 비결이 담긴 유명인사들의 자서전을 읽습니다. 그것은 매우 당연한 일입니다. 모두가 그런 멋진 인생을 꿈꾸고 있기 때문입니다.

이 대목에서 나는 소설이란 무엇일까, 생각해 봅니다. 그리고 사람들은 왜 소설을 읽는 걸까요? 나는 소설이 기본적으로 실패에 대한 이야기라고 생각합니다. 그것은 이루지 못한 사랑에 대한 이야기이며 부서진 꿈과 좌절된 욕망에 대한 이야기입니다. 다 잡았다 놓친 물고기에 대한 이야기이며 그대, 다시는 고향에 돌아가지 못하는 이야기입니다. 그것은 파탄 난 관계, 고난을 극복하지 못하고 끝내 운명에 굴복하는 이야기, 뒤로 자빠져도 코가 깨지고, 갈팡질팡하다 내 이럴 줄 알았다는 이야기, 암과 치질, 설사에 대한 이야기입니다. 어떤 의미에서 모든 소설은 결국 실패담이라고 할 수 있을 것입니다. 따라서 실패에 대해서 한 번도 생각해 보지 않은 이들, 아직도 부자가 될 희망에 들떠 있는 이들은 소설을 읽지 않습니다.

그런데도 불구하고 왜 누군가는 그 구원 없는 실패담을 읽는 걸까요? 그것은 불행을 즐기는 변태적인 가학취미일까요? 아니면 그래도 자신의 인생이 살 만하다는 위안을 얻기 위해서일까요? 나는 사람들이 소설을 읽는 이유가 실패에도 불구하고 계속 살아가야 하기 때문이라고 생각합니다. 그 속에 구원의 길이 보이든 안 보이든 말입니다. 만일 손에 들고 있는 책이 좋은 소설이라면 독자들은 책을 읽는 동안 불행에 빠진 사람이 자기 혼자만이 아니라는 것을 느끼게 될 것입니다. 또한 그 불행과 실패 속에서도 여전히 구원을 꿈꾸며 꾸역꾸역 살아가는 사람이 자기 혼자만이 아니라는 사실 또한 깨닫게 될 것입니다.

소설이 구체적으로 사람들에게 어떤 영향을 미치는지는 알 수 없습니다. 만일 영향을 미친다면 그것은 아마도 가장 느리고 완곡한 형태일 것입니다. 또한 소설을 읽는 동안 어떤 반응을 보이는지도 별 상관이 없습니다. 잠시 키득거리거나 주인공에 대한 연민으로 눈물짓거나 또는 흥미진진한 이야기에 빠져 우울증 약을 먹어야 한다는 사실을 깜빡 잊거나, 다 괜찮은 일이라고 생각합니다. 비록 그것이 커다란 행복을 가져다주진 못하더라도, 그리고 구원의 길을 보여주진 못하더라도 자신의 불행이 단지 부당하고 외롭기만 한 일이 아니라는 것을 깨닫게 된다면, 그래서 자신의 불행에 대해 조금 더 잘 이해할 수 있다면 그것은 충분히 의미 있는 일이 아닐까요? 나는 언제나 나의 소설이 누군가에게 그런 의미가 되기를 원합니다. 그것은 생활의 방편이란 목적 이외에 내가 소설을 쓰는 거의 유일한 이유이기도 합니다.

  이 소설은 인터넷 블로그를 통해 연재한 작품입니다. 그동안 나는 어쩔 수 없이 회사원처럼 규칙적으로 생활을 해야 했습니다. 매일 십여 매의 원고를 쓰고 블로그에 올려야 했으니까요. 또한 연재기간이 길어지다 보니 작업공간도 여러 번 옮기게 되었습니다. 과수원 옆에 있는 어느 사무실 한편에서 쓰기도 했고 늦가을엔 어느 산속에 있는 고시원에서 작업을 하기도 했습니다. 그러다 봄이 오면서 난생 처음 노트북을 들고 집 근처 카페로 가서 작업을 하기도 했습니다. 회사원처럼 일정한 시간에 출근을 하듯 카페에 가서 언제나 똑같은 커피를 주문하곤 했지요. 사람들의 두런거리는 말소리와 웃음소리 사이로 Laura Fygi의 〈I Love You For Sentimental Reason〉 같은 달콤한 노래가 흘러나오기도 했습니다. 마치 광고의 한 장면처럼 말입니다. 오후의 햇살은 따뜻했고 담배 연기가 떠다니는 카페에서 소설을 쓰는 동안 나는 자주 행복하다고 느꼈습니다.
  그리고 책을 출간하게 된 지금에서야 비로소 나는 깨달았습니다. 내게 소중한 것은 이 소설이 아니라 소설을 쓰던 시간들이었다는 것을 말입니다. 고시원 뒤에 있는 쓸쓸한 오솔길을 산책하며 노랗게 물들어가는 단풍잎을 바라보던 저녁시간과 창 넓은 카페에서 함께한 그 많은 커피 앤 시가렛! 그 시간들이 나에겐 소설보다 더 값진 것이었다는 사실을 고백합니다. 그리고 그 시간들은 모두 지나갔으나 나의 인생에서 매우 달콤한 추억을 하나 더 갖게 되었다는 사실도 말입니다.

  다시 다음 작품을 기약해야겠습니다. 내가 그랬듯이 이 소설이 모두에게 좋은 추억이 되기를 바랍니다. 그리고 독자 여러분들께 진심으로 감사의 인사를 드립니다. 고마워요, 여러분!